Norbert Klugmann

Amadeus-Elixier

Norbert Klugmann

Amadeus-Elixier

Ein Baden-Württemberg-Krimi

Silberburg-Verlag

Norbert Klugmann wurde 1951 in Uelzen (Niedersachsen) geboren. Er studierte in Hamburg Soziologie, Psychologie und Pädagogik und arbeitete journalistisch unter anderem für das ZEITmagazin. Als Buchautor veröffentlicht er seit den achtziger Jahren unter anderem Kriminalromane, historische Romane, Jugendromane. Von den gemeinsam mit Peter Mathews geschriebenen Krimis wurde »Beule« und »Vorübergehend verstorben« für das Fernsehen verfilmt. Klugmann lebt in Hamburg.

1. Auflage 2012

Lektorat: Michael Raffel, Tübingen.
Umschlaggestaltung: Christoph Wöhler, Tübingen.
Coverfoto: © Juanmonino – iStockphoto.
Druck: CPI books, Leck.
Printed in Germany.

ISBN 978-3-8425-1189-7

Besuchen Sie uns im Internet
und entdecken Sie die Vielfalt unseres Verlagsprogramms:
www.silberburg.de

1

Die Gestalt nahm die Tasche von der einen Hand in die andere. Die Straße stieg an, es war nicht dramatisch, aber sie war nicht erst seit zehn Minuten unterwegs. Sie blieb stehen. Eine Zeitlang war der Geräuschpegel gleich, dann näherten sich Schritte, aus der Dunkelheit schälten sich Silhouetten heraus, Frauenstimmen, Männerstimmen, die Frauen lauter, die Witze ordinärer. Sie fürchteten, die Abzweigung zu ihrer Pension verpasst zu haben. Ihnen war warm vom vielen Essen und vielen Trinken. Plötzlich schrieen die Frauen auf und verfluchten einen Mann und sein Gefurze. Irgendwer jagte irgendwen, Kreischen, gute Laune, die Euphorie von Gästen mit Vier-Tage-Arrangements. Die Gestalt setzte ihren Weg fort.

Das schmale Haus mit den beiden erleuchteten Fenstern lehnte sich an die Mauer, die die Grenze zum weitläufigen Nachbargrundstück bildete. Die Mauer war höher als ein erwachsener Mensch und nicht mehr neu. Das Tor war geschlossen, Stäbe aus Eisen hielten den Blick aufs Ensemble dahinter nicht auf. Das Haupthaus, in der Dunkelheit nur zu erahnen, ragte drei Geschosse in die Höhe, zum Eingang führten breite Stufen. Links ein Gebäude für Fahrzeuge, rechts, nach hinten versetzt, die Ställe. Dahinter die Scheune und der Anbau, von der Straße nicht zu sehen.

Mit den Fingern der linken Hand fuhr die Gestalt die Initialen am Tor nach: ein Kreis in der linken Torhälfte, einer in der rechten. Ein G und ein W, von denen der Fingernagel Farbe kratzte.

Sie umrundete das Hauptgebäude und stand vor der Nebentür. Verrostet, verschmutzt, lange nicht gebraucht. Die Gestalt lehnte sich gegen die Tür und stieß sie mit der Schulter auf. Es war, als würde die Tür einen Schrei ausstoßen.

Das Feuerzeug begann zu brennen. Einen Raum nach dem anderen durchquerte die Gestalt. Kein Raum war vollständig möbliert und keiner leer. Überall schälte die Flamme Möbel aus dem Schwarz: Sofas, Sessel, Anrichten, Regale. Das Bild hing schief. Von einem anderen Bild war der zerschlagene Rahmen übrig geblieben. Die Kaminöffnung, die Eisen fürs Befeuern des Kamins, ein Tisch mit Stühlen, von denen einer auf dem Rücken lag. Die Fenster sahen aus wie Wunden in der Wand, zwei Scheiben waren kaputt, eingeworfen oder eingeschossen. In die Küche warf die Gestalt nur einen Blick.

Sie fand Papier und zertrat das Holz des Rahmens. Es wurde hell im Kamin, wärmer wurde es nicht. Ein Sessel wurde gerückt, der kleine Tisch ging auf Wanderschaft, der Plattenspieler war heil, was für eine Überraschung. Fünf oder sechs Schallplatten, die Wahl fiel leicht. Ein grünes Licht, Vinyl begann sich zu drehen. Zartes Vorspiel der Orgel, dann zogen Schlagzeug und Bass andere Saiten auf.

Der Mann im Nebenhaus erschrak noch mehr als die Frau. Angestrengt blickten sie auf den Bildschirm, wo ihnen ein aufgedrehtes Paar 24 Tiegel Nachtcreme zum Sonderpreis anbot.

Der Mann sagte: »Er ist wieder da.«

Die Frau stand auf und schlug zu, vierzehnmal. Danach hatten alle Kissen einen Knick.

2

Die Gestalt zuckte zusammen. Ein Fuß stieß gegen die leere Flasche, mit dunklem Geräusch rollte sie auf dem Parkettboden. Immer noch waren Wolken am Himmel, aber der Mond bekam seine Chance, es war hell genug, um zu sehen, wer für die Bewegung im Garten verantwortlich war. Eine Frau kniete auf dem Boden, es sah aus, als würde sie etwas suchen. Eine zweite stand in der Nähe.

Plötzlich spürte die kniende Frau den Lauf in den Nieren. Eine Männerstimme sagte leise: »Peng.«

Ohne Aufregung sagte die Frau: »Jetzt bin ich aber zu Tode erschrocken.«

Die andere Frau stand aufmerksam und wartete ab, wie sich die Sache entwickeln würde.

Der Mann sagte: »Beim letzten Mal hat sich der Spitzbube mächtig erschrocken.«

Die Frau erhob sich, der Mann sah die Sichel.

»Sie haben das beim letzten Mal nicht bei mir versucht. Sonst wäre Ihre Stimmlage jetzt höher.«

Pantomimisch führte sie einen Streich mit der Sichel aus, der Mann wich zurück. Sie standen sich gegenüber, die Frau mit der Sichel und der Mann mit der Flasche.

Ohne sich zu bewegen, sagte die zweite Frau: »Bevor wir einen Fehler machen, den wir hinterher bedauern, sollten wir uns vorstellen. Ich bin Verena Bittermann und komme in friedlicher Absicht.«

Die Frau mit der Sichel lachte: »Friedliche Absicht! Das haben die Indianer gehört, bevor sie massakriert wurden.«

»Amadeus von Wolffheim.«

Die Sichelfrau stieß einen Pfiff aus. »Gut gebrüllt, Löwe, aber schlecht gelogen. Das Anwesen, auf dem wir stehen, gehört dem Grafen. Er ist vor zwanzig Jahren verschwunden und nie wieder aufgetaucht.«

»Das ist richtig, bis auf den Schluss. Denn heute Nacht ist er doch noch aufgetaucht.«

»Können Sie sich ausweisen?«

Verdutzt starrten die Streithähne die abseits stehende Frau an.

»Wen haben Sie denn da mitgebracht?«, knurrte der Mann.

»Sie dürfen ihr das nicht übelnehmen. Sie ist bei der Polizei, da redet man so. Ich bin Emma Polt. Mal gehört? Aber Sie sind wohl nicht auf dem Laufenden.«

Die Stimmlage wurde freundlicher, die Körper verloren das angespannt Lauernde. Beide Frauen waren jünger als

Amadeus. Freundinnen, die sich in den letzten Jahren aus den Augen verloren hatten. Die Kommissarin hatte mehrere Jahre im Osten verbracht. Die baltischen Republiken brauchten Hilfe beim Aufbau ihrer Polizeikräfte. Vor einem halben Jahr war sie nach Deutschland zurückgekehrt, sie arbeitete und wohnte in Freiburg.

Emma Polt arbeitete längst wieder mit der Sichel. »Das ist der beste Standort in der Stadt. Sie können stolz darauf sein.« Und nach einer Pause: »Sie sind wirklich der Graf? Ich dachte – entschuldigen Sie, aber ich dachte, die Sippe ist ausgestorben.«

»Na ja, eine Volksbewegung sind wir nicht. Aber einige Exemplare leben noch und führen ein zurückgezogenes Leben in den Wäldern.«

»Und wann genau sind Sie zurückgekommen?«

»Wie spät ist es? Halb drei? Dann vor fünf Stunden.«

»Das ist witzig«, sagte Emma. »Dann sind wir ja die ersten Menschen, denen Sie begegnen. Passen Sie auf, jetzt sind Sie geprägt auf uns und kommen nicht mehr von uns los.«

»Sie haben so eine Art, einem Angst einzujagen.«

»Die Sichel jagt Ihnen Angst ein. Sie stellen sich dauernd vor, was man mit einer Sichel anstellen kann. Und dann zieht sich alles zusammen.«

Amadeus wurde bewusst, dass er den Frauen nicht erlaubt hatte, mit ihrer seltsamen Ernte im Dezember fortzufahren. Aber nun hatte sich das erledigt.

Er wandte sich zum Haus.

Emma sagte: »Bevor Sie anfangen, hier alles plattzuwalzen, will ich gefragt werden. Die Kräuter stehen unter meinem persönlichen Schutz.«

»Was sind Sie? Eine Köchin, nehme ich an.«

»Keine Köchin.«

»Was dann? Eine Hexe?«

»Genau. Nur dass man mich heutzutage anders nennt.«

»Und wie?«

»Hebamme.«

3

Zwanzig Minuten vor dem verabredeten Termin hätte er am liebsten abgesagt. Zwanzig Jahre in vier Stunden, das konnte nicht gelingen.

In Badenweiler war viel passiert, Architekten und Stadtplaner schliefen nicht. Er betrat ein neues Kurviertel. Man hatte viel Geld ausgegeben, edel war es geworden. Die Therme ein Schmuckstück, Sanatorien und Kliniken, die nicht den Kassenpatienten im Blick hatten. Hier stiegen der Privatpatient und der Selbstzahler ab. Die Parkplätze sprachen eine deutliche Sprache, selbst im Dezember stand Audi neben BMW und Daimler. Viele Schweizer Kennzeichen.

Er war kurz davor, alles abzublasen, und kniff dann doch nicht. Er wollte sich nicht verstecken. Zwanzig Jahre in vier Stunden. Vielleicht war er der Einzige, der sich diesen Abend schwermachte. Vielleicht freuten sich alle anderen ohne Verstellung und Verrenkung auf das Wiedersehen mit ihm.

Am Eingang trat er einem Mann in die Hacken, der regte sich auf und stutzte, guckte genau hin. Sie umarmten sich; Weinhändler Ruprecht roch nach Kork und ließ Amadeus nicht mehr los. So legte er die letzten Meter, vor denen er sich gefürchtet hatte, lachend zurück; als er wieder zu Atem kam, saß er am großen Tisch und begrüßte einen nach dem anderen. Alle waren erschienen; nicht mit jedem war die Zeit im gleichen Maße gnädig umgegangen, aber keiner wirkte krank oder verkniffen. Natürlich herrschte zuerst ein großes Durcheinander. Viele Fragen wurden gestellt und nicht beantwortet, es ging kreuz und quer über den Tisch. Rena, die Zahnärztin, sah mit den Falten um die Augen attraktiver aus als zu der Zeit, wo sie die reizende Leere eines Cheerleaders ausgestrahlt hatte. Ruprecht war derselbe Großkotz wie beim Abiturball. Man hatte immer noch die Wahl: den Kerl erschlagen oder warten, bis ihn die Trunkenheit vermenschlichte. Hebamme Emma war ohne ihre Sichel erschienen, aber die Tasche stand in Griffweite, denn im Nachbarort atmete eine Frau ihrem großen Moment entgegen. Emma hatte die Kommissarin mitgebracht, worum Amadeus ausdrücklich gebeten hatte.

Die Altersdifferenz am Tisch war gering. Emma mit nicht viel über dreißig war die Jüngste, alle anderen stammten aus zwei Jahrgängen, Amadeus hatte vor zwanzig Jahren mit dem Weinhändler Abitur gemacht. Dessen Vater hatte vor kurzem das Geschäft übergeben, um seitdem zweimal am Tag im Laden vorbeizuschauen und den Filius zur Weißglut zu treiben.

Man war über zahlreiche Stränge verbunden: Schule, Nachbarschaft, Freunde, der Fechtverein, das Schloss der Wolffheims, Abenteuerspielplatz nicht nur für kleine Kinder. Pubertierende fanden hier elternfreie Räume; Liebespaare konnten ungestört für sich sein; hinter den Maschinen für die Bearbeitung von dreißig Hektar Land übte die Rockband; im Pferdestall tagte die Schülerzeitung und wurde auf der alten Maschine gedruckt. Hier tauchten die Nachwuchsstars der politischen Parteien auf, um den heranwachsenden Grafen für ihre Farben zu gewinnen. Hier verabredete sich Julia mit Markus, der sich zeitgleich mit Katinka verabredet hatte, was die Mädchen zu einem Liebespaar zusammenschmiedete, was Markus nie verwand und alle heute noch zum Lachen brachte.

Sie waren einer der letzten Jahrgänge vor Internet und Handy gewesen. Sie hatten sich noch persönlich getroffen und Bücher gelesen. Die Jugend von heute nannten sie »arme Technikwürste« und kamen sich dabei herrlich alt vor.

Vor dem Dessert tauchte der Lokalredakteur auf. Er schrieb für die Badische Zeitung, der Fotograf hatte kurzfristig abgesagt. Um das Porträt im Blatt würde Amadeus nicht herumkommen, nicht bei seinem Namen und seiner Vergangenheit und der Vergangenheit seiner Familie. Heute Abend und morgen würde ihm der Redakteur nicht von der

Seite weichen. Der Medienmann sah aus wie viele Provinzredakteure: übermüdet, von einem Grauschleier überzogen, ausgestattet mit gutem Appetit. Er zählte die Termine der letzten Tage auf und genoss die mitleidigen Gesichter. Es gab kein Thema, das für die Lokalausgabe zu belanglos gewesen wäre. Die mit 98 Jahre älteste Bewohnerin bekam alle sechs Monate ihren Jubelartikel, denn, wie der Redakteur zwischen zwei Schlucken sagte: »Man muss das alte Eisen schmieden, solange es Stoffwechsel hat.«

Dann stand Barrakuda am Tisch, noch ein neues Gesicht für den Grafen. Niemand blickte ihn erfreut an, aber er schlawinerte so lange, bis Amadeus ihn einlud. Den Redakteur nannte er wohl zehnmal »mein Kollege«, und der Redakteur konterte zehnmal mit den Worten »Niemand will dein Kollege sein.«

Schnell lag das Blatt auf dem Tisch. »Badenheimer Glück«, ein Anzeigenblatt mit großem redaktionellen Teil. Alle vierzehn Tage steckte es in den Briefkästen von Badenweiler, Müllheim und umliegenden Dörfern, genoss einen guten Ruf bei den Geschäftsleuten und verschaffte Barrakuda das erhebende Gefühl, neben seinem Standbein als Betreiber einer Partnervermittlung auch ein weniger anrüchiges Gewerbe zu betreiben.

»Geh weg«, sagte der Lokalredakteur und stieß mit Barrakuda an. Zu diesem Zeitpunkt war es am Tisch schon laut geworden. Amadeus landete neben Emma, holte Atem zum ersten Satz und sah zu, wie sie zu ihrer Schwangeren aufbrach.

Aber bevor sie ging, hielt die Zahnärztin ihre Rede, in der sie den Rückkehrer begrüßte und ihm alles erdenklich Gute für den neuen Start wünschte. Ruprecht war zur Theke gegangen und hatte einen eingewickelten Gegenstand herangetragen. Er reichte ihn der Zahnärztin, sie reichte ihn Amadeus.

Ein Schiff mit Schornstein und Segeln läuft in den Hafen von New York ein. In die rechte Bildseite ragt eine Häuserzeile. Die Striche waren stark und rücksichtslos, der Weinhändler erklärte: »Auf dem Schiff fahren Auswanderer in die Neue Welt. Das Bild ist für den Auswanderer, der in die Alte Welt zurückkehrt. Mach was draus. Wir sind für dich da. Und damit meine ich nicht nur meine tolle Auswahl an preiswerten Weinen. Wenn dir die hiesigen Tropfen zum Hals heraushängen, keiner ist in Lateinamerika besser sortiert.«

Emma brach eilig auf, Amadeus sah ihr hinterher.

»Künstlerpech«, sagte Barrakuda lächelnd, rückte einen Platz auf den Grafen zu und informierte ihn über die letzten lokalen Skandale. Wie den in der Pension, in der sich eine Busladung ukrainischer Gäste und eine Busladung russischer Rekonvaleszenten als Angehörige der Mafia und der Polizei herausstellten und den schockierten Pensionsbesitzern demonstrierten, dass deutsche Wertarbeit nicht für die Ewigkeit ist, wenn man lange genug mit einem Stuhlbein draufschlägt. Die Versicherungen hatten den Schaden auf 200 000 Euro beziffert. In der Eile hatten die bei Nacht und Nebel aufbrechenden Gäste aus dem Osten ihre Busse verwechselt, was niemand mehr bedauerte als die Busfahrer. Zwei Autobahnraststätten weiter war die Sache geradegezurrt worden. Diesen Schaden hatten die Versicherungen auf 120 000 Euro beziffert.

Die Kommissarin berichtete über Freiburg, wo Bett und Schreibtisch standen. Sie trug keinen Schmuck und wirkte sehr privat. Aber die berufsmäßige Fragenstellerin brach sich doch Bahn: »Ich habe mich gewundert, dass im Schloss noch Strom fließt.«

»Ich wundere mich, dass Sie das wissen. Sie waren doch nicht drinnen oder? Und außen brannte keine Lampe.«

Ruprecht bekam große Ohren, der Redakteur kaute leiser, es war so weit. Zwei Stunden hatten sie Amadeus gegeben, jetzt war die Zeit gekommen. Zwanzig Jahre in zwei Stunden. Der junge Graf und seine stürmische Jugend. Dreihundert Jahre hatten alle Vorfahren getan, was der

Name von ihnen verlangte. Die Gehorsamsten verzichteten sogar auf die obligatorische Grand Tour zu den Stätten der Klassik, sie stießen sich keine Hörner ab, weil ihnen keine Hörner wuchsen. Sie sprengten in Baden-Baden nicht die Bank und zogen sich in Paris keine pikanten Krankheiten zu.

Graf Amadeus war der erste Spross des Hauses, der seinem Namen keine Ehre machen wollte. Der Knabe tanzte nicht einmal gerne, dabei waren die Wolffheims traditionell die besten Tänzer in der Region. Jede Heirat war auf Bällen eingefädelt worden, auf denen die Stühle der Grafenfamilie leer geblieben waren, weil die Wolffheims die Tanzfläche nicht verließen.

Als Amadeus wenige Tage nach dem Abitur seine Habseligkeiten in den Kombi warf, der vor einem halben Jahr noch als Leichenwagen gedient hatte, war die Gräfin überzeugt gewesen, es könne sich nur um einen der störrischen Anfälle handeln, und der Filius werde bald aufgeben.

Aber der Filius war nicht ins Schloss zurückgekehrt; und als der Unfall auf der Bundesstraße geschah, waren auch die Eltern nicht mehr ins Schloss zurückgekehrt; und als die letzten Bediensteten Tücher über die Möbel legten, war die Zeit stehengeblieben – in den ersten Jahren auch Spaziergänger, die vorbeikamen und die Geschichte kannten. Dann waren auch die nicht mehr stehengeblieben, jeder kannte die Geschichten von adeligen Sippen, die das Schicksal wegsprengte, dass nichts mehr übrig blieb als Gebäude, die alt wurden und verfielen.

»Das wissen wir doch alles«, sagte Ruprecht ungeduldig, »steht in jedem Stadtführer. Sag uns, ob es wahr ist, dass du nach England gegangen bist, um den Manager für diese Band zu spielen.«

Das hatte Amadeus getan, ein Jahr lang, in dem er mehr erlebt hatte als man im Schwarzwald in zwanzig Jahren erlebte. Er war ohne bleibende Schäden von den Drogen heruntergekommen. In Irland hatte er sich erholt und war weitergezogen nach Indien, zurück nach Italien und Portugal, und in Israel war er auch gewesen. Er hielt das kurz und nannte keine Gründe, auch nicht die Namen von Frauen, obwohl es nur drei waren, die zählten. Oder vier, aber es gab Namen, die er nicht einmal sich selbst nannte. Besonders einen Namen. Nicht mehr genannt, nie mehr. Und nie gewesen.

Sie spürten, wie bewegt er war, und ließen ihm die Zeit, die er brauchte. Amadeus kam nach Italien, wohin er nicht wollte, und blieb in Italien, was er nicht wollte. Er war damals dreißig, er sprach die Sprache und kannte die Manufakturen, auf deren Höfen die Möbel standen, für die der deutsche Mittelstand bereitwillig in die Tasche griff. Es war nicht leicht, in einer Mode der Erste zu sein, aber hier, bei kleinen Erbauern von Möbeln und Lampen, funktionierte es. Diese Anrichten und Sofas hatte sonst keiner, auch nicht die Designadressen in München und Stuttgart.

»Keine Ehefrau? Keine Kinder?«

Keine Ehefrau, keine Kinder. Ein einziges vielleicht? Zeit genug wäre ja gewesen? »Kein einziges. Ich war auch nicht ein einziges Mal in der Toskana, abgesehen von Florenz. Und nur einmal im San Siro bei Milan gegen Inter.«

Er fütterte sie mit Tourismus ab, sie schluckten es anstandslos. Keiner fragte, wie lange die Phase in der Basilicata gewesen war. So musste er sich für keine der Unwahrheiten entscheiden, die in der engeren Wahl standen. Eine Viertelstunde fühlte er sich trauriger, als er sich vorgenommen hatte. Es war die Weihnachtsbeleuchtung, die ihn rettete. Am Nebentisch setzten die Vorweihnachtskerzen einen Jackenärmel in Brand. Zwei Gäste waren nötig, um der Kellnerin den Feuerlöscher zu entwinden. »Ich kann das!«, rief sie. »Ich habe das im Kursus gelernt!«

Aber sie erstickten die Flammen ohne Chemie, nur mit Vernunft und Muskelkraft. Das Lokal spendierte seinen erschreckten Gästen einen Birnenschnaps, sanft gebrannt, fast nicht mehr flüssig, eine Wolke der Wohltat.

»Und was wird jetzt?«, fragte der Weinhändler. »Wirst du aus der Ruine wieder ein Schloss machen? Der alte Stammsitz mit frischer Farbe? Eine Million reinstecken? Oder zwei?«

Dass er eine Zeitlang bleiben würde, bestritt er nicht und äußerte es nicht erst auf Befragen. Der Lkw mit den Möbeln war unterwegs.

Beim Abschied war ihr Atem heiß, nichts, was auf den Tisch gekommen war, hatte so gerochen. Ihre Umarmung dauerte lange, und sie flüsterte: »Gib mir das Beste von dir.« Amadeus erschrak, und sie fuhr fort: »Gib mir dein Gebiss.« Sie lachte schallend, als sie seine Beklommenheit sah. »Medizinerhumor«, knurrte er.

Die Zahnärztin wollte ihm erklären, was Mediziner für Humor hielten und erzählte einen schockierend ordinären Witz. Keiner lachte lauter als Barrakuda. »Darf ich den abdrucken!?«, rief er. »Ich druck den ab. Wenn's einem zu ferkelhaft ist, schicke ich ihn zu Ihnen. Für jeden neuen Patienten erwarte ich ein Fläschchen.«

Es ging ans Bezahlen. Eine Frau, die Amadeus nicht erkannte, reichte ihm die Hand und sagte: »Wir sind alle so froh, dass wir Sie zurückhaben.«

Schon vor zwanzig Jahren war in diesem Ort nichts so schnell gegangen wie das Verbreiten von Neuigkeiten. Zur Not nahm man auch Gerüchte, der Unterschied war nicht erheblich.

Amadeus wandte sich gerade ab, als sie noch sagte: »Jede Stadt braucht ihren König.«

Er fuhr herum. Verblüfft war auch die Wirtin, denn nicht sie war es gewesen, die gesprochen hatte, sondern die Frau, die mit ihrem Begleiter einige Meter entfernt stand. Amadeus starrte sie an, sie erwiderte den Blick, ohne in Bedrängnis zu geraten, und sagte: »König ist gestrichen. Sagen wir Graf.«

4

Draußen fragte er den Lokalredakteur. Wie aus der Pistole geschossen ratterte der Profi die Besetzungen der Nachbartische herunter. Er kannte neun von zehn Namen, wen er nicht kannte, nannte er »Kurgast« – Synonym für eine Lebensform, die für ihn nur als Inhaber von Kaufkraft von Interesse war, nicht als individuelles Schicksal.

»Die, die Sie meinen, war die Deine.«

Clarissa Deine, die zwei Klassen unter ihm gewesen war. Clarissa, die seine erste Liebe geworden wäre, wäre sie nicht so kompliziert gewesen. So gründlich und langsam. Die gehorsame Tochter aus dem Hause Deine. Nicht der größte Name im Ort, aber der mit dem besten Geruch. Deine & Co., Fabrikation für Parfümerie und Toilettenartikel, gegründet Mitte des 19. Jahrhunderts, eine Adresse, deren Einzugsbereich den süddeutschen Raum abdeckte. Auch die Franzosen und Schweizer ließen sich nicht lange bitten. Nach Deine zu riechen, hatte in der Kindheit des Grafen als Ausweis von Lebensart gegolten. Als er Clarissa geküsst hatte, war er danach in dem Bewusstsein nach Hause gekommen, von einer Duftwolke umgeben zu sein, die alles verraten würde.

»Ein energisches Mädchen«, berichtete der Redakteur. »Die hat Haare auf den Zähnen.«

»Clarissa? Aber ich kenne sie. Sie ist … sie war … sie war weiblich.«

Der Redakteur lachte. »Manchmal verwächst sich das bei den Frauen, wenn sie älter werden. Manchmal innerhalb von einem Jahr. Jedenfalls bei meinen Frauen.«

Sie kamen an einer Vierergruppe vorbei, die aufgeregt miteinander stritt. »Weihnachtsmarkt« hörte Amadeus, und: »Krippen-Quatsch.« Es hätte ihn kaltgelassen, wären nicht schon im Restaurant Gesprächsfetzen herübergeweht, in denen es um einen Konflikt ging, den offenbar die hiesigen Geschäftsleute austrugen. Ob untereinander oder mit anderen, hatte sich ihm nicht erschlossen und ihn auch nicht interessiert.

Der Redakteur hatte dem Grafen einen Rundgang abgebettelt: der Heimkehrer und die Stätten seiner Jugend.

»Fangen wir an«, rief der Redakteur enthusiastisch. »Lassen Sie's einfach laufen. Erlegen Sie sich keine Hemmungen auf.«

»Und Sie erzählen mir im Gegenzug, wovon eben die Rede war.«

»Unser Einzelhandelsverband? Hat nur noch ein Thema, seitdem die Krippen stehen. Die meisten haben sie schon wieder aus den Fenstern genommen.«

Ein Dutzend Schritte später standen sie vor dem Weinladen, und Amadeus verstand besser. Alles hatte mit der Erkenntnis begonnen, dass die umsatzstarke Adventszeit nach einer größeren Attraktion verlangte als Lichterketten. Künstler aus der Region hatten Szenen der Weihnachtsgeschichte gestaltet, die in den Adventswochen ausgestellt wurden, in den Schaufenstern von fünf Läden. Obwohl angeblich künstlerisch wertvoll, bevorzugten die Ladenbetreiber eine andere Bezeichnung: blasphemisch. Der Stall von Bethlehem als Wohncontainer einer Asylantensiedlung; Maria und Joseph mit einem so dunklen Teint, dass sie beim besten Willen nicht als Schwarzwaldbewohner durchgehen konnten; ein Jesuskind, das die meisten für ein Mädchen hielten – es lag kein Segen über der Gestaltung der weihnachtlichen Installationen. Nur noch zwei Geschäftsleute hielten die Flagge der künstlerischen Ausdrucksfreiheit hoch. Einer war der Weinhändler, den selbst sein Vater nicht überreden konnte, die Installation einzumotten. Wer den Vater kannte, wusste den Widerstandswillen des Sohns zu würdigen.

Eine Abbiegung, noch eine Abbiegung, und sie standen vor den Streifenwagen. Einer parkte auf dem Bürgersteig, der zweite blockierte die Straße, auf beiden kreiselte das stummgestellte Blaulicht. »Badenheimer Glück. Partnervermittlung und Anzeigenblatt«, so stand es auf dem Schild über dem Schaufenster. Das Spinnennetz der Risse im Glas sah aus wie Gegenwartskunst. Im Schaufenster verhinderte eine Trennwand den Blick ins Büro. Die Weihnachtsszene besaß Ähnlichkeit mit der Installation im Weinladen, jedenfalls das, was man noch davon erkannte.

Der Redakteur stand vor dem Fenster, seine Handykamera arbeitete. Ein uniformierter Polizist kam aus dem Büro. »Heh Sie! Was soll das werden, wenn es fertig ist?«, rief er dem fotografierenden Redakteur zu. Dann erkannte er den Journalisten, sein Tonfall mäßigte sich. Das nächste Motiv der Kamera war der Uniformierte. »Ich habe keine Schokoladenseite«, sagte der eitel.

»Lass dich doch von hinten knipsen«, murmelte Amadeus, als er den Laden betrat. Hinter ihm erklärte der Redakteur, wen der erzürnte Uniformierte festnehmen wollte, woraufhin der Beamte seinen Eifer zu zügeln wusste.

Es mussten mehrere Täter gewesen sein, unvorstellbar, dass einer allein so viel Zerstörung anrichten konnte. Polizisten standen herum, einer blätterte in einer Ausgabe des Anzeigenblatts und zeigte seinem Kollegen einen Artikel oder eine Anzeige. Jedenfalls sagte der Kollege: »Das wirst du nie los, das kauft man im Baumarkt neu.«

Dann tauchte Barrakuda auf. War sofort auf hundert, wurde laut und unsachlich, nannte zehn mögliche Täter und wiederholte so lange den Namen eines der bekanntesten Geschäfte im Ort, bis die Polizisten ihn aufforderten, sich wieder einzukriegen. Der rief: »Ich will mich aber aufregen! Das ist mein Büro! Hier kann ich tun und lassen, was ich will! Und jetzt will ich mich aufregen!«

Er bemerkte Amadeus, deutete anklagend auf das Zerstörungswerk und rief: »Und was sagen Sie jetzt!? Halten Sie es immer noch für eine tolle Idee, aus dem sonnigen Land, wo die Zitronen blühen, in dieses Drecksloch zu kommen?«

»Wer macht denn so ein Büro kaputt? Das ist doch alles billigste Technik.«

»Na, na«, erwiderte Barrakuda eingeschnappt, um in alter Lautstärke fortzufahren: »Das war der Mob! Sie wollen mich vernichten! Mich und meine Existenz! Sie ertragen es nicht, wenn einer aus der Reihe tanzt!«

»Sie meinen, es war wegen der Weihnachtsszene?«

Barrakuda deutete in eine Ecke: »Da! Das ist, das war ... der Esel! Sie haben den Esel getötet! Was sind das nur für Menschen?«

Sie brachten den zeternden Barrakuda dazu, nach draußen zu gehen und alles zu benennen, was am Weihnachtsbild fehlte. Er vermisste nur den Esel. Der war ins Büro geholt worden, wo man ihn in seine Einzelteile zerlegt hatte. Ein Bekennerschreiben fand sich nicht, auch keine Zeichen an der Wand. Im Büro standen drei Schreibtische und ein Tresen, an dem Kleinanzeigen entgegengenommen wurden. Zu jedem Tisch gab es einen Stuhl und einen Computer.

Der Redakteur kannte alle Polizisten und sie kannten ihn. Man wusste, woran man miteinander war. Danach ging es um die Künstler, die die Weihnachtsszenen gebaut hatten. Barrakuda bat darum, den Prozess der Entstehung eines Kunstwerks als »erschaffen« zu bezeichnen. Damit drang er bei den bodenständigen Cops nicht durch.

»Ich kenne den Bermbach«, sagte ein Cop, »der hat noch nie etwas erschaffen. Der ist praktisch Tischler.«

»Kunsttischler«, sagte Barrakuda eindringlich.

Der Cop blickte ihn an. Jeder im Raum spürte, wie schwer es ihm fiel, sich das zu verkneifen, was ihm auf der Zunge lag.

Barrakuda gab an, bis halb neun hier gewesen zu sein. Er habe ein intaktes Büro verlassen. Er gab auch an, in den letzten Tagen mehrfach wegen der Weihnachtsszene kritisiert worden zu sein. Stets von Bürgern und Kunden, nie von Geschäftsleuten, auch nicht von denjenigen, die in den Gremien das Wort gegen die blasphemische Aktion führten.

Die Außentür war nicht beschädigt worden. Es gab einen Zugang vom Hinterhof, der in eine Abseite und von dort in die Küche führte. Hier fanden sich Spuren, ein Eisen zwischen Tür und Rahmen hatte das Schloss zersprengt. Das Eisen lag vor der Tür, am Eisen klebte ein beschrifteter Post-it-Zettel. Der Text lautete: »Ich enthalte keine Fingerabdrücke.«

»Hier fühlt sich einer so gar nicht bedroht«, knurrte ein Polizist.

»Ich bin ein rechtstreuer Bürger«, stellte Barrakuda klar, »ich habe keine Feinde.«

»Jeder hat Feinde. In meinem Dorf heißen sie ›Nachbar‹.«

Nun ging es um die Namen. Eine Gruppe ortsansässiger Künstler hatte den Kaufleuten ihr Projekt vorgestellt: Der Entstehungsprozess der Kunstwerke sollte öffentlich stattfinden, alle Bürger und Kurgäste waren eingeladen, der Kunst beim Entstehen zuzusehen.

Ein Polizist sagte: »Lassen Sie mich raten: Schmied war auch dabei.«

»Natürlich war Schmied dabei«, entgegnete Barrakuda. »Bei uns darf doch kein Kulturschaffender einen Furz lassen, ohne dass Schmied den Darmwind absegnet.«

»Aber der Mann ist doch Dichter. Oder Poet. Wie nennt man das, was der ist?«

»Ein Quälgeist.«

»Nein, nun mal ehrlich.«

»Ein großer Quälgeist. Wenn es nicht etwas schwierig wäre, ein Violinsolo zu spielen, hätte er das auch schon gemacht. Aber mit Pappe und Tapetenkleister ein paar krumme Figuren zusammenlöten, das traut der Mann sich allemal zu.«

»Wollen Sie damit sagen, dass dieser Esel …?«

»Schmied«, sagte Barrakuda ohne Begeisterung. »Mein Schaufenster hat Schmied gestaltet.«

»Na, dann haben wir ja ein starkes Tatmotiv«, freute sich der Polizist. »Der Kerl hat es sich doch mit jedem Zweiten in der Stadt verdorben. Adresse und Telefon bitte.«

»Tannenweg irgendwas«, knurrte Barrakuda. »Aber ich habe ihn schon länger nicht gesehen.«

»Wieso nicht? Er hat doch seine Figuren aufgestellt.«

»Das war er nicht, das waren Kollegen.«

»Aber die Figuren stammen von ihm?«

»Glauben Sie, das lässt der Mann sich nehmen? Haben Sie nicht die Schilder gesehen, die ihn als Künstler ausweisen?«

»Als Erschaffer, meinen Sie.«

»Oder so.«

Der Graf und der Redakteur verschoben ihre sentimentale Reise durch den Ort, morgen würde auch der Fotograf zur Verfügung stehen. Amadeus stand schon auf dem Bürgersteig, als der jüngste der Uniformierten ihm folgte. »Ich will eigentlich gar nichts«, sagte der Polizist aufgeregt. »Es ist nur so, dass ... na ja, mein Opa, was mein Großvater ist, er hat für den Grafen gearbeitet, damals, als es noch einen Grafen gab. Hat in der Landwirtschaft gemacht, was anlag. Er war auch gut mit Fußböden, alles, was Holz war eigentlich. – Ja, das wollte ich nur sagen.«

»Ach ja. Und – warum?«

»Na, weil das doch schön ist, wenn man eine Vergangenheit hat, eine gemeinsame. Ich finde das jedenfalls schön. Dass du einen triffst und der hat was mit dir zu tun. Um vier Ecken herum, aber immerhin.«

Plötzlich erstarrte er: »Ich habe mich blamiert«, behauptete er. »Ich wollte doch nicht ... ich habe doch nicht ...«

Amadeus trat auf den Mann zu und nahm ihn in die Arme. Er spürte, wie der andere erstarrte, dann spürte der Graf die Berührung von Händen auf dem Rücken.

5

Der Schlaf wollte nicht kommen. So viele Gesichter, so viele Reize. Dabei war es nicht schlecht gelaufen. Keine Distanz, keine vielsagenden Bemerkungen. Im Grunde war der Abend ein Erfolg gewesen, mehr ging nicht nach zwanzig

Jahren. Es würde einen zweiten Abend geben und einen dritten. Vor allem würde es Alltag geben. Der Check bei der Zahnärztin, der Einkauf beim Weinhändler. Amadeus sehnte sich nach Normalität. Vor zwanzig Jahren hatte er den kleinen Ort hinter sich gelassen, weil er nicht mehr atmen konnte. Jetzt machte die Kunde von seiner Rückkehr die Runde in den Häusern. Er würde noch dumme Bemerkungen zu hören kriegen, Unterstellungen, Ablehnung. Das war nicht zu umgehen. Aber er musste offen sein.

Die Rückkehr hatte er lange in sich getragen. Letztlich war es eine schnelle Entscheidung gewesen. Nun musste endlich der Umzugswagen erscheinen. Momentan hatte er nur das, was sich in der Tasche befand. Auch kein Auto. Und kaum Bargeld.

In einem Winkel des Hauses hatten sich Decken gefunden, dennoch fror er. So kündigte sich keine Krankheit an, es lag tiefer. Eingehüllt in eine Decke machte er sich auf die Runde. Sie roch nach etwas, was vor langer Zeit in die Kiste gelegt worden war, um Ungeziefer abzuhalten.

Dass Räume so leer sein konnten. Sie befanden sich in einem Ruhezustand, sehr lange schon. Den Farben hatte das nicht geschadet. Am Tage hatten ihm die ausgeblichenen Töne gefallen. Der Fußboden erst recht. Er hatte lange in Ländern gelebt, in denen herrliche Böden vorkamen. Dieser musste sich nicht verstecken, so einen mutigen Mix aus Holz und Stein hatte er selten erlebt.

In jedem Raum brannte eine Glühbirne, nackt und ohne Lampenschirm. Jemand hatte zwanzig Jahre den Strom bezahlt. Und wie kam es, dass alle Glühbirnen funktionierten? Waren sie jahrzehntelang intakt geblieben, oder hatte eine aufmerksame Hand nachgeholfen?

Er stieg in den Keller hinab, die Abenteuerwelt vergangener Tage. Er erstreckte sich unter dem Haupthaus und lief in einem Verbindungsgang zum Nebengebäude, wo er sich erneut ausbreitete. Insgesamt waren es mehrere hundert Quadratmeter. Damals war alles in Schuss gewesen. Heute war es schlimm, das lag nicht nur am Staub und Dreck, am Schimmel, an Brennholz, Töpfen und Pfannen, an Resten der Waschbottiche, an Einweckgläsern, Dosen, Getränkekisten. Hier unten lagerte tonnenweise Gerümpel.

Im Wohnbereich hatte er alles wiedererkannt und war kein einziges Mal in die Irre gegangen. Hier unten fand er mehr Türen, als er für möglich gehalten hatte. Waren damals schon so viele Rohre unter der Decke entlanggelaufen? War das Lampenglas mit Draht geschützt gewesen? Wo kamen die Fahrräder her? Ein Wolffheim fuhr nicht Rad, er fuhr Auto und Ski. Der alte Graf war in St. Moritz auf den Skeletonschlitten gesprungen, als das noch für eine blaublütige Variante des Suizidversuchs galt. Am Rand der Bahn hatte ein kleiner Graf gestanden, voller Angst um den Vater und stolz, als ihn dessen Freunde hochleben ließen.

Der Weg zur Heizungsanlage. Er nahm eine Tür zu früh und stand in dem Nebenraum. Als Schlaflager war der Raum geeignet, deshalb wunderte sich Amadeus nicht über die beiden Schlafplätze, aus allem hergerichtet, was der Keller zu bieten hatte: Pappe und Kartons als Unterlage. Darauf die Schlafsäcke: verschlissen, aber sorgfältig gefaltet. Plastiktüten mit Füllung dienten als Kopfkissen. An der Wand standen Spiegel, Flaschen. Und Zahnbürsten, zwei Zahnbürsten! Die Zahnbürsten ließen Amadeus nicht los.

Immer tiefer drang er in den Keller vor. Zuerst stellte er sicher, dass sie durch die Nebentür gekommen waren. Er musste viel Kraft aufwenden, um sie aufzudrücken. Davor lag Holz, mit zwei Handgriffen ließ es sich wegräumen. Hier legte jemand Wert darauf, dass der Zugang nicht ins Auge sprang.

Der Heizungskeller. Vier Öltanks, jeder fasste 3000 Liter. Manches vergaß man nicht. Er klopfte gegen die vorderen Tanks, hohl klang es. Der dritte und vierte Tank standen in zweiter Reihe dahinter. Es war immer noch Öl darin. Aber Amadeus wusste, wie sich Öl mit der Zeit verändert, wie es versulzt und den Brenner verstopft. Er war froh, dass sich hier keine Vandalen ausgetobt hatten. Eine Flamme hätte genügt, um das Ende des Anwesens in Gang zu setzen.

Am Raum mit den Einweckgläsern konnte er nicht vorbei, nirgendwo sonst lagerte so viel Persönliches. Geschirr, Gläser, die Töpfe, in denen Marmeladen eingekocht worden waren. Pressen für die Früchte, sogar alte Weckringe fand er. Sie waren mürbe geworden und zerbröselten zwischen zwei Fingern. Einige Dosen gab es noch, sie stammten aus dem Laden, das war kein Problem. Aber die Gläser mit der Marmelade waren ein Problem. Jedes trug ein Etikett. Pflaumenmus. 24. September 1987. Er hielt das Glas gegen die Glühbirne. Ihm war es zu süß gewesen, aber sie hatten Marmelade gegessen, die fünfzehn Jahre alt war und einwandfrei. So hart, dass man sie mit Messer und Gabel schneiden musste.

24. September 1987, zehn Tage nach dem 16. Geburtstag von Amadeus. Damals war die Luft schon bleihaltig gewesen. Laute Reden, Einfordern von Respekt. Damals stand noch die Ritterrüstung auf dem Sockel in der Eingangshalle. Amadeus hatte es nicht darauf angelegt, sie umzuwerfen, als er sich vor dem zeternden Vater in Sicherheit bringen wollte. Das Scheppern des Eisens auf dem steinernen Boden! Laut und grell, und es wollte nicht aufhören.

Die Kartoffelkiste war auch noch da. Zweimal im Jahr kam Nachschub, dann kollerten harte Knollen auf die Holzbretter. Unvergessliche Geräusche. Vorne, wo die schiefe Ebene die Kartoffeln ablegte, lagen leere Hüllen, schwarz vertrocknete Triebe.

Die Kiste stand schief, rechts ragte sie in den Raum. Amadeus übertrieb es nicht mit der Ordnungsliebe, aber er drückte gegen das Holz. Die Kiste war ja fast leer und nicht im Boden verankert. Welchen Grund gab es, dass sie sich partout nicht gegen die Wand schieben lassen wollte? Erst drückte er noch manierlich, dann mit ganzer Kraft. Nun hätte er es gut sein lassen können, aber er wollte es wissen und zog die Kiste nach vorn. Mit einem satten Geräusch kippte eine große Rolle zu Boden. Bisher hatte die Kiste sie daran gehindert, umzufallen. Amadeus wusste gleich, dass diese Rolle jünger war als zwanzig Jahre. Sein Vater hätte es nicht zugelassen, dass sich im Keller Unordnung ausbreitete. Schon gar nicht im Vorratskeller, einem Raum, der Respekt einforderte. »Wirf Essen weg, und du kriegst den Ärger deines Lebens!« Man hätte es Amadeus freundlicher sagen können, aber er verstand auch so und hielt sich daran. Mit Nahrungsmitteln wurde nicht geaast.

Noch ein Ruck, dann streckte sich der Plastiksack und gab dabei ein Geräusch von sich, als würde er es genießen. Endlich Platz! Jemand hatte sich große Mühe gegeben, den Inhalt zu verschnüren. Alles saß stramm. Viele Lagen Folie übereinander. Aber das Gesicht war immer noch sichtbar. Aufgerissene Augen starrten Amadeus an. Er starrte zurück, es wollte einfach nicht aufhören, das Starren.

6

Um 7 Uhr 11 steckte er sich die Zigarette an. Um 7 Uhr 14 ging die Sonne auf. Um 7 Uhr 15 zertrat er den Tabakrest und pulte etwas aus dem Mund. Streng genommen hätte er sich nicht in die Decke einschlagen müssen. Aber ihm war danach. Die Decke beschützte ihn vor der Welt. Er hätte sie sich über den Kopf ziehen können, dann hätte ihn niemand gesehen, und er hätte niemanden gesehen, und alles wäre nicht wahr gewesen … und vom Bahnhof fuhren Züge zu anderen Bahnhöfen, wo große Züge hielten, die ihn zu jedem Fleck Europas bringen würden. Er besaß kaum Bargeld, aber das würde sich regeln lassen. Und wenn es sich nicht regeln ließ, würde er eben laufen. Er war ein guter Läufer, kein Sprinter, aber ausdauernd. Wenn er sein Tempo gefunden hatte, hielt er lange durch. Er war noch gar nicht richtig hier, er konnte wieder verschwinden, und alles wäre wie vorher. Niemand kannte die Kartoffelkiste, niemand würde Fragen stellen, die ihn in Bedrängnis brachten. Er war Amadeus, der verschollene Graf.

Nach zwanzig Jahren hatte er vorbeigeschaut, ob noch alles stehen würde, und weil er alles in guter Ordnung gefunden hatte, konnte er wieder gehen. So machten das verrückte Grafen, man las das immer wieder. Sie waren exaltiert, irgendwann würde sich die fehlende Blutauffrischung bemerkbar machen. Er wäre nicht der erste adlige Idiot gewesen. Und nicht der mutigste. Bisher hatte er sich für klug gehalten, aber Grafen mussten nicht klug sein. Grafen bezogen ihr Selbstverständnis nicht aus Bildung, sondern aus Vergangenheit und guten Manieren.

Wären die Augen geschlossen gewesen, wäre er mit diesem Unfug vielleicht durchgekommen. Aber sie hatten Blickkontakt gehabt: erstaunt und ungläubig der eine; erstaunt und ungläubig der andere.

Auf jedem Bahnhof fuhren morgens besonders viele Züge ab, jedenfalls wenn die Fahrpläne vom Kapital geschrieben wurden. Ja, Vater, nein, Vater, das ist nicht polemisch, das ist die Realität. Schon mal gehört? Schon mal gesehen? Schon mal profitiert von ihr? Schon mal an ihr geleckt? Kreuz und quer über ihr Gesicht, das mag sie, davon kriegt sie gute Laune, denn sie legt gerne Menschen aufs Kreuz, die glauben, sie seien besonders schlau. Dabei fährt kein Zug schnell genug, um die Realität abzuhängen. Ja, Vater, nein, Vater, wir müssen uns darum kümmern. Tote gibt es überall und zu allen Zeiten. Das darfst du nicht persönlich nehmen. Ja, Mutter, nein, Mutter, ganz meine Meinung, Mutter. Wir müssen uns darum kümmern. Ich drücke auf den Knopf und lass die Puppen tanzen. Der Leichen-Graf meldet sich zurück. Zwanzig Jahre bis zur ersten Leiche. Kaum in der Heimat, schon mausetot. So ein Alibi hat die Welt noch nicht gesehen. Ich war 800 Kilometer vom Tatort entfernt – ihr könnt in Ruhe weiterschlafen.

7

»Alle, die nichts zu tun haben, raus!«, rief Kommissarin Bittermann. Sie blieb mit dem Mann in weißer Schutzkleidung im Kellerraum zurück. Amadeus wusste nicht, ob sie ihn noch nicht bemerkt hatte oder ob er Heimvorteil genoss.

»Also«, sagte die Kommissarin.

»Zwei Wochen«, antwortete der Weiße. Amadeus sah, wie er sich an der Leiche zu schaffen machte. Er sah die Leiche nicht, aber er besaß Phantasie.

»Zehn Tage bis etwas über zwei Wochen. Die Folie hat das gemacht, was sie auch im Haushalt macht: Sie hält das Fleisch frisch. Keine sichtbaren Verletzungen. Wir werden zügig arbeiten, damit Sie Futter kriegen.«

Die Tür öffnete sich zaghaft, und erst auf halber Strecke sah man, wer sie öffnete.

»Hallo, Frau Bloch«, sagte Amadeus, »kennen Sie mich noch?«

»Rolf!«, rief sie alarmiert. »Rolf, komm doch mal! Du glaubst nicht, wer hier ist!«

Auftritt Rolf. Es sah aus, als hätte er hinter der Tür gewartet, so dass ein Ausfallschritt genügte, um im Flur zu stehen.

»Ja, der junge Graf!«, sagte Bloch mit falscher Tonlage.

»Sie haben mich längst entdeckt«, entgegnete Amadeus und befürchtete, dass Bloch leugnen würde.

»Klar doch«, sagte Bloch und kam zur Tür, wo er Amadeus heftig die Hand schüttelte. »Wir haben es noch nicht richtig kapiert«, behauptete er. »Nach so langer Zeit. Ich meine … da braucht man zwei Tage, um das zu verarbeiten.«

Amadeus stellte die Kommissarin vor. Sie sah ihn überrascht an, er lächelte und sagte: »Ich wollte immer schon mal eine Kommissarin vorstellen. Das sieht man in Krimis nie.«

»Wer weiß, wofür es gut ist«, knurrte sie.

Im Dienst war sie ein anderer Mensch. Nicht unfreundlich, nicht autoritär. Aber sie strahlte Bestimmtheit aus, ihr Körper besaß eine größere Spannung als im Restaurant.

Die Blochs aus dem Kutscherhaus hatten den Auftrieb nebenan mitbekommen und brannten vor Neugier. Sie war größer als die Ängste, was die unerwartete Rückkehr des Grafen für ihr Leben bedeuten mochte.

Zwei Minuten kommunizierte man zwischen Tür und Angel, danach war den Blochs klar, dass dies keine dauerhafte Lösung darstellte. Im Wohnraum sitzend, wehrte sich Amadeus gegen das irritierende Gefühl, zu Hause zu sein. Stumm musterte er die Möbelstücke, die ihn umgaben. Die Blochs guckten aus, wer die undankbare Aufgabe übernehmen sollte, dem Grafen reinen Wein einzuschenken.

»Wir haben gedacht, besser hier als nebenan, wo alles kalt und klamm ist«, sagte Bloch mit einer Aufgeräumtheit, die zu seinen verkniffenen Gesichtszügen im Widerspruch stand.

»Nette Geste«, murmelte Amadeus und überlegte, ob es ihm gelingen würde, den Aufsatz der Anrichte auf dem Kopf des Lumpen zu zerschlagen. Solange er denken konnte, hatte die Anrichte in einem Nebenflur gestanden, wo sie sich besser gemacht hatte als in dem überladenen Wohnzimmer der Dienstboten. Es sah aus wie in einem Lagerraum, wo man Möbel abstellt, bevor man eine lange Reise antritt.

Die Kommissarin, unbelastet von feudalistischen Aggressionen, eröffnete den Blochs, dass im Schloss eine Leiche gefunden worden war. Frau Bloch legte eine Hand auf den Mund und ließ sie bis zur Brust sinken, wo die Hand die Aufschläge ihrer Bluse zusammenhielt.

Ihr Mann reagierte gefasster. »Oha«, sagte er. Nun waren die Talente der Blochs als aufmerksame Nachbarn gefragt. Hatten sich in letzter Zeit Menschen im Schloss oder vor dem Schloss aufgehalten? Fremde? Oder bekannte Gesichter? Autos? Eine Bewegung, die auffallend war?

»Nichts«, sagte Bloch.

»Im Keller habe ich ein Lager gefunden«, teilte Amadeus mit.

»Das sind bestimmt die Obdachlosen.«

Die Kommissarin atmete hörbar ein.

»Die sind harmlos«, behauptete Bloch. »Die sind doch immer da.«

»Obdachlose.«

»Sag ich doch.«

»Sagen Sie mehr.«

»Mehr gibt's eigentlich nicht zu sagen.«

»Herr Bloch!«

Man musste die beiden an die Kulturtechnik von Frage und Antwort erst heranführen, danach ging es besser. Das Schloss diente Obdachlosen als Nachtquartier, das ging seit Jahren so und geschah mit Diskretion. Sie kamen abends, nahmen den Nebeneingang aufs Grundstück und den Nebeneingang in den Keller. Morgens sah man sie selten verschwinden. Frau Bloch, eine Frühaufsteherin, hatte sie gesehen, immer zu zweit, und manchmal mit einer Tüte voller Müll.

»Das fand ich anständig von ihnen«, sagte sie.

»Woher wussten Sie, dass in der Tüte Müll ist und nicht der Hausstand der Obdachlosen?«

»Weil Obdachlose keine Tüten haben. Sie haben richtige Taschen.«

»Das stimmt nicht«, sagte die Kommissarin.

»Oder einen Koffer. Oder einen Einkaufswagen. Das sieht man doch im Fernsehen.«

»Was haben Sie durch Ihr Fenster gesehen?«

Sie hatte Männer gesehen, Männer ohne Gesichter, immer falsch angezogen, zu warm oder zu dünn. Scheue Gestalten, die froh waren, die Nacht sicher und trocken verbringen zu können.

Amadeus hielt es für nicht ausgeschlossen, dass sie ihre Abfälle entsorgt hatten. Der Schlafraum war nicht verschmutzt gewesen, in anderen Kellerräumen hatte er nichts gefunden, was wie Müll oder Küchenabfälle aussah, nichts, was aus jüngster Vergangenheit zu stammen schien. Auch in den oberen Geschossen deutete nichts darauf hin, dass sich dort Fremde aufgehalten hatten. Amadeus fand die Vorstellung bizarr. Menschen, die nichts besitzen, verfügen über ein komplettes Schloss und geben sich mit einem Kellerverschlag zufrieden.

Die Kommissarin telefonierte mit dem Kommissariat in Müllheim, wo sie ihre Zelte aufgeschlagen hatte. Dort nahm man Rücksprache mit Streifenbeamten. Ergebnis: Die Polizei wusste, dass Obdachlose und Landstreicher ins Schloss gingen, um dort zu schlafen. Nie war etwas vorgefallen, kein Feuer, kein Lärm, kein Vandalismus. Deshalb hatte man das Treiben geduldet. Einen Moment fand Amadeus die Vorstellung verstörend, dass die Habenichtse mit Duldung der Polizei seine Untermieter geworden waren. Dann war es vorbei.

Vor vier oder fünf Tagen hatten die Blochs zum letzten Mal Gestalten gesehen. Man musste Glück haben, um sie zu bemerken. »Oder sich auf die Lauer legen«, sagte Bloch. Sie retteten ihn nicht aus der Bredouille, in die er sich selbst gebracht hatte. So sagte er unwillig: »Es ist ja nicht so, dass ich zu viel Zeit haben würde …«

»Kenne ich«, stimmte die Kommissarin zu. »Ruheständler haben nie Zeit. Wir haben alle Eltern.«

Er suchte die Gemeinheit hinter ihrer Bemerkung und fand ein sachliches Gesicht.

Bloch hatte auf der Lauer gelegen. Nicht, um die armen Teufel anzuschwärzen.

»Ich wollte nur wissen, was nebenan vorgeht. Wir waren ja Nachbarn – auf eine gewisse Weise.«

Amadeus fragte: »Haben Sie die Glühbirnen ausgewechselt?«

Bloch zuckte zusammen, als habe man ihn eines Delikts bezichtigt. Instinktiv wollte der Mann alles leugnen, um dann einzuknicken. Mit leiser Stimme gab er zu, im Abstand von zwei Monaten »nach drüben« zu gehen, um nach dem Rechten zu sehen.

»Ich habe das Gefühl, das Haus freut sich, wenn einer kommt«, sagte er leise. »Ich meine, was ist trauriger als ein Haus, in dem niemand wohnt? Und das ist ja kein Haus, das ist ein Schloss.«

»Ich fand den Ausdruck immer übertrieben«, sagte Amadeus unvermittelt. Alle starrten ihn an, in allen Gesichtern las er die gleiche Botschaft: Deine Sorgen möchten wir haben.

Eine Erkenntnis hatte die Neugier der Blochs gebracht: Wenn noch vor vier Tagen Obdachlose im Schloss gewesen waren, war es unwahrscheinlich, dass der oder die Täter aus ihren Reihen stammten. Es sei denn ... aber war so viel Kaltblütigkeit denkbar? Wer war imstande, in einem Haus mit dem Menschen zu schlafen, den er kürzlich zu Tode gebracht hatte? Doch wusste man streng genommen noch nicht, wie das Opfer gestorben war. Man wusste nur, dass sich jemand Mühe gegeben hatte, ihn unauffällig und geruchsfrei aufzubewahren. Sprach das für einen Obdachlosen als Täter? Und wenn nur einer der Täter war und alle anderen nichts davon wussten?

Die Kommissarin ging nach nebenan, um zu telefonieren. Nun war die Situation da, vor der sich Amadeus gerne gedrückt hätte.

»Da sitzen wir nun«, sagte Bloch tapfer. »Sicher haben Sie Pläne«, fuhr er fort. Vielleicht dachte er daran, dass zu den gräflichen Plänen ein Blick auf sein Konto gehören könnte, bei dem er feststellen würde, dass die Bewohner seines Kutscherhauses keine Miete gezahlt hatten. Seit dreizehn Jahren keine Miete. An dieser Tatsache arbeitete sich Bloch ab – um sich sogleich der zweiten unangenehmen Frage zu stellen: Was würde die Zukunft bringen? Man hatte sich daran gewöhnt, mietfrei zu leben, hatte nur in der ersten Zeit einige Scheine zur Seite gelegt, das aber bald eingestellt, um die neu gewonnene finanzielle Freiheit zu nutzen: für Reisen, einen häufigeren Wechsel des Autos, für ein besseres Zimmer im Krankenhaus und den Fernseher mit der Rundum-Beschallung, die einem die Ohren abriss. Das alles sah nun der Graf! Und er würde sich Fragen stellen.

Wenn man Pech hatte, würde er die Fragen laut und vernehmlich stellen! Darauf waren die Blochs nicht vorbereitet. Nur auf ein Leben in der Etagen-Mietwohnung waren sie noch weniger vorbereitet.

Amadeus sagte: »Finde ich schön, dass Sie ein Auge auf das Anwesen hatten.«

Bloch war so felsenfest auf einen Angriff eingestellt gewesen, dass er ins Schleudern geriet. »Ist doch klar«, haspelte er, »würde ich wieder so machen.«

Und Frau Bloch sagte munter: »Willkommen zu Hause. Auf gute Nachbarschaft!«

8

Nachmittags tagte man in großer Runde. Als alle saßen, schoss Kommissar Sprecher herein. »Sitzenbleiben! Behalten Sie Platz!«, rief er und strahlte die Kommissarin an. Die hiesigen Kollegen verdrehten die Augen.

Sprecher stand so lange hinter dem Stuhl des älteren Beamten, bis der fragte: »Ist was?« Sprecher lächelte ihn an, der Sitzende sagte: »Nehmen Sie doch einen der tausend anderen Plätze!«

»Würde ich problemlos tun. Aber dann wäre der Kontakt zwischen mir und meiner Kollegin abgerissen, und sie müsste jedes Mal aufstehen, um mir mit dem Lineal auf die Finger zu schlagen.«

»Ich will endlich anfangen!«, drängte die Kommissarin, während der Beamte alles, was er vor sich aufgebaut hatte, abbaute, um mit seinen Utensilien auf einen anderen Platz umzuziehen, wo er alles wieder aufbaute. Erleichtert ließ sich Sprecher auf den Stuhl fallen und flüsterte: »Keine Angst, ich bin bei Ihnen.«

Kommissarin Bittermann begrüßte die sieben Kollegen und erwähnte, dass bei Verbrechen gegen das Leben die Kollegen aus Müllheim zuständig waren. Sie selbst würde die Ermittlungen leiten, weil sie im bisherigen Verlauf des Falles räumlich und persönlich dicht am Fall gewesen sei, weshalb es eine Frage der Vernunft sei … an dieser Stelle brach sie ab. Jeder in der Runde wusste, dass hohe Kreise die Kommissarin am Fall sehen wollten, kaum einer schätzte die Regelung, aber sie waren Beamte und akzeptierten ihre Position in der Befehlskette. Außerdem hatte bisher niemand unter der Bittermann zu leiden gehabt.

Bei dem Toten handelte es sich um Schmied, Wolf Schmied, 51, einen Mann, der in der Runde unwidersprochen als »unbeliebtester Mitbürger Badenweilers« bezeichnet wurde. Schmied war Schriftsteller und besaß die Neigung, sich auch für einen bildenden Künstler zu halten. Vor sechs Jahren war er in den Ort gekommen, um sein Amt als »Stadtschreiber« anzutreten. Dabei handelte es sich um ein literarisches Stipendium im Rahmen der Kulturförderung. Das Stipendium umfasste eine Wohnmöglichkeit für sechs Monate und einen monatlichen »Künstlersold« in Höhe von 499 Euro. Dafür wurde von dem Stipendiaten erwartet, für Lesungen an Schulen zur Verfügung zu stehen und sich der örtlichen Kulturszene nicht zu verweigern. Schmied war sechsunddreißigmal in Schulen aufgetreten – davon mehrere Male unangemeldet, indem er den laufenden Unterricht unterbrach – und hatte erst damit aufgehört, als Kinder gestanden, Angst vor dem Onkel zu haben, der so laut redete und sie aufforderte, zuzuhören und nicht heimlich ihr Handy zu bedienen und es ihnen wegnahm, wenn er dazu Lust hatte.

Nach Ablauf der sechs Monate versäumte es Schmied, aus der Zwei-Zimmer-Wohnung auszuziehen. Angeblich müsse in Hannover, wo er lebte, seine Wohnung nach einem Wasserschaden grundsaniert werden. Das zog sich wohl in die Länge und führte zu einem Zustand, an dem Badenweiler in den folgenden Jahren schwer zu tragen hatte. Schmied entwickelte sich zu einer Reizfigur, wie sie die Stadt seit Jahrzehnten nicht erlebt hatte. Jeder Einheimische in der Runde konnte eine Begebenheit beitragen, die Schmied als Quäl- und Poltergeist zeigte. Faul, versoffen und ein genialer Schnorrer, verbrachte er seine Tage damit, sich in Dinge einzumischen, die ihn nichts angingen. Mit Kultur hatten Schmieds Aktivitäten nicht immer zu tun. Er gefiel sich darin, als moderner Till Eulenspiegel den Leuten den Spiegel vorzuhalten, was er bei sich selbst erkennbar selten tat. Sein wilder Bart, seine nachlässige Art, sich zu kleiden, seine schlechten Zähne und seine Angewohnheit, sich schnell aufzuregen und dann auf zartbesaitete Gemüter einschüchternd zu wirken – all das machte Schmied stadtbekannt. Man traf ihn in Kneipen und im Kurviertel. Die touristischen Attraktionen zogen ihn magisch an, oft stand er vor Bussen und bot sich auswärtigen Besuchern als Stadtführer an. In seinen Vorträgen erwies er sich als intimer Kenner der Lokalgeschichte. Dennoch wurde er mehrfach angezeigt, weil er Ortsansässigen Familiengeheimnisse andichtete, die er nicht beweisen konnte. Allerdings konnte er die Geldstrafen nicht bezahlen und kam durch gemeinnützige Tätigkeiten von seiner Schuld los. Da er in Seniorenheime ging und dort Geschichten vorlas, die die alten Zuhörer in Angst und Schrecken versetzten, wurde das nächste Fass geöffnet.

»Bitte etwas kürzer«, bat die Kommissarin. »Ich glaube, die Richtung ist klar geworden.«

»Dann ist Ihnen auch klar geworden, dass wir 4000 Verdächtige haben«, entgegnete Sprecher. »Der Mann konnte vielleicht nicht dichten, aber er war ein Genie im Erzeugen von Mordmotiven.«

Seit dem Herbst war Schmied seltener in der Öffentlichkeit aufgetreten. Er war nicht spurlos verschwunden, einmal pro Woche zog er krakeelend durch den Ort, beschimpfte Passanten und Hunde und sorgte für Unruhe, weil er die Alarmanlagen von geparkten Autos aktivierte. Nun würde es darum gehen, die letzten Wochen des ungeliebten Mitbürgers nachzuzeichnen.

Hissling, Leiter des Badenweiler Kommissariats, begleitete die Kollegin zur Wohnung des Toten. Es war ein Fußmarsch von wenigen Minuten, in denen Hissling so beziehungsreich schwieg, dass die Kommissarin ihn aufforderte, endlich zu reden, weil es ihn sonst zerreißen würde. Er zierte sich, wie es manche Männer gern taten, und ließ sich viermal bitten, bevor er den Mund aufbekam.

»Das liegt nur am Grafen«, murmelte er.

»Was liegt am Grafen?«

»Dieser Aufstand. Dass sie so tun, als müsste man eine Sonderkommission einsetzen. Hätten wir den Quälgeist in der Kanalisation gefunden, würde kein Hahn danach krähen.«

Das war für Hisslings Verhältnisse bemerkenswert rüde. Er stammte aus dem Ort, er hatte noch die Eltern des jetzigen Grafen erlebt und redete nicht mit Sympathie von ihnen.

»Das Einzige, was in der Familie gearbeitet hat, war das Geld. Wie die Maden im Speck. Große Reden, große Autos, das tollste Haus weit und breit, eine Spende hier, eine Spende dort. Du konntest keinen Furz lassen, ohne dass der Graf am nächsten Tag ein öffentliches WC gespendet hat.«

»Beruhigen Sie sich doch. Sie reden ja wie ein ... wie ein Republikaner.«

»Ist doch wahr. Zwanzig Jahre steht das Schloss leer. Wer kann sich denn heutzutage so was leisten? Was das kostet!«

»Also ärgert es Sie nicht, dass die Wolffheims ein Schloss besitzen, sondern dass sie es sich leisten können, es leerstehen zu lassen?«

»Dann taucht Sohnemann auf, und kaum ist er da, liegt eine Leiche im Keller.«

Sie ließ den Mann in seinem Grimm allein, aber eins musste Hissling noch loswerden: »Wenn es um den Grafen geht, müssen wir alle springen.«

»Lieber Kollege, ein Mann ist getötet worden. Wir suchen den Täter. Was würde daran bei anderen Voraussetzungen anders laufen? Lassen Sie mich raten: Sie kennen den Grafen. Sie sind zusammen zur Schule gegangen, weil er ja nicht auf ein teures Internat ging, sondern auf eine Schule wie Hinz und Kunz und Hissling.«

»Das haben sie nur gemacht, um uns klarzumachen, dass sie könnten, wenn sie wollten. Aber sie wollten eben nicht. Abstoßend, diese Leutseligkeit.«

»Mann, in Ihnen schlägt ja das Herz eines Revolutionärs! Der Graf hat Ihnen wohl die Freundin ausgespannt?«

Es war eine hingeworfene Bemerkung, nicht ernst gemeint. Nie im Leben hätte sie damit gerechnet … sie sah Hisslings Gesicht und hielt sicherheitshalber den Mund.

9

Vor der Haustür begegneten sie einem Kollegen. Er hatte die Nachbarn befragt, die um diese Tageszeit zu Hause waren. Drei Namen, identische Aussagen. In diesem Haus hatte Schmied keine Freunde. Alle hielten ihn für einen Menschen, der in Extremen lebte. Er war überwältigend optimistisch oder rabenschwarz traurig. Er arbeitete die Nacht durch, mit Musik, lautem Tippen auf einer elektrischen Schreibmaschine und Krach wie von verschobenen Möbeln. Oder er lag bis nachmittags im Bett und schleppte sich danach durchs Haus, als wäre er ein alter Mann. Er überschüttete die Nachbarn mit der Schilderung von Projekten oder fragte sie nach Schlafmitteln. Sechs Jahre hatte er in diesem Haus gelebt, seit fünf Jahren warteten alle auf den Tag, an dem er ausziehen würde. Er war rücksichtslos, wer sich beschwerte, hatte unter seiner nachtragenden Art zu leiden. Er verschmierte Schlösser mit Klebstoff, ließ Pakete verschwinden und brachte Saufkumpane mit nach Hause, die sich im Treppenhaus erbrachen oder morgens schlafend vor fremden Wohnungstüren lagen.

Einem dieser Kumpane war eine Nachbarin ins Gesicht getreten, versehentlich, wie sie immer wieder betonte. Irgendwann entschuldigte sie sich nicht mehr und zog aus. Das war mehrere Jahre her. Schmied war danach triumphierend durchs Haus gelaufen und hatte getönt: »Nehmt das als Warnung! So wird es jedem gehen, der mir in die Quere kommt!« Dazu hatte er angeblich gelacht wie ein Wahnsinniger.

Frauenbesuch war eine Ausnahme und stets mit Alkohol und Krach verbunden. Zweimal hatte ihn die Polizei aus dem Schlaf geholt, weil jemand gesehen hatte, wie er auf dem Nachhauseweg von der Kneipe eine Laterne mit einem Stock zerschlagen und Autolack mit Kot beschmiert hatte.

Kein Nachbar trauerte um Schmied.

Die Wohnung, 40 Quadratmeter, lag unterm Dach. Zwei Zimmer mit ungewöhnlichem Schnitt und einfacher Ausstattung. Für eine alleinstehende Person war es ein gemütliches Nest mit viel Holz, Schrägen und Nachmittagssonne. Ein anderer Bewohner hätte hier sein Glück finden können. Schmied hatte die Grünpflanzen vertrocknen lassen und nicht entfernt. Was das von außen auf die Wohnungstür gemalte riesenhafte Auge ankündigte, setzte sich drinnen fort. Hier lebte ein Monomane mit vielen Zentnern Büchern, die auf dem Boden gestapelt waren. In den Regalen drängten sich leere Weinflaschen.

An den Wänden klebten Notizen und Ausschnitte aus Zeitungen. Wo der Platz nicht reichte, waren Papiere auf vorhandene Papiere geklebt worden. Wenn man sich durch einen Raum bewegte, hob und senkte sich das Papier, als würden müde Flügel schlagen. Über der Matratze klebten Weinetiketten an der Wand. Hissling fand beste Lagen aus Franken, von Ahr und Mosel. Die meisten Etiketten stammten aus dem benachbarten Markgräfler Land.

Die winzige Küche war mit Mülltüten überladen, die Kochfläche des Herds war versaut. Das Geschirr in der Spüle verstärkte den Eindruck von Vernachlässigung. Aber für Plakate war noch Platz gewesen. Die Bürgermeisterwahl vor zwei Jahren. Wolf Schmied als Kandidat einer freien Wählergruppe.

»Das ist ein Scherz, oder?«, fragte die Kommissarin.

»Hätte er Humor gehabt, wäre es nicht so anstrengend mit ihm gewesen. Das Problem war, dass er alles, was er getan oder gelassen hat, mit 150 Prozent getan oder gelassen hat. Und da er immer das Falsche getan und das Richtige gelassen hat, wurde alles noch schwerer mit ihm. Der Mann war eine biblische Plage. In ihm haben sich die guten alten Heuschrecken materialisiert.«

Die Wohnung war zugrunde gewohnt worden. Aufräumen würde nichts retten. Hier musste radikal saniert werden. Hissling wusste, dass sich das Haus im Besitz der katholischen Kirche befand.

»Das hat ihm den Hals gerettet«, murmelte er. »Jeder andere Vermieter hätte ihm einen Schlägertrupp auf den Hals geschickt. Aber die Katholiken müssen zur Zeit ja auf ihr Image achten. Einen armen Künstler zum Obdachlosen machen – das gibt schlechte Presse.«

Unerwartet waren sie zu dritt, Kommissar Sprecher schaute herein, er hatte die obligatorische Tüte dabei und kaute. Der Mann war besessen von Teigstücken, beim Anblick einer Bäckerei setzte Speichelfluss ein.

»Ich muss wissen, wie er gelebt hat«, sagte er kauend.

Das schätzte die Kommissarin an ihm. Mochte er bei den Kollegen auch als Maulheld gelten, bei der Arbeit war Schluss mit lustig. Sprecher biss sich fest und ließ nicht locker. Man konnte ihn zu jeder Tag- und Nachtzeit anrufen, konnte ihn zu Terminen schicken, vor denen sich alle drückten. »Für die Gerechtigkeitspflege tue ich alles – und für meine Teigstücke.«

Als Charmeur und Frauenversteher konnte er gut mit Verkäuferinnen, vom Azubi bis zu den Schlachtschiffen, die sich nichts gefallen ließen – außer Schmeicheleien.

Gemeinsam blätterten sie Bücher durch, sie wollten sich einen Eindruck von den Themen verschaffen, an denen Schmied interessiert war. Geschichte, Erotik, Automobile, Wein und Weinanbau, Sagen aus dem Schwarzwald, Biografien, Romane. Kein einziger Kriminalroman, das fiel allen

Ermittlern auf. Zuletzt suchten sie gezielt nach einem Krimi und wurden nicht fündig.

Auf dem einzigen Tisch stand ein Computer. Sprecher fuhr ihn hoch, die Kommissarin flöhte derweil Ordner und Papierstapel und fand nichts, was einen Hinweis auf intensive Beschäftigung lieferte.

In den virtuellen Ordnern setzte sich die Beliebigkeit fort. Was für ein Autor war Schmied gewesen? Was hatte er bisher veröffentlicht? In den Regalen fand sich kein Buch mit seinem Namen auf dem Umschlag. Sprecher riet, die Anthologien durchzusehen. Hier war Wolf Schmied zu finden. Vier Veröffentlichungen: drei Stories, einmal war er mit Gedichten vertreten. Sprecher las eines vor, Hissling sagte: »Wow. Mein Leben hat eine neue Richtung bekommen.«

10

Auf dem Weg zur Sparkasse ereilte ihn das Schicksal. Thüringen am Apparat. Die Polizei in Gera hatte so viel staatstragenden Ernst aufgesetzt, dass Amadeus das Unglück kannte, bevor es ausgesprochen worden war. Danach hatte er keine Lust mehr, weiterzugehen, dabei war der Weg jetzt noch wichtiger geworden.

Die Drucker und Geldautomaten standen in der Halle mit den Besprechungsplätzen. Alles war hell und voller Grünpflanzen. Als der Anzugmann vor ihm stand, fühlte sich Amadeus nicht besser.

»Du erinnerst dich bestimmt nicht«, behauptete der andere.

»Keine Spielchen«, bat Amadeus. »Ich habe ein lausiges Gedächtnis für Gesichter, das darf man nicht persönlich nehmen.«

Sven Lebach nannte seinen Namen. Weil Amadeus sich dunkel daran erinnerte, dass Sven seinerzeit eine Banklehre begonnen hatte, konnte er dem Anzugmann eine Freude bereiten.

»Wir hatten ja nie direkt etwas miteinander zu tun«, behauptete Sven. »Ich war eine Klasse über dir, und entweder warst du so selten in der Schule, oder wir sind ständig aneinander vorbeigelaufen.«

Zu diesem Zeitpunkt befanden sie sich schon in Lebachs Sitzecke. Der Leiter der Filiale verfügte über Grünpflanzen, aus denen sich Mauern bauen ließen. Er behauptete, dass die Pflanzen auch Schall abfingen. Alles war gediegen und nicht einmal piefig.

»Filialleiter«, sagte Amadeus, »das ist doch was. Vorausgesetzt, man will es werden.«

Lebach lachte, seine Bereitschaft, auf jede Lebensäußerung seines Gegenübers aufgeschlossen zu reagieren, war unverkennbar. Lebach wusste Bescheid, bei ihm wagte Amadeus die Frage.

»Woher? Irgendwer hat es mir erzählt. Der Graf ist da! Der Graf ist da! Ein Kunde wohl. Dir ist klar, dass du das nie loswerden wirst?«

»Dass ich der Graf bin?«

»Komm bloß nicht auf die Idee und sag einem: Du kannst mich Amadeus nennen. Das hält hier niemand für einen Vertrauensbeweis, das würde sie durcheinanderbringen. Ich sage das nur für den Fall, dass du glaubst, wir seien im 21. Jahrhundert, und da würden das die Leute anders sehen. Die Leute sind nicht altmodisch. Aber sie finden es hinreißend, dass wir einen Grafen haben. Und ein Schloss. Eine Geschichte eben.«

»Sven! Du redest ja richtig verliebt!«

»Ich denke an meinen Vater. Wenn in dessen Gegenwart einer sagt: ›Die Wolffheims machen dies und das‹, dann geht der dem an die Gurgel und sagt: ›Die Wolffheims gibt es gar nicht. Es gibt nur Meier und Lehmann und die Grafen.‹ Mein Vater ist 70 und hat einen iPod.«

Sie lachten sich aufeinander zu, Amadeus redete Klartext. Oft waren ihm die guten Zuhörer mit ihrer vorurteilsfreien Mimik auf die Nerven gegangen. »Für mich gibt es nur dich auf der Welt«, sagte ihr Gesichtsausdruck. Heute kam ihm das zupass.

Lebachs erste Worte waren: »Das ist ja furchtbar! So einen Anfang wünscht man seinem schlimmsten Feind nicht. Ich habe noch nie gehört, dass einer Umzugswagen klaut.«

»Die Polizei aus Gera sagt, es geht ihnen weniger um den Inhalt, sondern um den Lkw. Bei mir werden sie wohl eine Ausnahme machen. Einige Möbel sind gute Stücke.«

»Das glaube ich. Wenn sie gut genug sind, um im Schloss zu stehen.«

Sie hatten den Lkw in einer Werkstatt gefunden, in der er für die Überführung in den Osten hübsch gemacht werden sollte. Die Kfz-Firma stand kurz vor der Pleite und hatte diesen Ausweg gefunden. Zwei Jahre war sie damit über die Runden gekommen, die letzten Monate unter Beobachtung der Polizei, von der sie erst gestern Abend etwas mitgekriegt hatten, als man den Laden hochnahm. Im Lkw hatten sich Zettel mit der gräflichen Handynummer und deutscher Adresse gefunden. Von der Ladung keine Spur, angeblich wusste von den Werkstattleuten niemand, wo sie geblieben war. Den Polizisten sagten sie, dass man nur die Fahrzeuge übernehmen würde und sich nicht mit Hausrat belastete. Den zweigten die Diebe ab, und deren Namen sei leider, leider nicht bekannt. Datenschutz, die Polizei werde Verständnis haben …

»Was kann ich für dich tun? Oder besser: Was kann die Stadt für ihren Grafen tun?«

»Dass du ein sehr freundlicher Mensch bist, sagen dir bestimmt jeden Tag zehn Kunden.«

»Ach, die erpressen mich lieber mit der Drohung, zur Konkurrenz zu gehen.«

Amadeus spürte die mitschwingende Befürchtung. Seine Familie war mit der Sparkasse seit dem Krieg verbunden gewesen. Es gab noch andere Verbindungen zu Geldhäusern, aber eine Adresse in der Region war Pflicht. Dreizehn Jahre hatte die Verbindung geruht. Jetzt fragte sich Lebach, ob es ein Selbstgänger sein würde, den abgekühlten Draht wieder zum Glühen zu bringen.

»Sven, ich will offen mit dir reden. Der Diebstahl erwischt mich auf dem falschen Fuß. Auf dem Lkw war mein kompletter Hausrat. Alles, was mir lieb und teuer ist. Das sollte mich in der ersten Zeit über Wasser halten. Nicht finanziell, sondern ... klingt jetzt etwas kitschig, aber ich brauche etwas, was ich anfassen kann und ansehen. Etwas, mit dem ich zusammengelebt habe. Mir steht ein Neuanfang bevor, das war mir klar. Aber ich hatte gehofft, er wird nicht ganz so neu sein, der Neuanfang.«

Der Filialleiter sagte: »Streng genommen mag ich keine Probleme, weil ich genauso harmoniesüchtig bin wie wir alle. Aber wenn es ein Problem gibt, sind mir die am liebsten, die ich persönlich lösen kann. Gib mir zwei Minuten.«

Es dauerte etwas länger als zwei Minuten, aber dann standen sie in der Schatzkammer der Sparkasse. Ein kleiner Raum, dessen Längsseiten von der Decke bis zum Fußboden von den bekannten Fächern gebildet wurden.

»Testament, Schmuck und Briefmarkensammlung für die Enkel«, sagte Lebach. »Bei uns wirst du nichts finden, was am Finanzamt vorbeigegangen ist.«

»Man schläft besser, wenn man so denkt, oder?«

»Aber hallo«, murmelte der Filialleiter und trat an die Wand. Von hinten sah Amadeus, wie seine Arme arbeiteten. Etwas rasselte zu Boden, nun hatte sich die schmale Wand, die bis eben noch wie rau verputzt gewirkt hatte, in sechs Fächer verwandelt, drei mal zwei. Alle waren gleich groß und um ein Vielfaches größer als die Brot-und-Butter-Schließfächer. Solche Formate fand man auf Flughäfen und Bahnhöfen. Für die großen Nummern hatte sich ein Schlosser oder Goldschmied viel Mühe gegeben.

Verdutzt sah Amadeus, wie Lebach sein Hemd aufknöpfte und den darunter an dünner Kette hängenden Schlüssel ergriff.

Lebach sagte: »Die 1 bedeutet mehr als die bloße Zahl. Sie sagt etwas über Wertschätzung aus, und sie ist ordinäre Statistik. Der Erste kommt zuerst, historisch gesehen.«

Bei geöffneter Tür wirkte das Fach noch größer. Amadeus war von der irritierenden Vorstellung gepackt, dass ein Kind darin Platz finden würde. Das Fach war in zwei Hälften geteilt. Oben lagen Dokumente und Papiere, darunter die Kassette. Lebach zog sie heraus, wandte sich dem Grafen zu und zögerte. Dann reichte er sie ihm und sagte: »Der Schlüssel befindet sich im Türgriff des Raums, der in die Bibliothek führt. Oder was früher die Bibliothek war. Es gibt nur den einen Schlüssel.«

»Aber Sven! Wenn etwas passiert wäre! Feuer, Abriss, Diebstahl!«

»Dieser Türgriff ist mit der Tür auf eine Weise verbunden, die einen Diebstahl unmöglich macht. Man müsste die Tür mitnehmen, ich denke, sie ist vier Meter hoch.«

»Aber er kann verloren gehen!«

»Tradition gibt es nicht ohne Risiko. Das ist ein Missverständnis von denen, die keine Tradition haben.«

»Mein Vater?«

»Wer sonst?«

11

Vor seiner Tür wartete der Redakteur, in seiner Begleitung befand sich ein ungewöhnlich junger Mann, den seine Ausrüstung als Fotograf auswies. Der Redakteur saß auf den Stufen des Treppenaufgangs und schien zu schlafen. Sein Begleiter umrundete mit der Kamera die Figuren, die in die Hauswand eingelassen waren, veränderte den Abstand, prüfte das Licht.

Zuerst erschien der Graf, eilig, mit einer Kiste unter dem Arm, entstieg er einem betagten BMW in starkem Orangeton.

»Aber hallo«, sagte der Fotograf, »dazu braucht man ja einen Filter.«

»War mal in Mode«, entgegnete Amadeus. »Aber da waren Sie noch nicht geboren.«

»Gut«, sagte der Fotograf eingeschnappt, »es wäre natürlich netter gegangen, aber so geht es auch.«

Amadeus stürmte ins Haus. Die Journalisten hatte er vergessen, er wollte sie heute nicht sehen und fand keine Möglichkeit, ihnen dies mitzuteilen, ohne sie zu verprellen.

Keine Minute später fuhr Kommissar Sprecher vor. Sein BMW war fünfzehn Jahre jünger, dennoch beäugte er neidisch den älteren Bruder. Er war mit dem Gucken noch nicht fertig, als der Volvo kam. Das dunkle Rot war schmutzig und stumpf, unkultiviert nagelte der Dieselmotor. Nachdem die Fahrerin sich zweimal mit der Schulter gegen die Tür geworfen hatte, gab der Volvo Emma frei. Beim Aufschwingen stieß die Tür ein Quietschen aus, das sich bei empfindlichen Menschen als Schmerz im Stirnbereich festsetzte.

Die Hebamme war noch damit beschäftigt, den Plastikkorb von der Ladefläche zu wuchten, als Sprecher auftauchte und ihr mit einer Leutseligkeit zur Hand ging, die Emma nicht für ihn einnahm. Aber tragen durfte er.

Der Plastikkorb stand auf dem Küchentisch, Emma sagte »tatatata« und zog mit Schwung das darübergelegte Handtuch ab.

»Die Anfangsausstattung! Damit Sie nicht als schlechter Gastgeber den Ruf Ihres Stammes versauen. Sie glauben nicht, wie viele Frauen mich in Naturalien bezahlen. Da sammelt sich was an. Auch schönes Geschirr.«

Streublumen auf Porzellan, dessen Ton durch eine Abtönung ins Ockerfarbige Wärme gewann. Runde Formen, urig und schön.

»Sagen Sie's schon«, knurrte Amadeus. »Es wissen maximal zwei Menschen darüber Bescheid, dass sich mein Umzug verspäten wird. Wer konnte die Klappe nicht halten? Und gibt es einen Ort auf der Welt, an dem die Menschen ähnlich schnell Geheimnisse ausplaudern?«

Ihm war bewusst, dass man mit einer Frau, über deren Erscheinen man sich aufrichtig freut, nicht in diesem Tonfall reden sollte. In der Küchentür tauchte eine fremde Frau auf. Hochschwangerer Leib, gefüllte Einkaufstüten. Sie wuchtete die Tüten auf den Tisch, wischte sich die Stirn und stöhnte, wobei sie die Hebamme ansah: »Früher kriegte man sein Kind, indem man sich schonte. Heutzutage muss man dafür arbeiten.«

Sie watschelte zur Tür zurück und drehte sich noch einmal um.

»Sind Sie der Graf? Und Sie haben wirklich keine Frau? Hurra, wir sind eine Weltstadt.«

»Jetzt ist Kaffee da«, sagte Emma ungerührt. »Und Filterpapier.«

»Auch ein Filter?«

»Logisch. Ich kann Ihnen eine Adresse nennen, wo es Kaffeemaschinen gibt. Gleich hinter der Schweizer Grenze.«

»Wieso?«

»Man lebt nicht jahrelang in Italien und mag keinen Espresso.«

Amadeus berichtete von dem geklauten Umzugswagen. Immer wieder ging er in Gedanken die Zahl der Gegenstände durch.

»Ich hab auch was Neues«, sagte der Kommissar. »Wir wissen jetzt, wie Schmied ums Leben gekommen ist.«

»Er hörte auf zu atmen.«

»Das auch. Aber vorher ertrank er.«

Weil äußerliche Verletzungen fehlten, war jeder darauf eingestellt gewesen, dass man ihn vergiftet hatte. Selbst einen Infarkt hatte man nicht ausgeschlossen. Jetzt das: ertrunken. In Magen und Lunge waren bei der Obduktion diverse Kräuter gefunden worden. Kräuter mit unbekannten Zusätzen. Noch war nicht bekannt, in welchen Nahrungsmitteln so etwas vorkam.

»Jedenfalls sind Sie damit aus dem Schneider«, sagte Sprecher huldvoll zum Grafen. »Beziehungsweise Ihr Schloss.

Hier gibt's wohl nichts, was dafür in Frage käme. Wer hier umgebracht wird, hätte eher eine Maus im Magen.«

»Warum ist er eigentlich aus dem Schneider?«, fragte Emma.

Mit dem fixen Blick, der ihm eigen war, vergewisserte sich der Kommissar, dass sie den Grafen meinte, und sagte: »Sie denken, er war zwanzig Jahre im Ausland und kommt nach zwanzig Jahren zurück, und kaum ist er da, findet sich eine Leiche, die vor zehn Tagen noch lebte. Sie meinen, man fragt sich unwillkürlich, wo der Schlossbesitzer sich vor zehn Tagen aufgehalten hat? Meinen Sie das?«

Entschuldigend blickte sie den empörten Amadeus an und sagte schulterzuckend: »Früher oder später wären sie sowieso darauf gekommen. Wenn nicht er, dann seine clevere Kollegin, die ich zufällig gut kenne.«

»Was brauchen Sie?«, fragte Amadeus den Kommissar.

»Wenn Sie vielleicht ein kleines Alibi hätten …?«

»Ihnen macht das Spaß, oder?«

»Der Beruf sollte Spaß machen. Welchen haben Sie eigentlich?«

Erneut erzählte Amadeus von den letzten zwanzig Jahren. Unwillig zuerst, sachlich und detailliert danach. Zwischendurch fiel ihm ein: Sie war nicht da, sie hat das meiste noch nicht gehört. Oder nur von der Kommissarin. Aber sie will es von mir hören.

»Was ist?«, fragte Emma leicht verunsichert.

Zu diesem Zeitpunkt saßen sie am Küchentisch. In den letzten beiden Wochen war er nicht damit beschäftigt gewesen, seinen Hausstand einzupacken. Das war eine Sache von 48 Stunden gewesen. Zu dem Zeitpunkt, an dem der Mann gestorben war, war Amadeus noch nicht entschlossen gewesen, nach Norden zu fahren. Das teilte er in dieser Deutlichkeit nicht mit. Er wollte nicht als Zeitgenosse gelten, der sich von spontanen Eingebungen leiten ließ – schon gar nicht bei Themen von so erheblicher biografischer Bedeutung. Aber ihm war auch klar, dass ihm seine Stellung gute

Karten bescherte. Ein Graf genoss Vorrechte; und wenn er sich nicht als unterbelichtete Figur erwies, verbesserte er sein Blatt weiter.

Der Kommissar verlangte Namen, Adressen und Telefonnummern von Menschen, die bestätigen konnten, dass sich Amadeus in den letzten zwei Wochen in der Basilicata aufgehalten hatte, am besten pausenlos.

Amadeus fragte: »Ihnen ist schon klar, dass die Basilicata nicht neben Südtirol liegt? Da steigt man nicht mal eben ins Auto, fährt hoch und wieder zurück.«

»Das haben jetzt Sie gesagt«, entgegnete Sprecher. »Und zwar ohne Not.«

»Sie haben das Auto doch gesehen«, sagte Emma. »Das wird doch nur noch von dem vielen Orange zusammengehalten. Wenn das die Alpen sieht, fallen dem vor Angst die Räder ab.«

Amadeus zögerte, dann war zu viel Zeit vergangen, um die falsche Annahme richtigzustellen. Bis vor wenigen Stunden hatte der Wagen auf dem Hof der Sparkasse gestanden.

»Besitzen Sie ein Flugzeug? Und einen Pilotenschein?«

»Hören Sie auf«, murmelte Amadeus, »das bringt doch nichts.«

Der Kommissar machte sich ständig Notizen. War sein Gedächtnis so schlecht? Oder war die Schreiberei Teil seiner Kriegführung? Immerhin ließ er den Grafen vom Haken und fragte Emma und die Journalisten nach den letzten Wochen im Leben des Wolf Schmied. Aus irgendeiner Quelle wusste jeder, dass er kaum noch im Stadtbild aufgetaucht war. Der Mann war jahrelang dermaßen präsent gewesen, dass eine Unterbrechung seines Getöses kaum jemandem verborgen geblieben war.

»Vielleicht war er krank«, sagte Emma.

Sprecher interessierte sich für die Einkünfte des Künstlers. Er besaß ein Girokonto bei der Sparkasse, das keine nennenswerten Bewegungen aufwies. Keine regelmäßigen Einkünfte, ob groß oder klein. Kaum unregelmäßige Einkünfte, meistens klein. Keine Miete wurde abgezogen, von diesem Konto bezahlte er weder Krankenversicherung noch Zeitschriftenabo. Keine Spur von Altersvorsorge. Schmied besaß eine EC-Karte, mit der er Einkäufe bei Aldi beglich, sonst nichts. Nie ein Restaurantbesuch, nie ein anderer Einkauf: weder Kleidung noch Wein. Er verfügte über einen Überziehungsrahmen von 2000 Euro, der seit langem ausgereizt war.

»Was sagt uns das?«, fragte Sprecher und begann, die zweite Einkaufstüte nach Essbarem zu durchsuchen. Er machte reiche Beute, das war der Vorteil, wenn man eine Hochschwangere einkaufen schickte. »Es sagt uns, dass der Mann entweder arm wie eine ... dings ... wie eine Kirchenmaus war. Oder er besaß eine Leidenschaft für Barzahlung.«

Alle Einheimischen bestätigten, dass Schmied regelmäßig Kneipen und Speiselokale aufsuchte. Dabei war er nie allein. Ein Auto besaß er nicht, nur ein Fahrrad, das er alle paar Monate gegen ein anderes Rad tauschte, von dem niemand wissen wollte, woher es stammte.

»War nett, mit euch zu plaudern«, sagte Sprecher. »Ich kaufe mir jetzt eine Badehose, ab morgen wird der Schwerpunkt meiner Amtsführung in der Therme liegen.«

Als Begründung nannte er die Tatsache, dass Schmied ertrunken war. Als der Kommissar abgefahren war, wurde allen die Ruhe bewusst. Die Journalisten drängten darauf, im Haus zu fotografieren, das Licht war bereits aufgebaut.

Emma spürte wohl, wie wenig sich Amadeus darauf freute.

»Einen schönen Mann kann nichts entstellen«, behauptete sie. »Seien Sie froh, dass der Kommissar das Bild über Ihrem Kamin nicht gesehen hat.«

»Wieso denn? Das habt ihr mir doch geschenkt, wofür ich mich noch einmal in aller Form bedanke.«

»Schon gut. Aber vielleicht hätte er zwischen seinen neunmalklugen Reden einen Blick auf die Signatur geworfen.«

»Oh nein!«, stieß Amadeus hervor.

»Die Welt ist klein«, sagte Emma. »Das Honorar für sein Bild habe ich Schmied höchstpersönlich in die schwielige Künstlerhand gedrückt.«

Er musste kämpfen, aber am Ende hatte er das Haus für sich allein. Er saß am Küchentisch, trank Kaffee, goss Milch ein. Jemand hatte eine Tageszeitung mitgebracht. Der Kommissar hatte geraucht und die Kippen akkurat in einer Reihe auf die Untertasse gelegt. Die Küche sah nach wenigen Stunden angenehm eingewohnt aus.

Die Schatulle stand zwischen Milchtüte, Becher und der Schale mit Brötchen und Teigstücken. Das Holz war gedunkelt, die Beschläge schwarz bemalt. Der Schlüssel war zehn Meter entfernt. Um ihn zu erreichen, musste man aufstehen, zur Tür gehen, sich mit dem Drücker vertraut machen und so lange suchen, bis man den Schlüssel gefunden hatte.

Amadeus blieb sitzen. Im Grunde wusste er, was ihn erwartete. Es lag stets das gleiche in diesen Schatullen. Testament; Verfügungen; Adressen von Notaren, Anwälten; Sparbücher, Coupons, Dokumente, die einen als Eigentümer auswiesen: von Immobilien, Firmen, Liegenschaften, Sammlungen. 285 Hektar Mischwald im Nordosten. Im schlimmsten Fall würde ihn der Inhalt der Schatulle in einen reichen Mann verwandeln.

Er durchsuchte die Fressalien. Nicht weil er Appetit verspürte, er wollte einfach sehen, dass Nahrungsmittel vorhanden waren. Wildfremde Menschen machten sich Gedanken um ihn, das waren die Werte, die nicht in Schatullen passten.

Eine Faust schlug gegen das Fenster, Amadeus sprang auf und warf den Stuhl um. Die Kommissarin stand vorm Fenster und rief: »Ich war erst an der Tür und wollte schon wieder weg. Da habe ich Sie gesehen.«

Er öffnete das Fenster, sie ließ ihn nicht zu Wort kommen.

12

Ruprecht, der Weinhändler, war nicht erstaunt, die Kommissarin in Begleitung des Grafen zu sehen. Natürlich ließ er die Besucher nicht davonkommen, ohne ihnen zuvor die amerikanische Ecke zu präsentieren. Von Kalifornien und den unbekannteren US-Weinregionen über Mexiko nach Brasilien, Argentinien, Chile, Uruguay. Er betonte so oft, dass er die Anbaugebiete im Herzen trug, bis Amadeus fragte: »Warum tust du das? Was soll Amerika?«

Ruprecht blickte sich um, niemand hörte ihnen zu. Dennoch kam er dicht an die Besucher heran und raunte glücklich: »Er hat keine Ahnung von Amerika.«

Der lange Schatten des Vaters. Der alte Herr wusste auch wenig über Australien und Südostasien, Ruprecht verfügte noch über einige Trümpfe.

»Nehmen Sie Ihren Vater doch mal in den Arm«, schlug Kommissarin Bittermann vor.

Ruprecht starrte sie an, als hätte man ihm ein unzüchtiges Angebot gemacht. Nun sollte er sich zu Schmied äußern.

»Die Rache der Mittelmäßigen«, behauptete der Weinhändler. »Was stellen die sich eigentlich vor? Zwischen Malen nach Zahlen und Lucas Cranach ist viel Platz. Im Fußball haben wir auch nur eine Erste Liga und Millionen Treter spielen in der Kreis- und Bezirksklasse.«

Ruprecht erinnerte sich an Streits und Dummheiten des Künstlers. Schmied hatte die Ausweitung des Kurseelsorge-Angebots über evangelisch und katholisch hinaus gefordert. Man wollte ihn mit dem Hinweis auf jüdische Andachten abspeisen und las kurz darauf ein Konzept, auf dem Schmied Angebote für die großen Weltreligionen einforderte. Den verdutzten Christen-Vertretern bot er an, künftig unentgeltlich als Hinduist zu arbeiten. Vierzehn Tage später eintreffende Mails aus Indien verhinderten diese Novität. Offenbar hatten diplomatische Drähte geglüht.

Ruprecht sagte: »Vielleicht lag es auch an den Zahnschmerzen. Es ging ihm damals nicht so gut. Natürlich war er nicht versichert. Das war sein Lebensmotto: Wähle von zwei Möglichkeiten immer die anstrengendere.«

Schmied war zur Zahnärztin gegangen, die Amadeus kannte, und hatte verlangt, behandelt zu werden: sofort und kostenlos. Sie ließen ihn zwei Stunden im Wartezimmer schmoren. Das erwies sich als keine gute Idee, weil Schmied begann, die Mitpatienten mit seinen angelesenen Kenntnissen über zahnärztliche Kunstfehler zu verängstigen, was zu viel Beunruhigung und einem leergefegten Wartezimmer geführt hatte.

Die beiden Besucher mussten keine zwei Stunden warten, nur eine kleine Prinzessin musste noch behandelt werden. Die Fünfjährige war in der Lage, mit weit offenstehendem Mund pausenlos und gut verständlich zu plappern. Die Zahnärztin bestand darauf, dass ihre Besucher sich das anhörten.

Als die Prinzessin mit ihrer Mami, nunmehr beide plappernd, aus der Praxis getanzt war, stand man zu dritt im Wartezimmer vor der Wand. Das Bild war halb fertig, die Dimensionen zimmerfüllend. Der weibliche Teufel mit Hörnern und wallenden Gewändern war dabei, einen muskulösen Ochsen zu Boden zu ringen, in dessen Hals mehrere Pfeile steckten. Blutiges Rot, knallgelb, ein Himmel in diversen Grautönen.

»Ich wollte es erst übermalen«, sagte Rena, »aber ein Wochenende kam dazwischen, und danach fand ich es nicht mehr so schlimm.«

Dreißig unbeobachtete Minuten hatten Schmied gereicht, um seine Schuld bei der Ärztin in Kunst zu begleichen. Man hatte die Polizei holen müssen, um den rasenden Künstler zu stoppen. Er war noch von der Behandlung betäubt gewesen, ein Polizist war mit dem Elektroschocker auf ihn losgegangen, weil er sich von dem lallenden und Speichelfäden ziehenden Schmied bedroht fühlte.

»Sein Zahnstatus sah aus wie ein Verkehrsübungsplatz«, berichtete Rena im Sandwichladen. Die Frau, die die Brote belegte, forderte vom Grafen ein Autogramm. Als er sich sperrte, drohte sie damit, ihn bei den Gästen zu verpetzen, das würde ihn zwanzig Autogramme kosten. Schreibend kaufte er sich frei.

Schmieds Gesundheitszustand sei besorgniserregend gewesen, nicht nur im Mundraum. Der Blutdruck über zweihundert, die Nerven überreizt, der Mann strahlte Unruhe aus. Am schlimmsten sei sein Gerede gewesen: Er fühlte sich verfolgt und schikaniert, an seinen Künstlerkollegen ließ er kein gutes Haar. Huren und Strichjungen nannte er sie, auf der Jagd nach Stipendien und öffentlichen Aufträgen. Rena hatte ihm Termine bei einem Allgemeinmediziner besorgt, zu dem er nicht gegangen war. Sie hatte ihn mit Tabletten versorgt. Zum Schluss hatte er das Glas mit den Lollis für die Kinder geklaut und die Süßigkeiten auf der Straße verkauft.

Auf dem Weg zum letzten Termin sagte Amadeus: »Wir haben nichts Neues erfahren. Dafür wissen wir alles, was wir schon vorher wussten, dreimal und viermal.«

Der Kommissar hatte Künstler und Kunsthandwerker befragt, die mit Schmied zu tun gehabt hatten. Bis auf eine Frau, die sich wie eine Verliebte aufgeführt hatte, hielten alle den Quälgeist für eine nervtötende Erscheinung. Immer wieder habe Schmied einen Dummen gefunden, der ihn eingeladen und sich seine Pläne angehört hatte. Er verschaffte seinen Opfern das Gefühl, sich als Förderer von Kunst und Kultur zu zeigen, wenn sie Schmied einen Schein zusteckten. Es war nicht so, dass der Mann unbegabt gewesen war. Aber sein größtes Talent sei es gewesen, sich Feinde zu machen. Einen nach dem anderen hatte er gegen sich aufgebracht und das in einem Ort, wo man sich ständig über den Weg lief.

»Warum nehmen Sie mich mit?«, fragte der Graf, als sie von weitem schon die Kapelle sahen.

»Ich dachte, es ist ein Weg, in die neue Heimat einzutauchen.«

»Mit einem Mord?«

»Es hat auch Vorteile. Sie stehen nicht so sehr im Mittelpunkt, das müsste Ihnen doch gefallen.«

Das tat es auch. Sie nahm ihm Verantwortung ab, er konnte passiv bleiben, musste nicht die Gespräche tragen. Die verflixte Sache mit den zwanzig Jahren. Für die lange Abwesenheit gab es Gründe, die die Menschen verstehen würden. Was ihn schreckte, waren die Fragen nach der Zukunft: Was hast du vor? Wie lange willst du bleiben? Willst du eine Familie gründen? Willst du den Namen deiner Sippe wieder zu einem Begriff machen?

Der Bischof gab den Handwerker. Nicht nur, dass er einen strapazierfähigen Mantel trug, er trug auch einen Helm. Ein evangelischer Kollege, mit dem er angeblich seit langem aufs Geistreichste über Kreuz lag, hatte ihm den Helm anlässlich einer Kirchturmsanierung vermacht, weil man nicht riskieren dürfe, dass die wenigen hellen katholischen Köpfe durch ein Malheur in Verbindung mit der Schwerkraft in Mitleidenschaft gezogen würden.

Der kleine Kapellenraum war gefüllt mit Restauratoren. Eine Bestandsaufnahme fand statt, bevor die Arbeiten beginnen würden, für die drei Jahre veranschlagt waren. Zu Füßen des Schwarzwalds, wo der Rhein in der Ebene floss und im Westen die Vogesen aufstiegen, gehörte die Kapelle nicht zu den ersten Adressen.

»Wir leisten uns das«, entgegnete der Bischof auf eine diesbezügliche Bemerkung des Grafen. »Es gibt nicht nur Leuchttürme. Aber auch in diesem Haus wohnt Gott, und der Herr fühlt sich nicht nur in 1-a-Lagen zu Hause.«

»Das versteht der Graf«, behauptete die Kommissarin kampflustig. »Er lebt zur Zeit auch auf der Baustelle.«

Man sah dem Bischof an, wie er die Zusammenhänge herstellte. »Badenweiler, Badenweiler … Sie sind Graf

Amadeus. Die Wolffheims, natürlich. Jetzt verstehe ich auch, warum Sie keinen Helm wollten. Willkommen in der Heimat.«

Wie gern hätte der Graf den Kenntnisstand des Bischofs abgefragt, aber das verbot sich, und einiges teilte der ja auch freiwillig mit. Sein Amtsvorgänger, eine sehr alt gewordene Erscheinung, war Gast im Schloss gewesen. Amadeus erinnerte sich an eine Weihnachtsmann-Epiphanie, die großes Interesse für die Modelleisenbahn gezeigt hatte und den Katalog vorwärts und rückwärts herunterbeten konnte. Der Bischof zeigte unverhohlene Freude über die potenzielle Belebung der lange stillgelegten Besuchstradition. Er ging nicht so weit, sich selbst einzuladen, aber er besaß die Fähigkeit, bis zu dem Punkt zu sprechen, an dem der Zuhörer den Rest selbst ergänzen musste.

Dann drängelte einer der Restauratoren, die Kommissarin kam zum Thema. Der Bischof hatte Schmied nur einmal persönlich getroffen, aber die Zahl der Anlässe, bei denen er schriftlich und im Verlauf von Gesprächen mit dem Quälgeist zu tun gehabt hatte, gab er mit zwanzig bis dreißig an. In der Mehrzahl hatte es sich um Beschwerden von Nachbarn gehandelt, denn das Haus, in dem Schmied logierte, befand sich im Eigentum der Kirche. Dann sei jedes Mal ein Mitarbeiter aktiv geworden und habe Kontakt mit Schmied aufgenommen. Nicht immer habe er einen nüchternen Mieter angetroffen, nie einen einsichtigen.

»Es war mühsam mit ihm«, berichtete der Bischof. Man war ins Freie gegangen, der Ruhe und Konzentration wegen. Und auch um der Kommissarin die Gelegenheit zu geben, ihrer Sucht zu frönen.

»Ja, man könnte von einer Art Hausbesetzung sprechen«, sagte der Bischof. »Wir haben getan, was uns möglich war.«

»Aber Sie haben ihn nicht vor die Tür gesetzt.«

»Ich bitte Sie. Ein armer Künstler! Ein komplizierter Mann! Zweifellos fehlte der finanzielle Hintergrund. Wo hätte er denn bleiben sollen?«

»Sie hatten Angst vor der Presse«, behauptete Amadeus.

»Das natürlich auch. Seitdem unsere freie Presse so frei ist, ungehemmt populistisch zu argumentieren, sind wir vorsichtig geworden. Das werden Sie auch noch merken: Unsere Medien sind eine nervöse Herde, die es mal in die eine und im nächsten Moment in die entgegengesetzte Richtung zieht.«

Schmied hatte nicht regelmäßig Miete gezahlt. Mehrfach waren die Zahlungen ausgeblieben. Anrufe und Nachfragen blieben unbeantwortet. Danach wurde wieder gezahlt, in seltenen Fällen auch nachgezahlt, nie die vollständige Summe.

»Betrachten Sie unser Verhalten als Kulturförderung«, sagte der Bischof. »Wir haben uns diesen Mieter geleistet. Wäre er kein Künstler gewesen, hätte es wohl anders ausgesehen.«

In der ersten Zeit hatte Schmied keinen Grund für die ausbleibenden Zahlungen genannt. Später sei der kirchliche Mitarbeiter zu ihm gegangen, man sei ins Gespräch gekommen. Schmied habe sich als Opfer der Gesellschaft bezeichnet, aber lustlos, als würde er selbst nicht an die Floskel glauben. Scham? Nicht bei Schmied. Eine Entschuldigung? Nächste Frage.

Die Kirche habe ihm eine andere Wohnung angeboten, in einem anderen Ort. Das habe er abgelehnt. Nein, eine Kündigung sei nie ausgesprochen worden. Stattdessen seien zwei Parteien aus dem Haus ausgezogen, beide mit der ausdrücklichen Begründung, den asozialen Kerl unterm Dach nicht länger ertragen zu können.

Was Schmied in den letzten Wochen vor seinem Tod erlebt habe, sei natürlich nicht bekannt. Auch nicht dem kirchlichen Mitarbeiter? Auch dem wohl nicht. Ob man ihn sprechen könne? Der Bischof bedauerte lebhaft. Man habe sich vor kurzem getrennt, im besten Einvernehmen natürlich, wie das so üblich sei.

13

Er hatte darauf hingewiesen, dass er momentan in einer Räuberhöhle residieren würde, die nicht präsentabel sei. Er malte alles in Schwarz und geriet in Unruhe, als sie sich nicht abschrecken ließ. »Das ist doch witzig«, behauptete sie am Telefon. Er mietete einen kleinen Lastwagen und fuhr beim Weinhändler, bei der Zahnärztin und bei der Hebamme vor. Danach fuhr er zum Restaurant, in dem das Rückkehressen stattgefunden hatte. Die Wirtin lachte laut und lange.

Um 14 Uhr standen die beiden vor der Tür. Was sie dabeihatten, passte mit Mühe in den Bauch ihres Kombis. Elise und Otto brannten vor Eifer. Bevor sie begannen, schritten sie durch die Räume im unteren Geschoss. »Ja Wahnsinn«, murmelte der Koch, »da versteht man viel besser, warum die Revolution nötig ist.«

Er inspizierte die Küche und den Herd, schaltete und klopfte und sagte gönnerhaft: »Wird schon gehen.«

Um 17 Uhr war Amadeus fertig und wusste nicht, wie er die Zeit herumbringen sollte. Am Vormittag waren die Heizungsmonteure im Haus gewesen. Der Chef hatte es sich nicht nehmen lassen, persönlich vorbeizuschauen. Aus seinen Unterlagen wusste er, dass die Produkte der elterlichen Firma seit Jahrzehnten das Schloss mit Wärme versorgt hatten.

»Wehe, Sie steigen auf Sonnenkraft um«, hatte der Heizungsmann gesagt. Es klang flehentlich. Die Heizungsanlage hatte die lange Pause erstaunlich gut verkraftet. Natürlich war das Öl nicht mehr optimal für den Durchlauf durch den Brenner, aber Amadeus hatte den Profi überredet, ordentlich einzuheizen und nicht auf Nummer sicher zu gehen. Radiatoren standen als Reserve bereit.

Der historische Keilerkopf-Türklopfer ließ Amadeus aufspringen, verdutzt stand er Kommissar Sprecher gegenüber. Der wehrte jeden Verdacht ab, dienstlich hier zu sein, und gestand dem Grafen seinen Kindertraum: einmal bei Grafens zu bedienen.

Amadeus fauchte: »Mann, ich bin privat verabredet, ein Essen zu zweit. Wie soll ich meinem Gast erklären, dass ich die Polizei im Haus habe?«

»Verschweigen Sie es ihr, damit habe ich gute Erfahrungen gemacht.«

Sprecher gab sich so hoffnungsvoll und schreckte nicht davor zurück, die Hände zu falten. Als Amadeus fragte, was die Kommissarin davon hielt, legte der Besucher einen Finger auf den Mund. Die Kellnerschürze hatte er mitgebracht. Angeblich konnten die mitgebrachten Werkzeuge brüchig gewordene Korken unfallfrei aus der Flasche ziehen.

Ein kompakter Citroën fuhr aufs Gelände, die groß gewachsene Frau stieg aus und suchte auf der Rückbank, bevor sie sich dem Haus näherte.

Bevor man Platz nahm, bat Clarissa darum, sich die Räume ansehen zu dürfen. Als Jugendliche waren sie oft Gäste im Elternhaus von Freund und Freundin gewesen, lange vor den zwei Monaten, in denen alles so eng geworden war.

Am Fuß der Treppe zögerte Clarissa, es war kaum wahrnehmbar, aber Amadeus ging mit ihr nach oben, wo er zwei Zimmer bewohnt hatte, eins davon als Wunderkammer des jugendlichen Abenteurers, der in seinen Büchern alle Erdteile erkundet hatte. Karten und Fotos hatten die Wände bedeckt, Sternenkarten die Decke; als sie einiges davon wiederfand, verbarg Clarissa ihre Rührung nicht. Im Grunde kam sie erst in diesen Minuten im Schloss an.

Im großen Wohnraum war gedeckt, das Licht konzentrierte sich auf den Tisch und ließ alles andere im Ungefähren. So hatte es hier noch nicht ausgesehen, als Amadeus vor zwanzig Minuten hereingeschaut hatte. Er wollte Sprecher dafür loben, aber dazu kam es nie, denn man landete in der Küche, wo Koch und Helferin mit ansteckender Begeisterung ihr Regiment ausübten. Die Wärme war wohltuend, vor allem waren es die Gerüche, die Amadeus mitnahmen. Jahrelang hatte er die Küche Italiens genossen. Die Qualität, die dort jede Hausfrau auf den Tisch brachte, war ein Genuss gewesen, jedes Mal. Hier roch es anders, so roch Heimat. Pilze, Wild und die Süßspeisen seiner Kindheit griffen mit Macht nach dem Grafen.

Als sie zu zweit am Tisch saßen, kam es endlich zum ordnungsgemäßen Ablauf der Dinge. Der Kellner Volker flog herein und führte alle Befürchtungen, die der Graf verspürt hatte, ad absurdum. Natürlich war er zu schneidig, aber er war auch talentiert, ein Showman. Der Spaß an der Arbeit war ihm ins Gesicht geschrieben. Erst hielten sie sich am Essen fest, dann an der Zufallsbegegnung im Restaurant. Danach sprach Clarissa über den Toten im Schloss. Amadeus hatte befürchtet, dass sie durch die Nähe zum Fundort des Leichnams eingeschüchtert sein könnte. Aber mit Dünnhäutigkeit hätte sie es nicht zur Firmenchefin gebracht. So viel hatte Amadeus von mehr als einer Seite gehört: Clarissa eilte im Ort ein Ruf wie Donnerhall voraus. Sie galt als knallhart und durchsetzungsstark. Nach dem Abitur war sie für drei Jahre in die Vereinigten Staaten gegangen und mit zwei Wirtschaftsdiplomen zurückgekehrt. Danach hatte sie Zeit im Süden Frankreichs verbracht und in Parfüm-Manufakturen gearbeitet. Im Anschluss war eine weitere Lehre in einem Unternehmen der Nahrungsmittelindustrie vorgesehen, aber die familiäre Krise hatte die Episode unterbrochen. Clarissa war nach Badenweiler zurückgekehrt, hatte versucht zu flicken, was nicht mehr zu reparieren war. Die Mutter weigerte sich, zu ihrem Mann zurückzukehren. Clarissa fiel die Aufgabe des weiblichen Familienoberhaupts zu, mit fünfundzwanzig. Sie übernahm Pflichten und wuchs in die Firma hinein.

»So kann es gehen«, sagte sie beim Essen. »Du hast Pläne, sie sind nicht einmal dumm. Dann klopft das Schicksal an die Tür, und alle Fragen sind beantwortet, selbst die, die du noch gar nicht gestellt hast.«

Sie behauptete, vom Vater nicht gedrängt worden zu sein. Es gab einen Prokuristen in der Firma, kein Familienmitglied, der bereit gewesen wäre, auf Zeit die Tagesgeschäfte an der Seite des Strategen Ottmar Deine zu leiten – wohl wissend, dass die Tochter sich warmlief und er wieder ins Glied zurücktreten würde. Der Mann war ein Ausbund an Loyalität, selbst auf dem Totenbett, auf das ihn der Infarkt gestreckt hatte, unterschrieb er Dokumente, bevor er sich vom Lager erhob und nach vier Wochen in der Rehabilitation – dem ersten Urlaub seines Lebens – ein Begräbnis bekam, wie es die Firma noch nie gesehen hatte, auch beim legendären Gründer Donald Deine nicht.

Amadeus hatte seinerzeit von den Verwerfungen in der Familie Deine Kenntnis erhalten. Ab und zu ein Telefongespräch, ab und zu ein Besuch im Internet – weiter war er aus der Distanz nicht gegangen. Dass Clarissas Mutter einem Geliebten in ihr neues Leben gefolgt war, stand zwischen den Zeilen.

Von Clarissas Bruder war in den Medien und anderen Quellen nicht die Rede gewesen. Vincent, das Früchtchen, acht Jahre jünger als Clarissa, hatte sich früh für ein Leben als vermögender Nichtstuer entschieden. Er organisierte Konzerte, Ausstellungen, PR-Aktionen für Firmen – alles heiße Luft, ohne Sinn und Nachhall. Angeblich lebte er jetzt am Mittelmeer, hatte Diskotheken und Bars gegründet und in den Sand gesetzt, um im Kreis von anderen vermögenden Nichtstuern mit großen Yachten kleinere Yachten zu rammen und auf dem Canale Grande ein drogenunterstütztes Rennen zu veranstalten, das ihn in Venedig und Italien zur unerwünschten Person gemacht hatte. Seitdem setzte er einmal im Jahr im Rahmen einer anarchischen Aktion lautstark und demonstrativ einen Fuß auf die italienische Erde, um sich danach in Windeseile auf slowenischen Boden zurückzuziehen, wohin ihm eines Tages ein venezianischer Grande gefolgt war und ihn durchgeprügelt hatte, bevor er zu seinen Lagunen zurückkehrte.

Über diese familiären Kabalen sprach der Graf mit Clarissa. Als es um Vincent ging, gruben sich die Falten zwischen Mund und Nase tiefer ein. »Er ist ein Idiot«, sagte sie. »Der einzige Trost ist: Er war immer ein Idiot. Ich hatte genug Zeit, um mich daran zu gewöhnen.«

Sie fragte nach dem Toten. Amadeus breitete aus, was er wusste. Sie kannte Schmied vom Hörensagen und wusste, dass er Geschäftsleute angepumpt hatte. Auch Deine? Das wisse sie nicht, weil sie solche Anfragen nicht erreichen würden. »Ein Vorteil, wenn du an der Spitze arbeitest: Du musst dir nicht jede Banalität antun.« Dass er bestimmt von jemand umgebracht worden war, dem er auf die Nerven gegangen war, meinte sie nebenbei. Dadurch wirkte die Aussage noch sicherer: »Ein mittelmäßiger Künstler mit wenig Geld und Mitzechern, die so ähnlich sind wie er, weil alle anderen nichts mehr mit ihm zu tun haben wollen.« Dass man die Leiche im Schloss gefunden hatte, überraschte sie nicht, weil angeblich jeder wusste oder in Erfahrung bringen konnte, dass im Schloss kein Leben mehr sei.

»Wenn ich also nicht zufällig zurückgekommen wäre …«, murmelte Amadeus.

»Dann hätte alles, was man im Keller ablegt, weitere zwanzig Jahre dort liegen können. Also wissen wir zweierlei über den Mörder: Er ist nicht dumm, und er kennt dich nicht.«

Wie es Clarissas Vater gehe? Er sei nicht gesund und habe erkennen müssen, dass ihm Schonung guttun würde. »Ich verstehe das. Patriarchen können eben nicht loslassen. Ohne die Arbeit hätte er damals nicht überlebt, als Mutter ihn verlassen hat. Aber irgendwann muss die Trauerzeit auch mal aufhören.«

»Geht es dir gut, Clarissa?«

»Doch, ja. Es war schlechter und jetzt funktioniere ich wieder. Es ist das Jubiläum, weißt du? Wir werden 150 Jahre. Das hat mir die Augen geöffnet. Aber einem Grafen muss ich ja nichts über Tradition und Familie und Verpflichtung erzählen.«

Nun war er an der Reihe. In den folgenden Viertelstunden sprach er vieles aus, was er nachmittags noch nicht gewusst hatte. Warum jetzt und nicht früher und nicht später? Nein, es gab keinen beruflichen Grund und keinen privaten. Ja, er hatte Beziehungen mit Frauen gehabt, darunter zwei, die länger als vier Wochen gedauert hatten. Beide Frauen hatten kleine Kinder gehabt.

»Zufälle gibt's«, sagte Clarissa.

Manchmal log er so routiniert, dass er bestritten hätte, die Unwahrheit zu sagen. Die Möbel erwähnte er natürlich, wenn auch nicht den Handel mit den wirklich wichtigen Kunden. Ungefragt erwähnte er, wie wenig Geld er in der Fremde gebraucht habe. Er leugnete, in den zwanzig Jahren einen Fuß auf deutschen Boden gesetzt zu haben. Nein, man habe ihn nicht polizeilich gesucht. Nein, er habe keine Steuern hinterzogen, auch die Familie nicht. Er habe also auch nicht die Gräber seiner Eltern besucht. Das sei nicht leichtfertig geschehen, aber vorzuwerfen habe er sich auch nichts. Nein, kein Kontakt zu anderen Familienangehörigen, bekanntlich sei die Zahl der Wolffheims überschaubar, jedenfalls die der lebenden. Er habe keinen Anwalt oder Verwalter beauftragt, sich um das Schloss zu kümmern.

»Heißt das, du hast es darauf ankommen lassen?«

»Das heißt es wohl.«

»Wow. Da kann ich ja noch was lernen. Wir Deines brauchen also noch zweihundert Jahre, bevor wir so richtig lässig mit unserem Geld umgehen werden.«

»Lass mich raten: Ihr seid noch in dem Stadium, wo ihr euer Geld vermehrt.«

Sie lachte und distanzierte sich nicht von ihrer Familie. Das nahm ihn für sie ein. Es wäre daher nicht nötig gewesen, ihn davon in Kenntnis zu setzen, dass die Firma 180 Mitarbeiter beschäftigte. Als Amadeus zur Schule ging, gab es im Schloss drei Hausangestellte, mehrere Handlanger und einen Vater, der sich um alle Geschäfte kümmerte, in denen das Geld der Wolffheims arbeitete. Oft war der Vater zu Hause – eine der frühesten Erinnerungen des Jungen. Damals hatte er noch einen Bruder gehabt. Die Krankheit, die ihn im Alter von sechs hinweggerafft hatte, besaß keinen Namen. Sie wurde immer nur wolkig umschrieben. Die Wolffheims besaßen Wald im Schwarzwald und im Odenwald, auch in den Vogesen. Sie waren in mehreren Firmen investiert, es gab Aktien von Porsche und BMW. Nie hatte sein Vater einen Mercedes chauffiert, die Angewohnheit war auf den Sohn übergegangen.

Sie schwiegen so lange über ihre kurze Affäre, bis es Amadeus nicht mehr störte. Was sich zuerst wie Vermeiden angefühlt hatte, verlor mit jeder Minute an Bedeutung.

»Würdest du sagen: Du beginnst eine neue Phase deines Lebens?«

Er sah an Clarissa vorbei in den Abend, er hörte wieder das Maunzen wie schon seit einer Stunde. Er öffnete die Glastür. Er spürte das kleine Wesen, zu erkennen war es nicht. Er ließ die Tür offen und setzte sich zu Clarissa. Er sagte: »Ich habe nichts gutzumachen wegen meines Nazivaters, weil es keinen Nazivater gibt. Ich weiß noch nicht einmal etwas von geschäftlichen Durchstechereien, obwohl es sie bestimmt gegeben haben wird.«

Nun erinnerte sich auch Clarissa daran, dass der Vater oft im Haus gewesen war, wenn sie Amadeus besuchte.

»Ich fand das merkwürdig, meine Leute waren tagsüber nie zu Hause. Tagsüber gehörte das Haus den Angestellten.« Und plötzlich: »Du bist nicht krank, nicht wahr? Es ist keine Krankheit oder doch? Sag mir, dass es keine Krankheit ist.«

»Es ist keine Krankheit.«

Ihre Hand lag auf seiner Hand. Das war intimer, als die Begrüßung gewesen war. Die Hände rührten sich nicht. Amadeus sah die Hände und dachte an alles, was zwischen ihnen an Berührung gewesen war. Eine kurze Zeit, acht Wochen nur, aber viel Berührung. Er spürte, dass sie eine glaubwürdige Antwort erwartete. Er sagte: »Italien war gut, solange es war. Jetzt will ich sehen, ob Badenweiler gut ist. Ich will nicht ausschließen, dass ich wieder gehe. Aber diesmal nicht überstürzt und nicht nach einem Streit. Diesmal muss ich nicht recht behalten.«

»Willst du etwas tun, was du noch nie getan hast?«

»Was könnte das sein?«

»Lieben zum Beispiel.«

»Ach das. Liebe ist nicht der Hauptgrund.«

»Wie wär's mit Heimat?«

»Damit kann ich leben. Besser als in der Vergangenheit. Aber ich sehe das nüchterner.«

»Hoffentlich nicht ohne Gefühl?«

»Ich weiß nicht, wer diesen armen Künstler aus dem Leben gebracht hat. Aber ich werde ihm nicht verzeihen, dass er es in diesem Haus getan hat.«

»Ist es denn hier passiert?«

»Bisher spricht nichts dagegen.«

Dann war das Maunzen im Raum. Die Katze war klein, aber ausgewachsen. Clarissa hielt ihr Fleisch hin, sie schnappte es und war verschwunden. Auf der Terrasse standen die Rosensträucher, die Clarissa als Einstandsgeschenk überbracht hatte. Sie hatte mehrfach betont, dass es ihr wichtig sei, etwas zu schenken, was mit der Heimat verwachsen sollte.

»Gibt es noch das Elixier?«, fragte Amadeus.

»Das wäre, als würdest du Volkswagen fragen, ob sie noch den Golf verkaufen. Das Elixier ist unser Brot-und-Butter-Produkt. Momentan verkaufen wir ein anderes Produkt besser, aber das Elixier war Nummer 1 und wird wieder Nummer 1 werden.«

»In den ersten Jahren haben es mir die Eltern geschickt. Jedes Jahr zu Weihnachten.«

»Siehst du. Eine Firma, die so etwas hat, kann nicht verlieren. Wir haben es seit dem zweiten Jahr.«

»Nie eine Modernisierung?«

»Einmal, ganz behutsam. Es war gruselig. Wir haben in den ersten Wochen so viel Post bekommen wie sonst in fünfzehn Jahren. Umsatzrückgang 72 Prozent. Der Mitarbeiter, von dem der Vorschlag stammte, reichte seinen Rücktritt ein. Angeblich war er wegen seiner Depression in Behandlung.«

»Was habt ihr denn geändert? Die Zusammensetzung?«

Sie hatten das Etikett geändert, das Grün etwas grüner gehalten und die verschlungenen Linien gestrafft. Über Deutschlands Parfümerien und die Parfümerieabteilungen der Kaufhäuser war ein Donnerwetter niedergegangen. »Ich bin froh, dass das Internet damals noch in den Anfängen lag.«

Angeblich hatte der Bundeskanzler in eine Rede zur Eröffnung der Hannover-Messe den Wutausbruch seiner Frau Mutter eingeflochten. In Baden hatten Freie Wählerlisten die ewige Unveränderbarkeit von Deines Elixier in ihren Parteiprogrammen festgeschrieben.

Es gab Kuchen sowie Teilchenvariationen mit Kaffee und verschiedenen Schnäpsen. Clarissa drückte sich nicht und sagte, als sie seinen Blick bemerkte: »Darauf warten sie doch nur, dass sich die Chefin wie eine Frau benimmt. Ich bin die Viertbeste beim Kegeln. Von 180! So viel Respekt hätten mir hundert kluge Reden nicht gebracht.«

Sie soffen sich an einem Halbbitter fest, der auf das Konto von Kellner Volker ging. Bis zum frühen Morgen saßen sie zu fünft in der Küche. Otto erzählte Anekdoten aus europäischen Küchen, Volker beschrieb den Teig seiner Träume und brach in Tränen aus, als Otto eine Stunde später den nach Volkers Anweisungen gerührten und gebackenen Teig vor ihm aufschnitt.

Otto bestand darauf, fahrtüchtig zu sein, Volker nahm ihm den Schlüssel weg. Nun bestand Elise darauf, fahrtüchtig zu sein. Volker setzte sich hinters Steuer. Bevor er die Haustür schloss, murmelte er: »Nutzt die Zeit, sie kommt nicht wieder.«

Sie standen sich gegenüber. Amadeus sagte: »Dir ist klar, dass ich dich so nicht fahren lassen werde.«

»Mir passiert nichts. Die Deines haben ein eigenes Schild für die Windschutzscheibe.«

Sie griff in die Tasche und überreichte ihm das eingewickelte Päckchen. »Hilft gegen Monatsbeschwerden, Kopfweh und Weltschmerz.«

Er legte das Päckchen auf das Fensterbrett und bot ihr den Arm. Sie spazierten in die Nacht hinein, an deren Ende Badenweiler liegen würde.

Zwei Stunden später kehrte der Graf zurück, zum ersten Mal hatte er die Gegenwart eines Hundes vermisst. Er war mit Jagd- und Hütehunden aufgewachsen, mit Theo vor allem, dem verrückten Schwarzweißen, der jeden Menschen, den er mochte, in seine Herde eingliederte. Theo hatte Ziegen und Schafe durch die Weinberge getrieben, als das in Winzerkreisen noch als Sakrileg galt. Aber die Art, in der damals Wein erzeugt wurde, würde heute zu Geld- und Gefängnisstrafen führen.

Sie hatten sich auf dem Weg eingehakt. Der Kuss zum Abschied hätte ins Kinderprogramm gepasst. Aber für eine erste Begegnung in der alten Heimat war es ein harmonischer Abend. Amadeus fand sich lockerer als Clarissa, bei ihr schimmerte phasenweise die Chefin durch. Das Licht war nicht weich genug gewesen, um die harte Partie um Augen und Mund zu verbergen.

Vor dem Haus stand ein Wagen, im Haus war Licht.

»Hereinspaziert!«, rief die Stimme von Volker dem Kellner.

Der Abwasch war erledigt, überall trockneten Geschirr, Töpfe, Gläser. Der Becher, der Wein, das Lächeln und die Worte des Grafen: »Sind Sie sicher, dass Sie Polizist sind?«

»Sie haben es gespürt, nicht wahr? Das Kellnern ist meine wahre Berufung.«

Sie stießen an und tranken. Der Wein war im Verlauf des Abends zu kurz gekommen.

»Ich war so frei, meinen zu öffnen«, sagte Sprecher. »Alles, was hier im Keller steht, ist entweder über seinen Zenit hinaus oder von einer Qualität, der ich nicht gewachsen bin.«

»Sie hätten nicht zurückkommen müssen.«

»Sie sind nicht der Typ, der den Riesenabwasch erledigt.«

»Sie würden sich wundern, wie viele Arbeiten im Haushalt ich beherrsche.«

»Die Jahre in Italien? Das zweite Leben?«

»Sie haben sich erkundigt.«

»Worauf Sie einen lassen können.«

»Was sagen sie denn, Ihre europäischen Kollegen?«

»Sie knien nieder vor dem Grafen. Ein Mann, ein Wort. Solide wie der deutsche Fußball.«

»Keine Flecken auf der Weste?«

»Nichts, was in Italien als Fleck gilt.«

»Das hätten Sie billiger haben können.«

»Niemand kennt Sie. Sie können uns also viel erzählen. Nehmen Sie das nicht persönlich.«

»Ich bin also kein Bösewicht.«

»Den Quälgeist haben Sie nicht auf dem Gewissen. Dennoch können Sie verwickelt sein.«

»Ich persönlich oder meine Familie?«

»Fein differenziert. Natürlich die Familie. Nehmen Sie auch das nicht persönlich, aber der Hintergrund ist natürlich von höchstem Interesse.«

»Ich wiederhole: Ich kenne das Opfer nicht, ich habe den Namen hier zum ersten Mal gehört.«

»Wie gesagt: kein Verdacht gegen Sie. Sie waren ja auch nicht in der Nähe. Aber Ihre Familie, die war hier. Auch ohne Menschen.«

»An was denken Sie denn? Einen Schatz? In Jahrhunderten zusammengeraffte Preziosen?«

»Ach ja, man könnte ins Träumen kommen. Das sind Gedanken, die verbieten sich bei einem popligen Bausparer natürlich.«

Die erste Flasche überlebte keine zwanzig Minuten. Amadeus wunderte sich, wie wenig die Fahnder wussten. Ihnen war nicht bekannt, ob Schmied jemals im Schloss gewesen war, lebendig. Sie wussten nicht, ob ihn das Schloss interessiert hatte und ob er Bekanntschaften geschlossen hatte, die ihn auf den Weg zum Schloss gebracht hatten. Doch leuchtete ihm nach der ersten Überraschung ein, dass die Cops nach Verbindungen suchten. Sprecher fragte den Grafen, was ihm dazu einfallen würde.

»Je länger ich hier bin, umso mehr freue ich mich, die Gebäude so unversehrt vorzufinden. Ich habe es geschafft, im Exil nicht viele Gedanken darauf zu verschwenden.«

»Im Exil?«

»Ja, wie würden Sie es denn nennen?«

»Es war wirklich nur der Streit des kompromisslosen Jünglings mit den Eltern?«

»Mit den noch nicht einmal verständnislosen Eltern. Ich hatte Freunde, deren Eltern haben ihre Kinder zum Therapeuten geschickt, zur Kur, ein Jahr in die USA. Oder natürlich ins Internat, die traditionelle Methode, aufmüpfige Junioren zu disziplinieren.«

»Was ist mit dem Kloster?«

»Ach nein, heute nicht mehr. Abgesehen von Klosterschulen. Einige haben dort gelitten wie die Tiere. Aber heute weiß ich, dass es für einige auch eine Chance war, die sie sogar genutzt haben.«

»Darf ich hier wohnen?«

»Bitte was?«

»Ich würde gern hier wohnen. Nur einige Zeit. Sagen wir so lange, bis die Ermittlungen abgeschlossen sind.«

»Hier im Schloss? Sind Sie denn kein Kommissar?«

»Ich habe Ausweis und Hundemarke. Aber ich würde so gerne mal in einem Schloss wohnen. Ich träume davon, seitdem ich klein war.«

»Aber dies ist nicht das Schloss, von dem Sie geträumt haben. Sie haben vom Märchenschloss geträumt, mit König und Prinzessinnen und einem Hofstaat. Lakaien, Mätressen, höfische Feste, und dann biegt Ludwig der Vierzehnte um die Ecke. Oder der Kini.«

»Das habe ich mir vorgestellt, stimmt. Aber das hat sich verwachsen, das sind ja kindische Vorstellungen. Später war es die Neugier auf die Aura. Verstehen Sie? Dienstboten wären nett, wer lässt sich nicht gern bedienen? Aber um über Dienstboten zu verfügen, musst du ja nicht von Adel sein. Um ein Schloss zu besitzen, schon. Na gut, nicht in jedem Fall. Aber in den meisten Schlössern wohnen eben Menschen wie Sie. Und jetzt habe ich die Gelegenheit, und jetzt frage ich.«

»Wie soll das denn praktisch aussehen?«

»Ich habe den Schlafsack, Sie haben das Schloss. Fertig ist die Laube.«

Der Kommissar tat so, als werde er keine Probleme mit Vorgesetzten bekommen. Sie öffneten die zweite Flasche, die Becher knallten. Als alles geklärt war, fragte Amadeus: »Sie haben nicht zufällig Frau und acht Kinder, die morgen auf der Matte stehen werden?«

Sprecher verschluckte sich beim Lachen. Der Wein lief ihm aus den Mundwinkeln. Es sah aus, als würde er bluten.

14

Kommissarin Bittermann verließ das Kirchenbüro in dem Moment, in dem Amadeus mit den Einkaufstüten vorbeikam.

»Sehr mutig«, sagte sie zur Begrüßung.

»Ich habe keine Zeit, um nach Freiburg zu fahren. Als ich heute morgen vor meiner einzigen Tasche stand, wurde mir klar, was ich bisher verdrängt habe. Ich muss ganz von vorn anfangen.«

Es zog ihn weiter, aber er fragte sie noch, wie der Stand der Ermittlungen sei. Insgeheim wartete er auf eine Bemerkung zu ihrem Kollegen Sprecher. Wusste sie, dass er in seiner Freizeit für den Hochadel kellnerte? Was konnte auf Sprecher zukommen, falls sie darüber nicht amüsiert war? Die Kommissarin saß schon im Auto, als sie den Namen fallenließ, der Amadeus elektrisierte.

»Den finden Sie nicht zu Hause«, sagte er.

»Das können Sie ja wohl kaum wissen. Oder haben Sie schon nach so kurzer Zeit den Überblick über Ihr Volk?«

Vom ersten Moment an hieß er Homann, nur Homann. Es gab solche Menschen, sie hatten keinen Vornamen, keinen Titel, und es passte zu ihnen. Mit der Schere arbeitete er an den Rebstöcken. Er trug Arbeitsjacke und Hosen aus Cord. Die Schuhe waren für zweitausend Meter höhere Erhebungen geeignet.

Die Kommissarin war nicht oft im Weinberg gewesen. Sie nahm sich die Freiheit, beeindruckt zu sein. Dies war keine edle Lage im Kaiserstuhl, keine Parzelle, bei deren Erwähnung der Weinkenner mit der Zunge schnalzte. Dies war der heruntergekommene Weinberg der Grafen Wolffheim. Sie besaßen noch weitere Lagen, bessere Lagen. Amadeus wusste das, er war auch darüber informiert, dass diese Lagen bewirtschaftet wurden.

»Also gab es doch Kontakte«, sagte die Kommissarin.

»Hauchdünne«, bestätigte der Graf. »Um vier Ecken herum. Ich habe damit nichts zu tun. Das war schon so verteilt, als meine Eltern noch lebten.«

»Kein Händchen für den Weinbau?«

»Beim Wein gibt es keine Kompromisse. Entweder du kniest dich rein oder du verzichtest. Mein Vater war kein Mann der Hand. Wenn es ins Gärtnerische hineinging, wusste er sich zu drücken. Die Gärtnerin bei uns zu Hause war meine Mutter.«

»Das hat Sie nicht davon abgehalten, sich wenige Stunden nach Ihrer Rückkehr um den Wein zu kümmern.«

»Wären wir uns nicht über den Weg gelaufen, hätte ich es nicht getan. Im Grunde hat er mich überredet.«

Ans Reden gebracht, gab der ehemalige Kirchenmann Homann Auskunft, ohne dafür seine Arbeit zu unterbrechen. Die Fragen der Kommissarin beantwortete er akkurat und kurz, um danach jedes Mal den Grafen anzusprechen.

Wie lange er zu bleiben gedenke? Ob er für die Sanierung des Schlosses einheimische Firmen beauftragen werde? Ob er alle ehrenamtlichen Pflichten übernehmen werde, die der Vater innegehabt hatte? Ob er sich in den Vereinen sehen lassen werde? Ob er sich um den Sport kümmern werde, vielleicht sogar stärker als der Vater, auch wenn zwischen Badenweiler und Müllheim der Spitzensport nicht erfunden worden sei? Vielleicht mit Ausnahme des Radsports. Und was sei mit der Politik? Die Menschen würden auf einen wie den Grafen warten. Der Eintritt in eine Partei, gleichgültig in welche, wäre gleichbedeutend mit der Mehrheit der Stimmen bei der nächsten Wahl. Und es müsse ja nicht beim Kommunalen bleiben. Die zermürbende Ochsentour sei für jemand erfunden worden, der bei der Krankenkasse angestellt sei. Der Graf würde über die Niederungen hinwegfliegen, wie ein Flugzeug über die Rheinebene hinwegflog. Stuttgart sei nicht aus der Welt, und die Verkehrsverbindungen nach Berlin seien in den letzten Jahren nicht schlechter geworden.

»Sie sind ja verliebt in den Mann«, murmelte die Kommissarin verblüfft.

»Ich erkenne Chancen, wenn ich sie sehe.«

»Aber Badenweiler geht's doch gut. Der Tourismus! Selbst die Russen kommen! Hier ist Europa, du kannst über zwei Grenzen spucken.«

Mit Europa konnte man Homann nicht beeindrucken.

»Brüssel!«, sagte er verächtlich. »Bürokraten! Eines Tages werden wir erkennen, dass Europa der Beginn einer modernen Diktatur war. Ich kann doch niemanden ernst nehmen, der mir befehlen will, welche Glühlampe ich benutze. Früher hätte man so einem die Narrenkappe übergezogen und ihn durch den Ort getrieben, bis er dem Irrsinn öffentlich abschwor. Der Adel hat Europa schon gelebt, als man das Wort noch nicht kannte. Gut, sie haben den Fleiß nicht erfunden, die Adligen. Aber sie waren mit Stil faul. Und wir haben zwanzig Jahre auf unseren Grafen verzichten müssen. Glauben Sie, jemand hat sich in der Zeit besser gefühlt?«

Übergewichtig und enthusiastisch stand er vor seinen Besuchern und sang das Loblied auf eine Gesellschaftsform, in der es Leuchtfeuer gab, die nicht in Wahlperioden zu messen waren.

»Ich bin verwundert«, sagte die Kommissarin. »Gerade bei Ihrem Hintergrund! Was ist mit Gott und der Kirche? Wäre das nicht die Institution, die in unsere moderne Zeit ein Fundament einzieht?«

»Ihnen ist schon klar, dass mich diese Institution gerade vor die Tür gesetzt hat? Daher sage ich: falscher Zeitpunkt, gnädige Frau!«

Er wollte nicht verraten, was zum Ende des Arbeitsverhältnisses geführt hatte. Schmied hatte dabei wohl nicht die Hauptrolle gespielt, aber ganz unwichtig war er auch nicht gewesen.

»Sie haben einen Dummen gebraucht!«, rief Homann anklagend. »Der Mann ist ein Irrer, niemand ist mit ihm klargekommen. Es gibt Menschen, mit denen man nicht klarkommen kann, weil sie nicht normal sind. Zu viel Schnaps, zu wenig Hirn. Ständig dieses Künstlergetue. Und faul war der Kerl, ich habe ihn nie arbeiten sehen. Was er in seinen Lesungen vorgetragen hat, war dünnste Soße. Ein Bekannter hat einige Passagen gegoogelt, alles geklaut, alles abgeschrieben.«

»Klingt irgendwie tragisch«, murmelte die Kommissarin.

»Aber nur aus der Distanz! Wenn Sie persönlich mit dem Kerl zu tun gehabt hätten, wäre Ihnen Ihr Mitleid vergangen. Er hatte auch kein Mitleid mit seiner Umwelt. Er hat alle gequält. Wenn die Luft dünn wurde, hat er sich auf die Religion berufen, das war der Gipfel der Scheinheiligkeit. Als wäre Gott dafür da, solche Nervensägen zu beschützen.«

»Ist er nicht?«

Homann starrte die Kommissarin an. Als die Leiche von Schmied gefunden worden war, hatte er das wenige Stunden später gewusst. Dabei wohnte er nicht in Badenweiler, sondern in Müllheim. Er äußerte sich nicht verächtlich über das Opfer, aber er gab auch kein Mitleid vor, das er nicht empfand. Immerhin hatte ihn der Mann seinen Arbeitsplatz gekostet und mittelfristig die Wohnung, denn man hatte Homann nahegelegt, von sich aus die Kirchenwohnung zu verlassen, bevor man den Konflikt auf die juristische Ebene hob.

»Warum haben Sie sich denn um Schmied gekümmert?«, fragte der Graf.

»Das frage ich mich mittlerweile auch. Mir ist meine Freundlichkeit zum Verhängnis geworden. Dabei habe ich mich freiwillig gemeldet. Ich dachte: ein armer Künstler, kein Einkommen, keine Rücklagen. Ich war bei uns lange der Mann für Notfälle. Meistens konnte ich auch helfen. Es gibt ja Menschen, die froh sind, wenn einer kommt und sich mit ihnen hinsetzt, um eine Bestandsaufnahme zu machen. Aber das sind die liebenswerten Verlierer. Die keine Briefe mehr aufmachen. Schmied hat danach gegiert, wieder einen Brief zu kriegen, der nach Behörde aussah. Er wollte sich aufregen, wenn der Mann etwas nicht war, dann eingeschüchtert. Er hat allen Ernstes gedacht, der Staat ist ihm was schuldig. Und die Kirche auch und überhaupt jeder Mensch. So ein Typ war das.«

Homann war mehrmals in Schmieds Wohnung gewesen. Meistens habe er eine Räuberhöhle betreten. Zuletzt sei es ordentlicher gewesen. »Ich habe gedacht: Er hat eine Dumme gefunden, die hinter ihm herputzt. Ich hatte sogar ernsthaft überlegt, seinen Schweinestall aufzuräumen. Damit er begreift, wie eine saubere Wohnung aussieht.«

»Und? Haben Sie's gemacht?«

»Er hat es sich verscherzt. Der Mann ist ein Provokateur. Er hasst Harmonie, Harmonie lockt ihn, mit der flachen Hand in den Haufen zu schlagen.«

Sie fragten nach Schmieds gewalttätiger Ader. In seiner Zeit in Badenweiler hatte er sich ein- oder zweimal gehauen, immer betrunken, immer im Anschluss an Kneipenbesuche. Nie sei es brutal geworden, zwei wilde Schwinger, dann musste er sich mit beiden Armen am nächsten Laternenmast festhalten. Schmied hatte viel wirkungsvoller mit Worten um sich geschlagen.

Plötzlich blickte Homann die beiden an und sagte: »Wenn ich mir vorstelle, ich hätte ihn gefunden …«

»Den toten Schmied, meinen Sie? Wie sollten Sie, er hat doch im Schloss gelegen.«

»Das weiß ich. Da war ich ja. Nicht nur einmal.«

Das war eine neue Information. Homann hatte das Schloss betreten, in großen Abständen, insgesamt vier- oder fünfmal. Angeblich sei er jedes Mal auf der Suche nach einem bestimmten Obdachlosen gewesen. »Dafür war ich nämlich auch zuständig. Wir haben ja nicht viele Menschen ohne Wohnung in unserer Gegend. Aber einige gibt es eben doch. Und nicht alle sind gesund. Und manchmal findet sich ein warmes Plätzchen mit Herd und Waschgelegenheit, und dann muss ich los und dem Glücklichen die gute Nachricht überbringen.«

Amadeus lachte: »Geben Sie's zu: Sie finden es hinreißend, sich um andere zu kümmern.«

Erst bestritt er, dann knurrte er: »Einer muss die Dreckarbeit machen.«

»Falsches Wort. Es ist eine gute Tat.«

»Ach ja? Dann verraten Sie mir doch, warum sich keiner darum gerissen hat?«

»Weil es ja Sie gab. Wenn man erst mal den Ruf weg hat, der gute Samariter zu sein, wird man das nicht mehr los. Jeder weiß doch, dass Obdachlose und extreme Charaktere wie Schmied nicht leicht zu nehmen sind. Dankbarkeit darf man von ihnen nicht erwarten. Was man für diesen Job also braucht, ist ein sehr dickes Fell. Gibt es denn einen Nachfolger für Sie? Jemand, der das macht, was Sie bisher gemacht haben?«

Es war ein Blick voll abgrundtiefer Befriedigung, den Homann dem Grafen zuwarf, während er den Kopf schüttelte.

Bevor sie gingen, klopfte die Kommissarin den Zeitrahmen ab. Vor einem guten Jahr hatte Homann danach zum ersten Mal Kontakt zu Schmied aufgenommen. Damals war Schmied mehrere Male die Miete schuldig geblieben, 380 Euro warm. Man hatte sich getroffen und miteinander telefoniert, ein Telefon hatte Schmied stets besessen, wenn sich auch die Nummern geändert hatten. Die hatte Schmied stets zügig mitgeteilt, das war ihm wichtig. Wahrscheinlich reizte er seine Abonnements aus, bis ihm Vodafone oder die Telekom den Hahn abdrehten, und fand dann einen anderen Dummen. Oder ein Prepaid-Handy. Vier- oder fünfmal war Homann in Schmieds Wohnung gewesen, zweimal hatte man sich in einem Café getroffen, zweimal im Kurpark. Schmied liebte es, mit Blick in die Ebene seine Flachmänner zu leeren. Er wurde dann philosophisch und vertrieb die umsitzenden Touristen durch unanständige Reden. Homann hatte Schmied Ratenzahlung vorgeschlagen. Schmied hatte akzeptiert und zwei Raten pünktlich bezahlt. Dann war alles wieder von vorne losgegangen. Einmal hatte Homann den Quälgeist zum Essen ausgeführt. Aber sie mussten das Lokal wechseln, denn im ersten hatte Schmied Lokalverbot, nachdem er vor einigen Wochen in die Küche gestürmt war, um den Koch wegen eines angeblich vergifteten Pilzgerichts mit der Pfanne anzugreifen, was ihm aber schlecht bekommen war, denn der Koch boxte in einer Amateurstaffel und nutzte die Gelegenheit, ungestraft Tiefschläge auszuteilen.

Vor einem halben Jahr hatte sich Schmied dann nach Kirchenbüchern erkundigt. Homann hatte das zuerst für das übliche Plappern gehalten. Aber Schmied hatte nicht lockergelassen.

»Natürlich habe ich ihm Zugang verschafft. Mein erster Gedanke war ja: Er hat eine Idee, endlich, er arbeitet an einem Projekt. Ich wollte gar nicht wissen, worum es sich handelte. Er konnte anstrengend werden, wenn er einem seine Arbeitsmethode auseinandersetzte. Laut und langatmig. Gelogen war es jedes Mal, man durfte nichts auf das geben, was er sagte. Ich möchte wirklich wissen, wann der Mann angefangen hat, so zu sein.«

Über die Familie oder frühere Freunde von Schmied war Homann nichts bekannt. Er kannte nur die Kumpel aus dem Ort. Gern hängte sich Schmied auch an Urlauber, im Kurpark oder wenn sie woanders auf einer Bank saßen. Viele kauften sich mit einem Fünf-Euro-Schein von seiner Gegenwart frei. Nie rief einer die Polizei, man wollte nicht als Feind von benachteiligten Menschen gelten. Das wusste Schmied und nutzte es für sich aus.

Homann hatte Schmied persönlich ins Archiv nach Müllheim gefahren. Am Ziel hatte Schmied statt eines Dankeschöns die Hand aufgehalten, weil er sich angeblich schon eine Buskarte gekauft hatte, die nun verfallen würde.

»Was für ein sympathischer Zeitgenosse«, murmelte die Kommissarin.

Homann hatte ihn ins Archiv geführt und bei der diensthabenden Dame abgeladen. Schmied hatte sofort angefangen, sein Pfauenrad zu schlagen. Er hielt sich für unwiderstehlich, was Frauen betraf, und hatte wohl nie begriffen, warum er so selten auf Gegenliebe traf. Von der Mitarbeiterin hatte Homann aber erfahren, dass Schmied stundenlang geblieben war. Angeblich hatte er konzentriert gewirkt und sich auch Notizen gemacht, nachdem er der Frau einen Block und Stifte abgeschwatzt hatte, die sie nie wiedergesehen hatte. Danach hatte Schmied angerufen und einen zweiten Besuch angekündigt, zu dem es aber nie gekommen war.

»Was ist denn der offizielle Grund für Ihre Kündigung?«, fragte der Graf. »Streng genommen weiß ich immer noch nicht, warum Sie hingeschmissen haben. Es hat doch nicht an Schmied gelegen, oder doch?«

»Natürlich nicht. Schmied war nur der Fall, an dem die Gegenseite alles festgemacht hat.«

»Was hat man Ihnen vorgeworfen? Zu viel Mitgefühl?«

»So dumm sind die nicht. Oder können Sie sich einen Bischof vorstellen, der Ihnen ins Gesicht sagt: Du liebst die Menschen zu sehr, du gehörst nicht länger zu uns?«

»In Italien habe ich so einen getroffen. Aber das ist ein anderer Fall.«

»Ich bin zu anstrengend geworden. Ich war der, der ständig um kurzfristige Termine bat. Ich war der, dessen Fälle nicht warten konnten. Der mit den komplizierten Klienten. Der einen Schein außerhalb des Etats brauchte.«

»Sie sind zu teuer geworden?«

»Und zu laut. Und zu rechthaberisch. Manchmal glaube ich, in der letzten Zeit habe ich mir einige schlechte Angewohnheiten von Schmied abgeguckt. Es ging wirklich nur um einen Schein, verstehen Sie? Ein Schein, und neunzig Prozent meiner Sorgen hätten sich in Luft aufgelöst.«

Zum Abschied reichte man sich die Hand, was man zur Begrüßung nicht getan hatte. Der Kommissarin entging nicht, dass der Händedruck bei den Männern länger dauerte. Sie dachte: Sieh dich vor, Graf. Er ist auf der Suche nach seinem neuen Bischof.

15

Eine halbe Stunde später saßen sie am Rand des Belvedere. Hinter sich auf dem Schlossberg den Kurpark und die Ruine der Burg, vor sich das Geländer des Aussichtspunkts, auf das man die Schuhe platzieren konnte, wenn man gelenkig war, vor dem Geländer der Blick nach Müllheim und in die Ebene, in der der Rhein floss und die Autobahn summte und die ICEs rauschten und hinter der die Höhen der Vogesen aufragten, die klares Wetter brauchten, um die Entfernung zu überbrücken.

»Danke, dass Sie sich die Zeit nehmen«, sagte Amadeus. »Ohne Sie hätte ich's noch hinausgeschoben.«

»Für solche Momente lebt eine kitschige Frau wie ich. Der Graf nimmt seine alte Heimat wieder in Besitz und betritt den Punkt, von dem aus er alles übersieht.«

»Sie wissen natürlich, dass für uns Einheimische dieser Platz von besonderer Bedeutung ist.«

»Entschuldigen Sie mal. Wen diese Aussicht kaltlässt, sollte von einem Arzt prüfen lassen, ob er noch am Leben ist.«

Sie schaute nur, er erinnerte sich. Dies war der Ort, mit dem er alle großen Momente seiner ersten achtzehn Jahre in Verbindung bringen konnte. Hier hatte er mit Nikolaus und Frank Freundschaft bis zum Tod geschworen und mit Cosima ewige Treue nach der Hochzeit – da war er noch nicht zur Schule gegangen. Hier hatte er geschworen, sein Leben so zu führen, wie Borussia Mönchengladbach das Offensivspiel organisierte: leidenschaftlich, unwiderstehlich, Haare wie Günter Netzer. Und ein Auto wie er; und die Frau auch. Hier hatte er Arno Schmidt ewige Freundschaft geschworen und Steely Dan und 10 cc und den späten Kinks. Hier hatte er Irene geküsst und Heidrun und Maret und Verena und Birgit und Cosima, die ihm danach wochenlang mit dem Wunsch nach Heirat auf die Nerven gegangen war – mit siebzehn. Hier hatte er Irene erwischt, wie sie Matthias küsste. Hier hatte er die Umschläge geöffnet, die ihm die Franziskaner und Zisterzienser geschickt hatten. Hier hatte er als Schüler der zwölften Klasse den Vortrag über Karl May gehalten, und alle aus der Klasse fanden seine Idee großartig, und Oberstudienrat Klingebiel war wieder dermaßen blau, dass er um ein Haar übers Geländer gekippt wäre. Hier hatten ihm die Eltern versprochen, sich nie mehr zu streiten, und Roberto, der Chauffeur, hatte mit Blut die Vereinbarung signiert, ihn heimlich fahren zu lassen. Hier hatte er sein erstes Gedicht geschrieben, und als ihn der örtliche Blockwart vertreiben wollte, hatte er ihn gezwungen, den Zettel mit dem Gedicht aufzuessen. 500 Mark in bar hatten die Frau des Blockwarts bewogen, die Sache auf sich beruhen zu lassen. Hier hatte er Rilke gelesen und vieles über Stefan George, was er gar nicht wissen wollte. Hier hatte er für die Schülerzeitung 250 Urlauber über Badenweiler ausgefragt. Hier hatte er sich auf dem Sommerfest in die Schauspielerin verliebt, die in den Tschechow-Einaktern spielte und der er bis an den Atlantik nachgereist war, wo sich das angebliche Theaterfestival als Rock-Open-Air herausstellte und ihr väterlicher Mentor als Bassist einer britischen Band, die in der deutschen

Hitparade zweimal bis auf Platz acht geklettert war. Auf der übereilt gestarteten Zugreise in die Heimat stieg er falsch um und landete in Amsterdam, wo ihm eine Hure aus der Karibik ein Sex-Abonnement über 69 Jahre verkaufte, das er dann vorzeitig kündigte.

Neben ihm sagte eine Stimme: »Ein magischer Ort.«

»Manchmal gibt es einen einfachen Grund für magische Orte: Es gibt keinen zweiten Ort, der ihnen das Wasser reichen kann.«

Jeder Mensch hatte Anspruch auf so einen Ort, aber die meisten Menschen lebten in Regionen, wo solche Orte fehlten. Sie hatten nur einen alten Baum oder den Blick auf ein historisches Haus oder einen Gedenkstein, der an einen Dichter und Musiker und Maler erinnerte, der einem viel bedeutete. Das war mehr als nichts, aber weniger als der Blick von Badenweiler in die Ebene. Niemand kam an diesem Ort vorbei. Selbst Touristen, die zum ersten Mal nach Badenweiler kamen, versammelten sich am ersten Abend an der Kante. Badenweiler war klein, die Entfernungen für Spaziergänger zu packen. Jeden zog es in den Kurpark und zur Therme, und dann waren es nur noch wenige Schritte bis zum Blick in die Weite.

»Wie lange haben Sie gebraucht, um den Entschluss zu fassen?«

»Zurückzukehren? Zwanzig Jahre und ein paar Wochen.«

»Sie wirken … ja, wie? Ernst.«

»Das liegt daran, dass mir als Erstes aufgefallen ist, was alles nicht mehr da ist. Ich meine nicht meine Möbel. Die werden ersetzt. Aber das Alte ist weg, die Eltern sind weg, das Haus ist leer. Und ich meine die Leere, die du nicht vertreibst, indem du die Räume mit Tischen und Sofas füllst. Es reicht nicht, von einer langen Reise nach Hause zu kommen. Die Lebendigkeit kommt nicht von allein, jedenfalls dann nicht, wenn du keine Kinder mitbringst oder wenigstens einen Hund. Ich werde am Leben arbeiten müssen. Das kommt schon. Aber am meisten bedrückt mich natürlich der Tote. Das hätte nicht sein müssen.«

»Wir werden ihn schnell kriegen. Alles spricht dafür. Der Ort ist klein, und das Opfer hat ein öffentliches Leben geführt.«

»Und wenn er Saufkumpane von auswärts mitgebracht hat? Nicht aus Müllheim, sondern aus Freiburg oder Frankreich?«

»Das erschwert die Ermittlungen, aber das wirft uns nicht um. Das größte Problem ist der Zeitfaktor. Schmied hat zwei Wochen im Schloss gelegen. Wenn der Täter geflohen ist, kann er weit weg sein.«

16

Volker Sprecher hatte ein dickes Fell. Klaglos schob er Doppelschichten. Er stellte keine Ansprüche ans Essen und schlief zur Not in Scheunen und Stundenhotels. Aber er hasste Archive. Nicht weil er sie altmodisch fand, sondern weil man dort vom Hundertsten ins Tausendste kam, eingesaugt wurde von der Zeit und den Themen, bis man kopfüber in einer Welt steckte, die einen ohne Ergebnis wieder ausspuckte. Dann stellte man fest, dass fünf Stunden vergangen waren, und man wusste nicht, was man in diesen fünf Stunden getan hatte. In Archiven gab es keine interessanten Menschen, sondern nur Archivare, eine Menschengruppe ohne eine einzige Eigenschaft, die den Kommissar interessiert hätte, dafür mit einer Eigenschaft, die er hasste: Archivare waren von der Mission beseelt, den Besuchern ihrer Arbeitsräume mitzuteilen, wie wichtig ihr Job sei, dass er die Grundlage für das Funktionieren der zivilisierten Gesellschaft sei. Natürlich gab es Wege, diese langatmigen Vorträge zu vermeiden, mit Unfreundlichkeit war schon viel gewonnen.

Seit zwei Stunden saß Sprecher in der Lokalredaktion der Badischen Zeitung in Müllheim. Er hatte vier Becher Eiskaffee dabei und zwei Tüten mit Teilchen. So tauchte er ein in den Alltag eines Künstlers und Quälgeists, der vor sechs Jahren nach Badenweiler gekommen war und mehr Artikel auf sich vereinigt hatte als Anton Tschechow, der hier ebenfalls gestorben war, wenn auch still und leise.

Bei der Berufung zum Stadtschreiber hatte man sich noch liebgehabt. Festakt mit Streichquartett, Rede des Kulturdezernenten, dem zwei Kurzgeschichten und ein Gedicht Schmieds vorgelegen hatten und der so tat, als könne man aus 15 Seiten Text die Essenz eines Künstlerlebens destillieren. Überreichung des Schlüssels für die Wohnung, eines Buches über die Stadtgeschichte, eines Wanderführers sowie des unvermeidlichen Elixiers, ohne das in Badenweiler kein Jubilar davonkam. Dankrede von Schmied, bei der er nicht nüchtern und sein Hemd nicht sauber gewesen war. Zierlicher Umtrunk mit Sekt und Orangensaft und deftiger Umtrunk in der Forellenwirtschaft am Ortsausgang. In dieser Nacht stürzte Schmied erstmals ab. Dass er in einen Teich fiel, fanden damals alle noch amüsant.

Aber mit dieser Nacht war ein Rhythmus vorgegeben, der sich jahrelang wiederholen sollte. Bacchanalische Feste in Schmieds Wohnung und Streit um die Begleichung der Malerrechnungen, denn das Treppenhaus kam nicht ungeschoren davon; Schmied in den Straßen, betrunken; Schmied im Park, Bänke stapelnd und das Ganze als Kunst bezeichnend. Drei Wochen konnte kein Gast im Kurpark sitzen, bevor die Handballer aus Müllheim anpackten und die Kunst wieder in Sitzbänke verwandelten. Die Bombendrohungen bei den folgenden Heimspielen der Müllheimer konnten Schmied nie nachgewiesen werden. Die erste und einzige Lesung im größten Hotel am Ort, das am Ende des Tages die vorzeitige Abreise von vier Gästen beklagte. Die Zeitung schreibt ein Porträt über ihn, in dem er Badenweiler für seinen bevorstehenden Tod verantwortlich macht. Mit zwanzig Berufskollegen begibt er sich zur Wanderung auf den sogenannten Bettlerpfad, der Badenweiler mit Freiburg verbindet. Vier Wanderer müssen mit Alkoholvergiftung ins Krankenhaus gebracht werden.

Schmied organisiert in Badenweiler ein Fest, das der Verbrüderung von Studenten und »normalen Menschen« dienen soll. Aus Freiburg reisen 2500 Studenten an, sie verursachen in den Grünanlagen Schäden in fünfstelliger Höhe. Stadt und Privatbesitzer halten sich an Schmied, der Privatinsolvenz anmeldet.

Mehrere Monate findet sich im Lokalteil eine wöchentlich erscheinende Rubrik, in der es nur um Schmied geht. Er verklagt einen jungen Bestsellerautor, der ihm angeblich die Idee geklaut habe. Der Autor reist mit einem Filmteam an und unternimmt mit Schmied eine Wanderung durch den Schwarzwald, in deren Verlauf sich der junge Schriftsteller verläuft und nach vier Tagen entkräftet aufgefunden wird. Schmied wird mit den Worten zitiert: »So ergeht es jedem, der meinen Zorn erregt.«

Und dann, vor zwei Jahren, kommt es zur spektakulärsten Aktion des Quälgeists. Im Vorfeld der Kommunalwahl fragt eine Spaßfraktion bei Schmied an, ob er bereit sei, für das Amt des Bürgermeisters zu kandidieren. Er bittet um »fünf Minuten Bedenkzeit« und sagt zu. Im Ort nimmt man den Plan nicht ernst. Die junge Partei sammelt Unterschriften. Nach 36 Stunden hat man das Vierfache der notwendigen Stimmen zusammen.

Schmied läuft zu großer Form auf. Im Stadtbild zeigt er sich in einer Tunika und gibt sich als antiker Philosoph, der alle kommunalen Probleme durch Nachdenken lösen will. Im Kurpark versammelt er seine Anhänger, pro Tag löst man durch aktives Schweigen ein Problem. Die örtlichen Politiker verhöhnen Schmied. Als er von einem Pkw angefahren wird, lässt es die Politik an Mitgefühl fehlen. Das erweist sich als Fehler, von einer Mitleidswelle getragen zeigt Schmied seine Wundmale öffentlich vor und spricht vor 500 Zuhörern. Umfragen sagen seiner Partei zwanzig Prozent der Stimmen voraus. Man bezeichnet Schmied als »frische Kraft«, die dem verkrusteten Kommunalbeamtentum Salz in den Hintern blasen werde. Schmied genießt seine Auftritte, in diesen Wochen entstehen Oden und Balladen, die Bestandteil des Wahlprogramms werden. Die Altparteien beginnen, Schmied zu denunzieren. Man wirft ihm Steuerhinterziehung, Subventionsbetrug und Unzucht mit Schafen vor. Schmied gesteht den Fehltritt mit einer Ziege. Der Spitzenkandidat der größten Oppositionspartei wird zur Witzfigur, nachdem sich Schmied im Kurpark dreißig Minuten lang über seine sexuelle Attraktivität lustig gemacht hat.

Zwei Wochen vor dem Urnengang zieht sich Schmied zurück, da sind die Wahlzettel längst gedruckt. Der Nicht-Kandidat erhält sechs Prozent der Stimmen. Während die Parteien im Rathaus feiern, spendiert Schmied auf einer Wiese in der Ebene zwanzig Kisten Bier. In der Nacht zerschneidet sich ein Trunkenbold beim Sturz eine Ader und verblutet in der Rindertränke.

Seitdem tritt Schmied nicht mehr politisch in Erscheinung, er trinkt, krakeelt und veranstaltet Führungen für Urlauber, die er in den Wald führt und dort ihrem Schicksal überlässt.

Die Zeitungsmeldungen beginnen vor ungefähr sechs Jahren, die letzte datiert vom September dieses Jahres. Gestorben ist Schmied im November. Zwei Monate Sendepause wären bei jedem anderen Zeitgenossen nicht ins Gewicht gefallen, bei Schmied aber wunderte sich der Kommissar. Acht Wochen ohne eine einzige Erwähnung …

Die Tür öffnete sich. Statt der Archivarin tauchte Kommissarin Bittermann auf. Sie fragte die Ergebnisse ab und zählte die Namen zusammen, die in der Presse im Zusammenhang mit Schmied genannt worden waren. In fast allen Fällen handelte es sich um Menschen, mit denen er aneinandergeraten war. Sie kam auf 110 und sagte: »Das passt zu dem Kerl. Sogar die Zahl seiner Feinde bedeutet noch etwas.«

»Was ist denn an 110 so bedeutend?«

»Hallo? Kollege? Sind wir ein wenig unterzuckert?«

Der Groschen fiel, sie nahm auf dem zweiten Stuhl Platz. Die Ordnung der Papier-Jahrgänge in den Regalen und der uralten Mikrofiches bereitete ihr keine Probleme. Die Kommissarin wusste, in welchem Jahr der Graf sein Abitur am Müllheimer Gymnasium abgelegt hatte. Die 19-Jährigen des Abschlussjahrgangs 1991 sahen aus wie von dieser Welt. Graf Amadeus stand in der ersten Reihe, seine Arme lagen auf den Schultern der Nebenleute: ein Junge, ein Mädchen. Ohne Verkleidung, lachend. Als Berufswunsch war damals der Umweltbereich im Kommen. Die Anwälte, Ärzte und Architekten waren ebenso vorhanden wie der »Astronaut« des Klassenclowns.

Von 1991 ging die Kommissarin ins Jahr 1998, dem Todesjahr der Eltern. Der Unfall nahm zwei Seiten ein, die Berichterstattung setzte sich an den folgenden Tagen fort. Da begann auch die Serie über das Wirken der Wolffheims in Badenweiler und der Region. Der Tonfall war angenehm. Kein Kniefall, keine Speichelleckerei, aber großer Respekt. Die Chronik begann mit dem 16. Jahrhundert und wurde mit dem 17. detailreich. Vor über zweihundert Jahren waren die Wolffheims in Badenweiler ansässig geworden. Zuerst lag das Schloss einsam im Wald, mit der Zeit war der Ort näher gerückt. Holz war die Grundlage des Wohlstands, aber früh hatten die Wolffheims erkannt, dass, wenn man Geld besitzt, dieses Geld nicht in Sichtweite arbeiten muss. Sie betrieben Silberbergbau im Osten und Textilfabriken im Rheinland. Sie hatten in die Uhrenindustrie investiert, die Namen kannte selbst die Kommissarin, die sich mit Uhren nicht auskannte und es geschafft hatte, die einzige Jaeger-LeCoultre, die ihr jemals verehrt worden war, im ersten halben Jahr zweimal zu verlieren, bevor sie auch den edlen Spender verlor. Der Grund war aber nicht ihre Zerstreutheit.

Ins 19. Jahrhundert fiel die Liebe der Wolffheims zu den schönen Künsten. Sie begann mit der Einheirat bürgerlicher Frauen, energischer Persönlichkeiten, die mit Repräsentieren und Plaudern nicht ausgefüllt waren und sich um Gesundheitsvorsorge und Mädchenbildung kümmerten. In mehreren Universitäten des südwestdeutschen Raums hingen Porträts dieser Frauen in der Galerie bedeutender Förderer.

Natürlich war davon auszugehen, dass die Zeitung nicht über jede geschäftliche Transaktion informiert war oder sie für erwähnenswert hielt. Ein Eduard Mörike vor dem Schloss, Gottfried Keller auf der Terrasse oder der junge Thomas Mann, im Badeanzug in den gräflichen Teich eintauchend, machten mehr her. Die Malerelite des 19. und frühen 20. Jahrhunderts war Gast im Schloss gewesen, auch Balzac und Apollinaire und – man glaubte es nicht – Picasso: einen sturen Ochsen am Strick ziehend, während eine lachende Dora Maar den Stellungskampf fotografierte. Badische Politiker, badischer Adel, würdige Männer in Anzügen, die von der Klammer hinter ihren Namen als wegweisende Schweizer Industrielle und Handelsleute ausgewiesen wurden; Marlene Dietrich, Murnau, Billy Wilder – hingerissen arbeiteten sich die Kommissare durch die nicht enden wollende Galerie großer Namen und regionaler Persönlichkeiten. Vor hundert Jahren fuhr die nächste Kutsche vor, wenn die vorige Kutsche kaum außer Sicht war. Und dann die ersten Automobile!

Sprecher murmelte: »Ich beneide sie so sehr, und ich hasse sie dafür.«

Max Schmeling hatte vorbeigeschaut, man sah ihn, wie er zwei kleine Grafen in die Schwarzwaldluft stemmte, wobei er so tat, als seien die fidelen Zwerge schrecklich schwer. Sprecher fürchtete sich vor dem Moment, an dem er Einstein entdecken würde. Den spindeldürren Brecht erkannte er nicht, die Kommissarin musste weiterhelfen. Sie fanden Flieger und Rennfahrer, Motorenentwickler, die Ahnengalerie von Mercedes und Wanderer und Limousinen, die heutzutage bei Auktionen für siebenstellige Beträge den Besitzer wechselten.

»Was für ein Leben«, murmelte die Kommissarin.

»Warum tanzt der Kerl nicht von morgens bis abends auf dem Tisch?«, fragte Sprecher.

Die Antwort folgte. Denn nach den berühmten Gästen war ein berühmter Krieg gekommen, und nach diesem Krieg hatte es auch noch Fotografien gegeben, aber sie atmeten Erschöpfung und Alltag, Pflicht und Arbeit. Es waren wieder Gäste gekommen, das eine oder andere bekannte Gesicht darunter, Heinz Rühmann, Theodor Heuss, Maurice Chevalier, Mitterand im authentischen Wander-Outfit, Filbinger, Sprecher erkannte Sepp Herberger und die Fußballspieler des VfB Stuttgart. Aber die Bilder schwammen in einer Moll-Stimmung. Dabei herrschte auf ihnen keine Begräbnisstimmung, man lachte und scherzte, hob ein Glas oder machte Handstand.

»Vielleicht liegt es an uns«, murmelte Sprecher. »Mitterand ist uns noch nahe, Marlene Dietrich ist Legende.«

Sie suchten nach dem jungen Grafen und fanden ihn schnell. Eine Zeitlang gab es einen kleinen Bruder, bald war er auf allen Bildern warm eingepackt und dann verschwunden. Sie wechselten ins Internet. Die goldene Vergangenheit der Wolffheims war in quälender Detailfreude ausgebreitet. Je weniger professionell die Artikel wurden, um so mehr kamen Spekulation und Freude am Klatsch zum Tragen. Es ging dabei nicht um »wahr« oder »falsch«. Es ging um hilfreiche Hinweise.

Und um Material, das die Atmosphäre des Orts auf den Punkt brachte. Wie das Bild von der Eröffnung des privaten Kindergartens in Badenweiler. Strahlende Kinder, als Blumen und Sonnen verkleidet, Honoratioren in Anzügen und die Frau, eingerahmt von zwei Männern, die mit ihren Zigarren viel Qualm erzeugten. Von links nach rechts: Graf Wolffheim, seine Gattin und Ottmar Deine vom größten Arbeitgeber im Ort.

17

In den ersten Minuten verlief das Gespräch noch angeregt. Dann war der Graf maulfaul geworden. In sich versunken saß er im Sessel des Filialleiters und starrte auf das Faxgerät.

»Du musst dir ein Notebook kaufen«, sagte Lebach.

»Ich weiß, ich weiß. Aber es stößt mir jedes Mal sauer auf. Wie du dir denken kannst, war einiges auf meiner alten Maschine, das mir jetzt sehr fehlt.«

»Ich erspare dir die klugen Bemerkungen über Sticks, die deine Schätze bewahren.«

»Dafür bin ich dir wirklich sehr verbunden.«

Vor einer Stunde hatte Amadeus einen weiteren Anruf von der Thüringer Polizei erhalten. Die Cops erkundigten sich nach dem Unternehmen, das den Umzug für Amadeus durchführen sollte. Ein langjähriger Geschäftspartner und Möbelimporteur hatte ihm die Gelegenheit vermittelt, eine leere Rückfahrt Richtung Norden. Amadeus hatte sich von der günstigen Gelegenheit verführen lassen und fragte sich jetzt, wie der Lkw auf dem Weg von Italien bis Baden nach Thüringen gelangt war.

Aus dem Fax quälten sich zwei Seiten, jetzt hatte er seinen Verlust schriftlich. Bis zuletzt befürchtete er, dass Lebach sich nach der Schatulle erkundigen würde. Aber der wahrte die Form.

Er musste sich der neuen Lage stellen, fuhr nach Freiburg und deckte sich mit Elektronik ein: ein Apple für das Büro, ein MacBook für die Mobilität; und, weil er sich schon im Laden befand, ein iPad, von dem ihm zwei Elfjährige energisch abrieten, weil die neue Generation vor der Tür stehe.

»Warum seid ihr beide nicht in der Schule?«

Sie blickten sich an, als wäre ihnen die Frage in diesem Moment selbst eingefallen. Dann tischten sie ihm eine Lügengeschichte auf, die immer komplizierter wurde und am

Ende wegen Schnappatmung ihr vorzeitiges Ende fand. Als er sich abwandte, hörte Amadeus, wie die Jungen flüsternd Theorien über seinen Beruf austauschten. Einer hielt ihn für einen Lehrer, der andere für einen Künstler, weil die so viel Zeit hätten.

Er schlenderte durch die Straßen. Jedes Schaufenster streckte ihm die Zunge heraus und rief: Du musstest dich ja unbedingt in Müllheim einkleiden.

Im Universitätsviertel kaufte er Stiefel und eine Jacke. Und Unterwäsche, so viel Unterwäsche. Er betrat eine Parfümerie mit Deine-Depot und schnüffelte sich durch die Testflakons. Einatmen und eine Reise von dreißig Jahren unternehmen. Bilder bauten sich auf, die immer mit seiner Mutter zu tun hatten. Sie hatte nichts dagegen gehabt, dass er mit den Duftwässern spielte. Er wusste noch, dass einigen Freunden untersagt worden war, die Spiele der Mädchen zu spielen. Ihn ließen die Mädchen mitspielen. Nicht nur, weil er zum Dank Kuchen mitbrachte, den er der Köchin abgebettelt hatte. Aber geschadet hatte der Kuchen auch nicht.

Den Rest des Tages verbrachte er in Freiburg. Wetter wie im April: Sonne, Wolken, Regen im Wechsel. Die Ansichtskartenmotive schenkte er sich. Er suchte die Orte, die für ihn wichtig gewesen waren, und fand sie nicht immer. Auch hier war abgerissen und neu gebaut worden. Er fand, was er sah, beruhigend geschmackvoll. Er musste sich nur von der Erwartung verabschieden, seinen eigenen Geschmack zu finden. Die würdig gealterten Gassen italienischer Orte waren sein Nonplusultra. Verbranntes Ocker, antikes Gerümpel, Katzen und Hunde, die halb so viel wogen wie ihre badischen Verwandten. Die Viertel, durch die er ging, atmeten Süden. Die Menschen, die hier lebten, fuhren im Urlaub ans Mittelmeer und nicht an die Ostsee. Hier war viel Geld verbaut worden, viel hatte sich verschoben in den letzten zwanzig Jahren. Auf einige Mülltonnen hätte er verzichten können, aber wie gut musste es einem gehen, wenn man begann, über den Umgang mit Müll zu reden? Wie lange würde in Freiburg eine tote Katze im Vorgarten liegen? In der Basilicata lag sie, bis die Vögel begannen, die gebleichten Knochen wegzutragen und mit ihnen ihre Nester zu befestigen.

Er trank einen Espresso, danach noch einen und landete in einem Laden, in dem Design und Lebensstil eine glückliche Verbindung eingegangen waren. Er stand vor den Kaffeemaschinen und murmelte, ohne sich umzudrehen: »Nein, ich will keine Beratung.«

Der Inhaber trollte sich und schnappte erst bei der Begegnung an der Ladenkasse wieder aus.

In der Nacht fuhr er seinen orangefarbenen BMW auf das Gelände. Das Außenlicht brannte, bevor er sich wundern konnte, eilte Kommissar Sprecher aus dem Haus und half, die Einkäufe ins Haus zu tragen. Er trug eine uralte Trainingshose und sagte mit verstellter Stimme: »Du warst wieder bei deinen liederlichen Freunden, brauchst es gar nicht abzustreiten.«

»Habe ich Ihnen schon gesagt, dass ich nicht der Typ für Rollenspiele bin?«

»Wir hatten noch keine Gelegenheit, darüber zu sprechen. Aber ich begreife schnell.«

Als der Graf nach dem letzten Gang die Küche betrat, war die Maschine bereits ausgepackt.

»Oh, wollten Sie …?«

»Machen Sie nur. Wird Zeit, dass Sie anfangen, Ihr Geld einzuspielen.«

Amadeus berichtete über Freiburg, Sprecher erwies sich als Kenner der Verhältnisse. Angeblich hatte er dort ein Orchideenfach studiert, über das er sich nicht näher auslassen wollte.

Auf der Anrichte lag das »Badenheimer Glück«. Seite 5: Die vierzehntägige Hit-Liste der attraktivsten Menschen aus Badenweiler und der Region. Graf Amadeus war von null auf zwei eingestiegen. Vor ihm stand nur Fabio, der italienische Gastwirt der »Venus« im Ortszentrum, dessen Charme sich schon bis zum Kommissar herumgesprochen hatte. Er war Ohrenzeuge gewesen, als mehrere Frauen aus dem Ort seiner Kollegin ans Herz gelegt hatten, bloß nicht den Besuch in der »Venus« zu versäumen. Einheimische sagten: »auf der Venus.«

Zwölf Männer und zwölf Frauen bildeten alle zwei Wochen die Hitliste im Blatt. Bedingung: unverheiratet, wenn auch nicht zwangsläufig ungebunden. Jeder in der Liste wurde mit einem Foto und einigen Sätzen über die Wirkung auf das andere Geschlecht bedacht. Der Heiratsmarkt war eine frivole Institution, die auf Anzüglichkeiten und prollige Weltsicht verzichtete. Hier ging es nicht darum, welche Automarke man fuhr, es ging um die gesellschaftliche Positionierung. Dass eine Hebamme zum zweiten Mal den ersten Platz belegte, bewies den sicheren Geschmack der Redakteure.

Allerdings übertrieben sie es nicht mit der Zurückhaltung. Der französischstämmige Deutschlehrer aus Müllheim, der seit langem einen einsamen Kampf gegen seine Aufnahme in die Liste führte, wurde in jeder neuen Ausgabe mit Perlen aus seinen letzten Schriftsätzen zitiert, die er unermüdlich produzierte. Es handelte sich um Schriftverkehr mit Lehrern, Anwälten, Gericht, kommunalen Politikern. Auf einer zweiten Schiene kämpfte er deshalb seit einigen Monaten darum, diese Indiskretionen zu geißeln. Der Mann war längst eine tragische Figur geworden. Hätte er nicht so astrein ausgesehen, hätte kein Hahn nach ihm gekräht. Seit über einem Jahr war er Stammgast zwischen den Plätzen sechs und zehn.

Was die Liste erträglich machte, war der Verzicht auf Jugendlichkeitskult. Natürlich durfte der obligatorische Bademeister aus der Reha-Klinik nicht fehlen, auch nicht der Extrem-Bergsteiger und Fahrradtrainer, aber von den Fotos lächelten auch der über 60-jährige Violinist aus Badenweiler und die 81-jährige Gesangslehrerin aus Müllheim. Hinter den Kulissen liefen schamlose Versuche, die beiden miteinander zu verkuppeln, aber sie hatten den Braten wohl gerochen und schnitten alle vierzehn Tage zufrieden die neueste Hitliste aus.

»Platz zwei wird nicht das letzte Wort sein«, sagte Sprecher voraus. »Ein attraktiver Graf mit meterlangem Stammbaum ist auf Dauer nicht zu toppen. Auch nicht von einem smarten Pizzabäcker.«

Der Umschlag, der aus der Zeitung gerutscht war, lag lange unbeachtet unter dem Tisch. Amadeus fischte ihn dann vom Boden.

18

»Das kann doch wohl nicht wahr sein!«

Lebach, der sonst so besonnene Lebach, sprang auf.

»Damit haben wir nichts zu tun! Das ist ein Dummerjungen-Streich. Das ist nicht ernsthaft gemeint!«

Graf Amadeus forderte den Schulfreund auf, sich zu setzen. An den Nebentischen nahm man bereits Witterung auf.

Lebach ließ sich auf den Stuhl fallen, las erneut, blätterte und sagte: »Das sieht sogar seriös aus. Das darf doch alles nicht wahr sein!«

»Vielleicht verstehst du jetzt, warum ich mir erlaubt habe, die Kommissarin mitzubringen, ohne dich vorher zu fragen.«

Immer wieder vertiefte sich Lebach in einen Absatz, lachte unfroh, blätterte weiter. Er hatte den Grafen in eines der führenden Häuser im Ort eingeladen. Es war nicht das Grandhotel, aber es kam gleich dahinter. Selbst Anfang Dezember, noch weit entfernt von den Weihnachts- und Silvesterpauschalen, standen zahlreiche großkalibrige Limousinen und SUVs auf dem Parkplatz.

Kaum hatte er die Tür geöffnet, war der Graf vom Inhaber begrüßt worden. Eine nicht unangenehme Szene: würdig, herzlich, kraftvoll, kurz. Er wurde zum Tisch geleitet, an dem Lebach schon saß und verdutzt dem Auftrieb entgegenblickte.

»Grafen-Fonds« lautete der Name der Provokation. 28 Seiten umfasste der Prospekt, der das geplante Ensemble von Häusern mit Eigentumswohnungen auf dem Gelände des Schlosses präsentierte und um die Zeichnung von Anteilen warb. »Vier Gebäude mit insgesamt 22 Wohnungen (3 bis 5 Zimmer)«, für die die Fassaden und Nebengebäude erhalten bleiben sollten.

Der Prospekt enthielt keinen Namen, keine Telefonnummer, keine E-Mail-Adresse, keine Kontonummer und auch keine andere Nummer, die eine Identifikation ermöglicht hätte. Es gab keine Adresse und kein Datum. Alles, was es gab, war die Schilderung der geplanten Anlage und die Zusage saftiger Wertsteigerung, die das Zeichnen der Anteile zu einem Vergnügen machen würde und nicht zum Risiko. Mehrfach wurde betont, wie der Geist der historischen Anlage eine Atmosphäre erzeugen würde, die mit Geld sonst nicht zu erwerben sei. Hier habe man die seltene Chance, neben Raum zum Wohnen und Repräsentieren Wurzeln im europäischen Hochadel zu schlagen.

»Man liest es und man glaubt es nicht«, klagte Lebach. »Und das hat jemand vor die Tür gelegt?«

Die Kommissarin studierte Amadeus und sagte: »Sie nehmen das sehr gelassen auf.«

»Was soll ich tun? Im Quadrat springen und Anzeige erstatten? Was haben wir denn hier? Eine erste Idee? Einen weit gediehenen Plan für eine pfiffige Geldanlage? Wir wissen doch gar nichts. Und ein Schaden ist bisher auch nicht entstanden.«

»Nicht mein Haus«, betonte Lebach ein weiteres Mal. »Ich bin doch nicht lebensmüde, mit Grund zu spekulieren, der mir nicht gehört.«

»Wem gehört er denn?«, fragte die Kommissarin.

Der Satz veränderte die Chemie, zumal Amadeus nicht die erwarteten Worte aussprach. Er schwieg und dachte nach, und die Kommissarin wurde sauer, weil sie etwas als sicher unterstellt hatte, was plötzlich wolkig erschien.

»Das ist das Land der Wolffheims«, stellte Lebach klar. »Es gehört ihnen seit Jahrhunderten. Ich verstehe nicht, was die Frage soll.«

»Sie muss diese Frage stellen«, sagte Amadeus. Er wollte besänftigend wirken, aber Lebach witterte einen Angriff auf den Namen der Grafen, und weil sich der letzte Spross in Schweigen hüllte, musste der Sparkassenleiter dessen Pflicht übernehmen. So bestand Lebach darauf, dass jeder Zweifel an den Wolffheims ein Zweifel an der göttlichen Ordnung sei. Etwas zu laut redend, stellte er klar, dass ein Zweifel an den Eigentumsverhältnissen absurd sei. Er sei in dieser Region aufgewachsen und beruflich aktiv. Gerüchte über eine angespannte Situation in der Grafenfamilie hätten ihn als einen der Ersten erreicht. Er wolle nicht ausschließen, dass bei den aktuellen wirtschaftlichen Turbulenzen selbst allerbeste Adressen in finanzielle Schieflagen geraten könnten. Aber doch nicht in Badenweiler! Aber doch nicht die Wolffheims!

Der Graf äußerte sich spät: »Ich weiß, ihr erwartet von mir, dass ich erzürnt bin. Aber ich bin eigentlich mehr erstaunt, denn ich war ja fest davon ausgegangen, in einen Ort zu kommen, in dem meine Familie vergessen ist.«

»Auf welchem Planeten lebst du denn?«, fragte Lebach entgeistert. »Ich werde dir sagen, wie das läuft: In den ersten Jahren wundert man sich, dass das Schloss leersteht, und wartet darauf, dass der alte Zustand sich wieder einstellt. Dann beginnen die Jahre, in denen es ruhig wird. Aber danach … danach findet nicht das endgültige Vergessen statt, sondern die Legendenbildung. Danach lassen sich die Leute von der Vergangenheit verzaubern. Danach schreiben sie die Geschichten in Märchen um. Dann weiß keiner mehr, was Wahrheit ist und was Legende. Der Unterschied interessiert auch niemanden. Interessant ist nur noch die mythologische Figur. Versteht ihr, was ich sagen will? Es gibt Menschen, die die Macht besitzen, den Weg vom realen Leben zum fiktiven

Leben zurückzulegen. Und dabei verlieren sie nicht, sondern sie gewinnen. An Sympathie vor allem, an Ehrfurcht. Letztlich wird es Liebe.«

»Das haben Sie schön gesagt«, murmelte die Kommissarin beeindruckt.

»Weil ich weiß, wovon ich rede. Ich stamme aus so einer Familie. Bei uns hatten alle Respekt vor der Ordnung, vor Beamten und Polizisten. Ein Finanzbeamter war nicht einfach ein Buchhalter, den der Staat bezahlt. Er besaß eine höhere Weihe. Aber das alles wurde noch einmal getoppt vom Adel. Den hatte keiner gewählt, er muss sich ja auch keiner Wahl stellen. Der Adel hat uns tausend Jahre regiert. Der Adel hatte die Macht über Leben und Tod.«

Nun mischte sich Amadeus ein: »Die Leute erinnern sich nur an die guten Adligen, die erfolgreichen, genialen, die eine Lebensleistung vorzuweisen haben. Sie erinnern sich nicht an die neunzig Prozent des Adels, die faul sind, degeneriert, dumm, peinlich, die eine große Schnauze haben und charakterlich von jedem Hund übertroffen werden.«

»So sind die Menschen«, entgegnete Lebach. »Es muss auch nicht der Kaiser sein oder ein anderer, den jeder kennt. Die Leute mögen ihre regionalen Adligen, die sie persönlich kennen und von deren Alltag sie etwas mitkriegen. Das Schloss oder die Burg stehen zehn Kilometer entfernt, und die Leute sehen, wie beim Adel geheiratet wird, wie Kinder zur Welt kommen und wie der Adel im Suff gegen den Baum fährt. Aber es gibt auch eine Lebensleistung, sie halten ihren Laden zusammen, betreiben ihre Geschäfte, und sie strahlen diesen besonderen Glanz aus, der nicht nur etwas mit Geld zu tun hat. Beim Adel imponiert den Leuten die Dauer, die Tradition. Unsereins denkt höchstens bis zum Großvater zurück und manchmal noch eine Generation weiter. Spätestens dann ist Schluss, es gibt auch nicht viel, auf das man stolz ist in seiner Familie. Ich meine, was ist so imponierend daran, wenn einer seine Bausparverträge zurückzahlt und seine Kinder unfallfrei unter die Haube kriegt? Aber beim Adel, da strahlt es. Die Häuser, in denen der Adel wohnt, sind ja nicht nur groß, sie sind prächtig. Nicht neureich, sondern prächtig, würdig, schön. Das wollen die Leute besichtigen, das ist Kultur, das ist das, was unser Land ausmacht.

Heute kriegst du durchs Fernsehen ja jeden Furz mit, den einer am anderen Ende der Welt fahren lässt. Früher war schon die Provinzhauptstadt weit weg. Wer schaffte es denn früher aus dem Schwarzwald nach Stuttgart oder nach Karlsruhe? Das lag doch alles auf dem Mond. Nur der Graf oder der Fürst, der wohnte gleich um die Ecke, dem begegnete man, und man wusste genau, welches Land ihm gehörte und welcher Wald und was ihm alles vor hundert Jahren gehörte und vor zweihundert Jahren. Die meisten Leute kennen sich doch noch heute besser in der Familie des Grafen aus als in ihrer eigenen, jedenfalls wenn du weiter denkst als ein Jahrhundert. Wir Bürgerlichen sind der Alltag und die Gegenwart, und vor der Zukunft fürchten wir uns, der Adel ist die Vergangenheit, die Kultur, das Gute. Er war nicht demokratisch und nicht immer fleißig, aber auf unseren Grafen lassen wir nichts kommen. Gib's zu, Amadeus, du bist manches Mal billig aus dem Lokal gekommen, weil es für einen Bürgerlichen eine Ehre war, dich freizuhalten.«

»Es war mir immer peinlich. Aber sie bestanden darauf. Und wenn du ein junger Hüpfer bist, übertreibst du es ja nicht mit dem Stolz.«

»Sie durften dich also einladen.«

»Bei meinem Vater war es schlimm. Er musste regelrecht darum kämpfen, seine Zeche bezahlen zu dürfen. Wir reden jetzt ja nicht von Kaufleuten und Anwälten, die es sich leisten können, für alle zu zahlen. Wir reden von armen Leuten, bei denen es dir das Herz bricht, wenn du dir vorstellst, dass sie ihren Etat für den Rest des Monats für dich hinlegen wollen.«

»Ich könnte euch stundenlang zuhören«, sagte die Kommissarin versonnen. »Aber es hilft mir trotzdem nicht weiter. Ich weiß nicht, ob dies ein Text ist, der vor zwanzig Jahren geschrieben wurde oder letzte Woche. Das ist das Elend mit diesen Computerausdrucken. Sie radieren die Zeit aus. Früher verriet dir das Papier, wie alt es ist. Jedenfalls wusstest du, ob es vor kurzem oder vor Jahren geschrieben wurde. Bei diesen Ausdrucken weißt du nichts.«

Zu zweit beruhigten sie dann Lebach, der die Angelegenheit sehr persönlich nahm.

Amadeus sagte: »Wäre der Grafen-Fonds in deiner Sparkasse entstanden, hätte mir der unbekannte Informant den offiziellen Prospekt zukommen lassen: Farbig, mit Zahlen und Datum und Briefkopf und Ansprechpartner. Das ist nicht der Fall. Daher denke ich, es ist nicht nur in deinem Haus nicht entstanden, sondern auch nicht bei der Volksbank und bei keiner Privatbank.«

»Vielleicht das Ausland?«

»Vielleicht. Aber das Einzige, was uns die Seiten sagen, ist wohl, dass jemand irgendwann darüber nachgedacht hat, das Schloss zu Geld zu machen.«

Die Kommissarin gab dem Gespräch eine andere Richtung: »Mir sieht das nach einem Anlageberater aus. Einem Makler. Einer der Haie, die Tag und Nacht auf der Suche nach der Marktlücke sind.«

Amadeus sah ihr gerne beim Nachdenken zu.

»Eine Sparkasse würde ein hohes Risiko eingehen«, fuhr sie fort. »Aber wir sind uns wohl einig, dass es eine entscheidende Frage gibt.«

»Okay«, sagte Amadeus und gab sich einen Ruck.

Lebach, der seriöse Lebach, bot an, zehn Minuten nach draußen zu gehen, damit die beiden in Ruhe über alles reden konnten, was nicht mehr als vier Ohren duldete. Amadeus fand die Vorsicht überflüssig, die Kommissarin nahm das Angebot dankend an. Lebach ging.

»Wieder ein Freund weniger«, murmelte Amadeus.

Die Kommissarin rückte dicht an ihn heran und beugte sich über den Tisch.

»Dafür eine neue Freundin gewonnen«, sagte er lächelnd.

»Es ist heikel«, sagte sie ernst. »Alles wird dadurch noch heikler, dass Sie so überraschend zurückgekommen sind. Können Sie mir bestätigen, dass niemand über den Termin Ihrer Rückkehr informiert war? Wer außer Ihnen wusste Bescheid?«

»Wir reden aber noch über den Mord an dem armen Künstler, oder?«

»Den lassen wir fünf Minuten in Ruhe und wenden uns ihm dann wieder zu.«

Es war eine Entscheidung von Minuten gewesen. Der Händler aus Augsburg hatte Amadeus am Telefon von der Fahrt Richtung Basilicata und der bevorstehenden Rückfahrt mit leerem Lkw berichtet. Amadeus hatte sich entschieden, zehn Minuten später hatte der Händler erneut angerufen, in der Zwischenzeit hatte er die kleine Spedition erreicht, die sich einverstanden erklärt hatte. Zwei Männer, ein Lkw, Hausrat von Süditalien in den südlichen Schwarzwald. Amadeus hatte angefangen zu packen und mit niemandem über die Fahrt gesprochen. Die Wahrscheinlichkeit, dass jemand aus Badenweiler von der Ankunft des Grafen wissen konnte, war also äußerst gering.

Der Laster war erschienen, zu dritt hatte man eingeladen. Freundliche Packer. Sie waren abgefahren, Amadeus hatte seine Abschiedsrunde im Ort gedreht, die über seine Kräfte gegangen war. Alle hatten geweint, alle hatten ihm Glück und Segen gewünscht und vor allem baldige Rückkehr.

Ungefragt betonte der Graf, dass zu dem Zeitpunkt, an dem das Mordopfer im Schloss abgelegt worden war, niemand den Tag seiner Rückkehr gekannt hatte, nicht einmal Amadeus selbst.

»Jetzt kommen die Fragen, nicht wahr?«

Die Kommissarin nickte. Kontakt zu Menschen aus Badenweiler und Umgebung in den letzten Jahren? Null, seit zwanzig Jahren null. Auch keine zufällige Begegnung mit einem Einheimischen oder alten Freund in Italien oder auf einer Reise? Null. Hätte jemand den Wohnort in Italien herausfinden können, wenn er zuvor herausgefunden hätte, dass der Graf Möbel nach Deutschland importierte? Theoretisch ja, geschäftlich hatte er seinen Wohnort nicht leichtfertig genannt, aber auch nicht krampfhaft verschwiegen. Hatte er unter seinem richtigen Namen in Italien gelebt? Fast, er hatte sich Amadeus Wolffheim genannt, aber die Mimikri nicht hermetisch durchgehalten. »Es gab Momente, da hat mir der Graf geholfen.«

»Mehr als das Geld?«

»Ich bin seit zwanzig Jahren kein reicher Mann.«

»Weil Sie nicht wollten.«

»So, wie Sie das sagen, klingt es falsch.«

»Wären Sie an Geld aus der Heimat herangekommen, wenn Sie gewollt hätten?«

»Selbstverständlich.«

»Aber Sie wollten nicht.«

»Auf was spielen Sie an?«

»Sie sind doch damals aus einem starken gefühlsmäßigen Motiv gegangen.«

»Sie meinen: auf das Geld der Familie verzichten? Ein für alle Mal? Das habe ich nicht getan, das ist auch gar nicht so einfach. Vor allem hat es nicht stattgefunden, weil Geld nicht das Problem war. Ich habe meinen Eltern nie vorgeworfen, dass sie reich sind. Ich hatte nie das Gefühl, dass sie mit ihrem Geld verantwortungslos umgehen.«

»Es gibt adlige Familien, wo das geschieht?«

»Sie machen sich keine Vorstellungen. Geld spielt für viele adlige Familien eine ungeheure Rolle. Natürlich gibt es immer noch einige Sippen, die könnten jeden Tag zehn Millionen auf den Kopf hauen und würden jahrelang in Saus und Braus leben. Aber es gibt auch Familien, durchaus prominente Namen, die pfeifen auf dem letzten Loch. Ich kenne mehrere Familien, für die ihr Name das Wertvollste ist, das sie besitzen. Die meisten haben sich längst in die neuen Verhältnisse hereingefunden. Sie haben zwei Generationen gebraucht, um ihrem Nachwuchs einzubläuen, dass ab jetzt gelernt und studiert und gearbeitet wird. Einige haben den Übergang nicht geschafft, einige sind in Zentnern von Koks untergegangen, zuletzt das Motorboot in die Luft gesprengt und ein spektakulärer Abgang vor Monaco. Das ist idiotisch, aber es hat auch Stil.«

»Ich frage Sie jetzt nach den finanziellen Verhältnissen in Ihrer Familie.«

»Sie kennen die Antwort schon. Als ich vor zwanzig Jahren gegangen bin, waren die Verhältnisse geordnet. Sieben Jahre später kamen meine Eltern bei dem Unfall ums Leben. Was davor passierte und wie sich die Dinge danach entwickelten, weiß ich nicht. Ich werde es aber in Erfahrung bringen, ich besitze die dafür nötigen Unterlagen.«

»Sie sagen, vor zwanzig Jahren war alles gut. Hätten Sie es gewusst, wenn es schon damals nicht so gewesen wäre?«

»Hätte ich mich auf das verlassen, was mir mein Vater freiwillig erzählte, dann nein. Aber ich habe mich erkundigt, ich war damals nicht darauf angewiesen, was er mir erzählte. Und nein: Wenn er mir etwas verschwiegen hat, kann er dafür gute Motive gehabt haben. Das eigene Kind nicht beunruhigen, zum Beispiel.«

»Ich stelle mir das so vor, dass zum Zeitpunkt des Unfalls Ihre Eltern über Mitarbeiter verfügten. Anwalt, Bevollmächtigter, Mitarbeiter eben, die informiert waren. Die muss es doch noch geben, die werden sich doch nicht in Luft aufgelöst haben.«

»Ich werde mich schlaumachen.«

»Es tut mir leid, wie es jetzt läuft. Sie hatten bestimmt vor, alles in bestimmten Schritten zu tun. Was ja auch Ihr gutes Recht ist. Selbst der Mordfall hätte daran nicht zwangsläufig etwas geändert. Aber nun liegt dieser mysteriöse Prospekt vor. Nun können wir nicht ausschließen, dass sich jemand auf Ihre Kosten bereichern wollte oder will. Nun müssen wir uns Klarheit verschaffen. Verstehen Sie das?«

»Ich verstehe das, ich werde kooperieren.«

»Sie sagen das so ... so dramatisch.«

»Ich fange wieder ganz von vorne an. Ich hätte mir natürlich gewünscht, dafür die Zeit zu haben, die ich brauche. Nun kommt Druck von außen auf und ich muss reagieren. Das mag ich nicht. Aber wie gesagt: Ich werde kooperieren.«

19

Nun stieg auch die Presse ein. Die Badische Zeitung hatte zwei Tage gebraucht, um die Bedeutung des Falls zu erkennen. Im Handstreich wurden die redlichen Mitarbeiter aus Badenweiler weggefegt, morgens um acht standen die Profis aus der Zentrale vor dem Schloss. Kellner Volker war mit dem Frühstück beschäftigt, nachdem er den ersten Kuchen des Tages in die Röhre geschoben hatte. Ein Backzwang hatte den Kommissar gepackt, auf der Anrichte waren die frischen Kuchen präsentiert. Unmöglich, auch nur die Hälfte zu schaffen. Volker reagierte auf den Verzehr mit heftigem Durchfall. Er telefonierte mit Ärzten und der forensischen Abteilung, aber was die ihm sagten, wollte er nicht hören. Gestern war er in eine Bäckerei gefahren und mit einem jungen Bäcker ins Schloss gekommen, der bis zum Schluss den Verdacht nicht loswurde, das Opfer einer ungewöhnlichen Entführung zu sein. In der gräflichen Küche musste er jeden Arbeitsschritt des fanatischen Amateurs beobachten und danach begutachten. »Vielleicht sind Sie einfach nicht der Typ für Kuchen«, sagte er und empfahl Tests auf Allergien.

Als Volker den Reportern öffnete, lauteten seine ersten Worte: »Wenn ihr keinen Kuchen mögt, seht zu, dass ihr weiterkommt.«

Die ältere Frau erwiderte: »Wenn Sie ein Problem mit der freien Presse haben, sollten Sie nach Weißrussland ziehen.«

Die begleitende Fotografin, halb so alt wie ihre Kollegin, sagte: »Das ist witzig, Sie sehen genauso aus wie dieser Kommissar aus Freiburg.«

»Das höre ich immer wieder«, knurrte Sprecher und verschwand in der Küche.

Graf Amadeus kehrte von seinem morgendlichen Lauf zurück. Jutta Uhl sagte zur Begrüßung: »Ich habe Ihren Vater gekannt, und Sie habe ich auch gesehen. Da waren Sie noch ein Kind.«

Aus dem Stegreif erfand Amadeus Verabredungen in anderen Orten, doch die Journalistin sagte: »Nehmen Sie uns, solange Sie noch die Wahl haben. Besser wird es nicht.«

Vorher durfte er aber noch duschen gehen. Danach aß er Kuchen, die Kaffeemaschine lief heiß, das Spiel begann. Jutta Uhl entschuldigte sich für die saumseligen Kollegen aus Badenweiler und war nicht amüsiert, dass der Graf Barrakuda für ihren Kollegen hielt.

»Mir war er sympathisch«, sagte er, um die Freiburger zu ärgern.

»Platz zwei«, sagte die Fotografin verträumt. Amadeus wartete, aber sie hatte alles gesagt, was ihr auf dem Herzen lag.

Jutta Uhl war ein Schlachtschiff. Zehn Jahre älter als der Hausherr, gezeichnet von tausenden Ortsvereinssitzungen, Vernissagen und Vorträgen. Sie kannte alles und jeden in der Region. Wen sie nicht kannte, den gab es nicht. Die Fotografin sah aus, als wäre sie noch keine zwanzig. Sie war für die neunmalklugen Bemerkungen zuständig.

Es begann mit einem Rundgang durchs Schloss. Der Kellerraum, in dem die Leiche gefunden worden war, durfte noch nicht betreten werden. Aber niemand hatte gesagt, dass man die Kellertür nicht öffnen dürfe.

Die Frauen kannten Schmied. In Freiburg war er nie auffällig geworden, vielleicht brauchte er überschaubare Orte und fürchtete sich vor selbstbewussten Großstädtern, die sich nicht dumm kommen ließen. Die erfahrene Journalistin vertrat eine Theorie: Angeblich würden Deutschlands Kleinstädte von Pseudo-Künstlern wie Schmied wimmeln. Diese mittelmäßigen Monomanen – Dichter, Maler oder Musiker – besaßen ein Gespür für Gemeinden, in denen sie ihre Show abziehen konnten. In Stuttgart und Bremen und Köln hätte man sie zwischen Daumen und Zeigefinger zerdrückt, in Badenweiler und Müllheim trafen sie einen Nerv. Eitle kommunale Vertreter waren geneigt, diese Quälgeister zu dulden, weil sie sich von ihnen kulturellen Glanz versprachen. Letztlich boten Schmied & Co. den Politikern die Möglichkeit, sich in den Künstlern zu spiegeln und ein Gefühl von Bedeutung zu entwickeln. Zwar war das absurd, aber Schmieds letzte Jahre bewiesen ja, wie genial der Schnorrer auf der lokalen Klaviatur zu spielen imstande war. Er biss die Hand, die ihn fütterte, und durfte das tun, solange er unter der Flagge »unangepasstes Künstlertum« segelte.

»Es wird nicht leicht, den Täter zu finden«, prophezeite die Journalistin. »Der Mann muss Hunderten auf die Nerven gegangen sein. Einige haben ihn besonders gehasst, weil sie erkannt haben, dass er sie ausnutzt. Und es gibt die Möglichkeit, dass der Mord purer Zufall war: eine Schubserei, eine Flasche zu viel. Alle paar Jahre wird jeder überschaubare Ort das Opfer eines Hochstaplers. Ein Künstler, ein Heiler oder ein Unternehmer, der den Politikern ein Wahnsinnsprojekt verspricht und im Handumdrehen Fördergelder flüssig macht.«

Man sah ihr an, wie sie Schmied abhakte und sich ihrem eigentlichen Thema zuwandte: Graf Amadeus, der verlorene Sohn. Er versicherte, nicht wegen Kunst oder Heilungen oder Geschäften zurückgekehrt zu sein. Sie wusste, worauf er anspielte, aber sie bestimmte selbst, wann sie eingeschnappt war. Amadeus mochte die Frau. Sie stellte etwas dar und musste sich nicht anbiedern.

Der Kommissar hatte Termine und ließ den Grafen mit den Frauen allein.

»Finde ich klasse«, lauteten die ersten Worte der Nachwuchskraft nach Sprechers Weggang. »Sie haben noch gar nicht ausgepackt, da haben Sie schon einen Butler.«

Der Youngster wollte vom Grafen wissen, was er alles selbst erledigte und was er auf das Personal abwälzte. Amadeus rechnete nicht mehr damit, dass die Ältere dem Nachwuchs Grenzen aufzeigen würde. Wahrscheinlich lebte die Redakteurin ihre Muttergefühle aus, weil sie wegen ihrer unsteten Lebensweise nie dazu gekommen war, eine haltbare Beziehung aufzubauen. Unter den Medienmenschen, die Amadeus kannte, war kaum einer, dessen Privatleben empfehlenswert war.

Der Graf sagte: »Sie haben eine Stunde.«

»Zwei.«

»Eineinhalb.«

»Drei.«

Die Uhl wusste, welche Fotomotive sie haben und welche Bemerkungen sie hören wollte. In den ersten Minuten misstraute er jeder Frage, weil er die Sucht nach Boulevard witterte. Bald begriff er, dass die Uhl es ernst meinte. Keine Sucht nach schwül-warmer Homestory. Sie hatte ihre Hausaufgaben gemacht und hakte die Themen ab. Die Fotos entstanden, während Amadeus redete. So verloren sie an Bedeutung, und er konnte locker bleiben.

Dann fiel das Stichwort »Gottesquelle«. Amadeus sagte: »Oh nein«, und die Juniorin freute sich. »Wie du gesagt hast«, sagte sie zur Uhl.

»Das ist doch eine Legende«, sagte er.

»War das ein Einwand oder die Bestätigung für meinen Einfallsreichtum?«

»Würde es Sie beeindrucken, wenn ich Ihnen sage, dass die Legende noch fünfzig Jahre älter ist, als in den Büchern steht?«

»Das würde mich entzücken. Lieber Graf, wir beide machen die Menschen nicht besser und erträglicher, als sie sind. Aber jeder Abonnent hat das Recht auf eine banale Seite, jedenfalls solange er pünktlich zahlt.«

Er schob das Unabänderliche hinaus, indem er so tat, als hätte er den genauen Ort der Quelle vergessen. Die Uhl tippte auf die Karte und sagte: »Mir nach.«

Die Fahrt dauerte eine halbe Stunde, zuerst ging es Richtung Osten, danach nördlich, Richtung Münstertal. Man hatte den Redaktionswagen genommen. Für seinen Geschmack bekam es Amadeus erstaunlich oft mit Citroëns zu tun. Die Juniorin saß am Steuer.

»Wenn Sie Gefühle verspüren, nur raus damit«, forderte ihn die Uhl auf und lachte ihr Männerlachen, als Amadeus leise ein italienisches Volkslied anstimmte.

»Das mit Europa ist wirklich kacke«, klagte die Juniorin. »Man weiß gar nicht mehr, was einer wirklich denkt.«

»Lass dich nicht täuschen, sagte die Kollegin vom Rücksitz. »Er denkt schon darüber nach, was er an der Quelle sagen wird.«

Es sah aus, als würde der Waldboden Wasser ausschwitzen. Kupferfarbene Blätter, glänzendes Moosgrün, kristallklares Wasser. Man meinte es sprudeln zu hören, aber das war eine Täuschung. Ein Kreis aus Steinen gab dem Wasser seinen Rahmen. Keine Inschrift wies auf die Quelle hin, die zu einem Rinnsal anschwoll, zeitweise kaum noch sichtbar war und in ein Rinnsal mündete, das kaum breiter war.

»Es ist eine alte und oft gehörte Geschichte«, sagte Amadeus. »Jäger sind im Wald, sie verfolgen Wildschweine, der Keiler wird verletzt. Er packt einen Jäger, reißt ihm das Bein auf, die anderen Jäger schlagen ihn tot, sie müssen lange schlagen, weil der Keiler nicht sterben will. An der Stelle, wo der Tierkörper liegenbleibt, sickert sein Blut in die Erde. Neben ihm haucht der Jäger sein Leben aus und liegt über Nacht dort, weil die anderen Jäger erst einen Wagen heranholen müssen.

Der nächste Winter wird sehr streng, der Schnee liegt bis Pfingsten. Der Schwarzwald erstickt unter den Schneemassen. Bis auf die Stelle, wo Keiler und Jäger lagen. Dort bleibt kein Schnee liegen, kein Eis, nichts. Denn der Boden ist warm. Wenn man die Hand auf die Erde legt, spürt man die Wärme. Viele Tiere kommen hierher, weil sie sonst erfroren wären. Holzsammler und Wilderer, die sich verirrt haben, überstehen die Nächte, weil der Boden sie mit Wärme versorgt.

Der Mann, mit dem der Keiler kämpfte, war ein früher Wolffheim aus dem dreizehnten Jahrhundert, vielleicht auch aus dem vierzehnten. Die Quellen sind sich darüber nicht einig. Aber dass die Quelle ›Wolffheim-Ursprung‹ heißt und im Jahr 1490 aus der warmen Stelle heraussprang, das steht fest. Und so steht es geschrieben bis zum heutigen Tag, und ich bin froh, dass diese Episode zu den vielen gehört, die mit der Zeit in Vergessenheit gerieten.«

»Ach Mensch«, sagte die Uhl ärgerlich, »das mussten Sie wohl zum Schluss noch haben. Unsereins fühlt sich besinnlich ums Herz, und Sie fuchteln mit der scharfen Klinge der Vernünftigkeit.«

»Ich bin kein Bilderstürmer. Aber die Sache ist doch gegessen. Fragen Sie, wen Sie wollen: Niemand kennt den Ursprung.«

»Sie werden lachen: Ich habe herumgefragt und mehr als einer hat sich erinnert.«

»Das ist Ihnen eben eingefallen.«

Die Juniorin lachte: »Nein, nein, sie hat wirklich gefragt, ich war dabei, ich musste die Leute ja knipsen. Das lässt sie sich nicht entgehen, dem Volk aufs Maul zu schauen.«

»Na gut, es gibt also Menschen, die sich erinnern. Was lehrt uns das?«

»Die Kraft des Adels. Die Bereitschaft, den Adel für bedeutend zu halten. Früher und auch heute. Die politische Macht hat man dem Adel genommen, aber es gibt eine andere Macht, die hat er behalten, die nimmt auch nicht ab. Es kann doch kein Zufall sein, dass das Fernsehen stundenlang live berichtet, wenn machtlose Adlige heiraten. Warum sollte das für einen intelligenten Menschen interessant sein? Weil wir dem Adel Eigenschaften zuschreiben, die andere Menschen nicht besitzen. Oder nur der absolute Spitzensatz: Filmstars, Sportstars, Top-Wissenschaftler.«

»Und der Papst.«

»Und der Papst, Sie haben recht. Dabei ist der nicht einmal verheiratet.«

»Es fällt mir schwer zu akzeptieren, dass das alles etwas mit mir zu tun hat.«

»Sie sind ein Teil davon und werden es immer bleiben. Es gibt einige Wege, Ihrer Welt zu entkommen. Aber die haben alle etwas Krampfhaftes an sich. War es das, was Sie in den letzten zwanzig Jahren versucht haben?«

»Was glauben Sie?«

»Ich glaube, Sie haben das getan. – Falls es nicht andere Gründe gibt, die man nicht ausschließen kann: eine schwere Krankheit; Drogen; die Zugehörigkeit zu einer Sekte; Krieg gegen die Eltern. Aber jetzt sind Sie wieder da. Warum? Wollen Sie Kasse machen und den Laden schließen? Oder wollen Sie bleiben und Teil der Tradition werden?«

»Man kann auch etwas früher zurückkommen. Wenn man noch nicht endgültig weiß, in welche Richtung es gehen soll.«

»Nein. Das hätten Sie auch in Italien entscheiden können. Und danach zurückkehren oder es bleiben lassen.«

»Jemand muss sich kümmern. Das Schloss wird nicht ewig bestehen.«

»Aber sehr lange. Und was kratzt es Sie, wenn Sie sich gegen das Schloss entscheiden? Sie haben sich aber dafür entschieden, jedenfalls Ihr Herz.«

»Man kann sich nicht gegen die Tradition entscheiden?«

»Nicht, wenn die Tradition länger als hundert Jahre andauert. Wenn Sie sich gegen die Tradition der Wolffheims entscheiden, schneiden Sie sich tief ins eigene Fleisch. Wären Sie skrupellos, wäre das sogar möglich. Aber das sind Sie nicht.«

»Sie kennen mich nicht.«

»Ich habe mich informiert, und jetzt sehe ich Sie. Sie brechen ja beinahe zusammen unter der Last, die Sie verspüren. Was sonst sollte so eine Last erzeugen als Tradition?«

»Vielleicht gibt es ja ein Geheimnis«, quakte die Juniorin dazwischen. »Vielleicht weiß er etwas, was sonst keiner weiß.«

»Was meinst du? Ein Verbrechen?«

»Nicht unbedingt. Ein Geheimnis, das er nicht schultern kann. Oder nur mit großer Mühe.«

20

Wenn Bloch Eifer an den Tag legte, erkannte man, dass er mit dieser Lebensäußerung wenig Erfahrung besaß. Immer wieder stieß die Schaufel in den Erdhaufen, immer wieder polterten Steine und Schutt in die Schubkarre.

»Morgen ist alles weg!«, rief der Nachbar dem vorbeigehenden Grafen hinterher. »Spätestens übermorgen!«

»Lassen Sie sich Zeit!«, rief Amadeus zurück. »Hier wird in der nächsten Zeit noch viel gebaut werden.«

»Ach, ist das wahr?«, rief Bloch und stützte sich auf die Schaufel. Einerseits freute er sich über jeden Anlass, es mit dem Fleiß nicht zu übertreiben. Andererseits behagte ihm der Gedanke nicht, dass nebenan Lärm entstehen könnte, gegen den er sich nach Lage der Dinge nicht zu wehren vermochte. Dass der Graf in Eile war, gefiel Bloch sehr. Je später das in der Luft liegende Gespräch über Blochs Zukunft stattfinden würde, umso besser. Nächstes Jahr wäre nicht zu spät. Falls der Graf tatsächlich die ganz große Lösung in Betracht zog, war das Aufenthaltsrecht der Blochs stark gefährdet. Irgendwo musste der Graf für die Dauer der Sanierungsarbeiten ja unterkommen – warum nicht im nebenan liegenden Kutscherhaus, dessen Bewohner seit Jahren keine Miete gezahlt hatten? Bloch hatte seiner Frau vorgeschlagen, ein Zeichen des guten Willens zu zeigen und Miete nachzuzahlen. Nicht für die gesamte Dauer natürlich, eine Geste eben. Grafen liebten Gesten. Geld liebten sie auch, aber in der Regel besaßen sie mehr Geld als Gesten. Immerhin hatten die Blochs dafür gesorgt, dass das Schloss noch stand. Niemand hatte Feuer gelegt, keine Vandalen hatten die Fenster zerschmissen und die Wände beschmiert. Für die gleiche Leistung hätte ein Wachdienst viel Geld verlangt.

Bloch hätte beruhigt in die Zukunft schauen können. Warum schlief er dann so schlecht, seitdem der Graf wieder aufgetaucht war? Nur weil er die Obdachlosen nicht der

Polizei gemeldet hatte? Oder weil er zwei Euro für jede Übernachtung genommen hatte? Er hatte das doch nicht getan, um sich zu bereichern. Er hatte es getan, weil er sich mit Menschen und Psychologie auskannte. Was nichts kostete, war nichts wert. Wenn Menschen eine Leistung kostenlos erhielten, stellten sie zu der Leistung kein behutsames Verhältnis her. Dann musste man sich nicht vorsehen, dann konnte man die Tür eintreten und Rohre aus der Wand reißen. Oder Flaschen gegen die Wand werfen und in den Flur kotzen und gegen die Wand pissen. Wie Männer es eben taten, wenn keine Frau in der Nähe war. Bloch wusste das, er war selbst ein Mann gewesen.

Wenn die Übernachtung etwas kostete, sah man sich automatisch vor. Oft ohne zu wissen, warum man sich so verhielt. Das war das Unterschwellige. Er hätte den Schlafgästen auch ein Handtuch spendiert oder eine Gästezahnbürste. Aber seine Frau hatte das eklig gefunden. Als ob es etwas gab, was ekliger war als das Badezimmer, nachdem ihr Vater es benutzt hatte. Aber das durfte man ihr nicht sagen, weil sie dann sehr unangenehm werden konnte und der eigene eheliche Schlafplatz für die nächste Nacht akut gefährdet.

Im ersten Jahr hatten sie das Haus nicht betreten. Es gab Kinder aus dem Ort, die für fünf Mark oder einen Kuchen bereit gewesen waren, durch alle Räume zu gehen und Bericht zu erstatten. Bloch hatte sich gedrückt, denn als Pessimist, der er war, hätte er mit Sicherheit diejenigen Minuten für seinen ersten Rundgang gewählt, in denen die Grafensippe aus ihrem verlängerten Urlaub zurückgekehrt wäre. Natürlich wäre der alte Graf nicht zurückgekehrt und seine Frau auch nicht. Sie bewohnten nach dem Unfall das kleine Mausoleum auf dem Friedhof. Aber alle rechneten damit, dass nun der stiften gegangene junge Erbe auftauchen würde, um die Zügel an sich zu reißen. Davon träumten diese Adligen doch: dass sie über Nacht ein komplettes Schloss und alle Geschäfte und Schätze der Familie erben würden. Und keine Geschwister in Sicht, die sie zum Teilen zwangen. Bloch hatte seine Schwestern erst hassen gelernt, nachdem die Eltern gestorben waren und es darum ging, wie man ein Haus durch drei teilt.

Der junge Graf war nicht aufgetaucht, aber auch niemand sonst aus der Familie. Es gab eine Schwester des alten Grafen, die nach Südamerika geheiratet hatte und in Wein oder Rinderhälften machte. Es gab einen Bruder der Gräfin, aber er hatte seiner Familie abgeschworen und arbeitete im Norden als Lehrer – weit im Norden, fast schon in Skandinavien –, möglicherweise in einem Internat. Blochs wussten das nicht genau. Es gab Wolffheims im Osten und im Westen, sie hatten Europa besiedelt wie die Wollhandkrabben die Meere: zielstrebig und unaufhaltsam. Es gab Verwandte, die keine Wolffheims waren, aber bei Hochzeiten und Taufen auftauchten. Zu großen Familientreffen kam es selten, die Blochs hatten sich das anders vorgestellt, fruchtbarer eben. Für Frau Bloch war der Adel das, was bei Pferden das Gestüt war. Man kam zusammen, um sich zu vermehren.

Vor allem wunderten sich die Nachbarn, dass keine Angestellten auftauchten, um sich um das Schloss zu kümmern. Es hatte doch Diener gegeben, Gärtner, Köchinnen, Hausmädchen, Putzfrauen, Wirtschafterinnen. Ein Faktotum war pausenlos übers Gelände gelaufen: mit Latzhose und Werkzeugkasten. Wenn nichts kaputt war, was repariert werden musste, hatte er etwas kaputt gemacht. Bloch hatte das beobachtet. Bloch selbst war damals für die Fahrzeuge zuständig gewesen. Eine Zeitlang hatte es im Schloss Tiere gegeben, Pferde, Ziegen, eine Voliere mit exotischen Vögeln, die sehr laut waren. Pfauen waren frei übers Gelände gelaufen, die waren noch lauter, durchdringender. Dann waren Füchse gekommen, und die Pfauen hatten keinen Mucks mehr von sich gegeben. Natürlich gab es Hunde, wenn auch nur zwei. Jeder Landbesitzer besaß Hunde. Besaß er keine, stimmte etwas nicht mit ihm.

Am lautesten waren aber die Gäste gewesen. Die Wolffheims waren besessen von Gästen gewesen. Angeblich hatte das in lange zurückliegenden Zeiten noch schlimmer ausgesehen. Aber es war immer noch schlimm genug. Durch den jungen Grafen waren Kinder seines Alters ins Schloss eingefallen. Es hatte keinen Tag gegeben, an dem nicht ein halbes Dutzend Fahrräder herumstanden. Oder lagen. An der Größe der Räder erkannte man, wie die Kinder wuchsen.

Und sie durften alles, ihnen wurde nichts verboten. Sie bekamen zwei Baumhäuser und Stromanschlüsse im Gerätehaus, an die sie ihre elektrischen Instrumente stöpselten, damit auch die Nachbarn eine Freude hatten, wenn die Kinder übten.

Auf den großen Rasenflächen jagten sie Bällen hinterher, und auf dem Tennisplatz war bei trockenem Wetter von morgens bis abends Betrieb. In die Klasse des jungen Grafen ging ein Junge, der später zu den Top 20 auf der Welt gehörte. Schon damals haute er im Südwesten alle gleichaltrigen Gegner weg. Mit den Pferden verschwanden sie in den Wiesen, angeblich badeten sie mit den Tieren im nahe gelegenen Weiher, und zwar nackt. Bloch hatte das einmal mit angesehen, aber nur aus der Ferne, weil er nicht dicht genug herangekommen war und der Feldstecher zu Hause auf dem Fensterbrett stand.

Der junge Graf brachte Leben ins Haus. Als er älter wurde, brachte er auch Mädchen mit. Aber sie benahmen sich, als wüssten sie nicht, was Jugendliche miteinander tun konnten. Die Blochs konnten sie nicht hinters Licht führen, mochten sie auch noch so munter Richtung Kutscherhaus winken. Dabei war es gar nicht möglich, einen Menschen zu entdecken, der einen Schritt hinter der Gardine stand.

Bloch musste sich diese Zeit in Erinnerung rufen, damit ihm bewusst wurde, wie still es danach gewesen war. Erst war der junge Graf gegangen, gleich nach dem Abitur. Alle im Schloss behaupteten, es habe keine Streitereien gegeben, der Junge habe die Weltreise angetreten, die eigentlich schon für die elfte Klasse geplant gewesen sei.

Einige Jahre später verunglückte dann das Grafenpaar. Ein diesiger Herbsttag, an dem sie einen Termin im Süden erreichen wollten und dazu aus Mannheim anreisten. Auf der Schwarzwaldhochstraße war ihnen der Bus entgegengekommen: voll besetzt mit 50 Polen, die Bremsen heruntergekommen, von Reifenprofil keine Spur, und niemand hatte den Fahrer gewarnt, dass es in der Höhe glatt werden konnte.

Eine Beerdigung wie aus dem Bilderbuch: Hunderte von Fotoapparaten und Kameras, das Fernsehen war da, die Trauerreden hielten Männer, die man aus dem Fernsehen kannte. Den jungen Grafen entdeckte man nicht. Und dann kam die Stille, sie war ohrenbetäubend und hörte nie mehr auf. Innerhalb eines Monats waren alle Angestellten verschwunden. Bloch wartete auf Anweisungen wie alle anderen auch. Aber die fremden Gesichter wischten an ihm vorbei, ohne einen bleibenden Eindruck zu hinterlassen. Man müsse zur Ruhe kommen, müsse alles sacken lassen und eine Perspektive entwickeln – konkreter wurde es nie.

Natürlich dachten die Blochs an einen Verkauf. Sie wetteten darum, wie viel das Anwesen bringen würde. Er tippte auf zwölf Millionen, seine Frau auf über zwanzig, wegen der Berühmtheit.

Sie war es auch, die als Erste hinüberging, da waren seit der Beerdigung zwei Jahre vergangen. Sie nahm eine Rosenschere mit, um eine Ausrede zu haben, eine Rosenschere im Januar. Längst waren alle Blumen abgeschnitten worden. Die Einheimischen holten sich, was blühte. Aber sie gingen pfleglich mit den Pflanzen um. Keiner grub sie aus, es gab sogar eine Frau, die die Rosen mit dem speziellen Dünger versorgte, den der Boden ihnen nicht lieferte. Sie war eine wunderliche Frau und starb auch bald.

Der zweite Rundgang war nicht mehr so dramatisch gewesen, alles, was danach kam, wurde zu Alltag. Zuerst schafften sie die Möbel ins Kutscherhaus hinüber, die ihnen fehlten. Danach entfernten sie aus dem Kutscherhaus alles, was ihnen nicht gefiel, und füllten es auf. Diese Phase zog sich über mehrere Monate hin. Danach gingen sie an die kleinen Haushaltsgegenstände. Sie waren dankbar, aber sie dachten, dass die Wolffheims ihnen auch dankbar sein konnten, weil die Blochs die Einzigen waren, die sich kümmerten. Zwei- oder dreimal hatten sie das Gefühl, drüben Fremde gesehen zu haben. Wenn sie nachschauten, Bloch mit der Luftflinte, fanden sie niemanden.

Mit der Zeit wurde das Schloss zu einem Teil des Blochschen Lebens. »Eigentlich könnten wir auch drüben wohnen«, hatte Frau Bloch eines Abends beim Fernsehen gesagt. Ihr Mann sehnte sich nicht danach, große Räume machten ihn nervös. Er war zufrieden mit den Verhältnissen. Manchmal hielten Autos vor dem Tor, Menschen näherten sich vorsichtig, denen man den Fremden an der Nase ansah. Sie redeten leise miteinander, weil sie sich wie Eindringlinge vorkamen. Dann zeigte sich Frau Bloch und manchmal – aber nur nach Aufforderung seiner Frau – auch Herr Bloch. Zwei Minuten später fuhren die fremden Wagen ab.

Ein einziges Mal hörten sie nachts Geräusche von Menschen, die keine Obdachlosen waren. Die Geräusche der heimlichen Schlafgäste waren geduckt, gehemmt, zaghaft. Manchmal lachte jemand, der war betrunken. Manchmal zog jemand den Rotz in der Nase hoch oder spuckte aus. Das war eklig, aber die Fußballer im Fernsehen machten das pausenlos. Die Geräusche in dieser Nacht waren anders. Die Stimmen waren leise, aber nicht verängstigt und keineswegs defensiv. Bloch schlug vor, die Polizei zu rufen, denn er wusste, wann seine Möglichkeiten ausgeschöpft waren. Aber seine Frau hatte ihm mehrfach gesagt: keine Polizei. Man dürfe nicht als jemand gelten, der sich von der Polizei Schutz versprach. Dann würde man auf einer Polizeiliste stehen und irgendwann einen hohen Preis dafür zahlen.

Deshalb wählte Bloch die Nummer. Nicht 110, nicht 112, sondern die Nummer, die er vom Blatt ablesen musste, denn er kannte sie nicht auswendig, weil er sie noch nie angerufen hatte, seitdem der Zettel im Küchenschrank lag. Streng genommen klebte er darin, an der Hinterwand in dem Fach für die Gläser, man entdeckte ihn nur, wenn man wusste, dass dort ein Zettel hing. Eine Handynummer. Als er gewählt hatte, meldete sich eine Männerstimme. Sie gab ein Geräusch von sich, es klang wie »ah« oder »ja«. Die Stimme klang abwartend, sehr männlich. Bloch vergaß, seinen Namen zu nennen, redete gleich über die Geräusche im Schloss und dass es sich nicht um die normalen Schlafgäste handelte. Die Stimme sagte: »Okay«, mehr nicht. Bloch fragte, ob die Stimme wisse, von welchem Schloss die Rede sei. Die Stimme sagte: »Okay.« Im letzten Augenblick fiel Bloch ein, dass er seinen Namen nicht genannt hatte. So nannte er ihn jetzt, mit Vornamen, was er sonst nie tat.

Dann standen sie am Fenster und lauschten. Sie öffneten das Fenster, aber nur ein wenig. Und sie löschten vorher das Licht. Die Stimmen waren noch eine Stunde zu hören, dann nicht mehr. Und danach nie wieder. Der Zettel hing immer noch im Schrank, aber Bloch war nicht sicher, ob er das alles nicht nur geträumt hatte.

21

»War bestimmt ein guter Abend, oder?«

Der Graf stoppte, blickte fragend herüber.

»Na, das Essen«, sagte Bloch eifrig. »Mit der Deine.«

»Woher wissen Sie von dem Essen?«

»Mir war so, als hätte ich das Auto gesehen, ihr Auto. Also nicht Ihr Auto, das ist ja orange, das kann man ja nicht übersehen. Ihr Auto, das andere.«

»Gibt es einen Grund, warum hier alle Citroën fahren?«

»Nein, wieso? Ach so, richtig. Ich fahre ja auch einen. Nein, das hat keinen Grund. Ich meine, das ist Zufall. Ich könnte genauso gut Mercedes fahren. Na gut, vielleicht nicht Mercedes, aber Opel, warum nicht? In der Not frisst der Teufel Fliegen.«

Er sah das Gesicht des Grafen und dachte: Halt bloß die Schnauze, du redest dich um Kopf und Kragen.

»Wir benutzen natürlich auch das Elixier«, sagte er in seiner Not. »Meine Frau sagt, an dem Duft von dem Elixier erkennen sich die Badenweiler Hunde auf der ganzen Welt.«

»Sagt Ihre Frau.«

»Sagt meine Frau.«

Bloch wurde aus dem Blick des Grafen nicht klug. Hatte er damals auch schon so geguckt? Dachte er in diesem Moment an alle Gemeinheiten, die Bloch damals über den Krach gesagt hatte, den die Jugendlichen veranstaltet hatten? Zwischen Bloch und dem Grafen befand sich ein Zaun, das war gut. Aber wenn man wütend war, konnte man den Zaun niederreißen, er war alt und morsch. Frau Bloch hatte im Verlauf einer langen Ehe mehr als einmal zu ihrem Mann gesagt: Wenn man dein Gesicht sieht, kann man wütend werden.

»Man kriegt mit dem Elixier auch Flecken weg.«

»Bitte was?«

»Flecken! Mit dem Elixier. Im Badezimmer. Oder neben dem Klo, wo man immer hinschifft, wenn man nicht in die Schüssel trifft. Kennen Sie bestimmt auch. Pardon, das kennen Sie bestimmt nicht.«

Gleichzeitig fuhren zwei Wagen vor: ein Citroën und ein Transit mit kleinem Anhänger, frisch aus der Wäsche die Limousine, versifft nach stundenlanger Überlandfahrt das Gespann. Dem sauberen Wagen entstieg eine sehr junge Frau, praktisch ein Mädchen. Aus dem Transit stiegen Männer, denen man den Handwerker ansah. Nacheinander krabbelten sie heraus. Immer wenn man dachte, nun kommt keiner mehr, kam doch noch einer. Am Ende waren es sieben. Einer von ihnen sah nicht aus wie ein Handwerker, er wirkte wie jemand, der an einem Tisch in der Bar Wetten entgegennimmt.

Gemeinsam sahen alle Bloch zu, wie er auf der anderen Seite des Zauns eifrig schippte, damit niemand dachte, er wäre neugierig. Doch er hatte noch nie vor so großem Publikum geschippt. So kam zu der fehlenden Übung die Aufregung dazu. Die halbe Ladung fiel jedes Mal neben die Schubkarre.

Stjepan hatte natürlich einen Familiennamen, er nannte ihn auch, als er sich vorstellte. Doch er sagte gleich: »Einfach Stjepan ist das Beste. Darauf höre ich.« Er präsentierte seine Männer, einer nach dem anderen trat vor und reichte erst dem Grafen die Hand und danach dem Mädchen. Die war zunächst verdutzt und schlug dann begeistert ein. Jeder Mann bestand aus einem Vornamen und einer beruflichen Spezialität: der Maurer, der Dachdecker, der Fliesenleger, der Elektrische, der Handlanger, der Generalist und Einspringer und Koch. Zuletzt Stjepan mit dem harten slawischen Akzent und der Fähigkeit, fehlende Wörter im Deutschen gesprächsbegleitend mit Händen und Füßen zu beschreiben, so dass nie eine Frage offen blieb.

Der polnische Trupp würde sechs Wochen zur Verfügung stehen und in dieser Zeit vierzehn Stunden am Tag und sechs Tage pro Woche anpacken. Man wünschte sich ein Nachtlager und fließendes Wasser, alles andere habe man dabei oder würde es innerhalb von zehn Minuten bauen.

Außer Stjepan redete niemand, auch im Mienenspiel waren sie reduziert, so dass man nie sicher sein konnte, ob man verstanden worden war.

Der Graf führte die Polen durch alle Gebäude. Außer Stjepan stellte keiner Fragen. Aber wie die anderen klopften und schauten, wie sie Maß nahmen und sich untereinander mit Blicken und Kopfnicken verständigten, ließ die Bedenken, die Amadeus gehabt hatte, in Minutenfrist verschwinden.

Der Graf überließ den Polen die Wahl des Nachtlagers. Sie wählten das Gerätehaus am Rand des Grundstücks. Danach luden die Polen ab. Der Anhänger war bis zum Eichstrich mit Geräten gefüllt, denen man Pflege und große Kennerschaft ansah. Danach erstellte man die Abfolge der Arbeiten. Die Polen gaben an, was der optimale Ablauf wäre, und Amadeus stimmte zu.

Bevor Stjepan abfuhr, was er zur Überraschung von Amadeus tat, nahm er den Grafen zur Seite und sagte: »Sie sind gern für sich. Das darfst du nicht persönlich nehmen, es ist nicht unfreundlich. Sie machen sich für dich tot, aber jedes Wort, das sie nicht reden müssen, gibt ihnen Kraft.«

Amadeus erkundigte sich nach den Sprachfähigkeiten. Zwei sprachen deutsch und verstanden es noch besser. Zwei waren gut in russisch und englisch. Keiner sprach französisch, italienisch waren für sie Nudeln und San Siro und natürlich Mafia.

Nun stand endlich das Mädchen vor ihm, vibrierend vor Aufregung. »Das ist ja ein Ding«, sagte sie. »Deshalb bin ich doch da, und nun geht das gleich los. Das ist ja ein Ding.«

Er packte sie an den Oberarmen und hielt sie fest: »Der Reihe nach«, sagte er eindringlich.

»Sie sind bestimmt ein guter Hypnotiseur«, entgegnete sie selig. »Bei Ihnen ist man sofort entspannt. Ich merke schon, wie mir ganz anders wird.«

»Wer sind Sie, um Himmels willen? Was wollen Sie von mir? Oder haben Sie sich in der Adresse geirrt?«

Ihr Name war Hedwig Glott, sie lernte Tourismus-Marketing in der örtlichen Tourist-Information, von wo sie vor einer Stunde aufgebrochen war. Sie schlug die Hand vor die Stirn, stieß einen wenig damenhaften Fluch aus, rannte zum Wagen und kehrte mit einem Blumenstrauß zurück: ein mächtiges Gebinde, sehr bunt und gar nicht winterlich. Den Strauß mit beiden Händen haltend, sagte sie: »Wir wünschen Ihnen eine gesegnete Rückkehr in Ihre Heimat, die wir mit Hingabe und Zurückhaltung vermarkten, und wer seinen Müll in den Wald schmeißt, wird geteert und gefedert und nach Müllheim zum Bahnhof gefahren. Das Letzte habe ich nie gesagt, weil mir mein Chef verboten hat, das zu sagen.«

So stürmisch, wie sie redete, drückte sie Amadeus den Strauß vor die Brust.

»Was ist?«, fragte sie dann ängstlich. »Habe ich was falsch gemacht? Ich habe was falsch gemacht, ich weiß es. Ich mache immer was falsch.«

Er wusste nicht, wohin mit dem Strauß. So legte er ihn auf den Boden, trat auf Hedwig zu und nahm sie in die Arme. Er hörte ihr Herz schlagen, und leise murmelte sie: »Ogott, ogott, was soll das werden?«

Als sie wieder getrennt waren, sagte er: »Wissen Sie, dass das der erste Strauß ist, den ich nach meiner Rückkehr bekomme? Ich war so sicher, dass man mir in den ersten Tagen Dutzende Sträuße in die Hand drücken wird, und jetzt sind Sie die Erste. Und der Strauß ist wunderschön.«

»Sie finden ihn nicht ein wenig … bunt?«

»Mir tun die Farben gut, denn ich komme aus einer grauen Welt und bin dringend auf Farben angewiesen.«

Der Strauß fand in der Küche sein Fußbad, Hedwig bekam Kaffee und Amadeus ein Lob für die Wahl der Kaffeemaschine. Außerdem fraß sie sich zielstrebig durch das Kuchenangebot.

Der Tourismus-Zentrale von Badenweiler war die Ankunft der Grafen nicht entgangen. Man erinnerte sich, dass das Schloss bis zum Tod der Grafen eine Station der Besichtigungstouren gewesen war, die für Besucher und Kurgäste veranstaltet wurden. Diese Tradition wollte man unverzüglich wieder aufleben lassen. Der Chef freute sich schon, dem Grafen das Angebot zu unterbreiten, aber seine kecke Auszubildende hatte sich in den Vordergrund gedrängelt.

»Ich habe ihm vorgeschwindelt, dass Sie am Anfang Schonung brauchen und es nicht gut finden würden, wenn alle über Sie herfallen. Deshalb wollte ich gehen, weil ich die Leute nicht verschrecke. Oder? Habe ich Sie erschreckt?«

»Puls und Atmung sind okay.«

Sie schien nichts anderes erwartet zu haben und machte Pläne für die kommende Saison. Allerdings war ihr nicht entgangen, dass die polnischen Arbeiter nicht so aussahen, wie sie sich Restaurateure und Kunstschnitzer vorgestellt hatte. Insgeheim hatte sie sich das Schloss wohl wie ein kleines Versailles oder Schloss Linderhof vorgestellt hatte. Den Zahn zog ihr Amadeus an Ort und Stelle.

»Es wird keine erste Bundesliga«, stellte er klar.

»Wäre ja auch sehr teuer«, entgegnete sie, um sich unverzüglich als Kennerin aller Fördertöpfe zu outen: vom Land Baden-Württemberg bis zu europäischen Subventionen. So reizend ihr Eifer war, so wenig passte es Amadeus ins Konzept, an diesem Tag über seine Pläne zur Sanierung des Schlosses zu sprechen. Immerhin gestattete er, die bevorstehenden Arbeiten an den Gebäuden in den Führungen vorzustellen, die auch im Winter stattfanden. Weil die Frage sowieso in der Luft lag, kam er Hedwig zuvor und bot ihr eine private Führung an.

22

Er war auf dem Sofa eingeschlafen. Alles war dunkel und still. Aber nicht ganz. Vorsichtig ging er zum Fenster und weckte den Kommissar. Gemeinsam schlichen sie in den Keller. Zwei Stimmen, eine Frau, ein Mann. Sie klangen sorglos. Wenn sie durch den Hintereingang gekommen waren, hatten sie die vorne geparkten Autos nicht gesehen. Und wenn sie in den letzten Tagen nicht in der Stadt gewesen waren …

Die beiden standen im Kellergang vor der Tür mit dem Absperrband und beratschlagten, was das bedeuten mochte. Die Frau hielt das Band für einen Kinderstreich. Amadeus spürte, wie sich Sprechers Körper straffte. Eine schwere Hand legte sich auf jeweils eine Schulter, breit die weibliche, schmächtig der Mann.

»Hier spricht die Polizei, was sagt ihr dazu?«

Der Mann verwandelte sich in einen Beschützer. Aber sein fadenscheiniger Mantel wollte dazu nicht passen. Sie drohten Sprecher Prügel an, dies sei ihr Lager, er solle sich ein anderes suchen. Die Besucher wirkten alterslos, beide waren zu warm angezogen, jeder hatte Taschen dabei. Sprecher zeigte ihnen die Marke, schlagartig verlagerten sich die

Gewichte. Jetzt benahmen sich die Eindringlinge wie ertappte Einbrecher, jetzt erwarteten sie das Schlimmste. Ihre Papiere zeigten sie freiwillig vor, der Kommissar nannte sie Martha und Ulf, stellte sich als Volker vor und überließ es dem Grafen, wie der auftreten wollte. Er wollte Amadeus sein.

Volker fragte: »Was glaubt ihr, was wir jetzt mit euch tun werden?«

»Was immer es ist, es wird euch hinterher leidtun«, knurrte Martha und bereitete sich auf eine Prügelei vor.

Selbst als man in der Küche stand, waren die beiden noch auf einen Hinterhalt gefasst. Oder etwas Perverses, Martha kannte sich mit diesen Situationen aus, wie sie mit drastischen Worten klarmachte.

»Hör auf«, knurrte Sprecher, »da vergeht einem ja der Appetit.« Er registrierte Marthas Blick und sagte: »Wenn die Kaffeemaschine Beine kriegt, hast du ein Problem.«

Die beiden waren nicht zum ersten Mal in der Küche. Sie gaben es nicht zu, aber ihre Blicke sprachen Bände. Sie vertilgten unglaubliche Mengen Kuchen. Sprecher sah ihnen gerührt zu und murmelte: »Ich liebe euch doch alle.«

Ulf besaß einen verheerenden Zahnstatus, man musste automatisch hinschauen. Er wusste das und schämte sich und sagte: »An dem Tag, an dem ich auf der Straße ein Gebiss finde, fange ich an, an Gott zu glauben.«

Martha war die Stärkere von beiden, in jeder Hinsicht. Sie besaß eine derbe Mütterlichkeit, sagte zwischendurch: »Reiß dich zusammen« und aß auf Vorrat. Von den Polen hatten die beiden nichts mitgekriegt, angeblich würden sie nur auf Hunde achten. Aber nicht hier, sie wussten, dass das Schloss leer stand, und waren vor vier Wochen zuletzt hier gewesen. Seitdem nicht? Keine Nacht? Seitdem nicht. Sie wussten, dass Schmied ermordet worden war, aber offensichtlich wussten sie nicht, wo man ihn gefunden hatte. Als sie es erfuhren, wurden sie blass. Ulf bekreuzigte sich, Martha sagte: »Ach du Scheiße, wer ahnt denn so was?«

Das Schloss war in Obdachlosen-Kreisen eine gute Adresse. In der Gegend gab es diverse Häuser, die leer standen. Oft waren es Hütten und Wochenendhäuser, man kam über die Runden, und wenn man keine verbrannte Erde hinterließ, merkten die Besitzer nichts von ihren Mitbewohnern.

Irgendwann wurde ihnen klar, dass einer ihrer Gastgeber der Graf sein musste. Beide zweifelten keinen Moment daran, um wen es sich handelte. »Mist«, knurrte Sprecher, »daran muss ich noch arbeiten.«

»Ach lass mal«, sagte Martha und tätschelte seinen Arm, »mancher hat das Zeug zum feinen Mann und du hast es nicht.«

»Das hättest du vor dem Kuchen nicht gesagt.«

»Und ob ich das hätte.«

»Hätte sie«, bestätigte Ulf. »Martha sagt immer die Wahrheit.«

Den beiden wurde warm, sie begannen abzulegen. Eine Schicht nach der anderen fiel wie bei einer Zwiebel. Die Pullover waren ärmlich und verschlissen, aber nicht schmutzig.

»Das ist ein Mythos«, behauptete Ulf. »Wenn man will, findet man eine Waschgelegenheit. Der Schwarzwald wimmelt von Quellen.«

»Erstaunlich, dass er Schwarzwald heißt«, gab Martha zum Besten.

Ob sie Schmied persönlich kannten? Wo sie ihn kennengelernt hatten? Zum ersten Mal war er ihnen auf den Plakaten für die Bürgermeisterwahl aufgefallen. Damals erinnerten sie sich daran, dass sie ihn in Müllheim und Badenweiler auf der Straße getroffen hatten.

»Im Grunde hat er sich so aufgeführt, wie man glaubt, dass sich Obdachlose aufführen«, berichtete Ulf. »Nur dass die sich bemühen, unsichtbar zu sein. Schmied wollte auffallen. Er war unzufrieden, wegen was auch immer. Ich glaube, es hat ihm nicht gepasst, dass es vielen Menschen besserging als ihm. Ich habe ihm mal gesagt: Arbeite doch, dann geht es dir auch gut. Er hat so getan, als ob Dichten schwerer ist, als ins Bergwerk einzufahren. Angeblich hat er ein Pfund pro Tag abgenommen, wenn er gedichtet hat. Martha hat gesagt, er soll ein Diätprogramm erfinden: schlank durch dichten. Zwanzig Pfund dünner durch einen dicken Roman. Ich fand das witzig, Schmied hat was nach ihr geworfen, aber nicht getroffen.«

Sprecher fragte: »Woher hatte er das Geld? Jeder erzählt uns, dass er ständig getrunken hat, und alle sagen, der Mann hatte kein Geld.«

»Er war ein Schnorrer, ein Bettler eben.«

»Hat er sich nicht dafür geschämt?«

»Sie waren nie auf Alkohol, was? Da können Sie sich keine Scham leisten. Die Gier auf den nächsten Schluck ist größer als jede Peinlichkeit. Und Schmied konnte reden, in allen Farben. Er hat blitzschnell herausgefunden, wie die Leute ticken, was sie mögen, was sie hassen, und dann hat er ihren schwachen Punkt ausgenutzt.«

Martha und Ulf waren Zeugen gewesen, wie Schmied sich als Inhaber tödlicher Krankheiten darstellte. Stets ging es darum, dass er nur noch wenige Monate zu leben hatte und sich diese Zeit so schön wie möglich gestalten wollte. Einmal hatte er auch ein Kind, jung, arm, das bei der drogenabhängigen Mutter lebte und dem er eine Reise ans Meer schenken wollte, weil das Kind noch nie am Meer gewesen war. Nicht nur hier hatten Martha und Ulf den Dichter erlebt, auch in Bad Krozingen und Bad Bellingen.

»Er hat's eben probiert. Wo ging es? Wo ging es nicht so gut? Wo tauchte Polizei auf? Niemand konnte sich so schnell unsichtbar machen wie Schmied. Solange er nüchtern war, war er feige. Erst ab einem bestimmten Pegel kam er sich stark vor.«

Martha sagte: »Ich glaube, wenn er in seine Wohnung gegangen ist und die Tür zugemacht hat, ist er vor Erschöpfung aufs Bett gefallen und hat sich in den Schlaf geweint.«

Beide hatten Schmieds Wohnung nie betreten, wussten jedoch, wo sie lag. Ängstlich hatten sie Schmied nicht erlebt, hatten nie den Eindruck gehabt, dass er bedroht wurde. Seine Fähigkeit, vor Polizisten abzutauchen, war für sie eine vernünftige Lebensäußerung. Sie beklagten sich nicht über die Polizei. Einmal im Jahr schlug ein Cop über die Stränge, ansonsten herrschte friedliche Atmosphäre. Es gab Cops, die herumziehenden Landstreichern Zigaretten anboten. An einem guten Tag bekam Martha von einer Cop-Streife eine Tüte mit Brötchen in die Hände gedrückt. Auch Tipps, wo die nächste Dusche zu finden war, hatten die Cops parat.

»Ich habe nie erlebt, dass sie Schmied gequält haben. Dabei könnte ich es verstehen, wenn man einem wie ihm aufs Maul haut. Er hat ja nicht nur normale Leute in die Flucht gejagt. Auch seinen Trinkkumpanen ging er auf die Nerven.«

Am Geruch hatte das nicht gelegen, denn Schmied hatte zuletzt gut gerochen, daran erinnerte sich Martha. Aufgefallen war es ihr, weil so was nicht oft vorkam. Die Gerüche, an die man sich in Marthas Kreisen erinnerte, waren faulende Zähne, Schweiß und Wunden, die nicht abheilten.

Martha und Ulf verständigten sich mit Blicken und drückten sich in die Höhe. »Wird Zeit«, murmelte Ulf, dem die Müdigkeit ins Gesicht geschrieben stand.

»Ist kein Frost«, sagte Martha, während sie eine Pelle nach der anderen überzog. »Daran erfriert man nicht.«

Sprecher und der Graf wechselten einen Blick. Amadeus führte seine Gäste ins rückwärtige Nebengebäude, wo die Polen logierten. Ein Feuer brannte in der offenstehenden Tenne, an dem drei Gestalten saßen. Alle standen auf, blickten abwartend. Amadeus entschuldigte sich für die späte Störung und stellte Wanja, von dem er wusste, dass er deutsch sprach, seinen Mitbewohner Volker vor. Er präsentierte Martha und Ulf und bat darum, ihnen einen Schlafplatz anzubieten.

»Macht man das so bei euch?«, fragte Wanja.

»So macht man das. Einer braucht etwas, was ein anderer hat. Es ist nicht schwer.«

Im Hintergrund regte sich Leben. Wer wach geworden war, kam heran. Niemanden blickte Amadeus so lange an wie die Frau mit ihrem hochschwangeren Leib. Wanja erklärte. Sie würde in einigen Wochen ihr Kind bekommen und sollte nicht mehr reisen. Aber sie folgte ihrem Mann, dem Koch, wohin der auch auswich.

»Was ist das?«, fragte Amadeus. »Liebe oder Vorsicht?«

Wanja lächelte und musste nichts mehr sagen. Seinen Leuten trug er auf, sich um die Neuen zu kümmern. Amadeus erkundigte sich bei den Polen, ob es ihnen an etwas fehlte. Sie hatten, was sie fürs Erste brauchten, mitgebracht und würden morgen einkaufen. Die Küche der früheren Ferienwohnung hatten sie inspiziert und für gut befunden. Amadeus gab Wanja Geld. Als alles gesagt war, stand die Schwangere vor dem Grafen. Sie nahm seine Hand und legte sie auf ihren Leib. Sie sah ihn an, Amadeus nickte und sagte: »Okay.«

Sie nahm seine Hand und drückte Küsse darauf.

23

Der Pkw wollte aufs Gelände biegen, der Lkw wollte auf die Bundesstraße biegen. Man machte sich mimisch klar, dass der andere im Unrecht war. Der Lkw-Fahrer ließ seinen Arm kreisen, die Pkw-Fahrerin entdeckte das Hinweisschild auf den Parkplatz für Besucher und winkte. Die Geste sollte bedeuten: Ich habe verstanden. Aber sie kam beim Lkw-Fahrer nicht gut an, er betätigte sein Horn und fuchtelte mit beiden Armen.

Kommissarin Bittermann musste zwei Minuten warten, so lange brauchte sie, um wieder normal zu atmen. Der Lkw-Fahrer hatte es sich nicht nehmen lassen, ihr bis auf den Parkplatz zu folgen. Dort hatte sie dem zeternden

Mann im Bestreben, die Sache abzukürzen, ihre Marke vors Gesicht gehalten. Vielleicht etwas dicht vors Gesicht, denn er hatte die Hand mit der Marke zur Seite geschlagen. Im folgenden Streit waren die Worte »Polizeistaat«, »Frauenquote« und »Weiberfasnacht« gefallen. Die Kommissarin hatte das Kennzeichen des Lkw, den Namen des Fahrers hatte sie nicht in Erfahrung gebracht, trotz mehrfacher Fragen. Streng genommen hatte sie vier Namen zur Auswahl, die ihr der Fahrer genannt hatte. Den Lkw hatte er auf der rechten Spur stehen lassen, wo sich in kurzer Zeit ein mächtiger Stau aufgebaut hatte.

Clarissa Deine stürmte herein und entschuldigte sich. Sie wäre pünktlich gewesen, hätte sich ihr nicht ein Fahrer in den Weg gestellt, der sich über einen Besucher beschweren wollte, streng genommen über eine Besucherin.

»Das müssen wir jetzt nicht vertiefen«, murmelte die Kommissarin peinlich berührt.

Clarissa entging nicht, dass sich die Besucherin im Büro umsah.

»Denkmalschutz«, erklärte sie ungefragt. »Zuerst habe ich mich nicht getraut, dann war nie genug Zeit da. Und seitdem mein Vater krank ist, würde ich es pietätlos finden.«

Dabei war es nicht die altmodische Möblierung, die die Kommissarin beeindruckte. Über die Rollschränke und Regale waren so viele Büromoden hinweggegzogen, dass der Raum snobistisch wirkte. Vor allem war er düster. Mehrere Tischlampen mit grünen Glasschirmen brannten, hell wurde es dadurch nicht. Die Sitzecke bestand aus drei – natürlich dunkelbraunen – Sesseln von ungeheurer Dicke, in denen sich die Kommissarin verloren vorkam. Das Gebäck immerhin war aus hellem Teig.

Die Anfrage hatte sie heute morgen gestellt, die Fahnderin bedankte sich, dass Clarissa so schnell zugesagt hatte.

»Wir haben in Erfahrung gebracht, dass Schmied immer wieder Urlauber um Geld angegangen ist. Dabei stellt sich mir die Frage: Wenn er hier jahrelang gelebt hat, wäre es doch naheliegend, dass er dorthin gegangen ist, wo das Geld konzentriert ist. Hotels, Pensionen, Geschäfte, Firmen.«

»Er war bei uns.«

Die Kommissarin rückte nach vorne und gleich wieder nach hinten. Wenn man in diesem Sessel nach vorne rückte, hatte man das Gefühl, im nächsten Moment abgeworfen zu werden.

Vor einem guten Jahr war Schmied am Eingang aufgetaucht und hatte den Pförtner so lange mit seinem unverständlichen Anliegen überschüttet, bis der einen der Männer herbeitelefoniert hatte, die bei Deine für die Sicherheit zuständig waren. Weil es seit Menschengedenken nicht zu Aufläufen gekommen war, bekleideten die Sicherheitsleute gleichzeitig das Amt der Werkfeuerwehr und trugen im Dienst Uniform. Schmied war begeistert und wollte die beiden Männer als Modelle anheuern. So hangelte sich der Quälgeist in der Hierarchie nach oben, bis er beim Patriarchen landete, der gerade mit Clarissa zusammensaß, so dass auch sie in den Genuss von Schmieds Auftritt kam. Betrunken wirkend, hatte er sich als Badenweilers Stadtschreiber und Hofmaler vorgestellt. Seit vielen Jahren fahre er auf der Ausfallstraße Richtung Rheinebene am Deine-Fabrikgelände vorbei. Große gelbe und graue Putzflächen an Häusern und Mauern, viele Meter Leinwand.

»Er hat uns vorgeschlagen, ein Wandbild zu malen, riesiges Format, die gesamte Fassade. Ein Zyklus, wie er es nannte. Die Geschichte der Firma oder gleich die Geschichte der Industrialisierung: ein Wand-Comic, Kunst und Arbeit und so weiter und so fort. Der Mann hat sich besoffen geredet. Hätte mein Vater ihn nicht von den Feuerwehrleuten hinausbegleiten lassen, wäre das noch stundenlang weitergegangen.«

Schmied hatte sich zwanzig Minuten im Büro aufgehalten, in dieser Zeit hatte er nicht nur sein Vorhaben geschildert, sondern auch die Dauer der Arbeiten, die Menge der Farben und Pinsel und vor allem sein Honorar.

»Ich bin gespannt«, sagte Kommissarin Bittermann.

»Er wollte 50 000 Euro. Plus eine Erfolgsbeteiligung, falls Fernsehteams auftauchen würden, um den Comic abzufilmen. Wenn ich ihn richtig verstanden habe, wollte er das Wandbild mit Stoff verhängen, damit es nicht ohne Genehmigung fotografiert und gefilmt würde.«

Das war Clarissas erste Begegnung mit Schmied gewesen. Ihr Eindruck war der eines größenwahnsinnigen Mannes, dessen Gedanken sich erst während des Redens bildeten und der innere und äußere Wirklichkeit nicht miteinander in Einklang brachte.

»Was wurde aus dem Vorschlag? Haben Sie in der Firma darüber geredet?«

»Natürlich nicht. Der Mann war ein Autor. Angeboten hat er uns eine Malerarbeit. Ich habe von ihm nie ein Bild gesehen. Was hat er sich überhaupt dabei gedacht? Genauso gut hätten Sie mir den Vorschlag unterbreiten können. Entschuldigen Sie, ich wollte Sie nicht beleidigen ...«

»Schon gut. Ich weiß, worauf Sie hinauswollen. Hat er die Sache auf sich beruhen lassen? Wir haben von Fällen gehört, wo er nachtragend wurde.«

»Nein, es ist nichts mehr gekommen. Darüber bin ich froh.«

»Was hat Ihr Herr Vater gesagt?«

»Ich glaube, er hat das gar nicht begriffen. Er hielt Schmied für einen Irren. Ach ja, da war doch noch etwas. Er hat unser Elixier gelobt.«

»Wieso? Haben Sie es ihm geschenkt?«

»Nein, er ist wohl auf dem üblichen Weg darangekommen und es hat ihm gefallen. So wurde es mir hinterbracht, von Mitarbeitern, die ihn auf der Straße erlebt haben. Man kann sich seine Kunden eben nicht aussuchen.«

Andere Geschäftsleute hatten Clarissa von Begegnungen mit Schmied erzählt – nach diesem Vorfall. »Als wäre er durch uns auf den Geschmack gekommen. Alle waren ja vorgewarnt, er ist nicht weit gekommen. Bis auf zwei oder drei

Winzer, bei denen stand er im Büro und ging erst, als man ihm einige Flaschen eingepackt hatte.«

»Ist denn nie jemand wütend geworden? Uns ist keine Anzeige bekannt. Oder ein Gerangel, irgendeine Zuspitzung. Sind die Menschen hier so freundlich?«

»Ich glaube, sie wollten einfach verhindern, dass dieser Mann zornig wird.«

»Angst vor einem Amoklauf?«

»Warum nicht?«

»Die Leiche von Schmied wurde im Schloss gefunden. Halten Sie das für Zufall?«

»Ja, was soll es denn sonst sein? Alle wussten doch, dass das Schloss leer steht. Warum soll es nicht auch der Mörder gewusst haben? Dass es jemand aus der Nähe ist, steht doch fest, oder nicht?«

»Sind Verbindungen mit der Grafenfamilie denkbar? Rein theoretisch?«

»Es gibt keine Wolffheims bei uns.«

»Aber sie sind auch nicht ausgestorben. Und Schmied ist herumgekommen.«

»Was sollte er von ihnen gewollt haben?«

»Zum Beispiel Wohnrecht in einem Schloss, das sowieso leer steht?«

»Ja, das hätte ihm bestimmt gefallen. Ein Schloss für den armen Künstler. Das hätte seinem Größenwahn entsprochen.«

Sie begann, Amadeus zu verteidigen. Dass er mit Schmied nichts zu tun gehabt hatte. Dass niemand seinen Aufenthaltsort kannte. Und selbst wenn – er hätte nie seine Zustimmung gegeben, und nun sei er ja auch zurückgekehrt.

»Warum stand das Schloss so lange leer?«

»Das müssen Sie den Grafen fragen.«

»Sie werden sich Gedanken gemacht haben. Sie sind zusammen zur Schule gegangen, waren befreundet.«

»Befreundet würde ich das nicht nennen.«

»Wie würden Sie es nennen?«

»Wir waren nicht in derselben Klasse, wir haben in verschiedenen Kreisen verkehrt. Amadeus war ein sehr ernsthafter Mensch, und ich, ich war mehr ... in diesem Alter machen zwei Jahre viel aus. Und er ist Alleinerbe. Wenn er sich entschließt, sich nicht um sein Erbe zu kümmern, ist das sein gutes Recht. Wir wissen ja auch gar nichts. Gut, er war nicht im Schloss. Aber vielleicht hat er ja aus der Ferne Dinge unternommen, gekauft, verkauft, umgeschichtet.«

»Sie hatten keinen Kontakt?«

»Nicht, seitdem er aus Badenweiler wegging.«

»Was hat man sich im Ort über sein Verschwinden erzählt?«

»Alle haben darüber geredet, das weiß ich noch. Es war wie ein Schlag. Seine Eltern waren sehr traurig. Man sah es ihnen an.«

»Traurig oder zornig?«

»Traurig, eindeutig traurig. Vor allem sein Vater. Der einzige Sohn geht weg und das gleich nach dem Abitur ...«

»Was war der Auslöser?«

»Streit. In diesen Familien streitet man sich immer um das Gleiche. Was soll der Sohn studieren? Wie wird er in die Geschäfte eingeführt? Wen heiratet er?«

»Ernsthaft? Man sucht die passende Frau aus?«

»Das sind Familien, die gab es schon im Mittelalter. Glauben Sie, die würden zulassen, dass der einzige Sohn eine Popsängerin heiratet?«

»Aber bürgerlich darf sie sein?«

»Natürlich. Manche achten da sehr darauf. Wegen ... Sie wissen schon. Blutauffrischung.«

»Wir haben uns den Stammbaum der Wolffheims angesehen. Sie hatten ihre Cousin-Cousine-Phase.«

»Das meine ich ja. Das sieht man heute nicht mehr so locker. Bei den Kretins, die in anderen Familien herumlaufen. Was ist? Warum lächeln Sie?«

Das behielt die Kommissarin für sich. Mit nebenbei eingeworfenen Bemerkungen brachte sie Clarissa Deine zum Reden. Wegen der Ermittlungen, sie war die einflussreichste Frau im Ort. Aber auch aus privatem Interesse. Wie lebte es sich mit dem mächtigen Vater zusammen? Wie hatte sie den Tod der Mutter verwunden, den sie mehrmals erwähnte, ohne ins Detail zu gehen? Deine war ein Begriff in der Region, die Menschen mochten die Firma. Und weil sie keine Waffen und Kraftwerke und überhaupt gar nichts produzierte, woran man sich reiben konnte, war der Sympathiefaktor hoch. In den Ermittlungen hatte sich für die letzten fünfzig Jahre nichts gefunden, was für negative Schlagzeilen gesorgt hatte. Deine war man in geradezu zärtlicher Weise zugeneigt. Man wollte riechen wie Deine und sich wohlfühlen nach Gebrauch von Deine-Produkten. Im Laden hielt man die Nase an die Seifen und Testflakons, und danach lächelten die Menschen und reichten Seife und Flakon an ihre Begleitung weiter, die auch probierte und lächelte.

»Ich verstehe, worauf Sie hinauswollen«, sagte Clarissa. »Man mag uns einfach. Wir müssen keinen Euro für Imagekampagnen ausgeben wie andere Firmen. Wir müssen keine Begründungen liefern, warum man uns konsumieren sollte. Wir müssen nur das Elixier abbilden, dann setzen sich die Automatismen in Gang. Aber Sie wissen, dass das auch ein Risiko ist.«

»Weil man sich auf dem Ruhm ausruhen könnte?«

»Das. Und weil es ja noch den Zeitgeist gibt. Der weht, wie er will, und wohin er weht, merkst du erst, wenn er die neue Richtung eingeschlagen hat. Auf einmal lassen die Zahlen nach und die Bestellungen bleiben aus, oder nein: Sie fallen geringer aus. Das geht ganz sanft, und keiner sagt: Deine ist out. Aber etwas hat sich verändert, und wie soll man darauf reagieren? Weil ja vielleicht den Kunden gar nicht bewusst ist, dass sie sich anders verhalten. Dass sie etwas anderes erwarten. Dass sie fühlen: 150 Jahre Deine sind genug, nun darf es etwas anderes sein.«

»Ihnen steht ein Jubiläum bevor, nicht wahr? Ich habe das gelesen.«

»Unser Hundertfünfzigstes. Die Vorbereitungen laufen auf vollen Touren, wir freuen uns alle sehr darauf.«

Längst ging es nicht mehr um den Mordfall, nicht einmal um den Grafen. Es ging um Clarissa Deine, die in jungen Jahren in ihre Verantwortung hineingeworfen worden war und sich eine Position erworben hatte, die sie zu einem gerne gesehenen Gast auf Veranstaltungen machte, die der Mittelstand organisierte und auf denen es um Fragen des Mittelstands ging. Deine war eine Ikone, mit Deine schmückten sich auch die Kollegen aus anderen Branchen.

»Das hat mir mehr als einer gesagt: Ich weiß gar nicht, was ihr wollt. Euch geht's doch gut, bei euch riecht es sogar gut. Im Südwesten ein Bekanntheitsgrad von 99 Prozent, in Deutschland von 80 Prozent. Als würden unsere Produkte auf den Bäumen wachsen. Wissen Sie, wie Seife entsteht?«

Nun begann der Rundgang. Clarissa machte so etwas nicht zum ersten Mal. Ihr Tonfall bekam etwas Schulmeisterliches, geleitet vom freundlichen Bestreben, dem Laien auch noch den naheliegendsten Schritt in der Produktion vor Augen zu führen.

Zur Straße hin riegelte die Verwaltung den Einblick ab. Hinten lagen die Gebäude für Produktion und Abfüllung, hier werkelten die Laborkräfte und Entwickler. Hier lagen Kantine und Küche. Die Kommissarin achtete darauf, wie die Mitarbeiter auf das Erscheinen der Chefin reagierten, und fand überall gelassene Freundlichkeit.

Die Kommissarin bat um den Namen eines Anwalts oder Steuerberaters, der mit den Verhältnissen in der Region vertraut war. Clarissa nannte ihr den Namen der Kanzlei, die seit Urzeiten für Deine aktiv war: »Die haben nicht so schöne Möbel wie wir. Alles neu und modern. Man fragt sich, wie sie sich das leisten können.«

Danach ging es in die Kühlräume, wo die Kräuter auf ihre Verarbeitung warteten. Angeblich ging jedes Kraut spätestens nach 72 Stunden in die Produktion. Die Kommissarin erhielt einen Vortrag in Kräuterkunde. Blätter und Blüten wurden gerollt und gezupft und mussten ausgiebig beschnüffelt werden. Die Mitarbeiter hielten sich im Hintergrund, sie wussten wohl, dass sich die Chefin den Spaß nicht nehmen lassen würde. Clarissa gestand, dass sie sich jedes Mal auf die Stunden in der Entwicklung freute. »Meistens kommt am Ende nichts Neues heraus, aber es ist ein ungeheurer Spaß. Den ersten Duft steckt die Nase problemlos weg, der zweite wirft sie nicht um. Aber danach brauchst du eine Hundenase, um den Überblick zu behalten. Ich habe jahrelang trainiert. In der Anfangszeit habe ich manchmal vor Wut geheult. Den alten Hasen war alles so selbstverständlich, und ich junge Hüpferin schnüffelte und hechelte herum, als wäre ich dabei, im Schwimmbecken abzusaufen. Ich habe erst angefangen zu lernen, als ich die Schule hinter mir hatte. Dann ging mir alles viel zu langsam, aber meine Firma hat zu mir gehalten und meine Eltern auch. Und als meine Mutter nicht mehr da war, hat mein Vater zu mir gehalten. ›Ich warte auf dich‹, hat er gesagt. Er hat mir niemanden vor die Nase gesetzt, als Zwischenlösung. Solche Zwischenlösungen besitzen die Tendenz, sich auszudehnen, weiter und immer weiter, und am Ende ist aus der Zwischenlösung eine Dauerlösung geworden, und ich schmeiße alles hin und verlasse die Firma und dann …«

»… dann hätten Sie die gleiche Entwicklung genommen wie die Wolffheims. Haben Sie akzeptiert, was der Graf getan hat? Haben Sie es nicht verachtet, dass er keinen längeren Atem hatte? So wie Sie?«

Sie zögerte mit der Antwort. »Das ist nicht vergleichbar. Unsere Fabrik kannst du anfassen. Mein Vater sagt: Ich kann an jede Hausecke pissen und muss mich nicht dafür entschuldigen. Gut, das ist nicht die feine Art, aber ich habe verstanden, was er damit meint.«

»Und die Wolffheims?«

»Bei denen war alles eine Nummer kleiner. Und indirekter. Sie besitzen große Wälder, aber das ist ein Geschäft, das du mit einer Handvoll Mitarbeiter bewältigst. Der große

Rest waren Beteiligungen, da war das Geld engagiert und nicht die Arbeitskraft. Sie mussten nicht jeden Morgen zu ihren Beteiligungen fahren, so wie ich in die Fabrik gehe. Nein, man kann uns nicht mit den Wolffheims vergleichen.«

Die Frauen kamen an einer kleinen Halle vorbei. Die Tore standen offen, die Halle war völlig leer. Ein Mann fegte den Boden: ruhig und stetig. Clarissa ging zu ihm und wechselte einige Sätze. Der Mann hatte das Rentenalter erreicht. Vielleicht war er über siebzig.

Im Weitergehen erzählte Clarissa die Geschichte zu dem Mann. Lebach, Hans Lebach. Vierzig Jahre war er bei Deine gewesen, angefangen hatte er als Mädchen für alles, dann hatte er sich in die Maschinen eingearbeitet, und obwohl er auf keiner von ihnen ausgebildet worden war, hatte er das Herz aller Maschinen erobert. Jahrzehntelang galt eine Maschine erst dann als kaputt, wenn Hans sie nicht mehr reparieren konnte. Von den Computern hatte er sich ferngehalten, mit jeder anderen Maschine war er auf Augenhöhe. Er war sich nicht zu schade für die Kartoffelschälmaschine in der Kantine und ging die Waagen in den Mischbottichen mit genauso viel Fachkunde an wie Gabelstapler und Rohrpost. Motoren und Getriebe des Wagenparks brachte er zwischen Frühstück und Mittagspause auf Vordermann. Seine klassische Geste – ein leichter, fast zärtlicher Fußtritt zum Abschluss der Arbeit – gehörte in der Firma zur rituellen Gestik. Vor zwölf Jahren hatte man Hans in den Ruhestand geschickt, dreimal insgesamt, nachdem er dem Vertrauensarzt zuvor schon mehrere Verlängerungen abgebettelt hatte. Dreimal hatte es der Rentner zehn Tage zu Hause ausgehalten, bevor er im Chefbüro stand und unter Tränen um Wiederaufnahme bat.

Mit dem Patriarchen hatte er sich angeschrieen. »Was willst du Dussel?«, hatte Ottmar Deine gebrüllt. »Willst du in der Firma verrecken?«

Und Hans hatte geantwortet: »Oh ja, bitte, das wäre mein größter Traum.«

Hans galt als unverrentbar. Dass er fegte, war keine Demütigung. Er suchte sich aus, was er tun wollte, und tat es langsam, aber gründlich wie kein Zweiter. Wenn der Besen erste Ausfallerscheinungen zeigte, warf er ihn nicht weg, sondern reparierte ihn.

24

Der Anruf erreichte sie im Wagen. Zwanzig Minuten später fuhr sie über den Wirtschaftsweg heran und stellte sich hinter Sprechers Auto.

Der stand weiter vorne und hörte mit unübersehbaren Anzeichen von Desinteresse dem Vortrag eines jägermäßig gekleideten Weißhaarigen zu. Es ging um Wildschweine, aufgewühlte Böden und falsch verstandene Tierliebe. »Würden die Frischlinge wie Ratten aussehen und nicht wie Frischlinge, hätte es das Problem nie gegeben.«

Der Jäger hieß Alvensleben, die Kommissarin stand dem Seniorchef der Kanzlei gegenüber, die ihr Clarissa Deine empfohlen hatte, um mehr über die Geschäfte der Wolffheims zu erfahren.

Aus dem Wald stapfte ein Dackel, dem man die Liebe zur Dickköpfigkeit auf den ersten Blick ansah. Alvensleben bestand darauf, dass es sich um einen Teckel handelte. Er nannte den offiziellen Namen, der war so umfangreich und lachhaft, dass Fahnderohren darauf nicht reagierten.

Die Puppe hing in einer Höhe von drei Metern, dicke Zimmermannsnägel waren in den Baumstamm getrieben worden. Die Puppe sah aus wie aufgepumpt, sie trug ein rotweißkariertes Männerhemd und eine schwarze Cordhose. Aus den Hosenbeinen und Hemdärmeln lugte das gestopfte Stroh genauso hervor wie aus der Brust. Auch das Gesicht bestand aus Stroh, mit Dreck oder Matsch waren Augen und Mund angedeutet. Jetzt erkannte die Kommissarin, was noch aus den Armstümpfen ragte: dickes Papier, auf einer Seite oder beiden farbig bedruckt. Die roh zugehauene Leiter fand sich auf dem Boden. Mit ihrer Hilfe gelangte man in die Höhe und konnte die Papiere herausziehen. Es handelte sich um Plakate von der Bürgermeisterwahl, bei der Schmied bis kurz vor Torschluss kandidiert hatte. Das Gesicht des ehemaligen Kandidaten war rot durchkreuzt.

»Was für ein Idiot«, knurrte Alvensleben, wobei offen blieb, wen er damit meinte: Schmied oder den Puppenbauer. Angeblich kam er jede Woche zweimal hier vorbei und hatte die Puppe nie bemerkt, was für ihn bedeutete: Sie war in den letzten zwei bis drei Tagen platziert worden. Auf ein Wort der Anteilnahme für den getöteten Schmied warteten die Fahnder vergebens.

Anstatt über Schmied und das Verbrechen redete Alvensleben über die Kosten, die ihn als Pächter der Einsatz für die Natur kostete. Leute wie er seien die wahren Naturschützer, alle Spaziergänger seien Schmarotzer, die er jedoch dulden würde, weil Schmarotzer im Naturkreislauf ihren Platz hätten, wenn auch keinen appetitlichen. Er ging den Kommissaren mit seiner Larmoyanz auf die Nerven. Er tat so gar nichts, um zu gefallen, stattdessen wollte er wissen, wer für die Schäden am Baum aufkommen würde und ob er sich an die Gemeinde wenden könne, um Schadenersatz einzuklagen. Über die Puppe sprach er kein Wort, er wusste, dass die Polizei sich darum kümmern würde. Sprecher telefonierte die Spurensicherung herbei und machte Fotos von der am Boden liegenden Puppe, die er auch abgelichtet hatte, als sie am Baum hing.

Gemeinsam kreisten sie Alvensleben ein. Ihm tat Schmied nicht leid, weil er eine »Nervensäge« gewesen sei. Es gebe Menschen, die einem leidtun, und Menschen, die einem nicht leidtun. Dieser Schmied habe jahrelang gelebt wie die Made im Speck. Habe getan, als wisse er nicht, woher er seine nächste Mahlzeit bekommen sollte. Aber wenn man ihn sah, aß er oder trank oder kam gerade vom Essen und Trinken.

Ihn, Alvensleben, habe der Mann stets an die herrenlosen Katzen und Hunde in südlichen Ländern erinnert. Die seien objektiv auch arm, aber wüssten zu überleben. Wenn es Schmied hier nicht gepasst hätte, hätte er sich eine andere Gegend suchen sollen. Im Dunstkreis der Freiburger Universität würden die mitleidigen Studenten diverse Hungerleider durchschleppen. Oder die reichen Russen in Baden-Baden! Die wären entzückt, wenn sie einen deutschen Künstler alimentieren könnten. Dies hier sei die reichste Gegend Deutschlands. Überall würde einem Geld entgegenlächeln, altes und neues, privates und öffentliches. Schmied hatte die freie Auswahl, aber er hatte sich entschieden, hierzubleiben und den Badenweilern auf die Nerven zu gehen.

»Sie meinen, er hat selbst Schuld.«

Das hatte Alvensleben nicht gesagt und hütete sich, es nun zu tun. Er gab sogar zu, Schmied in einem Restaurant einen Schein ins leere Weinglas gesteckt zu haben.

»Der schlaue Hund wusste genau, dass wir unsere kleine Spende als Schweigegeld ansahen. Mein Tischnachbar hat das damals sogar betont: ›Aber nur, wenn du für den Rest des Abends dein Maul hältst. Keine Lieder, keine Gedichte, keine Kommentare zum Weltgeschehen! Nur Stille!‹ Und das hat der Nassauer auch getan. Er hat immer an die nächste Begegnung und die nächste Bettelrunde gedacht.«

Kommissarin Bittermann schmierte ihm so viel Honig ums Maul, dass er sich nicht verweigern mochte. Sprecher machte, dass er wegkam. Es war abzusehen, dass er Alvensleben nach einer Viertelstunde sagen würde, was er von ihm hielt. Zwischen ihm und seiner Kollegin hatte sich eine Arbeitsteilung eingespielt. Sie war für die staatstragenden Gespräche zuständig, die starke Magennerven forderten.

Sprecher nahm sich vor, der Kollegin bei passender Gelegenheit zu gestehen, dass er mit dem Grafen mittlerweile eine Art Wohngemeinschaft bildete. Er hatte eine Theorie, wie die Bittermann auf die Eröffnung reagieren würde, und litt daher nicht unter der Verschiebung.

Bevor Alvensleben redete, musste die Kommissarin einen Fußmarsch absolvieren. Von Theo war selten etwas zu sehen, der krummbeinige Kerl kariolte durchs Unterholz.

Nach einer Viertelstunde erreichten sie den Hochsitz. Alvensleben ließ ihr den Vortritt und betonte, dass dies geschähe, um bei einem Sturz zur Stelle zu sein, und nicht aus anderen Gründen. Das war die erste ritterliche Bemerkung des alten Zausel.

Oben angekommen, zauberte Alvensleben Fressalien aus seiner Umhängetasche. Eine Köstlichkeit entwand er der Kommissarin, bevor sie hineinbeißen konnte. »Das ist für den Hund.«

Die Flasche mit Wildschweinfell enthielt einen Obstbrand, den Alvensleben sich seit vielen Jahren von einem kleinen Brenner im Schwarzwald besorgte. »Der Mann wird nie auf einen grünen Zweig kommen, denn diese Qualität ist unbezahlbar.«

Die Kommissarin bekam einen kleinen Becher in die Hand gedrückt. Dann sprach Alvensleben über die Ausrichtung des Hochsitzes und warum er in die Ebene zeigte und nicht auf eine Lichtung, wo man in der Dämmerung zum Schuss kommen konnte.

»Das ist mein Heimat-Hochsitz. Hierhin gehen wir, wenn ich in Ruhe weinen will. Oder schweigen, Sie wissen schon. Wussten Sie auch, dass jeder zweite Badener auf einem Hochsitz gezeugt wurde?«

»Wussten Sie, dass jeder zweite Nordfriese bei Ebbe gezeugt wurde?«

Das gefiel ihm, er keckerte in sich hinein. Theo rumorte am Fuß der Leiter.

Wenn es still wurde, hörte man, dass es nicht ganz still war. »Das ist die Autobahn«, sagte Alvensleben. »Das ist der Preis, den wir zahlen. Manchmal kommt ein Zug, das ist auch ein Preis. Aber wir haben keinen Flughafen.«

»Sie leben in einer begnadeten Gegend.«

»Ich weiß.«

»Und Sie leben hier nicht nur, Sie arbeiten hier auch.«

»Erzählen Sie mir was Neues!«

»Der Graf.«

»Ach ja, der Graf. Dieser Hund.«

»Das war ein Kompliment, nicht wahr?«

»Jedenfalls ist er im richtigen Moment gegangen und hat die Welt gesehen. Das ist hier noch immer nicht die Regel. Die Auswärtigen glauben alle: toll, Dreiländereck, was seid ihr doch europäisch und polyglott. Ein Dreck sind wir. Wir sind genauso provinziell wie der Rest, wir können es nur besser verbergen. Du wirst ja nicht automatisch zum Weltbürger, wenn du die paar Kilometer nach Straßburg rüberfährst und dir mit Edelzwicker die Kante gibst. Und sonntags muss die Oma bewegt werden und wird in Colmar vor dem Altar geparkt. Für mich ist das Provinz, allerdings wunderschöne Provinz. Wenn ich tot bin, in sechzig, siebzig Jahren also, werde ich so liegen, dass ich den Blick habe wie jetzt. Das ist doch was.«

Er kannte die Wolffheims seit den fünfziger Jahren. Die Kommissarin erfuhr Jugendsünden des alten Grafen und auch seiner Frau. Das war im Einzelfall kurios und frivol, sogar unterhaltend. Aber es half nicht weiter.

Die Geschäfte: Wald, Holz, Beteiligungen.

»Das höre ich immer wieder, wörtlich.«

»Potzblitz. Vielleicht deshalb, weil es stimmt.«

Zuerst weigerte er sich, Zahlen zu nennen. Sie spürte, dass er reden wollte. Er liebte nur das Vorspiel.

Aber dann: Die Badenweiler Wolffheims schätzte er auf 45 Millionen. Euro. In den guten Jahren. 45 Millionen, die verdient und versteuert waren oder was in diesen Kreisen »versteuert« hieß. Alvensleben hielt das für guten Durchschnitt, zumal die Wolffheims sich dafür, wie er es nannte, »nicht totgemacht« hatten. Sie wirtschafteten klug, leisteten sich keine Exzesse, pflegten keine teuren Hobbys, vor allem keine Scheidungen – die sicherste Methode, Vermögen zu pulverisieren. In jungen Jahren war der Graf geflogen, natürlich in der eigenen Maschine. Er war auch Auto gefahren, in teuren Wagen, die er nicht verkauft hatte, sondern in Räumen abstellte, in denen das Klima Altern und Rosten minimierte. Holz war ein krisenfestes Engagement, wenn man bereit war, magere Jahre auszusitzen, ohne unruhig zu werden.

Die Beteiligungen: Die bekannten waren ansehnliche Aktienpakete bei süddeutschen und Schweizer Adressen. Die unbekannten waren die interessanten, denn Porsche und Roche erforderten keine Phantasie. Die Wolffheims waren früh in die Biochemie eingestiegen, hatten sich nicht gescheut, in Garagen-Genies zu investieren, und hatten hundertmal so viel erlöst, wie sie investiert hatten. Neue Medikamente, Kommunikationstechnik, schnelle Chips und einige Adressen, die nie Global Player wurden, aber durch potente Liebhaber krisenfest waren: Küchen, Wein, Internet. Vieles war Gefühlssache gewesen, aber das war ja der Witz: mehr Treffer als Nieten zu erzielen.

Das Netzwerk: Der alte Graf hatte immer mit kleinster Mannschaft gearbeitet. Sein Vater, der uralte Graf, hatte 150 Mitarbeiter gehabt, von denen sich 120 als Nieten erwiesen hatten. Das sollte sich nicht wiederholen. Im Schloss gab es zwei Büros für seine rechten Hände, sie reisten montags an und fuhren donnerstags ab und hatten dann bis Sonntag Zeit, ihre beträchtlichen Schecks zu verbraten, was sie so lange taten, bis AIDS, kaputte Lebern, Scheidungen und halbseidene Investments sie den Kopf und das Leben kosteten.

Dann wurde die Gräfin krank.

»Und das war's im Grunde«, sagte Alvensleben. »Von dem Tag an ging es abwärts. Steil abwärts. Seine Frau litt an einem seltenen Krebs der Bauchspeicheldrüse. Das sind die Arten, bei denen du nicht endlos Ersatzteile einbauen kannst. Mir ist eine Zahl genannt worden: 16 Millionen. Euro! Ich sage das immer dazu, wegen der alten Zeiten und der neuen Zeiten und Dreiländereck pipapo.«

Der Vater von Amadeus hatte 16 Millionen für Ärzte und Therapien ausgegeben, damit seine Frau am Leben blieb. Das war ihm gelungen, aber ihr Leben war nicht lebenswert gewesen, und als sie sterben wollte, weil sie klug war, war er durchgedreht und hatte sie nach Singapur gebracht, wo ein Scharlatan Millionäre ausnahm, die ihre Partner nicht verlieren wollten.

»Von einer Krankheit der Gräfin höre ich zum ersten Mal«, sagte die Kommissarin.

»Der Vater war zuletzt nicht mehr ansprechbar. Wir haben ernsthaft darüber gesprochen, ihn auf eine Insel zu schaffen, wo man ihn bewachen konnte, bis er sich wieder gefangen hatte.«

»Aber?«

»Aber wir haben es nicht getan.«

»Weil …?«

»Weil wir in einem freien Land leben, wo jeder mit seinem Geld herumaasen kann, wie er will. Und hier ging es immerhin um einen … wie sagt man?«

»… einen geliebten Menschen?«

»Genau. Darum ging es.«

Langsam wurde es Alvensleben zu eng: »Was soll das alles? Reden wir hier über Verdächtige? Gibt es etwas, was Sie den Wolffheims im Zusammenhang mit dem Mord vorwerfen? Wenn nicht, bin ich nämlich mit meinen Antworten am Ende und werde nichts mehr sagen.«

»Nein, kein Verdacht. Nur ein Gefühl.«

»Ach Gott, ein Gefühl! Eine Frau hat ein Gefühl. Bürger, zieht den Kopf ein! Auf Ihrer Fahrbahn kommt Ihnen eine besorgte Frau mit Gefühlen entgegen.«

»Ich gebe zu, es ist kein Hund, sondern nur ein Mensch.«

»Kleine Gemeinheiten kontern Sie sofort, wie?«

»So sind wir Frauen. Nachtragend und rachsüchtig. Sie sind doch auch verheiratet. Oder waren es.«

»Sehe ich so aus? Stimmt sogar. Zweimal. Ich weiß also, wovon ich rede.«

»Man muss auch vergeben können.«

»Man muss den perfekten Mord begehen können, so wird ein Schuh draus.«

Sie brachte den Grafen-Fonds ins Spiel. Sie spürte, dass er davon gehört hatte, auch wenn er lange schwieg.

Dann sagte er, den Blick in die Ebene gerichtet: »Ich sage Ihnen jetzt was, was ich Ihnen nie gesagt habe. Ich bin in einer kleinen Stadt geboren worden, habe mir zehn Jahre die Welt angesehen und lebe seit fünfzig Jahren in Badenweiler. Das Tollste daran ist, wie nahe du dabei den Menschen kommst. Und ich rede jetzt nicht von den Ehefrauen und deren rechtlichen Beratern. Ich rede von Kollegen, Kunden. Ich habe Dinge erfahren, die selbst so ein unsittlicher Kerl wie ich nicht für möglich gehalten hätte. Das überrascht mich immer wieder, erst vor zwei Tagen habe ich einem Kunden gegenübergesessen und bin seine Steuer mit ihm durchgegangen. Was dabei an Informationen abfiel, dafür wäre der Kerl vor 200 Jahren auf den Scheiterhaufen gegangen.«

»Sie reden von Sex.«

»Ich rede von Sex und Waffen und Unzucht mit Tieren, von Steuerhinterziehung, seelischer Grausamkeit, Lügen, schlechtem Kleidergeschmack, Essgewohnheiten und der Art, wie betrunkene Kerle nachts gegen Zäune pissen. Ich rede von Mundgeruch, gefälschten Dokumenten, Fahrerflucht, immer wieder Fahrerflucht, von Tricksereien mit den Franzmännern und den Baslern, von Unterschlagung, Falschgeld, falschem Schmuck und Abenteuern in Amsterdam und Hamburg, in Thailand und kleinen Orten in Russland, wo Dinge passieren, die selbst der hartgesottenste Kardinal nicht ertragen würde. Ich rede, mit einem Wort: von Badenweiler. Und dass unser schönes Vaterland aus schätzungsweise tausend Badenweilers besteht, muss ich Ihnen nicht sagen.«

»Sie denken an den Grafen-Fonds?«

»Er passt dazu wie die Faust aufs Auge. Sie denken, die Wolffheims sind pleite und versuchen heimlich, aus dem letzten, was sie haben, frisches Geld zu pressen.«

»In die Richtung gehen meine Gedanken. Es wäre doch nicht abwegig, dass der Grafen-Fonds von den Wolffheims selbst aufgelegt wurde. Um Kasse zu machen. In letzter Sekunde, bevor der verlorene Sohn nach Hause zurückkehrt und dann nicht mit dem Schock leben muss, auf ein verarmtes Elternhaus zu stoßen.«

»Und dann kam er früher als erwartet zurück.«

»Ich möchte von Ihnen erfahren, wer im Auftrag der Wolffheims diese Aktion durchführen würde. Und selbst wenn sie nicht stattgefunden hat, möchte ich hören, wer der hiesige Statthalter der Wolffheims ist.«

»Haben Sie es mit den Blochs versucht? Die im Kutscherhaus wohnen?«

»Bitte ernsthaft.«

Er hätte gern das Thema gewechselt, aber der Hochsitz war fürs Ausweichen schlecht geeignet. Er behauptete, über die aktuelle finanzielle Lage der Wolffheims nichts sagen zu können. Seit dem Tod der Grafen habe es keine Steuererklärung mehr gegeben. Die letzte Erklärung datierte aus dem Jahr 1997, sie wies neun oder zehn Millionen aus, auf die ein heimkehrender Sohn zurückgreifen könnte. Danach? Fehlanzeige. War es möglich, dass die Millionen bis heute auf null abgeschmolzen waren? Alvensleben zuckte mit den Schultern. Der Grafen-Fonds ging jedenfalls nicht auf die Initiative der Wolffheim-Sippe zurück. Da der Fonds aber nur Sinn machte, wenn sie über das Land gar nicht mehr verfügten, würde nun auf den Sohn Arbeit zukommen.

»Falls, was der Herr verhüten möge, das Finanzamt von dem Fonds Wind bekommt, werden die Fragen schnell kommen und dringend ausfallen. Mein Tipp ist: Sie werden es erfahren, wenn mehr als zwei Leute Anteile gezeichnet haben. Dann sind Gelder geflossen, mehr als 9 Euro 95, und deren Fließrichtung und Verbleib möchte das Finanzamt nachvollziehen können, jedenfalls dann, wenn die Einlagen steuermindernd sein sollen. Und das ist ja der Sinn der Übung.«

Dass der mysteriöse Prospekt keine Adresse und Anlaufstelle enthielt, sprach für Alvensleben nicht dagegen, dass Anteile gezeichnet worden waren. Irgendwer hatte den Prospekt ja schließlich produziert, und bisher hatten sich Angebot und Nachfrage noch immer gefunden. Aber er wusste nicht, ob der Fonds aktiv war. Er wusste von Gedankenspielen in Kreisen, denen man solche Spielchen nachsehen würde, weil die Gedankenspieler auf der Suche nach einem warmen Plätzchen für ihr Geld waren. Er wusste, dass keine Bank oder Sparkasse den Fonds aufgelegt hatte, auch keine weit entfernte Bank. Auch keine ausländische? Das wusste er nicht und gab es zu. Er wusste, das das Grundbuch die Wolffheims als Eigentümer auswies. Angeblich sei er gestern im Grundbuchamt gewesen, »rein zufällig. Es war, als würden meine Füße ferngelenkt.«

Er wusste aber auch, dass ein Grundbuch nicht automatisch den aktuellsten Stand der Eigentumsverhältnisse abbildet. Er wusste nicht, ob einer seiner Mandanten sich engagiert hatte. Es hatte auch keine Erkundigungen gegeben, scheinheilig oder nicht. Nachfrage? Ja, die würde bestehen. Aber nicht primär bei Einheimischen. Das verwunschene Schloss in Alleinlage wäre eher etwas für Urlauber. Eine kultivierte Form von Timesharing. Alvensleben kannte Fälle, wo ein privater Aufenthalt im Schwarzwald bei gut betuchten Menschen den Wunsch nach einer Immobilie geweckt hatte, und dieser Wunsch war dann innerhalb von einer Woche erfüllt worden.

Was er jedoch mit absoluter Sicherheit zu wissen glaubte: Schmied hatte mit dem Grafen-Fonds nichts zu tun. »Das ist mehrere Nummern zu groß für den Kerl. Wenn der erste Verdacht ihn in Verbindung mit dem Fonds gebracht hätte, wäre sowieso der Ofen aus gewesen. Unsere Besserverdiener mögen ja nicht frei von Risikodenken sein, aber so dumm ist keiner, dass er sich mit einem großmäuligen Hochstapler einlässt, dem er gestern noch einen Schein ins Weinglas gesteckt hat.«

Die Kommissarin wusste, dass genau dies immer wieder passierte. Aber es gab keinen Hinweis darauf, dass Schmied verwickelt sein könnte. Es gab nur einen Anonymus, der dem Grafen wenige Stunden nach seiner Rückkehr eine Information über den Fonds hatte zukommen lassen. Und einen Grafen, der mit großer Ruhe reagiert hatte.

Und was einen Statthalter der Wolffheims betraf: »Da fällt mir nur einer ein. Sie.«

»Asche auf mein schütteres Haupt. Ich schwöre, dass ich seit der Beerdigung keinen Kontakt mit den Wolffheims hatte. Auch nicht mit einem Wolffheim aus einer Nebenlinie. Möglicherweise hat man mal miteinander telefoniert. Aber es ging nie um etwas Handfestes.«

Wer sonst in Frage käme? Vielleicht jemand aus der Alvensleben-Kanzlei, die ja nicht ganz unbedeutend sei?

»Ich bin aus dem Alter raus, wo ich für meine Mitarbeiter die Hand ins Feuer lege. Prinzipiell hat jeder seinen Preis, vor allem natürlich die Anwälte meiner Ex-Gattinnen.«

Aber er wusste nichts. Wer sonst in Frage käme? Es gab enge Freunde der Wolffheims. Einen Arzt, mehrere Winzer, Förster, sogar Waldarbeiter. Einem hatten die Wolffheims angeblich das Studium des Sohns bezahlt. Oder der Tochter.

Gab es illegitime Kinder?

»Na, das will ich doch stark hoffen. Ein bisschen Spaß braucht der Mann.« Aber er wusste es nicht, bezeichnete den alten Grafen als soliden Mann, phantasielos, kultiviert. Der Typ für eine heimliche langjährige Affäre mit einer Frau, die höchstens zehn Jahre jünger war als er.

»Dummheit hat ihn körperlich gequält. Sex hätte das für ihn nicht wettgemacht.«

»Und viel Sex?«

»Ein interessanter Einwand von einer erfahrenen Frau. Aber … nein … kein Treffer.«

Die Gräfin hielt er für eine attraktive Frau, klug, zurückhaltend. »Eine, der man beweisen will, dass auch sie sich gehen lassen kann, wenn nur der Richtige kommt.«

Aber sie war krank geworden und danach keinen Tag mehr gesund gewesen. Er wusste, dass sie am Tag der Todesfahrt bei einem Heiler gewesen waren. Zuletzt waren die Helfer immer dubioser geworden. Heilpraktiker, Schamanen – diese Sorte, denen die Geldgier aus den Augen springt. »Diese Leute, die so salbungsvoll und leise sprechen, dass du ihnen die Zähne ausschlagen möchtest.«

»Sie mochten die Gräfin und ihren Mann?«

»Feine Leute. Solche wachsen nicht nach, jedenfalls nicht in ausreichender Zahl. Wenn der alte Adel mal für eine Werbekampagne die ideale Besetzung sucht, die beiden waren es. Ich meine das sehr umfassend. Man kann sich ja streiten, ob der Adel heutzutage mehr zu bieten hat als Witzfiguren und diese bizarren Hochzeitsfeiern, die fünf Stunden im Fernsehen übertragen werden und keiner kann mir begründen, warum. Aber die beiden haben es gelebt. Ohne Geschrei, ohne Angeberei. Wer kann denn heutzutage einen Bentley mit Stil fahren? Der Graf konnte es.«

»Wie gut kennen Sie den jungen Grafen?«

»Nicht gut, er ist die nächste Generation. Es gab keine Berührungspunkte.«

»Hat ihn sein Vater Ihnen nicht vorgestellt: Guck mal, Junior, dieser freundliche Dackelbesitzer wird eines Tages dein Geld verwalten?«

»Teckelbesitzer. Und wie gesagt: große Distanz.«

»Streit?«

»Das wäre null Distanz.«

»Glauben Sie, dass er zu Ihnen kommen wird?«

»Er hat schon einige Tage vergehen lassen. Im Grunde bin ich der Erste, zu dem er gehen muss. Mich kann man mitten in der Nacht aus dem Bett holen. Ist oft genug passiert.«

»Es ist der Mordfall, der hat alles durcheinandergebracht.«

»Der Schmied wäre auch noch eine Woche später tot gewesen.«

Sie fragte auch nach Lebach, dem Leiter der Sparkasse. Alvensleben nannte das Institut »solide« und »gut für die Region«. Aber ganz konnte er seine Geringschätzung nicht verbergen.

Deine? Er schnalzte mit der Zunge. »Keine Chefin sieht besser aus zwischen Karlsruhe und Basel. Unsere Bilderbuchfirma. Am Beispiel von Deine lernen bei uns die Kinder in der Grundschule, wie Wirtschaft funktioniert: Alle in der Familie haben sich lieb; wer einmal eingestellt wird, hat einen Arbeitsplatz fürs Leben; wer bei Deine arbeitet und Kinder hat, versucht alles, um sie in der Firma unterzubringen; eine Eigenkapitalquote, dass jedem Kapitalismuskritiker die Tränen kommen; Produkte, die gut riechen, keine Belastung für Umwelt, Leben und ausländische Mitbürger. Das Paradies auf Erden. Aber leider haben sie kein Duftwasser, das sie ›Paradies‹ genannt haben. Und der Patriarch wird es auch nicht mehr lange machen. Auf die Beerdigung freue ich mich schon. Zwei Tage Halbmast ist das Wenigste. Und eine Spende in sechsstelliger Höhe für minderbemittelte Tierheime oder eine unserer vielen Minderheiten, die gerade ihre letzte Subvention durch den Schornstein gejagt hat und dringend neue Kohle braucht.«

25

Zuletzt stand er vor dem Spiegel im Badezimmer und überlegte, ob er vom Elixier nehmen sollte. Es gehörte zu den wenigen Düften, die er länger als einen Atemzug ertrug. Er nahm Abstand, so viel Schmeichelei musste nicht sein.

In der Küche glühten die Öfen, Sprecher, den alle Volker nennen sollten, buk für die Polen. Die zweite Nummer auf seiner Kurzwahltaste verband ihn mit dem Bäcker, den er sich in Müllheim angelacht hatte.

»Übertreiben Sie's nicht«, sagte der Graf zum Abschied.

»Kommen Sie nicht zu spät wieder. Um zwölf schließe ich ab.«

Einer der Vorteile bei abendlichen Besuchen im Hause Deine war, dass man garantiert einen Parkplatz fand, denn die Villa lag auf dem Firmengelände in Schlagweite des Parkplatzes. Bis auf einige Nachbarn, die ein Gewohnheitsrecht besaßen, war alles leer. Eine Fahrerin schloss gerade ihren Citroën ab. Nachdem sie zehn Meter parallel gegangen waren, fiel bei Amadeus der Groschen.

»Ach nein«, sagte er.

»Ich dachte schon, Sie haben etwas gegen mich. Oder haben Ihre Eltern Ihnen beigebracht, nach Feierabend keine fremden Frauen anzusprechen?«

Kommissarin Bittermann hatte sich nachmittags spontan entschlossen, Clarissa Deines Vater aufzusuchen. Sie sah dem Grafen an, dass er sich etwas Schöneres vorstellen konnte, als in dieser Gesellschaft zu erscheinen. Doch den wollte sie sehen, der einen Mordfall für weniger wichtig hielt als eine gesellschaftliche Konvention.

Clarissa öffnete und geriet aus dem Gleichgewicht. Auf den Grafen war sie nicht eingestellt. Die beiden umarmten sich, Amadeus entschuldigte sich für den, wie er es nannte, »Überfall«. Er hatte mit dem Patriarchen persönlich telefoniert, der hatte seine Tochter nicht informiert, und sie konnte ihre Verärgerung nicht öffentlich zeigen.

Ottmar Deine erwartete sie. Aufrecht und konzentriert stand er mitten im Raum auf einem kleinen Teppich. Hohe Täfelung, Holzdecke, mächtige Fenster mit getöntem Glas – der imponierende Wohnraum schien wie das Büro aus einer vergangenen Ära in die Gegenwart herübergekommen zu sein. Der Patriarch trug Anzug, alle wussten, dass er den Tag liegend verbracht und sich für die Gäste aufgerafft hatte. Dass er hinfällig war, stand ihm ins Gesicht geschrieben. Aber er war nicht abgemagert, nicht Haut und Knochen, er stand, wie er es selbst launig nannte, »gut im Futter«, was er auf die Pflege seiner Tochter zurückführte, die es geschafft hatte, Kindesliebe und Straflager-Attitüde zu einem liebenswerten Finale zu führen.

Der Senior bat in die Sitzecke. Als Clarissa den Raum verließ, versuchte er nicht, sie zurückzuhalten.

Anstatt sich zu setzen, trat Deine vor den Grafen und umarmte ihn.

»Du Lump«, sagte Deine gerührt, »so sehr hast du dich noch nie verspätet.«

»Die paar Jahre«, entgegnete Amadeus.

So scherzten sie sich endlich in die Polster, wo Deine den ernsthaften Teil mit unerwarteten Worten einleitete. »Mord ist Scheiße«, sagte er.

Die Kommissarin fasste den Stand der Ermittlungen zusammen, soweit er für Deine von Interesse war.

Eine Frau in einem dunklen Kleid trug Kekse und klein geschnittenes Gemüse herein: Paprika, Mohrrüben, Zwiebeln. Es handelte sich wirklich um Zwiebeln. Deine bekannte sich zu einer lebenslangen Leidenschaft. Angeblich stehe nur deshalb kein Knoblauch auf dem Tisch, weil seine Tochter mit internationalen Verwicklungen gedroht hatte. Genüsslich kauend, wirkte Deine wie ein Mann, der mit solchen Drohungen leben kann. Den Tee ignorierte er, die Kandisstücke nicht. Das Knacken verriet ihn.

»Ich sag's gleich zu Anfang, dann haben wir es hinter uns. Ich bin 82 und fühle mich wie 83. Dies wird mein letztes Weihnachtsfest, und ich bitte euch herzlich: Benehmt euch nicht so, als sei ich schon über den Jordan. Das nervt nämlich.«

In den ersten Minuten zeigte sich der Patriarch konzentriert. Er war sehr höflich und wirkte, als würde ihm die Gegenwart einer klugen und jungen Frau gut tun. Den Grafen duzte er, und der siezte den Älteren. Einmal schlug Deine dem Besucher ansatzlos auf den Oberschenkel und strahlte ihn an.

Zuerst ging es um Clarissa, die er lobte, wobei nicht klar wurde, ob er die Tochter meinte oder die Firmenchefin. Clarissa sei die neue Zeit, alles sei in Bewegung, nur das Elixier stehe außerhalb jeder Diskussion. Das behage ihm, dieser Mix aus Bewahren und Bewegen. Vernünftigkeit mit Augenmaß. Amadeus hörte ihm ohne Ungeduld zu, die Kommissarin musste ihre fahrigen Finger kontrollieren. Aber Deine kam ihr auf die Schliche, lächelte und war im nächsten Moment bei Schmied, der ebenfalls eine Mischung sei, wenn auch eine gewöhnungsbedürftige. Begeisterungsfähig einerseits, mit einer Phantasie, die von morgens bis abends auf Hochtouren lief, wenn auch ohne Ziel und ohne Maß. Und manchmal sei die Phantasie ausgerastet, wie der Knochen aus dem Gelenk springt, und dann habe er Sätze gesagt, die man nicht anders als Erpressung nennen konnte, und wenn man ihn darauf ansprach, ob er das eben ernst gemeint habe, wich er geschmeidig zurück, denn er besaß ein feines Gespür für seine Gesprächspartner und passte auf, dass er …

»… Moment! Was haben Sie gesagt? Schmied hat Sie erpresst?«

»Das habe ich nicht gesagt.«

»Aber ja! Sie haben doch …«

»Der arme Mann hat seine traurige Existenz vollendet, da muss man doch nicht …«

»Deshalb sitzen wir hier, ich jedenfalls. Womit hat er Sie erpresst?«

»Es war keine Erpressung im strengen Sinn. Er hat nur verzweifelt versucht, an Geld zu kommen, und dabei hat er nicht gleich die richtigen Worte gefunden, aber danach lief es besser.«

Schmied hatte den Patriarchen aufgesucht und von einem Vorschlag gesprochen. Auf diese Weise hatte der Patriarch von dem überdimensionierten Wand-Comic erfahren. Er hielt das Vorhaben für kindisch und hatte Schmied an die junge Generation verwiesen. Schmied hatte nachgehakt, und, als er erkannte, dass der Ältere sich entschieden hatte, war er mit einem weiteren Vorhaben vorgeprescht – wenn auch nicht gleich, sondern bei einer Begegnung, die einige Tage später stattfand. Um ein Stipendium ging es nun: die Firma Deine als Förderer von Kultur und Kunst. Das Stichwort »Hauskünstler« stand im Raum, Schmied war fasziniert von der Vorstellung, seine Einfälle in den Dienst eines Wirtschaftsunternehmens zu stellen. So wie sich in früheren Jahrhunderten die Fürsten mit einer Corona von Malern, Musikern und Dichtern umgeben hatten.

Der Patriarch hatte seinem Besucher auch diesen Zahn gezogen. »Allein schon, weil ich nicht wollte, dass die Leute mich in meinen letzten Monaten für plemplem halten.«

Dann war das Unerwartete geschehen. Anstatt endlich mit eingezogenem Schwanz zu verschwinden, hatte Schmied seinen dritten Vorschlag ausgepackt. Natürlich war ihm nicht verborgen geblieben, dass das 150. Jahr der Gründung bevorstand. Die Zeitung hatte darüber berichtet, die geplante Verpflichtung eines Sinfonieorchesters hatte zu einem Wettstreit der Saalbetreiber um das Vorrecht geführt, den musikalischen Staatsakt in den eigenen Mauern beherbergen zu dürfen.

»Schmied wollte sich einklinken. Und diesmal hat er's vernünftig angepackt. Es ging um Schreiben, also etwas, was man mit dem Mann verband – wenn auch im weitesten Sinn. Denn bis zu dem Zeitpunkt hatte ich keine Zeile von ihm gelesen, muss ich zu meiner Schande gestehen. Aber mir wurde von kompetenten Zeitgenossen bestätigt, dass es keine Bildungslücke ist, den Dichter Schmied nicht zu kennen.«

Schmied schwadronierte über einen historischen Roman. Die Geschichte der Firma Deine als Abenteuer. Firmengeschichte und Zeitgeschichte Hand in Hand. Schurken und Helden …

»… er brauchte zwei Minuten, bevor er begann abzuheben. Ich kannte das ja schon und hatte es schon beim ersten Mal nicht amüsant gefunden. Spinnen kann ich selber, das wird nicht interessanter, wenn man es als Kunst bezeichnet. Deshalb bin ich ihm ins Wort gefallen. Das darf man ja als Firmengespenst, das auf dem Geld sitzt.«

Er hatte Schmied gefragt, ob Interesse bestehe, eine Chronik zu schreiben. Die Chronik der Firma Deine aus Anlass ihres 150. Jubiläums.

»Ihr hättet seinen Blick sehen sollen! Diese Ungläubigkeit. Er hatte wohl nicht mehr damit gerechnet, von seinem Besuch mehr mitnehmen zu können als eine Handvoll Kekse. Dieser Schmied ist ein Keksklauer, immer noch besser als die Lumpen, die es auf Federhalter abgesehen haben. Wusstet ihr, dass es Kugelschreiber gibt, die wie Füllfederhalter aussehen? Haben mir gute Dienste geleistet – wenn auch erst nach dem vierten oder fünften Totalverlust.«

Angeblich habe Schmied für seine Verhältnisse lange geschwiegen. Seine erste Bemerkung lautete: »Kann ich das in Romanform machen? Eine Chronik kann jeder Wissenschaftler schreiben. Aber einen Roman ...«

Deine hatte nichts dagegen gehabt. Einzige Bedingungen: Wahrheitsliebe, keine Verdrehung der Tatsachen, kein Verschweigen der Wahrheit, keine Denunziation mit Ausnahme von Großonkel Eduard, bei dem er Schmied die freie Wahl der Waffen überließ.

»Natürlich wartete er darauf, dass ich über Geld rede. Es hat Spaß gemacht, sein Gesicht dabei zu sehen, während er wartete. Ich hatte den Eindruck, dass der Mann auf ein Lebensmittelpaket wartet und nicht auf einen Scheck. Ich habe dann eine Zahl genannt. Ich weiß ja, dass man mit Zahlen und unserem Elixier Verspannungen am schnellsten heilen kann.«

»Zwanzigtausend«, sagte Amadeus.

»Nah dran. Ich dachte an zehn und sagte fünfundzwanzig. Insgeheim dachte ich: Wenn der Kerl der Lump ist, als der er auftritt, wird er 150 verlangen: tausend für jedes Jahr Deine. Aber er rutschte fast vom Sessel vor Begeisterung. Tat so, als müsse er über mein Angebot nachdenken, aber die Sache war entschieden, bevor er sich sein Nicken abrang.«

Als die Kommissarin vorhin in den Wagen gestiegen war, hatte sie den Besuch für eine Geste des guten Willens gehalten. Keine Sekunde hatte sie daran gedacht, von dem alten Chef eine Information zu erhalten, die sie im Mordfall weiterbringen würde. Und jetzt dies! Eine neue Spur! Schmied hatte eine zweite Farbe erhalten. War Geld geflossen? Der

Patriarch und der Dichter hatten sich um Ostern erstmals getroffen. Es war zu zwei weiteren Begegnungen gekommen. Bei der ersten hatte Schmied berichtet, was er sich vorstellte und wie lange er für die Arbeit brauchen würde. Er hatte um Zugang zum Firmenarchiv gebeten und um einen Vorschuss ersucht, weil er Reisen unternehmen müsse: alle im Zusammenhang mit der Chronik. Deine war misstrauisch geworden. »Ich wollte dem Kerl auf die Schliche kommen, er sollte zugeben, dass er sich einen schönen Lenz machen wollte. In Baden-Baden das Casino stürmen oder in einer Therme die lädierte Konstitution pflegen. Aber der Kerl hatte Feuer gefangen, daran gab es keinen Zweifel. Er hat die Vorwürfe weggesteckt und über die Arbeit geredet.«

Das erste Treffen hatte im März oder April stattgefunden, das zweite im Mai, ein drittes im Sommer. Zuerst hatte Schmied kurzfristig abgesagt, und Deine hatte gedacht: Das war's. Aber wenige Tage später war man gemeinsam durch den Wald spaziert, Schmied hatte berichtet, nüchtern war er gewesen, nicht sauber und gebügelt, aber dafür war der Mann nun mal nicht geschaffen. »Wir sind zwei Stunden gegangen. Ich habe gedacht: Das hält der nicht durch, das ist der gar nicht gewohnt. Aber ich habe eher schlappgemacht als er, und ich bin ein Wanderer vor dem Herrn, obwohl ich nicht mehr in Topform bin.«

Schmied hatte sich als Kenner der Deine-Geschichte erwiesen. Zweimal war er im Deine-Archiv gewesen, stets zu einer Zeit, in der Clarissa auf Reisen war. Denn Clarissa durfte von der Chronik nichts wissen. Der Patriarch wollte sie mit dem Projekt überraschen. Natürlich wurde in diesen Monaten an diversen Schreibtischen Historisches ausgegraben. Eine Agentur aus Freiburg arbeitete an einem prächtig ausgestatteten Lexikon der Duftwässer, aus dem die Deine-Produkte als Leuchttürme herausstechen sollten. Eine Ausstellung nahm Gestalt an, die in der Region auf Tournee gehen sollte. In Müllheim wollte sich die Volksbank im kommenden Jahr drei Monate mit Hilfe von Bildwänden und Installationen in eine Außenstelle der Fabrik verwandeln. In den Schulen wurden Heimatkunde, Erdkunde, Geschichte und Deutschunterricht miteinander verknüpft, wenn die Schüler Arbeiten über Aspekte der Firma erarbeiteten. »Ich habe mit zehn Schulklassen geredet. Niemand hat mich gewarnt, wie wissbegierig Kinder sein können.«

Zu einem weiteren Treffen war es nicht mehr gekommen, aber Schmied hatte eine Ansichtskarte geschickt. Deine erinnerte sich an das Foto: ein Tourist, dem eine Möwe auf die Schulter geschissen hatte, was im Norden nicht ekelhaft war, sondern angeblich Glück bringen sollte. Das war im Sommer gewesen. Danach hatte sich Schmied in Badenweiler aufgehalten, wie Deine von Bekannten gehört hatte.

Ob er den Dichter in dessen Wohnung besucht hatte? »Dann hätte ich auch gleich zu Clarissa gehen können und ihr alles gestehen. Wissen Sie, wie klein Badenweiler ist? Ich wundere mich, dass es hier Seitensprünge geben soll. Ein selbstmörderisches Unterfangen.«

Deine deutete an, dass er in den letzten Wochen kaum noch das Haus verlassen hatte. Sein Chauffeur hatte ihn durch den Schwarzwald kutschiert, das war das Äußerste der Gefühle gewesen. »Dass man so schwach werden kann. Nicht krank, nicht mal Schmerzen. Nur schwach.«

Über Dritte hatte er in Erfahrung gebracht, dass in dieser Phase, es musste schon im Oktober gewesen sein, Schmied kaum noch in der Öffentlichkeit aufgetaucht war. Man hatte ihn gesehen, er war betrunken gewesen und beim Versuch, einen Papierkorb vom Mast zu treten, so schmerzhaft auf den Rücken gefallen, dass ihn der Krankenwagen einsammeln musste. Nun hatte er erfahren, dass Schmied Mitte November zu Tode gebracht worden war.

»Und nun mache ich mir Vorwürfe, dass ich es mit meiner Zurückhaltung übertrieben habe. Vielleicht hätte es ihm gutgetan, einen Tritt in den Hintern zu erhalten.«

Sie beruhigten ihn, für Vorwürfe gebe es keinen Anlass. Niemand habe diesen Ablauf vorhersehen können.

Clarissa schaute herein, der Senior straffte sich. »Macht nicht mehr so lange«, sagte sie. Sie trug einen Hausanzug, in dem sie wie verkleidet aussah.

»Zehn Minuten«, sagte Deine und sah seiner Tochter hinterher.

»Sie weiß immer noch nichts«, murmelte Amadeus.

»Irgendwann war der richtige Zeitpunkt verpasst«, entgegnete der Senior. »Nun wird es auch nicht mehr besser.«

Die Kommissarin legte einen Zahn zu. Eine Leseprobe von Schmieds Werk? Nein, keine Seite. Streng genommen besaß Deine keinen Beweis, dass der Dichter auch nur eine Seite Manuskript erzeugt hatte. Dass er recherchiert hatte, war für ihn bewiesen. »So sehr verstellt sich niemand.«

Vorschuss? Schmied hatte 5000 Euro erhalten, im Mai, bar in einem Umschlag, alles 50-Euro-Scheine. »Natürlich wird das an der Steuer vorbeigehen. Mir soll's recht sein. Das sind nun wirklich nicht mehr meine Sorgen.«

Irgendein Hinweis auf den Charakter des Werks? Chronik, Roman, Interviews mit Zeitzeugen oder Verwandten alter Deine-Mitarbeiter? Kein Hinweis. Auch kein Hinweis auf den Ort, an den sich Schmied zurückgezogen hatte, um zu arbeiten. Verreist war er wenigstens zweimal, es lag nahe, beide Reisen mit dem Werk in Verbindung zu bringen. Kein Hinweis auf die Reiseziele. Deine war in Badenweiler gegründet worden, eine Filiale hatte nie existiert. Umzugspläne hatten in den fünfziger Jahren bestanden – Lörrach, Offenburg – aber das sei nie konkret geworden, erst recht nicht, weil Autobahn und Eisenbahn fast vor der Haustür verliefen. Der Flugplatz in Basel hatte den Anschluss an internationale Strecken weiter verbessert. »Zentraler kannst du mit einem kleinen Ort gar nicht liegen.«

Zuletzt fragte Deine dem Grafen ein Loch in den Bauch. Zukunftspläne, Sanierung, berufliche Orientierung, eine Partnerin, Zahl der geheimen Kinder. In diesen Minuten baute Deine sichtbar ab. Die Männer wollten sich in den nächsten Tagen erneut verabreden, die Kommissarin kündigte an, sich telefonisch zu melden, vielleicht sei ein weiteres Treffen nötig.

Dann standen sie auf dem Parkplatz und wussten nicht, welches Lokal in Badenweiler um diese Uhrzeit Anfang Dezember noch geöffnet hatte.

»Wir sind Fremde und werden immer fremd sein«, raunte der Graf.

Sie landeten beim Italiener in der Moltkestraße in Schlagweite der Therme. Amadeus kannte hier niemanden, und niemand kannte den Grafen. Aber das galt nur für die ersten zehn Minuten. Dann wechselte der einsame Zecher von der Theke an den Tisch, beschwingt vom Alkohol, aber nicht unangenehm. Ein Golflehrer, der in der Saison die Gäste des Grandhotels betreute und Amadeus vom Foto in der Single-Hitparade kannte. »Hier ist es im Winter so einsam, dass ich mir die Fotos alleinstehender Männer angucke«, berichtete er kopfschüttelnd. Eine Handvoll hochgestimmter Italiener spendierte Perlen aus der hauseigenen Vinoteca und duldete keinen Widerspruch. Des Grafen geschmeidiges Italienisch und seine Kenntnis der Weine sorgten für Jubel und Neugier.

Die Küche, die offiziell nicht mehr geöffnet hatte, schaffte pausenlos kleine Schweinereien auf den Tisch: zack zack, abgestellt und wieder weg. Den späten Gästen war klar, dass der Fall sich gedreht hatte. In die endlose Wiederholung von Schmieds alkoholseligen Attacken auf Einwohner und Urlauber war ein roter Faden eingewebt worden. Er hatte einen Auftrag erhalten, er hatte gearbeitet, er verfügte über Geld, und nach allem, was man wusste, hatte er sich auf seinen Auftrag konzentriert.

»Klingt zu schön, um wahr zu sein«, sagte die Kommissarin. »Und leider ist nun Geld im Spiel. Das könnte sein Leben abgekürzt haben. Bisher sehen wir Schmied, mittellos, mit lauter mittellosen Zechkumpanen zusammen. So traurig das sein mag, es hat einen Vorteil: Keiner besitzt etwas, das die Gier der anderen wecken kann. Jetzt hat Schmied 5000 Euro, und er ist nicht der Typ, das für sich zu behalten. Entweder schmeißt er mit Geld um sich, hält seine Leute frei. Oder er gefällt sich in Andeutungen. Wie auch immer: Jemand könnte aufmerksam geworden sein.«

»Das wäre aber ein banales Motiv.«

»Wir können uns die Motive nicht aussuchen. Nun werden wir gezielt nachfragen, und wir haben eine Zeitleiste.«

Einen Moment zögerte sie, aber der Graf wusste ja nicht, dass sie zu Zeitleisten ein erotisches Verhältnis besaß, dass sie bei jeder Gelegenheit Zeitleisten an die Wand malte und die Kollegen alle Wände ihres Büros am letzten Geburtstag mit der längsten Zeitleiste Deutschlands verziert hatten: zweimal um den Raum herum. Massenhaft Magnete, Stifte in vier Farben und abwaschbar, Schwämme und Eimer mit Wasser für die Schwämme.

»Sie mögen Zeitleisten, oder?«

Ertappt fragte sie: »Wie kommen Sie darauf?«

»Ihr Blick hat so was Verliebtes gekriegt, und zuletzt sprachen wir über Zeitleisten, und ich sagte, dass man Zeitleisten in jeder amerikanischen Krimiserie sieht, und Sie haben geseufzt, als würden Sie das schön finden. Wie finden Sie es denn, dass Ihr Kollege bei mir im Schloss wohnt?«

»Witzig.«

»Ist es für Sie okay? Es verstößt nicht gegen irgendwelche Regeln?«

Sie starrte ihn an und wartete darauf, dass ein Muskel in seinem Gesicht erkennen lassen würde, dass er einen Scherz gemacht hatte. Aber da zuckte nichts.

»Nein«, sagte sie eisig.

Er lächelte.

»Sagen Sie mir, dass ich mich irre und dass wir gleich gemeinsam darüber lachen werden.«

Er lächelte und sagte: »Ha ha ha.«

Sie fragte: »Seit wann?«

»Seit vorgestern.«

»Definieren Sie ›wohnen‹!«

»Er ist der Koch und backt in jeder freien Minute, er hat die Herrschaft über die Küche, und er hat natürlich ein Bett. Und eine Zahnbürste. Und der Verbrauch an Toilettenpapier ist seit zwei Tagen explodiert. Heh! Wo wollen Sie hin?«

26

Sie fanden ihn in der Küche. Kommissar Sprecher saß am Tisch, ein Arm lag um die Schulter des Mannes, der weinend am Tisch saß. Sprecher trug seine Küchenkluft, in jedem Weihnachtsspiel hätte er einen formidablen Bäckerburschen abgegeben. Amadeus spürte, wie sich der Körper der Kommissarin neben ihm versteifte.

»Wir haben ein Problem«, sagte Sprecher mit seiner sanftesten Sozialarbeiter-Stimme. Angeblich war der polnische Handwerker von seiner hochschwangeren Frau vor die Tür gesetzt worden. Sie wollte ihn nicht mehr sehen, bis sie ihr Kind gekriegt hatte, und nun fürchtete er, seinen Job zu verlieren und kein Geld zu verdienen, und er verstand die Welt nicht mehr, denn er hatte ein Recht, hier zu sein, während sie ihm auf eigene Faust hinterhergereist war und hier streng genommen nichts zu suchen hatte.

Kommissarin Bittermann sagte: »Wir müssen reden.«

»Jetzt nicht«, entgegnete Sprecher.

Sie nahm den Polen am Arm, führte ihn zur Tür, öffnete die Tür, sagte: »Zehn Minuten«, und schob den Mann in die nächste Heimatlosigkeit.

Sie schloss die Tür, und Sprecher sagte: »Ich kann alles erklären.«

»Ich war selten so gespannt.«

Der Graf bediente die Kaffeemaschine und wartete ab, ob sie es wagen würde. Sie wagte es, dreißig Sekunden später. Im Flur traf er den Polen. Der wirkte, als hätte er mit dem Leben abgeschlossen.

»Sind die beiden ein Paar?«, fragte der Pole.

»Kollegen. Bis heute waren sie Kollegen. Was sie morgen sein werden, entscheidet sich gerade.«

Sie gingen zum rückwärtigen Gebäude, wo noch Leben herrschte und das Feuer brannte. Der Graf fragte sich, ob es eine gute Idee war, mitten in der Nacht offenes Feuer zu unterhalten.

Die Küche der Ferienwohnung hatte sich verändert. Getränkegebinde, Vorratspackungen und ein Kühlschrank, in dem sich kein ungenutzter Platz mehr befand. Töpfe, Geschirr, Essensgerüche. In 24 Stunden waren Leben und Alltag eingezogen. Die Polen begrüßten den Grafen, die Schwangere führte das große Wort. Und dann tauchten Martha und Ulf aus der Nacht auf. Amadeus achtete sehr genau darauf, wie die Nationen miteinander umgingen. Die Obdachlosen kamen auf ihn zu, ihre Gesichter zeigten, dass sie reden wollten.

Kommissarin Bittermann war unversöhnt. Kaum stand die Espressotasse vor ihr, war sie leer.

»Ich fasse es nicht«, fauchte sie. »Ich glaube, ich bin im falschen Film.« Sie rasterte die Gesichter ab, die mit ihr am Tisch saßen. Der Graf, auf dessen Harmlosigkeit sie hereingefallen war, denn er hatte hinter ihrem Rücken ein großes Rad gedreht; die Frau mit der suboptimalen Frisur, die so aussah, als würde sie zum Abendessen einen Menschen fressen; der magenkranke Mann, der dabei war, ein neues Problem auszubrüten, um das sich dann die Kommissarin kümmern musste; der Lügner im Hintergrund, der so tat, als gäbe es nichts Wichtigeres auf der Welt, als eine großkotzige Schweizer Kaffeemaschine zu bedienen – »Bitte sehr, bitte gleich, ein Tässchen für meine Lieblingskollegin.«

Sie funkelte ihn an, aber er trieb sich wohlweislich im Hintergrund herum, der von der überm Tisch hängenden Lampe nicht erreicht wurde. Wie er sich bewegte: eifrig, fleißig, immer im Fluss, jede Bewegung das Eingeständnis seines schlechten Gewissens. Gut, er wollte nicht jede Nacht nach

Freiburg zurückfahren. Gut, er mochte keine Hotels, auch dann nicht, wenn sie von so guter Qualität waren wie in Badenweiler und man wegen der Jahreszeit die freie Auswahl hatte. Gut, er hatte seit seiner Kindheit davon geträumt, in einem Schloss zu wohnen. Und er konnte seine Leidenschaft für das Backen ausleben.

Sie hatte von der notwendigen Distanz gesprochen; von der noch nicht bewiesenen Unschuld des Grafen Wolffheim und der unübersichtlichen Gemengelage, die durch die Ankunft der Polen nicht überschaubarer geworden war. Und nun die beiden Strolche am Tisch, die damit beschäftigt waren, eine Schicht nach der anderen auszuziehen. Sie taten so, als seien sie Kollegen. Und warum? Weil der Graf sie beauftragt hatte, Erkundigungen einzuziehen. Wann war Wolffheim in den Polizeidienst eingetreten? Das hätte sie jetzt gerne gefragt und unterließ es nur, weil sie sich die scheinheilige Antwort vorstellen konnte. Der Mann verschanzte sich hinter seinem Lächeln wie der Boxer hinter der Doppeldeckung.

»Ich komme in Teufels Küche«, hatte die Kommissarin behauptet. Sprecher, der frisch gebackene Schlossbewohner, hatte aufmunternd gelächelt und so ausgesehen, als würde er sie gleich beruhigend auf den Arm klopfen. Was er nicht unverletzt überstanden hätte.

Wie konnte ein erwachsener Mann bloß den Wunsch gestehen, in einem Schloss zu leben? Zumal dies kein Schloss war: kein Wassergraben, keine Zugbrücke, kein Turm, kein Verlies, keine Wachen und Prinzessinnen, die mit dem Kreisel herumtollten, kein Thronsaal, keine rauschenden Feste …

»Wenn ich langsam mal erzählen könnte«, knurrte die Frau mit der verhauenen Frisur. Sie sprach zum Grafen, das regte die Kommissarin am meisten auf.

Dann berichteten die Strolche, die vom Graf losgeschickt worden waren, um Informationen über Schmied einzusammeln, wobei der Graf alle anfallenden Rechnungen begleichen würde.

»Das war wie Weihnachten«, behauptete die Frisur. »In einer warmen Bude sitzen, sich satt essen, und am Schluss musst du keine Angst haben, dass sie die Schupos rufen, um dich einzukerkern. Die letzte halbe Stunde sitzen wir sonst immer auf dem Sprung, weil wir auf den richtigen Moment warten, um aufs Klo zu gehen und von dort durchs Fenster ab. Heute saßen alle locker und entspannt.«

»So fühlt sich Glück an«, behauptete der Magenkranke.

»So fühlt sich ein rechtmäßiges Leben an«, knurrte die Kommissarin und wand sich unter den erstaunten Blicken der Umsitzenden.

Sie hatten sich auf die letzten Monate konzentriert. Das war ihnen nicht schwergefallen, denn alle, die sie befragt hatten, erinnerten sich an diese Zeit am besten. Einmal, weil die länger zurückliegende Vergangenheit nicht mehr in eine Reihenfolge zu bringen war; und dann, weil Schmied großzügig gewesen war. Jeder erinnerte sich an den ersten Tag, an dem der Künstler für ihn die Rechnung übernommen hatte. Eine Tüte vom Bäcker, für die man nichts bezahlen musste – herrlich. Ein Paar Schuhe für 14,99 vom Discounter, die man tragen konnte, ohne sie mit Papier auszustopfen. Und die Wohlgerüche!

»Schmied hat sich um den Geruch in Badenweiler verdient gemacht«, behauptete der Magenkranke. »Die hatten ihn alle im Verdacht, dass er in die Fabrik eingebrochen ist.«

»Was nicht so abwegig ist«, knurrte die Kommissarin und trank den fünften Espresso.

»Meine Chefin«, murmelte der Kellner verzaubert. »Die verträgt was. Ob sie auch ein Likörchen verträgt?«

Lockend winkte er mit der Flasche, ein Blick, dann war das Thema durch.

Kommissarin Bittermann bat um ein Blatt Papier, augenblicklich flog es aus dem Dunkel heran, der Stift folgte, danach drei weitere mit anderen Farben.

»Fühl dich nicht zu sicher«, knurrte sie, ohne aufzublicken.

Die Zeitleiste nahm Gestalt an. Kurz nachdem der alte Deine 5000 Euro in bar an Schmied übergeben hatte, war der spendabel geworden. Veränderungen auch in Schmieds Haus. Die traditionellen Beschwerden über nächtliche Ruhestörung hatten aufgehört. Schmied hatte nicht mehr auf seine verwarzte Schreibmaschine eingedroschen, ein Notebook vom Discounter stand auf dem Tisch. Nachts wurde kaum noch gezecht, stattdessen hörten die Nachbarn lange entbehrte Geräusche: die Schritte eines Mannes, der nicht torkelte, sondern vom Wohnzimmer in die Küche ging und von dort zurück ins Wohnzimmer, nachdem in der Küche Wasser gezapft worden war, so viel, wie ein Mann für einen Kaffee oder Tee benötigte.

»Was soll das denn?«, fragte die Kommissarin. »Woher wollen Sie das denn wissen?«

»Wir haben gefragt«, antwortete Martha. »Nachdem wir wussten, dass er plötzlich fleißig geworden war, haben wir uns natürlich gefragt, ob sich auch in seiner Wohnung etwas verändert hat. Und weil wir ja schlecht einbrechen können, haben wir die Nachbarn gefragt, und die haben uns das gesagt. Und einer hat gesagt: Ihr seht gar nicht aus wie von der Polizei. Dafür stellt ihr klügere Fragen als die Polizei.«

Die Kommissarin wusste, dass alle sie in diesem Moment anblickten. Sie spürte, wie das Blut in Hals und Gesicht stieg, und als der Kellner aus dem Hintergrund rief: »Das müssen Sie sich angucken, das gibt's ja nicht«, hechtete sie vom Tisch in die schlecht beleuchtete Ecke, wo Sprecher ihr im Schutz der Dunkelheit ein Glas Schnaps reichte.

»Danke«, murmelte sie.

Als sie auf die Uhr blickte, war es weit nach eins. Eingezwängt zwischen den Obdachlosen saß Nachbar Bloch am Küchentisch und fühlte sich nicht wohl. Er hatte den Schreck noch nicht überwunden. Wenn es nach 20 Uhr klingelte, dachte er automatisch an die Verfolgten in Diktaturen, die Besuch von der geheimen Staatspolizei erhielten. Die klassische Folter war ihm erspart geblieben, aber sein Sitzplatz zwischen den Desperados kam dem sehr nahe. Besonders vor der Frau fürchtete er sich. Immer wieder blickte sie ihn an und lächelte auch. Als würde sie Maß nehmen.

Immerhin war der Graf im Haus, das hielt er für ein gutes Zeichen. Aber auch die Polizisten waren da, mitten in der Nacht! Immer wieder fragten sie ihn nach dem ermordeten Mann. Und jedes Mal fiel Bloch etwas ein, was ihm bei der vorletzten Frage nicht eingefallen war. Deshalb hörten die Fragen nie auf. Natürlich kannte er diesen versoffenen Künstler. Man war ihm ja ständig über den Weg gelaufen. Manchmal hatte man ihn auch nur gehört, wenn man draußen unterwegs war. Alle Einheimischen hatten den Kerl abstoßend gefunden, jeder hatte ihn zum Teufel gewünscht. Viele hatten ihn dabei ertappt, wie er in Gärten gepisst hatte. Aber nie hatte ihn einer angezeigt, und der Gastwirt, der aus der Reihe getanzt war, hatte die Anzeige zwei Tage später zurückgenommen, weil er Besuch von der Tourismuszentrale erhalten hatte. In Badenweiler durfte nichts geschehen, was Urlauber abschrecken konnte. Die Anzeige eines Einheimischen gegen einen Auswärtigen fürchteten die Tourismusleute wie der Teufel das Kirschwasser. An dem Gedanken war etwas falsch, aber Bloch kam nicht darauf, was es war. Da! Sie starrte ihn schon wieder an. Als würde sie sich vorstellen, wie es wäre, ein Stück aus ihm herauszubeißen. Oder ihn zu küssen. Bloch wusste nicht, welche Vorstellung größere Angst in ihm auslöste.

Die Kommissarin setzte sich wieder hin. Sie kam ihm fahrig vor, sie musste wohl dringend schlafen. Prompt ging es wieder von vorne los: Er sollte sich erinnern, wen er alles in der Nähe des Schlosses gesehen hatte. Bloch betonte erneut, nichts gesehen oder gehört zu haben. Er sei nicht der Typ, der seine Nachbarn ausspionierte. Sanft und böse sagte sie: »Es war Ihr Job, neugierig zu sein, Herr Bloch. Sie waren faktisch eine Art Hausmeister, bei Ihrer Verbindung mit dem Haus Wolffheim. Das müsste Ihnen doch gefallen haben. Und Ihrer Frau auch.«

Sich selbst verteidigte er, im Fall seiner Frau erlahmte sein Enthusiasmus. Seine Frau war wirklich neugierig, sie hatte das Fernglas häufiger am Auge als er. Sie konnte überhaupt besser gucken, auch im Kino. Aber sie gingen ja nicht mehr ins Kino.

Die Kommissarin ging ihre Unterlagen durch, sie besaß ein Notizbuch, das speckig aussah. Plötzlich blickte sie Bloch an: »Sie sind doch bewandert in Heimatgeschichte.«

Wie stets, wenn jemand Bloch eine Eigenschaft zuschrieb, gleichgültig ob positiv oder negativ, bestritt er sie instinktiv.

»Er kennt sich aus«, warf der Graf ein. »Er war schon Heimatforscher, als ich noch zur Schule ging.«

»Es ist nicht leicht mit Ihnen«, behauptete die Kommissarin.

»Mit Ihnen auch nicht«, konterte er pampig. Der Schreck folgte mit Wucht. »Das kam jetzt schief heraus«, behauptete er, während die Mehrzahl der Personen in der Küche grinste.

»Wann wurde Deine gegründet?«, fragte die Kommissarin.

»1862. 31. Januar, das war der Geburtstag des Gründungsvaters Donald Deine.«

»Was fällt Ihnen zu dem Jahr noch ein? In Bezug auf Badenweiler oder den Umkreis?«

»Sie meinen, dass in diesem Jahr der neue Oberschulrat institutionalisiert wurde, der die konfessionellen Schulbehörden für die Volksschulen und höheren Schulen ablöste? Und dass Großherzog Friedrich I. seinen 36. Geburtstag feierte?«

»Was? Ja, ja, in dieser Richtung. Vielleicht etwas weiter gefasst als 1862. Und nicht ganz so ... so nebensächlich?«

»Lassen Sie mich überlegen«, sagte Bloch eifrig. »Wie weit soll ich fassen?«

»Wie Sie wollen.«

»Ich kann ziemlich weit oder extrem weit fassen. Sagen Sie nur: Ich hab's drauf, ich kann das.«

Es wurde anstrengend mit dem Nachbarn Bloch. Während er Amadeus mit Anekdoten aus der gräflichen Familiengeschichte überraschte, blätterte die Kommissarin weiter und sagte plötzlich: »Ich brauche die Nummer von Homann.«

»Das sind die Sätze, die jeder Mann liebt«, entgegnete Sprecher, dessen Smartphone-Archiv schon arbeitete.

Homann war dermaßen schnell am Telefon, als hätte er es im Moment des Anrufs in der Hand gehalten. Aber es war fast zwei. Die Kommissarin entschuldigte sich oberflächlich und kam zur Sache: »Sie haben mir gesagt, dass Schmied Kirchenbücher einsehen wollte. Aus welcher Zeit stammten die?«

»Deshalb rufen Sie mich an? Um diese Zeit?«

»Worüber darf man mit Ihnen denn um diese Zeit reden?«

Falls er an etwas Bestimmtes dachte, wusste er es für sich zu behalten. Stattdessen sagte er: »1840 bis 1860. Nein, 70. 1840 bis 1870.«

»Letztes Wort?«

»Warum ist das wichtig geworden?«

»Es war immer wichtig. Aber das wissen wir erst seit heute. Wenn ich noch Fragen habe, rufe ich wieder an.«

Schmied hatte sich also um die Gründerjahre von Deine gekümmert. Das war prinzipiell weder verdächtig noch sprach es gegen ihn. Es wies im Gegenteil darauf hin, dass er sich in die Arbeit hineingekniet hatte.

»Herr Bloch, 1840 bis 1870, klingelt da was bei Ihnen?«

»Die Gründerjahre von Deine.«

»Herr Bloch!«

»Das war die Zeit, in der die Leute jedes Unternehmen begrüßten, das hier entstand. Denn die Menschen waren arm. Damals gab es noch Hunger. Und die vielen Kinder! Vor allem fehlte es an Arbeit. Deshalb wussten sich viele nicht anders zu helfen und …«

»… brachten sich um?«

»Sie wanderten aus. Das war eine Massenbewegung, über viele Jahrzehnte. Das ging Anfang des 18. Jahrhunderts los, zog sich durchs gesamte 19. Jahrhundert und hörte dann immer noch nicht auf.« Es war, als wären zwanzig Lebensjahre von Bloch abgefallen. Der Mann bewegte sich munterer, seine Mimik war angeregt, aus seiner Stimme wich das Leiernde, das den Kontakt mit dem Redner Bloch sonst zu einer schweren Prüfung machte. Und wie viele Zahlen er parat hatte. Er wusste nicht nur, wann sich im 19. Jahrhundert die meisten Deutschen in die Vereinigten Staaten eingeschifft hatten – mit Höhepunkten nach 1850, einem durchgehend hohen Level zwischen 1865 und 1873 und einer vorher und nachher nie wieder erreichten Spitze zwischen 1880 und 1885. Er wusste, dass Baden und Württemberg und Bayern über hundert Jahre den Großteil der Auswanderer stellten und dass amerikanische Städte wie New York, Chicago, St. Louis Ende des 19. Jahrhunderts deutschstämmige Bevölkerungsanteile von 15 Prozent und mehr aufwiesen. Er wusste so viel, was niemand hören wollte, und es bedurfte eines randvoll gefüllten Wasserglases, um den enthemmt Monologisierenden zu stoppen.

»Schön«, murmelte die Kommissarin, »und so ausführlich. Und was wollte unser Schmied damit anfangen? Falls die Kirchenbücher die Grundlage dafür bildeten?«

»Er hatte Blut geleckt«, antwortete Amadeus. »Er wollte seinen ersten Roman schreiben. Nach allem, was wir wissen, waren es bisher ja nur Gedichte und Kurzgeschichten. Der Autor Schmied existierte in der Literaturszene überhaupt nicht. Und plötzlich die Chance, zu einem Zeitpunkt, an dem er selbst nicht mehr damit gerechnet hat. Ein deutscher Roman! Die Chronik einer berühmten Firma! Von 1862 bis in die Gegenwart, quer durch alle deutschen Phasen: Kaiserreich, Weimarer Republik, Faschismus, das halbe Deutschland, das ganze Deutschland. Und einen Vorschuss hatte er auch schon in der Tasche.«

»Aber keinen Vertrag«, entgegnete Sprecher, »jedenfalls keinen Buchvertrag. Darum hätte er erst bitten müssen: Lasst mich eure Jubiläumsschrift als Roman veröffentlichen, bitte, bitte.«

»Von Bettelei hätte Schmied keine Bauchschmerzen bekommen. Das ist doch die Art, wie er sein Leben gelebt hat. Wahrscheinlich denken wir viel zu berechnend. Es ist ja möglich, dass er erst im Lauf der Arbeit erkannt hat, was für ein Potenzial der Stoff bietet. Letztlich ist es gleichgültig. Er hat also an der Geschichte gearbeitet, das wissen wir jetzt …«

»… ohne eine Seite gelesen zu haben«, murmelte die Kommissarin.«

»Auch das passt zu Schmied«, sagte Amadeus. »Er wollte ihnen das Manuskript auf den Tisch legen. Er wollte ihre Gesichter sehen, darauf hat er sich seit Monaten gefreut. Er wollte, dass sie ihm sagen: Mensch, Schmied, du hast es ja drauf. Das hat doch niemand für möglich gehalten. Von solchen Momenten ernährt sich einer wie Schmied.«

»Und warum hat er sich für Auswanderer interessiert?«

Nun mischte sich Sprecher ein: »Vielleicht für eine Gegenüberstellung: die, die weggehen; und die, die bleiben. Oder er baut einen zweiten Strang ein: hier die Deines, die in der Heimat bleiben; da die Klinsmanns, die ihr Glück in der Ferne suchen.«

»Wie kommst du jetzt auf Klinsmann?«

»Weiß auch nicht. Die Deines brauchen Jahrzehnte, um ihr Glück zu finden, langer Start, danach der Aufstieg, der bis heute anhält. Die Neu-Amerikaner sind schneller, radikaler, brutaler. Einer wird Gangster, einer fällt unter die Indianer, die anderen sind nach zwei Jahren Millionäre und nach fünf Jahren pleite und erholen sich nie wieder davon.«

Beeindruckt blickten sie den Kommissar an.

»Das macht nur die Umgebung«, sagte er eitel-bescheiden. »So ein Schloss ist fruchtbare Aura, die weckt im Kripomann die Kreativität.«

»Nicht wahr, Sie werden ihn nicht foltern«, sagte Amadeus zur Kommissarin.

»Dafür wird er zahlen«, knurrte sie. »So was geht einfach nicht. Wenn wir anfangen, uns künftig bei Bürgern einzuquartieren … ich sehe schon die Glosse in der Zeitung vor mir …«

»… und die Glosse im Fernsehen.«

»Hören Sie bloß auf.«

»… und die aktuelle Stunde im Landtag. Und im Bundestag. Und in den Gerichtssälen, denn irgendein Bürger wird garantiert päpstlicher als der Papst sein.«

»Na toll«, sagte sie ernüchtert und akzeptierte einen Schnaps.

Man überlegte, was für einen Ziegelstein von Roman Schmied in Arbeit gehabt hatte. Vierhundert Seiten? Sechshundert? Bis zu welchem Zeitpunkt hätte der Roman fertig sein müssen, um für die Jubiläumsfeierlichkeiten gedruckt und gebunden vorzuliegen? Im Januar und Februar des kommenden Jahres würden eine Menge Veranstaltungen und festliche Termine stattfinden. Die Kommissarin hatte im Büro von Clarissa Deine einen Blick auf das Programm geworfen. Ein langes Wochenende war für gemeinsames Feiern mit der Belegschaft vorgesehen. Die beiden Hallen würden dafür freigeräumt werden, ein Zelt stand bereit, falls der Zulauf die Erwartungen übersteigen würde.

Morgen würde man mit dem Patriarchen sprechen müssen. Wann sollte Schmied sein Werk abliefern? Und warum hatte man in der Wohnung nichts gefunden, keinen Hinweis? Hatte jemand Spuren vernichtet? Hatte er auswärts gearbeitet? Wo? Seit wann besaß Schmied Bekannte, die über eine eigene Wohnung verfügten?

Bloch war wieder zu Kräften gekommen, aber man wollte von ihm nur hören, welchen Weg die Auswanderer genommen hatten: mit der Kutsche, mit der Bahn. Und zu welchen Häfen? Niemand in der Runde wusste, dass Bremen damals bedeutender war als Hamburg. Niemand wusste, dass sich die Einschiffung Ende des 19. Jahrhunderts ins neu erbaute Bremerhaven verlegt hatte. Und nur Bloch wusste, dass Gottlob Deine ausgewandert war. Gottlob, einziger Bruder von Donald, dem legendären Firmengründer.

»Das war zu dieser Zeit, 1860 plus ein paar Jahre.«

Die Kommissarin war überrascht: »Warum tut er das, wenn sich in seiner Familie so wichtige Ereignisse anbahnen? Ein Bruder gründet die Firma, der zweite Bruder reist über den Atlantik?«

»Liebe«, rief Sprecher aus sicherer Entfernung. »Vielleicht die Freundin seines Bruders.«

Aber das hörte sich mehr nach Fernsehserie an als nach Realität. Streit um die Führung der jungen Firma? Ein ordinärer Machtkampf, vor dem einer ausgewichen war? Bloch wusste, dass der zweite Deine-Bruder aus Baden fortgegangen war, Einzelheiten waren ihm nicht bekannt. Er führte vor, was er sonst noch wusste, aber es war spät geworden, er fand keine Abnehmer mehr für sein Wissen. Zuletzt saß er einsam am Küchentisch, sang mit leiser Tenorstimme Volkslieder und schlug mit der flachen Hand den Takt dazu.

27

Kommissar Sprecher tauchte den Pinsel ein, strich ihn aus und nahm vor der Wand Aufstellung. Blutrot schrieb er S, C, H, M, I, E und D auf die Wand. Er betrachtete sein Werk, fügte vor das Wort und dahinter altmodische An- und Abführungszeichen hinzu: » und «.

»Das bringt's voll«, sagte Kommissarin Bittermann und hielt den Kaffeebecher in beiden Händen.

Sprecher schrieb.

Schmied sieht Kirchenbücher in Müllheim durch: 1840 bis 1870.

Gründungsjahr Deine 1862.

Roman statt Chronik. Schwerpunkt: Auswanderer von Baden nach USA. Ein Deine reist zu dieser Zeit in die USA.

Schmied unternahm Reisen. Wohin?

Todesursache nicht bekannt.

Folie ist Fabrikware, Deine & Co., Fabrikation für Parfümerie und Toilettenartikel, auch andere Firmen, keine Hinweise.

Wohnung liefert nichts: keine Hinweise auf Arbeit am Buch, nichts über Deine. Kein Bargeld. Alle Bücher durchgesehen, keine Zettel, keine Anmerkungen, nichts Kryptisches. Garderobe: wenige Stücke, die neu aussehen. Schuhkarton mit Aufschrift: Steuer 2011. Leer.

Auf der benachbarten Wand stand die Zeitleiste. Sie listete Schmieds Anwesenheit in Badenweiler vom Beginn im Jahre 2006 bis Ende 2010 auf. Ab Januar 2011 bildete die Zeitleiste die einzelnen Monate ab, die Spalten wurden breiter und reichten bis zur Gegenwart. Die Spalten enthielten, was Schmied getan hatte und wodurch er aufgefallen war. Die Veränderung seiner Lebensweise ab Sommer war augenfällig: weniger Trinkgelage, weniger Ärger, nur noch eine Konfrontation mit der Polizei. Im September und Oktober zwei Abwesenheiten von weniger als einer Woche. Es war möglich, dass Schmied in dieser Zeit intensiv arbeitete.

22 Personen waren befragt worden, die mit Schmied mehr als einmal gezecht hatten. Danach hatte es den alten Schmied nicht mehr gegeben. Abgesehen von dem Weihnachtsbild im Schaufenster des Anzeigenblatts.

Sprecher sagte: »Erstaunlich, dass er dafür noch Zeit gefunden hat. Zuerst haben wir gedacht, diese Bastelei wäre sein Lebensinhalt. Das hat sich relativiert. Ich glaube, das ist der Grund, warum ich meinen Job so liebe. Am Anfang ist man immer dumm und wird dann jeden Tag ein Stückchen klüger.«

»Was umso leichter fällt, wenn viel Luft nach oben ist«, knurrte die Kommissarin.

»Ich habe mich entschuldigt, obwohl ich streng genommen nicht einsehe, wofür. Ich habe um Verständnis gebeten, ich habe mich erklärt. Was soll ich denn sonst noch tun?«

»Ziehen Sie ins Hotel oder fahren Sie zur Arbeit und nach Hause wie jeder Pendler.«

»Das kostet jedes Mal Zeit und Konzentration.«

»Sie vielleicht. Mich nicht.«

»Es muss ja keiner erfahren«, gab der Graf zu bedenken.

»Es wissen doch schon so viele«, stellte die Kommissarin klar. »Die polnischen Arbeiter vor allem. Die reden doch, darauf hat man keinen Einfluss. Und unser Nachbar Bloch. Dem steht die Freude am Klatschen doch ins Gesicht geschrieben.«

Bei der Folie, in die die Leiche eingewickelt worden war, handelte es sich um Industriefolie, wie sie in zahllosen Firmen in Gebrauch war. Gebinde auf Paletten wurden darin eingewickelt, Brauereien arbeiteten damit, vieles, was in Baumärkte oder Discounter ging. Alle Branchen, alle Regionen, auch Deine. Die Folie wies keine individuellen Merkmale auf, abgesehen davon, dass es sie in mehreren Stärkegraden gab. Fingerabdrücke hatten sich nicht gefunden, auch die Todesursache stand noch nicht fest. Schmieds Mageninhalt bestand aus scharfer Flüssigkeit. Alkohol war im Spiel gewesen. Ein Kräuterschnaps aus exotischer Herstellung? Die Liste nannte über zwanzig Kräuter. Vielleicht hatte diese Flüssigkeit zu Verätzungen geführt, aber sie war nicht stark genug gewesen, um dem Magen Verletzungen zuzuführen. Die Mediziner gingen von Tod durch Ertrinken aus. Und wenn Schmied betrunken gewesen war? Bis zur Wehrlosigkeit oder Bewusstlosigkeit?

Die Kommissarin stand vor der Zeitleiste.

»Damit kommen Sie bei ihr weiter als mit einem Blumenstrauß«, flüsterte Sprecher dem Grafen zu.

Amadeus hatte die Wände zur Nutzung freigegeben. Er verließ den Raum, Sprecher sagte zur Kollegin: »Das wird nichts mit der Sanierung.«

»Und wie kommen Sie zu dieser Meinung?«

»Es ist zu wenig Liebe im Spiel. Zu viel Sachlichkeit. Ich würde doch nicht wildfremde Leute in meinem Schloss herummalen lassen.«

»Aber Sie haben doch selbst den Pinsel in die Hand genommen.«

»Ich dachte natürlich, er schlägt ihn mir aus der Hand.«

»Diese Adligen«, murmelte sie. »Unterstützen die Polizei in einem Mordfall, ts, ts, ts.«

Der Graf kehrte mit einem Gemälde zurück, trug einen kleinen Tisch an die Wand und lehnte das Bild darauf. »So macht es plötzlich Sinn«, murmelte er.

Im Restaurant hatten an dem Abend alle durcheinandergeredet und niemand hatte sich für das Bild interessiert, jedenfalls nicht die Kommissarin.

»Ein Auswandererschiff«, sagte sie und folgte dem Finger des Grafen, der auf die Signatur deutete. »Schmied hat ein Bild gemalt, mit einem Auswandererschiff«, murmelte die Fahnderin. »Und die Fabrikfassade dürfte dann …«

»Frau Lehrerin«, rief Sprecher mit theatralischem Eifer und stieß einen Arm in die Luft. »Ich weiß die Lösung, darf ich sie sagen?«

Aber alle wussten, dass es die Deine-Fassade war.

Das Handy des Grafen wurde lebendig, die Fahnder hörten den Klingelton zum ersten Mal. Der Graf verließ den Raum.

»Höflich auch bei Kleinigkeiten«, sagte die Kommissarin. Es klang hässlicher, als sie es beabsichtigt hatte.

»Ich werde sofort meinen Ton auswechseln«, kündigte Sprecher an.

»Sinnlos. Sie bleiben der ungehobelte Klotz, der Sie immer waren, selbst wenn Sie Mozart dudeln.«

»Ein Klotz mit Sehnsucht. Sie haben doch nur den Sprecher kennengelernt, der seinen Job macht. Aber wie es dahinter aussieht …«

»… das wollen wir gar nicht wissen.«

Der Graf kehrte zurück. Lebach hatte angerufen, der Sparkassenmann. Er hatte von einem Bekannten erfahren, dass Schmied bei einem Feinkostladen in Müllheim Lebensmittel bestellt hatte, vor drei Wochen. Hochpreisige Ware, drei Tüten für 130 Euro. Der Bote des Supermarkts hatte die Tüten in Schmieds Wohnung abgeliefert. Er hatte sich gewundert, dass jemand in dermaßen ärmlichen Verhältnissen dermaßen auf den Putz haute. »Manchmal muss es etwas mehr sein«, hatte Schmied großspurig behauptet, wörtlich oder sinngemäß. Er hatte zehn Euro Trinkgeld gegeben.

»Langsam fragt man sich, ob sich der Patriarch nicht in den Nullen geirrt hat«, sagte die Kommissarin. »Hat er Schmied vielleicht einen Vorschuss von 50 000 gegeben und nicht nur von 5000?«

»Warten Sie«, stieß der Graf hervor. Diesmal verließ er nicht den Raum. Die Fahnder wurden Zeugen, wie er Lebach anrief, danach den Bekannten und um die Nummer des Boten bat. Danach rief er den Boten und fragte nach zwei Sätzen Small Talk, wie es in der Wohnung von Schmied ausgesehen hatte, als er die bestellten Waren abgeliefert hatte. Vor allem erkundigte er sich danach, ob es im Wohnzimmer nach Arbeit ausgesehen hatte. Notebook in Aktion? Bücher auf dem Schreibtisch? Studierstuben-Atmosphäre? Zuletzt fragte er die Kommissarin, ob sie auch mit dem Boten sprechen wolle, aber da war die Fahnderin schon dermaßen eingeschnappt, dass sie pampig ablehnte.

»Er hat also zeitweise in seiner Wohnung gearbeitet«, berichtete der Graf. »Aufgeschlagene Bücher und Papiere. Auch auf dem Fußboden. Schmied war nüchtern, in der Wohnung hat es nach Tee gerochen. Und Schmied war guter Laune: konzentriert und hungrig. Er hat mit drei Fünfzigern bezahlt, ließ sich erst das volle Wechselgeld geben, gab dann einen Zehner Trinkgeld und hätte sich beinahe auch vom zweiten Zehner getrennt.«

»Die Nummer des Geldscheins hat sich Ihr patenter Bote nicht zufällig auch noch gemerkt?«

Sprecher war hingerissen und ließ seiner Verehrung freien Lauf. »Sie haben Ihren Beruf verfehlt«, behauptete er.

»Hat er nicht«, stellte seine Kollegin klar.

Diesmal klingelte es bei der Kommissarin.

»Spreche ich mit Frau Kriminaldirektorin von und zu Bittermann?«, fragte eine Stimme, die die Kommissarin kannte, aber momentan nicht unterbringen konnte.

»Bittermann genügt«, sagte sie.

Es war Barrakuda, der zu cholerischen Ausfällen neigende Partnervermittler. »Ich habe hier einen vor meinem Tresen, der sagt, er will ein Geständnis ablegen. Soll ich gleich eine Titelgeschichte daraus machen oder wollen Sie vorher noch einige Worte mit ihm ...?«

»Ich war noch nie in einem Schloss«, sagte der Mann und blickte sich beeindruckt um, während er seine Mütze knetete.

»Und ich war noch nie in New York«, entgegnete Kommissar Sprecher, während er seiner Kollegin und dem Neuankömmling Kaffee servierte.

Dann sahen die Männer dem Löffel in der Espressotasse zu, wie er sich drehte und drehte und nicht wieder damit aufhören wollte.

»Ich höre«, sagte Kommissarin Bittermann.

»Sie suchen doch den Mörder.«

»Ich höre immer noch.«

»Ich kann Ihnen sagen, wer das gemacht hat.«

»Wir hören erwartungsvoll.«

»Das kostet aber was.«

»Habe ich Sie richtig verstanden: Sie wollen eine Straftat anzeigen, wie es die Pflicht jedes Bürgers ist, und verlangen dafür eine Geldzahlung?«

Er zögerte und sagte: »Ja, so denke ich mir das.«

»Ich verhafte Sie wegen Nötigung und Vertuschung einer Straftat. Hauptkommissar Sprecher, bringen Sie den Mann nach Müllheim. Ich spreche mit der Staatsanwaltschaft.«

Der Mann protestierte, aber es hörte sich an wie Bitten. Danach wie Betteln. Bettelnd bat er darum, nicht in eine Zelle gebracht zu werden. Er könne es in einer Zelle nicht aushalten, er würde unter Platzangst leiden. Er redete noch viel mehr, aber er fand niemanden, der ihm zuhörte. Sprecher legte ihm Handschellen an, und als der Mann sich dagegen wehrte, rief er die Polen.

»Sie sind zornig«, sagte der Graf, als sie den davonfahrenden Wagen hinterherblickten. Die Müllheimer Kollegen hatten einen Streifenwagen geschickt.

»Ich habe längst damit gerechnet«, sagte die Kommissarin. »Es wussten einfach zu viele Obdachlose Bescheid. Ich habe nicht gedacht, dass der Erste sich dermaßen dumm anstellen wird. Die Frage war nur: Wollen sie einen schnellen Euro oder suchen sie ein warmes Plätzchen für den Winter?«

»Theoretisch ist es möglich, dass er eine sachdienliche Aussage machen wollte.«

»Wir lassen ihn zwei Tage nachdenken, danach wird die Aussage sachdienlicher ausfallen.«

»Ich habe Sie verärgert.«

»Wie kommen Sie darauf?«

»Ein Gefühl.«

»Ach Gott, Gefühle.«

»Sie holen Erkundigungen über mich ein.«

»Danke für den Hinweis. Beinahe hätte ich vergessen, unseren Kandidaten durchchecken zu lassen.«

Sie gab den Namen des Verhafteten durch.

»Sie müssen das verstehen«, sagte sie danach. »Die Leiche lag nun einmal da, wo sie lag.«

»Es gibt gute Gründe, dass man sie hier abgelegt hat.«

»Absolut.«

»Aber …?«

»Aber ich muss auch an die anderen Gründe denken, die nicht so guten.«

»Stehe ich unter Verdacht?«

»Nicht mehr als jeder andere, der in den Fall verwickelt ist.«

»Aber auch nicht weniger.«

»Aber auch nicht weniger.«

»Sie finden, dass ich verwickelt bin?«

»Alles, was wir unternehmen, dient dem Zweck, Sie als Täter auszuschließen.«

»Was haben die Erkundigungen ergeben?«
Sie lächelte, er lächelte nicht.

Sprecher kehrte aus Müllheim zurück und berichtete von eingeschnappten Kollegen.

»Habt ihr etwas gegen uns?«, hatte eine der harmloseren Fragen gelautet. Die Müllheimer fühlten sich ausgeschlossen. »Ist es bei uns zu dreckig? Sollen wir einmal durchwischen? Würde ein Kistchen Wein euch freundlich stimmen?« Sie hatten daran erinnert, dass die Freiburger Kripo überhaupt nur an den Fall gelangt war, weil Kommissarin Bittermann zufällig in der Nähe gewesen war, als sich die Ereignisse zugespitzt hatten. Man habe sich bereitwillig, wenn auch zähneknirschend, mit der Rolle als Hanswurst und Zuträger zufriedengegeben und wünsche sich nun ein wenig mehr Perestroika, anderenfalls man ziemlich stinkig werden könne.

Sprecher hatte umgehend die Kirchenbücher besorgt, die Schmied studiert hatte. Nun saßen die verschnupften Müllheimer Kollegen über den Folianten. Gab es Spuren von Schmieds Interesse? Anmerkungen, Striche? Hatte er womöglich Seiten entfernt? Welche außergewöhnlichen Ereignisse hatte es im Zeitraum zwischen 1840 und 1870 gegeben, in Badenweiler, im Umkreis, vor allem mit der jungen Fabrik Deine? Was sagten die Quellen über Gottlob Deine? Als Sprecher die Müllheimer Diensträume verlassen hatte, wurde gerade ein pausenlos niesender Kollege mit allen Anzeichen einer Stauballergie ins Freie geführt.

»Ihr Talent zur Deeskalation habe ich an Ihnen immer am meisten bewundert«, sagte die Kommissarin. Jetzt saß Kommissar Sprecher am Notebook und durchsuchte die Listen der deutschen Auswandererschiffe aus dem 19. Jahrhundert. Den Namen Gottlob Deine fand er nicht, dafür den einer Familie, deren Nachfahren angeblich Sprechers derzeitige Nachbarn in Freiburg waren. Er fand auch den Namen Wolffheim. Der Graf lieferte dazu die Geschichte, eine arme Seele, fünftes von sechs Kindern, ungelenk, wenig talentiert, der geborene Außenseiter, begehrt nur wegen seines Namens. Was Männer mit dickerem Fell und weniger Skrupeln zielstrebig für sich ausgenutzt hätten, hatte ihn wundgerieben. Das Netzwerk der Sippe hatte ihm Angebote unterbreitet: in einer Brauerei, in Kontoren in Köln und Brüssel, und offensichtlich lebte damals eine junge Konditorwitwe in Badenweiler, deren Schönheit Bewerber aus weitem Umkreis anlockte. Man hätte etwas deichseln können, sie brauchte für die Erweiterung des Betriebs ein Grundstück, auf dem die Wolffheims saßen, ein Treffen, das der Anbahnung einer Ehe diente, war in die Wege geleitet. Doch der Außenseiter ließ das Treffen platzen und reiste nach Bremen, wurde auf dem Weg zweimal ausgeraubt und setzte die Reise an die Nordseeküste fort. Um sich die Überfahrt leisten zu können, wurde er selbst kriminell, verkaufte die Ladung eines Fischkutters und war auf hoher See, als der Fischer wieder zu Bewusstsein kam.

»Solche Menschen gab es also auch«, sagte Amadeus.

»Sie müssen uns das nicht erzählen«, entgegnete Sprecher ernüchtert. »Ich muss das nicht wissen.«

»Sie zerstören seinen romantischen Kinderglauben an den Liebreiz Ihrer Klasse«, sagte die Kommissarin lachend.

Der Graf stieg in den Keller hinab und kehrte mit zwei Flaschen zurück, deren Qualität drei Gaumen an den Rand ihres Leistungsvermögens führte.

»Alles wieder gut?«, ätzte die Kommissarin, als sie Sprechers verzaubertes Gesicht sah. Er suchte im Netz nach den Wolffheims, während Amadeus schon berichtete. In den zwanziger Jahren des letzten Jahrhunderts hatte man sich noch etwas vormachen können, man lebte wie auf einer Insel, begrüßte liberale und sozialistische und naive Künstler, hatte keine Berührungspunkte mit den Faschisten. Man fand sie ekelhaft, peinlich, unwürdig und reservierte Arbeitsplätze in den familiären Unternehmen für Menschen, die unter den neuen Kräften gelitten hatten: Verlust des Arbeitsplatzes, Hetze wegen des jüdischen Ehepartners, falsches Parteibuch, mutiger Auftritt in den letzten demokratischen Gremien auf kommunaler Ebene.

Aber die Dämmerung zog übers Land und wich viele Jahre nicht. Aus Freunden wurden entfernte Bekannte, aus Nachbarn Uniformträger; Lehrer verwandelten sich in eifrige Zuträger an die Organisationen der Partei; Arbeiter erschienen nicht zur Arbeit und waren nicht mehr aufzufinden; viermal wurden die Gebäude von Uniform- und Stiefelträgern durchsucht, viermal übersahen sie die Verstecke. Sie waren ordinär, dumm und gefährlich. Die Dümmsten waren die gefährlichsten, weil sie die größten Schläger waren. Augen liefen aus, Trommelfelle wurden durchstochen. Waren wurden nicht mehr abgenommen und Preise gedrückt. Die Familie rückte zusammen und sprach über die Freunde, die schon in Frankreich und Spanien waren. Tickets in die USA lagen auf dem Tisch, ausgeliehen von Freunden, nur um zu erleben, wie sie aussahen und wie sie sich anfassten. Ständig nahm man in diesen Jahren Abschied, ständig dachte man, nun sei die Grenze erreicht und es könne nur besser werden. Da hatte der Krieg noch nicht einmal begonnen.

Die Wolffheim-Männer machten in den Offiziersuniformen etwas her. Der eine, der darauf bestand, einfacher Gefreiter zu sein, wurde so lange in die erste Reihe gestellt, bis das Problem aus der Welt geschafft war.

»Manchmal denke ich, sie haben das nie verwunden. Es wurde nur nicht mehr darüber gesprochen, weil das ganze Land nach dem Krieg nicht mehr darüber sprach und weil sie endlich wieder dazugehören wollten. Aber es wirkte nach, lange nach dem Krieg, es war eine Traurigkeit und Müdigkeit in meiner Familie, auf die du nicht mit dem Finger zeigen konntest. Aber sie war da, man spürte sie auf der Haut und lernte, damit zu leben. Nie mehr naiv sein, nie mehr dem Fremden Vertrauen entgegenbringen, nie mehr die Türen unverschlossen lassen.«

Die Leute lebten wieder mit den Grafen. Viele verehrten die Grafen, und bis auf einen Trunkenbold beim Weinfest redete niemand über den Widerstand in der Region, darüber, dass man nie herausgefunden hatte, wer die Kommunisten unterstützt hatte, als sie den Wagen der SS-Henker verfolgten und dazu einen Wagen benutzten, den vorher und hinterher niemand sah. Und die SS-Leute auch nicht, denn die jagte der Phantomwagen in den Rhein und stand am Ufer, bis die Schutzstaffel abgesoffen war.

»Und dann kam ich, der moralische Junior, in diesen Jahren wurde ich groß und stellte Fragen und erhielt Antworten, die empörender waren, als Schweigen gewesen wäre. Sie wollten mich mit den Büchern ködern, in denen Mörike und Hesse ihre Liebeserklärungen an meine Familie gedichtet hatten. Niemandem konnte ich vorwerfen, ein Nazi gewesen zu sein. Sie sahen mich an, als wüssten sie die richtigen Antworten, die alles entlarven würden. Aber mir fielen die Fragen nicht ein. Mein Bruder starb, und was eine stabile Familie ins Wanken bringt, kippt eine, die schon wackelt, problemlos um.«

Ins Schweigen des Grafen hinein klingelte das Handy der Kommissarin. Amadeus kannte die Melodie aus einer alten Fernsehserie. Sie hörte fast nur zu und fragte nach einer Adresse. Danach wandte sie sich zur Tür und sagte: »Sprecher, wichtig.«

Die Tür wurde aufgestoßen, Bloch stand im Rahmen: »Einbruch in die Wohnung der früheren Büchereileiterin«, stieß er hervor. Er sah die Kommissarin an, sah ihren Kollegen an und fügte eingeschüchtert hinzu: »Manchmal höre ich den Polizeifunk. Aber so gut wie nie und immer aus Versehen.«

28

Lipburg heißt der Ortsteil unterhalb von Badenweiler. Kompakt, überschaubar, genau wie die Wohnung. Die Wände waren mit Regalen zugestellt, auch der schmale Flur. Der Wohnraum war eine Bibliothek, das winzige Schlafzimmer von Regalen klaustrophobisch verengt. Die Abseite diente nur einem Zweck: Aufbewahrung von Büchern.

»Mein Gott, das muss doch nicht sein«, murmelte Sprecher. »Irgendwo ist eine Grenze.«

»Nicht jeder benutzt seine Bücher als Türstopper«, murmelte die Kommissarin.

»Das habe ich Ihnen vertraulich erzählt.«

»Und vertraulich erzähle ich es weiter.«

Was die deckenhohen Bücherregale zu einem bizarren Anblick machte: Sie waren leer, alle, sie enthielten nicht ein einziges Buch. Die Bücher befanden sich zu Stapeln geschichtet vor den Regalen. Die Buchreihen bildeten schmale Durchgänge, wie die unterirdischen Gänge von Hamstern und Kaninchen sah es in den Räumen aus. Der oder die Täter hatten nicht gewütet, die Stapel waren penibel aufgeschichtet worden. Als wären Buchliebhaber am Werk gewesen. Oder Täter, die kein Geräusch verursachen wollten.

»3500«, sagte Birgit Staas, die Bewohnerin. Sie war gerade noch in den Vierzigern, sehr schlank, praktisch hager, Kurzhaarfrisur und ein Grau, dem man ansah, dass es künstlich war. Sie war ansehnlich gebräunt, trug ein Kleid mit großen Sommerblumen, in der Hand hielt sie einen Sommerhut mit breiter Krempe. Ein Rollkoffer stand im Flur neben der Wohnungstür. Befragt, warum sie so beherrscht war, antwortete sie: »Es ist ja alles auf seltsame Weise ordentlich. Verstehen Sie? Eine Ordnung ist nicht mehr vorhanden, eine andere Ordnung ist dafür entstanden. Das ist etwas, worüber man nachdenken kann.«

Die frühere Leiterin der Müllheimer Stadtbibliothek war vor einer Stunde von einer Urlaubsreise zurückgekehrt. Drei Wochen Mittelamerika mit einem Veranstalter für Bildungsreisen. Mit dem Shuttlebus vom Flughafen Zürich war sie fast bis vor die Tür gekommen.

Gefragt, ob Wertgegenstände verschwunden seien, behauptete sie, dies sei nicht der Fall, um anschließend zuzugeben, dass sie noch nicht nachgeschaut hatte.

»Na, dann hopp-hopp«, forderte Sprecher sie auf. Sie blickte ihn an, als habe sie soeben das letzte Argument gefunden, auch künftig nur Bildungsreisen zu buchen und keine Pauschalangebote zu nutzen.

Während die Bewohnerin im Schlafzimmer suchte, wobei sie schamhaft die Tür anlehnte, murmelte Sprecher: »Wie kaputt muss man sein, um so viele Bücher zu haben? Was stimmt mit der Frau nicht?«

»Was ist für Sie denn normal? 50? 100?«

»Lassen Sie uns nicht über Bücher reden, ja? Ich fühle mich dabei nicht wohl. Wie jeder normale Mann.« Er sah, was auf ihn zuzukommen drohte, nahm die letzte Äußerung zurück, um sie durch eine doppelt so anstößige zu ersetzen: »Bücher sind was für Frauen, speziell in der Phase zwischen Mann und ehrenamtlichem Vorlesen im Hospiz.«

»Legen Sie eigentlich Wert darauf, weiter mit mir zu arbeiten?«

»Oh ja. Und noch mehr Wert, wenn Sie weiter so wenig über Literatur reden wie bisher. Das habe ich an Ihnen immer besonders geschätzt, diese kulturelle Diät.«

Birgit Staas vermisste nichts, keinen Schmuck, kein Geld. Unaufgefordert betonte sie, kaum Schmuck zu besitzen. Über Geld redete sie nicht in gleicher Weise.

»Sie wissen, wer das war«, sagte ihr die Kommissarin auf den Kopf zu.

»Wie kommen Sie darauf?«

»Weil das Türschloss nicht zerstört ist und keine Kratzer aufweist. Wer hier drin war, hatte einen Schlüssel.«

»Er kann ja über den Balkon gekommen sein.«

»Wo wir auch keine Einbruchspuren gefunden haben.«

Man sah der Staas an, dass sie darüber nachdachte, was sie durch Dummstellen gewinnen konnte.

»Wir lassen nicht locker«, behauptete Sprecher lächelnd. »Wir beißen uns fest.«

»Das glaube ich«, entgegnete die Staas verächtlich. »So sehen Sie auch aus.«

Die Beamten aus dem Streifenwagen kehrten von der Befragung der übrigen Parteien zurück. Niemand hatte etwas bemerkt.

»Ich weiß nicht, wer das gemacht hat«, behauptete die Staas. »Ich hatte nur einen Gedanken, einen ersten Einfall. Damit habe ich in meinem Leben gute Erfahrungen gemacht.«

»Ist wahr?«, rief Sprecher ungläubig. »Mir fällt zuerst meistens großer Mist ein. Lassen Sie doch mal hören.«

»Er ist ein guter Polizist«, sagte Kommissarin Bittermann. »Er ist nur kein Polizist für den ersten Blick.«

»Und auch kein Mann für den ersten Blick«, bestätigte Sprecher. »Aber wenn Sie einen Abend durchhalten, werden Sie sich wundern.«

Dermaßen ermuntert, nannte die Staas den Namen Schmied.

»Wahnsinn«, stieß Sprecher hervor. »Der Mann hat ja das Monopol auf alle Gemeinheiten und Rechtsbrüche in eurem schönen Örtchen. Könnt ihr auch was alleine? Wer hat denn die Einbrüche besorgt, als Schmied noch nicht hier wohnte?«

Bedrückt gestand nun die Staas, dass sie auf der Busfahrt nach Badenweiler von dem Mordfall gehört hatte. »Ich hab's noch gar nicht begriffen«, murmelte sie. »Ein Mord! Ich bitte Sie! Ein Mord in unserem schönen Badenweiler. Das erwartet man in Frankfurt und Berlin.«

Angeblich hatte sie während des Urlaubs keinen Kontakt mit der Heimat aufgenommen und in der Zeitung nichts gelesen. Kein Wunder bei den Zeitungen, die sie als Lektüre nannte.

»Wie kommen Sie auf die Idee, dass Schmied bei Ihnen einbricht? Und was hat er hier gewollt? Erklären Sie uns diese seltsame Anordnung!«

Sie starrte den Kommissar an, redete über alles Mögliche, und nur, wer genau zuhörte, wurde zwischendurch mit Antworten bedient.

Birgit Staas und Schmied kannten sich. Bis Ende letzten Jahres hatte sie die Stadtbücherei in Müllheim geleitet, davor hatte sie von Schmied gehört, war auch auf der Veranstaltung gewesen, in deren Verlauf er seinerzeit zum Stadtschreiber ernannt worden war. »Er hat mir zugezwinkert, weil er mich wiedererkannte.«

»Warum sollte er Sie wiedererkennen?«

»Na, meine Bücherei und er als Autor. Für mich war er ein Verwandter im Geist.«

»Sie trinken?«

»Was? Natürlich nicht. Selten, so gut wie nie. Auf einem Weinfest ein Gläschen, ein halbes.«

»Während Sie sich durchs Angebot süffeln.«

»Okay, Sie haben die Weinflaschen in der Küche entdeckt. Das hat nichts zu bedeuten.«

»Die stehen nur zum Spaß da.«

»Für Gäste.«

»Wie oft war Schmied Gast bei Ihnen?«

»Nie natürlich! So gut wie nie. Einmal, zweimal ...«

»... dreimal, viermal.«

»Das haben Sie gesagt.«

»Sagen Sie's doch auch.«

»Na gut, vielleicht kommt man bei genauer Zählung auf dreimal.«

»Ist er wegen Ihnen gekommen oder wegen dem Stoff, dem Wein?«

»Na, hören Sie mal! Das ist frauenfeindlich.«

»Natürlich ist das frauenfeindlich. Ich rede ja auch von Schmied. Haben Sie ihn als Freund der holden Weiblichkeit erlebt? Dann sollten wir nach einem Zwillingsbruder Ausschau halten.«

»Er war ein unsicherer Mann.«

»Je beleidigender, desto unsicherer?«

»Ja ... Ja, warum nicht?«

»Weil das Bullshit ist. Warum verteidigen Sie ihn? Wir haben ihn doch gar nicht angegriffen. Der Mann wurde Opfer einer Gewalttat. Warum sollten wir ihn attackieren?«

»Ich dachte doch nur ...«

»... weiter, weiter. Die Leiche wird nicht frischer. Oder wollen Sie nicht, dass wir den Täter finden?«

Sie trat ans Fenster und ließ den Hut nicht los. Sie redete von Urlaub und Sonne und Sorglosigkeit und von dem Schock bei der Rückkehr. Und dann murmelte sie: »Gut, dass ich fertig bin. Ich könnte jetzt doch nicht ...«

»Womit sind Sie fertig?«

»Mit der Chronik.«

Die Kommissare blickten sich an.

»Ich habe doch die Chronik geschrieben. Für Deine. Das Jubiläum, Sie haben bestimmt davon gehört.«

An dieser Stelle übernahm die Kommissarin: »S i e haben die Chronik geschrieben? Für die Firma Deine?«

»Ja, davon rede ich doch die ganze Zeit.«

»Aber wie kommen Sie dazu ...?«

»Weil mir Clarissa den Auftrag gegeben hat. Clarissa Deine, sie leitet die Firma. Das können Sie nicht wissen, Sie sind ja nicht von hier.«

Sprecher rieb sich die Hände und sagte strahlend: »Ach, das ist schön. Das ist wirklich schön.«

Man räumte Sofa und Sessel von Büchern frei. Ein Streifenbeamter bereitete in der Küche Kaffee, obwohl die Bewohnerin bestimmt fünfmal betonte, Tee zu bevorzugen. Sie nannte Sorten, die Sprecher noch nie gehört hatte. Im Wohnzimmerschrank fanden sich Kekse. Der Streifenbeamte verschwand und kehrte mit zwei Tüten voller Teigstücke zurück.

»Den finde ich gut«, sagte Sprecher. »Der hat sein Ohr am Puls der Menschen. Guter Mann.«

Dann lag der Vertrag auf dem Tisch, unterschrieben von Clarissa, dem Prokuristen und Birgit Staas. Die Rechtsabteilung, die bei Deine aus einer halben Anwaltsstelle bestand, hatte Rat von einem Buchverlag aus Tübingen eingeholt. Der Text war sehr überschaubar, weil alle Rechte an dem Werk an die Firma übergehen sollten. Für ein Honorar von 18 000 Euro plus Mehrwertsteuer plus Auslagen für Reisekosten und Recherche sollte zwischen Dezember 2010 und September 2011 die Chronik von 150 Jahren Deine entstehen. Angepeilter Umfang: 120 Seiten mit Fotos und Originaldokumenten. Eine reine Sachbucharbeit ohne fiktionale Einsprengsel.

»Warum Sie?«

»Weil ich in der Heimatgeschichte drin bin wie keine Zweite. Und weil ich Ende letzten Jahres ausgeschieden bin. Ich hatte Zeit und Lust, und die Arbeit ist auch rechtzeitig fertig geworden.«

Sie zeigte das Manuskript bereitwillig vor und schien erleichtert. Anfangs wollte sie nicht mit der Sprache heraus und gab dann zu, dass die Chronik das Ziel des Diebes gewesen sein konnte. Natürlich war es kein Unikat, natürlich besaß sie Sicherheitskopien. Und warum hatte sie Schmied im Verdacht, der Einbrecher zu sein? Was hatte er gegen die Chronik?

»Er war eifersüchtig. Möglicherweise.«

Und dann die Überraschung: Schmied war auch auf die Chronik scharf gewesen und hatte Clarissa Deine angeboten, sie zu schreiben. Hatte er Clarissa das Angebot unterbreitet oder ihrem Vater? Birgit Staas wusste nichts über den Vater. Im Grunde hatte Schmied der Deine-Chefin mitgeteilt, dass er die Chronik auf jeden Fall schreiben werde, weil er als Stadtschreiber der geborene Autor sei. »Er tat so, als sei das Stadtschreiberamt eine Berufung fürs Leben. Einmal Stadtschreiber, immer Stadtschreiber. Künstler können ja so naiv sein. Aber sie hat es ihm nicht zugetraut.«

»Wie hat er es aufgenommen? Lassen Sie mich raten: Er war sauer.«

Er hatte geschäumt, wie Rumpelstilzchen war er kreuz und quer gesprungen, hatte mit Anwälten gedroht und war aus Clarissas Büro getragen worden.

Zu dem Zeitpunkt war von Birgit Staas noch nicht die Rede gewesen. Aber wenige Tage später hatte man zusammengesessen. Clarissa hatte die Bibliothekarin angesprochen, nicht umgekehrt. »Aber es hat mir ins Konzept gepasst. Ich habe es auch für eine Würdigung meiner bisherigen Arbeit gehalten. Die regionale Geschichte war mir immer ein Herzensanliegen.«

»Schon gut, Sie müssen uns nicht überzeugen. Sie machen also den Vertrag, haben Sie dann auch gleich angefangen?«

»Nein, dann stand er vor der Tür.«

»War das das erste Treffen? Zu zweit? Nicht im Rahmen von offiziellen Anlässen?«

So war es abgelaufen. »Dieser Hund«, murmelte Sprecher anerkennend. »Er hat den Knochen gewittert und war sofort zur Stelle.«

»Was reden Sie denn?«, protestierte Birgit Staas. »Es war Sympathie. Erst von seiner Seite, dann auch von meiner.«

»Das ist nicht Ihr Ernst.«

Aber es war ihr Ernst, auf jede ablehnende oder nur skeptische Bemerkung des Kommissars reagierte sie mit Hingabe an den Mann Schmied und seine ehrlichen Gefühle. »Ich wollte es erst gar nicht glauben. In meinem Alter hat man das ja nicht mehr so oft. Wenn es auch vorkommt, so ist das nicht. Aber er … er war so … der Mann konnte charmant sein.«

»Nein!«

Sie funkelte Sprecher an und sagte: »Ihm war es ja selbst peinlich. Er hat sich immer sehr vorgesehen.«

»Mit dem Charme?«

Aber sie meinte die Begegnungen. Wenn sie ausgingen, fand es nie in Badenweiler oder Müllheim statt. Man war in kleinen Orten und Gasthöfen eingekehrt. »Und wie süß er sich geschämt hat, dass ich bezahlt habe.«

»Aber die Scham ging nicht so weit, dass er die Rechnung übernommen hat? Ein einziges Mal vielleicht?«

Birgit Staas war stolz darauf gewesen, einen Künstler einzuladen. Ihr romantisches Verständnis vom armen Kreativen legte ihr das nahe. »Und hilfsbereit war er. Als ich an der Chronik saß, hat er mich unterstützt, wo er konnte.« Schmied hatte Bücher besorgt, hatte sie durchgesehen, hatte die wichtigen Passagen herausgesucht. Er hatte ein Fotokopiergerät besorgt, natürlich von Birgits Geld, und ihr jeden Tag ihr Arbeitspensum auf den Tisch gelegt.

Einer musste es der naiven Frau beibringen, aber niemand riss sich darum. Sie gewannen einige Minuten, indem sie eine Zeitleiste erstellten. Sie beseitigte den letzten Zweifel. Schmied hatte seinen größten Coup gelandet: Er hatte einen Menschen gefunden, der für ihn die Arbeit erledigte. Er hatte gewartet, bis Birgit angefangen hatte zu arbeiten. Danach war er unverzüglich zum Patriarchen gegangen und hatte ihm die Chronik angeboten, aber vorher hatte er von Birgit erfahren, dass der Patriarch von der ersten Chronik nichts wusste. Denn sie sollte eine Überraschung sein, und Clarissa hatte alle Eingeweihten streng ermahnt, kein Wort zu verraten.

»Respekt«, murmelte Sprecher. »Clarissa zahlt an Birgit, Schmied lässt sich von Birgit bezahlen, kassiert Geld vom Patriarchen und benutzt für seine Arbeit all das, was Birgit zuvor erarbeitet hat. Respekt. Der Mann hatte es drauf. Man mag sich gar nicht vorstellen, zu was er fähig gewesen wäre, wenn er einen Funken Anstand im Leib gehabt hätte.«

»So war es doch gar nicht«, protestierte Birgit und griff nun auch zu den Keksen.

Aber die Kommissare schossen Sperrfeuer. Ein Schlüssel für die Wohnung? Möglicherweise besaß Schmied einen Schlüssel. Benutzt habe er ihn nie oder fast nie oder …

»… ach, Sie machen mich ganz unsicher.«

Ein Motiv für den Einbruch? Sie konnte sich keins vorstellen.

Das Verhältnis? Es gab bessere und schlechtere Tage. Ging es etwas genauer? Es war zuletzt nicht mehr so wie zu Beginn. Wie es zu Beginn gewesen sei? So schön, wie es mit einem Mann ist, der aufmerksam ist und sich Mühe gibt. Mit welchen Quellen sie die Chronik erstellt habe? Natürlich mit den öffentlich zugänglichen. Aber auch mit Fotos und Urkunden aus dem Archiv der Firma. Das sei anders gar nicht denkbar. Ja, natürlich habe Schmied diese Dinge gesehen, natürlich habe er sich dafür interessiert. Warum denn? Weil er seinen Roman schreiben wollte. So war nun endlich das Stichwort gefallen. Ja, Schmied sei durch die Chronik auf eine Idee gekommen, über die er auch freimütig gesprochen habe. Na gut, vielleicht nicht freimütig, aber wenn man lange genug bohrte, hatte er einige Worte fallen lassen.

»Er trug sein Herz nicht auf der Zunge. Ich mag Männer, die verschlossen sind. Er hat mir ja auch nichts gestohlen. Ich habe nie etwas vermisst. Und man sieht es dem Foto nicht an, ob es jemand tagsüber angeguckt hat.« Tagsüber? Ja, Schmied habe sich zeitweise allein in der Wohnung befunden. Mehr als zehn Tage? Mehr als fünfzig Tage? Und sein treues Notebook war stets dabei gewesen.

»Wissen Sie was? Ich war glücklich, dass in meiner Wohnung ein Künstler an einem Roman arbeitet. Sie können so viel reden, wie Sie wollen: Der Mann war ehrlichen Herzens. Er hat es nicht leicht gehabt im Leben, vieles, was er getan hat, war die Reaktion auf ein schweres Leben. Aber er hat sein Ziel nicht aus den Augen verloren. Er wollte ein Künstler sein und ist es am Ende geworden. Und wenn ich nur einen winzigen Anteil daran trage, bin ich stolz darauf.« Eine Leseprobe? »Nein, er hat mir nie etwas gezeigt. Nein, das hat mich nicht misstrauisch gemacht, für mich war das der Beweis seiner Ernsthaftigkeit.«

Sex? »Wie kommen Sie jetzt auf Sex? Ob ich … mit ihm? Also ich glaube nicht, dass Sie das etwas … möglicherweise ist es zu Annäherungen gekommen. Wir waren oft zusammen, wir sind erwachsene Menschen, wir sind niemandem Rechenschaft schuldig …«

Ob sie Fingerabdrücke von ihm finden würden? Auch im Schlafzimmer? »Ich weiß doch nicht, was er tagsüber getan hat. Ich war doch nicht dabei. Na gut, manchmal war ich dabei. Ja, ich habe da nicht mehr in Müllheim gearbeitet. Ja, manchmal haben wir gleichzeitig in meiner Wohnung gearbeitet. Himmel, ich bin so durcheinander … ja, ich vermisse ihn. Nein, zuletzt waren wir kein Paar mehr. Nein, niemand hat uns jemals gesehen. Wir haben immer sehr aufgepasst.« Warum eigentlich? »Er wollte es so.« Warum? »Das … das weiß ich nicht. Das habe ich mich nie gefragt.«

»Damit niemand erfährt, dass er die ganze Zeit von Ihnen abschreibt?«

»Das ist gemein von Ihnen. Das verletzt das Andenken an einen Toten. Das macht mich sehr betroffen. Ich glaube, ich möchte jetzt allein sein. Ja, die Hälfte meines Honorars habe ich bei Unterzeichnung des Vertrags erhalten. Und den Rest bei Ablieferung. – Was? Ja, natürlich können Sie sich ein Buch über die Anfänge von Deine ausleihen. Der Stapel da und der daneben. Bedienen Sie sich. Wiedersehen macht Freude. Entschuldigung, aber das habe ich auch immer in der Bücherei gesagt, wenn Kunden kamen.«

29

Sie kamen aus dem Nichts und verschwanden ins Nichts. Dazwischen lag der Überfall. Die Kommissare erschienen, als die Glaser die Reste aus dem Rahmen entfernten. Sprecher beschwerte sich über die Zerstörung von Beweismaterial. Weinhändler Ruprecht sprach von Weihnachtsgeschäft und übergeordneten Interessen. Außerdem hätten die Täter auch beim ersten Überfall keine Spuren hinterlassen. Die Glaser erkundigten sich, wann sie die neue Scheibe einsetzen könnten. Sie wollten nicht warten, ein Glaser ließ eine Bemerkung über Fahndungserfolge der Polizei fallen, auf die Kommissar Sprecher mit einem grundsätzlichen Vortrag reagierte. Er forderte sie auf, nicht so provozierend dazustehen und die Arme vor der Brust zu verschränken. Daraus würde er eine staatsfeindliche Haltung ablesen, die er nicht hinnehmen werde.

Ein Glaser fragte: »Was wollen Sie denn dagegen machen? Ich stehe nun mal gerne so. Seien Sie froh, dass ich mich nicht schlafen lege, wenn Sie Ihre Märchen erzählen.«

Kommissarin Bittermann beschäftigte sich inzwischen mit den Figuren und Tieren. Sie waren umgeworfen und mit harten Gegenständen traktiert worden, mit Schuhen, Knüppeln oder Baseballschlägern. Sie rief den Weinhändler herbei, der sich nach dem Grafen erkundigte.

»Warum fragen Sie mich?«, fragte die Kommissarin.

»Na, Sie sind doch befreundet.«

»Das ist mir neu. Wie kommen Sie darauf?«

»Na, Sie waren doch beim Wiedersehensabend dabei. Sie haben sich da doch nicht eingeschlichen. Oder?«

Insgeheim lauerte sie darauf, dass er zu erkennen gab, von Sprechers Schwärmerei für Märchenschlösser zu wissen. Das hätte ihr gefehlt, um auf Betriebstemperatur zu kommen. Dann hätte sie den Kollegen zusammengefaltet. Nicht weil sie es musste, sondern weil sie es konnte. Manchmal musste man sich etwas gönnen, und sie quälte niemanden so gern wie Sprecher. Während sie redeten, standen sie neben Ochs und Esel. Der Weinhändler zupfte am Kopf des Esels, ließ davon ab, zog am Ohr und diesmal zog er kräftiger. Er hielt das Ohr in der Hand und sagte: »Oje.«

Die Kommissarin blickte genauer hin und begann, den Kopf des Grautiers zu öffnen.

»Das kann man ja nicht mit ansehen«, behauptete der Weinhändler und wandte sich nicht ab. Ein Papier nach dem anderen pokelte sie aus dem Tierkörper, kraftvoll zog sie die äußere graue Schicht ab, ließ den Weinhändler Papiere halten, um mit freien Händen den Esel weiter zu zerlegen.

30

Hier war er noch nie gewesen, er hatte es sich düsterer und verstaubter vorgestellt. Die Archive in Italien hatten so ausgesehen wie sein Vorurteil: uralt, zerfallene Papierhaufen, mit Bändern umwickelt, die selbst verwittert waren. Aber dies war ein deutsches Grundbuchamt.

»Sie sind Graf von Wolffheim?« Schlagartig verwandelte sich die bis eben so gleichmütige Miene der Frau in gespannte Neugier.

»Ich will das Schloss einsehen. Das Schloss meiner Familie. Und den Besitz drum herum.«

Er zeigte ihr den Ausweis, den das Konsulat in Italien auf dem Laufenden gehalten hatte.

»Sie sehen ja sogar Ihrem Bild ähnlich«, sagte sie verblüfft.

Sie ging zu dem Regal hinter ihrem Schreibtisch mit der verstörend leeren Arbeitsfläche. Sie zog heraus, stellte zurück, ging zur Seite, zog heraus und kam mit einem Pappkarton zum Tresen, an dem Amadeus wartete. Sie blies über den Karton, der unbeschriftet war. Es staubte nicht, dennoch wischte sie mit dem Ärmel ihrer Wolljacke über die Oberfläche. Sie hob den Deckel ab und hielt einen Umschlag in der Hand, auf dem der Name des Grafen stand: in epischer Länge. Das erkannte er auch, wenn die Schrift auf dem Kopf stand.

»Sie können ihn dort am Tisch öffnen«, sagte die Frau.

Ihre Stimme erzeugte in Amadeus eine Beklemmung, die er vorher nicht verspürt hatte. Er ging zu dem Tisch, der für die Bürger reserviert war. Im Stehen öffnete er den Umschlag, er blickte sich um, die Frau war beschäftigt oder tat überzeugend so, als wäre sie beschäftigt. Er faltete das Blatt auseinander, ging zum Tresen und fragte: »Wer hat das abgegeben?« Das wusste sie angeblich nicht. »Wann ist das abgegeben worden?« Sie zuckte die Schultern. »Kann man in Erfahrung bringen, ob es einen ersten Brief gegeben hat, der gegen einen aktuelleren ausgetauscht wurde?«

Sie nahm regelrecht Anlauf und fragte: »Steht denn etwas Dramatisches drin? Etwas, das Ihnen Angst macht?«

Eine Frau ging vorbei, fünfzig Meter hinter ihr folgte der Hund. Er sah aus, als würde er auf Zehenspitzen gehen, der ganze Köter wirkte affektiert. Ein energisches Karnickel hätte ihm ein Trauma bereiten können. Der Frau kam ein Mann entgegen. Sie plauderten miteinander. Der Hund, den er dabeihatte, entdeckte den affektierten Köter und konnte es wohl auch nicht glauben.

Eine Gestalt näherte sich, langsam, zögernd. Je näher sie kam, umso besser erkannte Amadeus, dass Gebrechlichkeit die Ursache war. Er ging der Gestalt entgegen. Der Mantel war pures Geld, der Schal jugendlich geschlungen.

»Damit hast du nicht gerechnet«, sagte Ottmar Deine vergnügt. »Wenn du mich siezt, sind wir geschiedene Leute. Heute haben wir keine Aufpasserin dabei.«

»Ich war auf Alvensleben eingestellt. Schickt er dich als Boten?«

»Ich bin das Original, es wird kein anderer erscheinen. Du musst mir nicht sagen, dass du überrascht bist. Wo ist die nächste Bank? Wenn es keine gibt, müssen wir einen Baum schlagen.«

Aber er wusste, dass es Bänke gab. Er selbst hatte den Treffpunkt am Rand der Anhöhe ja vorgeschlagen.

»Sie haben mir einen Stock gegeben«, sagte der Patriarch. »Ich und ein Stock, das fehlt gerade noch. Man muss der Typ dafür sein.«

»Alles, was hilft, ist richtig. Irgendwann ist auch gut mit der Eitelkeit.«

»Warum soll ich für die paar Wochen meine Eitelkeit ablegen? Zuletzt soll es mit dem Abbau ja schnell gehen. Das wird noch unangenehm genug.«

Auf der Bank saß ein Junge. Er las ein Taschenbuch, das er geknickt hatte. Er rückte zur Seite. Sie saßen neben ihm und schwiegen. Der Junge las noch einige Sätze, dann scheuchte ihn das Schweigen in die Flucht.

Es war Amadeus, der als Erster sprach: »Das Grundbuch ist in Ordnung.«

»Das Grundbuch ist ein Witz. Die Leute glauben nur, dass es so wasserdicht ist wie eine Gesetzestafel. – Du hast die Schatulle erhalten? – Du hast sie geöffnet? Nicht, aha. Nun ja.«

»Ich wollte mir so lange etwas vormachen, wie es geht.«

»Ach, mein Junge. Ich würde mir wirklich wünschen, dass dir die Alten nicht so einen unaufgeräumten Miststall hinterlassen hätten. Aber da müssen wir nun durch, und gemeinsam werden wir es schaffen.«

»Sagst du's mir oder soll ich raten?«

»Eine reizvolle Vorstellung. Was würdest du denn raten, nur mal spaßeshalber?«

»Da wir beide noch nie über das Schloss gesprochen haben, wirst du etwas wissen, was ich nicht weiß. Und das kannst du besonders leicht, wenn du alles weißt, was man als Besitzer wissen muss.«

»Geht es auch etwas langsamer?«

»Es war die Krankheit, nicht wahr? Er hat am Ende jedes Maß verloren – obwohl sie es gar nicht wollte. Aber sie war zu schwach, um ihn zu stoppen.«

»Das kommt der Wahrheit recht nahe. Plus die zwei Schwierigkeiten, die sich damals parallel zur Krankheit ergaben und um die er sich nicht ausreichend kümmerte, weil er in dieser Phase nur noch selten zu Hause war.«

»Roswin?«

»Ihr hattet da wohl ein Thema, über das sich der Badenweiler Zweig und der baltische Zweig nicht einig waren.«

»Roswin hat Krieg geführt. Und er hat es ausgenutzt, dass die juristischen Bedingungen damals nicht übersichtlich waren.«

»Wie es so geht, wenn ein Weltreich den Löffel abgibt. Die Balten waren doch total aus dem Häuschen, als Anwälte und Richter plötzlich nicht mehr die früheren Witzfiguren waren. Jedenfalls hat er gebohrt und gefeilt und geschraubt, und dein Vater war zu sehr abgelenkt, um ihm auf die Finger zu schlagen. Am Ende wurde es das übliche Gemetzel unter Anwälten, du willst keine Einzelheiten wissen. Man kann dann nur noch schlecht an den Namensschildern dieser Kanzleien mit fünfzehn Namen vorbeigehen, ohne die Bombe in der Tasche zu zünden.«

»Wann ist es passiert?«

»Um mit dem Wichtigsten anzufangen: Du warst nicht mehr da. Und der Unfall war noch ein Jahr entfernt. Er hatte einen neuen Scharlatan an Land gezogen, aus der Karibik, ein Wundermittel mit Fischgift und Agaven und vielen Drogen. Er war schon reisefertig, stand plötzlich vor der Tür und drückte mir den Vertrag in die Hände. Alvensleben und seine Musketiere hatten ihr Bestes gegeben. Es war das alte edle Lied: Nur der Preis war noch nicht eingetragen. Das sollte ich tun. Ich wusste, dass mir irgendetwas daran nicht logisch vorkam. Aber es war das erste Schloss meines Lebens. Ich fragte ihn, was er braucht, er nannte eine Zahl, er war so ein lausiger Lügner. Ich hoffe, das hast du nicht von ihm geerbt. Ich multiplizierte die Zahl mit zehn, drei Kreuze drunter. Das Geld wollte er auf ein Konto in der Karibik überwiesen haben. Gibt ja mehr Konten als Joints da unten. Ich habe ihm ziemlich viel geschickt, wenn auch längst nicht alles. Nimm mir das nicht übel, aber mein Kopf war klar und er war blind vor Sorge um deine Mutter. Dass jemand so in Sorge sein kann!«

»Er hat dir das Schloss verkauft.«

»So sieht's aus. Du musst mich aber jetzt nicht Graf oder Durchlaucht nennen oder was deine Leute sich an komischen Namen ausgedacht haben.«

Er schlug Amadeus auf den Oberschenkel und lachte ein gemütliches Lachen. »Natürlich wird Heulen und Zähneklappern sein, wenn ich auf das weiße Licht zumarschiere. Ohne Stock, auf jeden Fall ohne Stock. Also sage ich es dir heute, weil heute noch Zeit ist: Das Leben hat auch sehr komische Seiten. Ich meine, ich kann mir keinen Menschen vorstellen, der ungeeigneter wäre, ein Schloss zu besitzen, als ich. Und die restlichen Deines. Das Letzte muss Clarissa nicht unbedingt erfahren. Aber es diente ja einem guten Zweck, dann darf man sich schon mal ein Kostüm anziehen, das einem nicht steht.«

Er griff in die Innentasche des Mantels und reichte Amadeus den Vertrag. Der hatte alles im Griff, bis er die Unterschrift seines Vaters sah. So fahrig und groß, wie bei einem Kind. Als sei er gelaufen, während er unterschrieben hatte.

Dann sagte der alte Deine: »Alvensleben konnte irgendwann die Tinte nicht halten, er hatte solche Phasen. Das viele Geheimhalten und die ständige Diskretion haben einen an sich schwatzhaften Typen wie ihn zermürbt. Dann musste er's rauslassen. Er hat angedeutet, dass dein alter Herr unfassbar pleite gegangen ist. In einer Handvoll Jahre. Das kann unmöglich allein die Krankheit gewesen sein. Schätze, die Wolffheims hatten sehr schlechte fünf Jahre. Man muss ja Tag und Nacht Pech haben, um so viel Geld in so kurzer Zeit zu verbrennen. Er hat es jedenfalls geschafft. Ich weiß nicht, ob der Graf damals zwischen Tür und Angel in der Lage war, irgendetwas zu begreifen, was ich ihm sagte. Jedenfalls habe ich ihm gesagt, dass ich alles ruhen lassen werde. Nichts anfassen, nur Zeit vergehen lassen. Ich wollte das Schloss erst verwerten, wenn das Dach runtergekommen war. Wahrscheinlich war das gelogen, aber gesagt habe ich's jedenfalls. Man muss ja was sagen in so einer Situation, die du nur einmal im Leben erlebst. Dass sich das viele Warten nun doch noch gelohnt hat – ich hätte keine größeren Beträge darauf verwettet.«

»Was meinst du?«

»Ich meine dich. Dass du zurückgekommen bist. Jetzt hat sich das Warten gelohnt. Das längste Spiel meines Lebens. Und ich habe gern gespielt, das wissen alle, denen ich die Taschen leer gemacht habe.«

Zufrieden gluckste er in sich hinein.

»Deshalb haben wir auch das Grundbuch nicht angerührt. Obwohl es sich erst spät als richtige Entscheidung erwiesen hat.«

»Du meinst, wegen der Polizei.«

Sie saßen und blickten in die Ebene und sahen nichts, denn die Dämmerung war gekommen, der Vorhang war gefallen. In der Ferne das Geräusch von Verkehrsmitteln, nebenan das Geräusch von Körpern, die auf Bänken rutschen.

»Und jetzt?«, fragte Amadeus mutlos und hilflos.

»Jetzt tust du, was du tun wolltest, bevor du es wusstest. Du bist doch nicht nur zurückgekehrt, um die Tonne an die Straße zu stellen.«

»Und dann?«

»Dann gehen wir zum Notar.«

»Ich kann das Schloss nicht zurückkaufen. Ich habe kein Geld. Nicht so viel Geld. Eigentlich kein Geld.«

»Wir gehen zum Notar. Zur Not leihe ich dir meinen Stock.«

31

Die Chefin sprach, der Mitarbeiter hörte zu. Sie sprach von Klarheit und Durchsetzungsfähigkeit und dass man Durcheinander vermeiden müsse. Klare Linien, die auf ein Ziel hinführen, kein Topf voller Gerüche, in dem viele Köche herumgerührt haben.

Der Mitarbeiter sagte: »Einen Versuch wäre es wert. Eine Wolke. So nennen wir es auch. Cloud. Bevor die IT-Firmen auch darauf noch Patente anmelden.«

»Kein Wischiwaschi«, entgegnete Clarissa. »Wir unterbreiten kein Angebot. Wir liefern ein Ergebnis. Der Kunde kann es akzeptieren oder nicht. Er darf aber nicht das Gefühl haben, als wären die Würfel noch nicht gefallen. Ich will nichts, worüber hundert Kunden auf hunderterlei Weise reden. Eindeutig sein. Start und Ziel, und die kürzeste Verbindung ist Deine.«

»Hört sich gut an. Ist aber sehr einfach gedacht.«

»Einfach ist genial. Schlicht wäre gefährlich.«

»Wir wollen doch modern werden.«

»Wir wollen neu werden. Modern ist mir zu oberflächlich. In ›modern‹ ist die nächste Mode immer schon enthalten. So geraten wir in Zugzwang. Was heute modern ist, ist morgen aus der Zeit gefallen. Das ist nicht Deine.«

Die Sekretärin näherte sich, die Frau in ihrer Begleitung ließ Clarissas Brauen zusammenwachsen. Sie dachte: Das hört nicht auf. Lächelnd wandte sie sich den Ankömmlingen zu. Der Mitarbeiter drehte ab, Choreografie des geübten Zusammenspiels.

Sie gaben sich die Hand, dabei nahm sich Clarissa jedes Mal vor, es zu unterlassen. Ihr Vater gab weniger als fünf Menschen die Hand, alle weinten fast, wenn ihnen die Huld zuteil wurde. Nur so zählte ein Händedruck etwas.

»Sie befinden sich im Allerheiligsten«, dozierte Clarissa, wies auf die Flaschen, die Blätter, die konzentrierten Aromen. »Das Wichtigste: immer mitschreiben. Riechen ohne Buchführung ist wie Lesen bei Dunkelheit.«

Sie gab der Kommissarin nur die Gerüche unter die Nase, mit denen Besucher erfahrungsgemäß etwas anfangen konnten. Jeder Mensch liebte Erfolgserlebnisse. Parfüm-Gerüche zu isolieren war so schwer wie bei den Aromen des Weins.

Einen Moment überlegte Clarissa, ob sie Dominique vorstellen sollte, und unterließ es. Sie überlegte keine Sekunde, ob sie das Projekt »Black Forest« beim Namen nennen sollte. Die Themen, Regionen und Mythen des Waldes, den die Welt kannte, eingefangen und interpretiert in einer Schatulle mit 13 Düften: alle Temperamente, alle Anlässe, verschiedene Jahrgänge, Stimmungen, Gemütszustände. Sie hatten so lange gestritten, ob zehn oder zwölf die richtige Zahl wäre, bis der Patriarch dazwischengeschlagen hatte. »Nehmt 13 und es gibt ein Thema, über das sich alle das Maul zerreißen werden. Besser als mit 13 kommst du nicht ins Gespräch in unserem ach so rationalen Land.«

Sie mochte seine Art nicht und würde sich nie an sie gewöhnen. Aber sie bewunderte seinen Sinn für geschäftliche Entscheidungen. Er war acht Jahre zur Schule gegangen und würde 99 von 100 akademisch gebildeten Managern zwischen zwei Fingern zerdrücken.

Kommissarin Bittermann erkannte Zitrus und Birne und freute sich wie eine Schneekönigin.

»Black Forest wird meine Handschrift tragen«, sagte Clarissa. Sie fand sich herzlos, die Kommissarin wusste doch, wie schlecht es dem Patriarchen ging. Aber dann erwähnte die Besucherin den Grafen und Clarissa sagte: »Adlige haben es leicht, ihren Erzeugnissen einen Stempel aufzudrücken. Eine Krone oder gekreuzte Schwerter reichen schon, damit der Normalbürger vor Ehrfurcht erstarrt. Der Stempel ist wichtiger als das Produkt, das übrigens selten hält, was es verspricht.«

»Das wissen die Leute auch. Sie holen sich ein Stück große Welt nach Hause, da ist es doch nicht wichtig, wie es schmeckt und wie lange es hält.«

»Davon profitieren sie ihr ganzes Leben«, entgegnete Clarissa mit mehr Bitterkeit als beabsichtigt und begann, sich durch die nächste Reihe zu schnüffeln. Einiges reichte sie an die Kommissarin weiter. »Und den Fleiß haben sie auch nicht erfunden.«

»Reden Sie vom Grafen?«

»Was? Ach was. Obwohl ... Er hat immer eine Geschichte gehabt. Ich muss meine Geschichte erst mühsam produzieren.«

»War er faul in der Schule?«

»Naja, was heißt faul?«

»Faul heißt, dass er wegen seines Namens bessere Noten bekam.«

»Dann ja. Dann war er faul und durfte es sein. Nicht faul im plumpen Sinn. Aber er konnte es einfach ... lässiger angehen lassen. Souveräner. Er hat schon in der zehnten Klasse eine Ausstrahlung gehabt, um die ihn viele Erwachsene beneiden würden. Die meisten erreichen so eine Haltung nie. Nicht arrogant, nicht hochnäsig. Aber er guckte immer über deinen Kopf hinweg, auch wenn man gleich groß war. Er war so sicher. Nicht, um damit aufzutrumpfen. Er hatte es einfach, und die meisten haben es nicht.«

»Aber jetzt hat es sich doch gedreht. Jetzt sitzt er auf einer Baustelle und hat keine Möbel, und Sie leiten eine Firma, die man in der ganzen Welt kennt.«

»Sagen wir in der halben. Streng genommen in zehn Staaten, mit denen wir 90 Prozent unserer Umsätze machen. – Und das, weil ich immer fleißig sein durfte, mein Leben lang. Amadeus hat gelernt, einen schlanken Fuß zu machen. Ich habe gelernt, wie man lernt.«

»Clarissa Deine gehört zu den Top Five im Südwesten.«

»Ach, da schreibt einer vom anderen ab.«

»Sie denken an den Preis, den Sie gezahlt haben.«

Clarissa blickte die Kommissarin an. Die Pause war lang, bevor sie fortfuhr: »Wir zahlen immer einen Preis, ob wir uns so oder ganz anders verhalten. Auch der Faulpelz zahlt einen Preis.«

»Aber er kann jederzeit dahin gehen, wo das Leben tobt.«

»Gut gesagt. Es kommt ja viel zusammen. Die Ansprüche, die man an sich selbst hat. Und die Ansprüche, die andere haben. Und wenn das dann die Eltern und liebsten Menschen sind, dann wird es nicht leichter, ›Nein, danke‹ zu sagen. Das müssen Sie doch wissen, Sie arbeiten ja auch nicht in einem typischen Frauenberuf.«

»Wir holen auf. In den großen Städten soll es schon einige von uns geben.«

Sie lächelten sich an, Clarissa sagte: »Amadeus sollte nicht hierbleiben.«

»Wie meinen Sie das?«

»Es kann doch nur einen Grund geben, weshalb er zurückgekommen ist. Er will von vorn anfangen. Aber falls er glaubt, dass sein Name ihm den Weg freiräumen wird, täuscht er sich. Alle werden ihn an seinem Vater messen, und gegen den hat er keine Chance. Jedenfalls was das Geschäftliche angeht. Und darum wird es gehen. Im schlimmsten Fall wird Amadeus glauben, er müsse den Leuten etwas beweisen. Dann wird alles, was er tut, als Test betrachtet werden. Das hält er nicht durch, dafür ist er nicht der Typ. Er war ja damals nicht nur faul, er war auch nachdenklich. Sein Vater war härter.«

»Ich denke, der Vater hat Schiffbruch erlitten.«

»Aber mit Stil. Das mögen die Leute. Bei uns gibt es zwei Wege, um zur Legende zu werden: mit einer unglaublichen Leistung oder mit einer unglaublichen Bauchlandung.«

»Aber nun hat es ja lange keinen Grafen mehr gegeben. Und es gibt nichts, was an ihn erinnert, auch kein Denkmal wie bei Tschechow.«

Clarissa lachte. »Sie kriegen das nicht so mit, weil Sie nicht von hier sind. Jeder redet über den Grafen. Sie haben recht: Vorher war Funkstille, mehr als zehn Jahre seit dem Tod des alten Grafen. Und Amadeus war zwanzig Jahre weg. Aber das dürfen Sie nicht mit ›Vergessen‹ verwechseln. Das ist ein Kälteschlaf. Das ist sofort wieder da. Da sagt keiner: ›Ach, die Grafen, das sind doch Figuren von gestern.‹ Wir reden hier von unserem Grafen, verstehen Sie? Den muss man nicht mögen, den muss man nicht wählen, den kann man gar nicht wählen. Und unseren Eltern wurden die Eltern unseres Grafen vor die Nase gesetzt und die Großeltern und die Urgroßeltern … Das hört nie auf, und niemand weiß, wann es angefangen hat. Wenn Sie bei uns eine schlaue Debatte über den Adel anfangen, werden die Leute Sie nicht verstehen. Vielleicht werden sie Ihnen nicht widersprechen. Sie sind ein Gast, machen hier Urlaub oder einen Job und reisen bald wieder ab. Wir sind aus Badenweiler und unser Graf ist aus Badenweiler, wir bleiben hier, er bleibt hier oder kommt hierher zurück, und dann haben wir uns wieder: die Leute und ihr Graf.«

»Das war eben eine Liebeserklärung oder?«

»Das war so sachlich wie der Straßenzustandsbericht.«

»Aber es klingt, entschuldigen Sie, es klingt wie im 18. oder 19. Jahrhundert: der Fürst und sein Volk.«

»Nur dass der Fürst bei seinem Volk doppelt so viel Zustimmung findet wie ein Politiker. Das hat nichts mit Parteien und Wahlen zu tun. Und wissen Sie was: Mir gefällt das. Ich habe Freunde und Kollegen, denen das auch gefällt. Ich sage das lieber gleich, falls Sie vorhaben, die Liebe zum Grafen nur den Frauen zuzuschreiben, die Yellow Press lesen, weil sie sonst nichts haben im Leben.«

Clarissa wirkte plötzlich irritiert. Sie fuhr sich über die Stirn, fragte mit unsicherer Stimme: »Und was verschafft mir die Ehre Ihres heutigen Besuchs?«

»Es haben sich weitere Fragen ergeben. Einige davon wurden ausgelöst durch neue Erkenntnisse. Können wir irgendwo in Ruhe reden?«

Sie landeten in der Kantine, die die Kommissarin zum ersten Mal betrat. Wieder diese Mischung aus Gediegenheit und Gemütlichkeit. Hier hatte sich kein Innenarchitekt eine goldene Nase verdient, man saß hier gut und sogar bequem. Viele Polizeikantinen, die die Kommissarin durchlitten hatte, sahen dagegen aus wie Sperrmüll.

Die mit kräftigem Grün abgeteilte Ecke war für alle, die in Ruhe essen wollten und am liebsten schweigend. Es hatte sich eingebürgert, dass hier außerhalb der Mittagszeit Besprechungen in kleinem Rahmen stattfanden.

»Das mag ich besonders bei uns«, sagte Clarissa. »Wir müssen nicht ständig mit dem Betriebsrat zusammensitzen. Manches wächst von allein, weil Luft und Licht stimmen, und dann freuen sich alle darüber. Das ist wie mit den Trampelpfaden zwischen den Rasenflächen von großen Wohnanlagen. Da wartet man auch ab, welche Wege die Mieter einschlagen, und genau da verlaufen später die Wege.«

»Warum haben Sie uns nichts über die Chronik erzählt?«

»Die Chronik? Ach so, die Chronik. Was ist damit?«

»Sie haben eine Chronik in Auftrag gegeben.«

»Das ist bei einem Jubiläum doch nicht ungewöhnlich.«

»Aber es gibt eine zweite Chronik.«

»Gibt es nicht. Das wüsste ich doch.«

»Sehen Sie, und das ist das Problem.«

Clarissa hob einen Arm und spreizte zwei Finger ab. Der junge Mann in Küchenkluft trug Kuchenstücke an den Tisch. Clarissa hob erneut zwei Finger, zwei Kaffeetassen standen neben den Tellern. Der Kuchen enthielt Nüsse und Marzipan und wenig Zucker. Man konnte sich einreden, man würde Brot verspeisen.

Die Kommissarin informierte Clarissa über die Chronik, die ihr Vater bei Schmied in Auftrag gegeben hatte.

»Was soll das denn?«, lautete ihre erste Reaktion.

»Es sollte eine Überraschung sein.«

»Aber es gibt doch schon eine ...«

»Diese ist anders angelegt, nicht so sachlich. Wie ein Roman. Etwas, das man im Bett liest oder am Strand.«

Clarissa dachte nach: »Mir kommt das ... etwas überflüssig vor. Gut gemeint natürlich. Er wollte mich damit ja sicherlich nicht ärgern. Aber ... wieso?«

»Erst einmal, weil Ihr Vater es kann. Dann, weil er den armen Künstler Schmied unterstützen wollte. Als Mäzen. Aber die Sache hat Kreise geschlagen, und damit kommt die Polizei ins Spiel.«

Die frühere Bibliothekarin schreibt eine Chronik. Schmied schreibt eine Chronik. Schmied macht sich an die Autorin heran, benutzt ihre Arbeitsergebnisse, um damit seine eigene Arbeit voranzutreiben. Schmied ist stolz, endlich etwas Eigenes zu haben. Aber auch wenn er die Bibliothekarin mag und mit ihr allem Anschein nach sogar eine Affäre hat: Eine Konkurrentin bleibt sie trotzdem. Im Grunde muss er verhindern, dass ihre Chronik fertig wird. Wenn das so ist, dann schwebt die Bibliothekarin in Gefahr und weiß es nicht. Vielleicht ist nur der Text in Gefahr, vielleicht auch sie. Schmied ist ein rücksichtsloser Zeitgenosse, er hat der Autorin nur aus Berechnung schöne Augen gemacht. Je näher der Termin der Abgabe von Schmieds Manuskript rückt, umso mehr muss ihm daran gelegen sein, die

Konkurrenz aus dem Weg zu räumen. Nicht zwangsläufig brutal, er kann es wie ein Versehen aussehen lassen, ein Unglück, eine technische Katastrophe. Es wäre nicht das erste Mal, dass ein Computer Text verschluckt.

Und dann könnte Schmied einen Fehler begehen, denn er hat nicht auf der Rechnung, dass ein Ritter auftritt, um der bedrohten Jungfrau zu Hilfe zu eilen. Ein Verehrer von Birgit Staas, ein Freund, ein Zeitgenosse, der Schmied nicht mag oder alles zusammen. Und plötzlich ist es Schmied, der Hilfe braucht, plötzlich droht sein Manuskript zu verschwinden. Das wäre für Schmied eine biografische und künstlerische Katastrophe. Dann wäre er der Aufschneider, der Versprechungen macht und sie nicht hält. Dann würde er als das Großmaul dastehen, als das ihn alle kennengelernt haben, und alle würden wissen, dass das der ganze Schmied ist: große Klappe, nichts dahinter. Dann müsste er auch seinen Vorschuss zurückzahlen, der längst verbraten ist. Dann stünde seine Zukunft in Badenweiler auf dem Spiel, dann wären alle Ängste präsent, die er in den letzten Jahren verdrängt hatte. Und dann müsste er nur noch mit dem Ritter aneinandergeraten: betrunken, Wut, Verzweiflung, Angst und ein Moment, der alles entscheidet.

»Oha«, stieß Clarissa hervor. »So habe ich das noch nie betrachtet.«

»Es ist auch nicht Ihre Aufgabe, heikle persönliche Konstellationen bis zum Ende durchzurechnen. Wir wissen noch nicht alles, aber nichts an dem, was ich gesagt habe, ist nach dem bisherigen Stand der Ermittlungen unmöglich.«

»Das glaube ich gern. Denn den Ritter gibt es ja.«

»Bitte was?«

»Den Ritter. Der Kavalier, der nicht zulassen würde, dass einer Birgit übers Ohr haut. Sie ist doch mit Barrakuda zusammen. Das wissen Sie doch. Das wissen Sie doch?«

32

Fünf Minuten später saßen sie zu dritt im Schutz der Grünpflanzen. Kommissar Sprecher machte sich über den Kuchen her und trug neuen Kaffee zum Tisch. Alle Mitarbeiter, die gegen 16 Uhr die Kantine betraten, warfen einen dieser unnachahmlichen Blicke in die stille Ecke, der ausdrückte: Ich gucke nicht hin, ich sehe euch gar nicht.

»Mir ist das nicht recht, dass uns so viele Leute sehen«, knurrte Clarissa.

»Die kennen uns doch nicht«, behauptete Sprecher.

»Wir sind nicht in München oder Frankfurt, sondern in Badenweiler. Sie und Ihre Kollegin waren bekannt, bevor sie einen Tag hier waren. Der Badenweiler ist zwar ein diskreter Zeitgenosse, aber er ist auch neugierig und gern bereit, seine frischesten Erkenntnisse unverzüglich im Ort zu verbreiten.«

»Unerhört«, sagte Sprecher kauend.

»Ursprünglich ging es ja mal darum, den Mord an dem Schriftsteller aufzuklären«, stellte Clarissa klar. »Ich habe das Gefühl, dass Sie in letzter Zeit immer mehr Zeit bei uns verbringen. Verstehen Sie mich nicht falsch: Sie sind jederzeit gern gesehen. Aber wenn Sie vielleicht vorher ganz schnell den Täter ausfindig machen würden …«

Kommissarin Bittermann legte die Papiere zur Seite, mit denen ihr Kollege vor zehn Minuten aufgetaucht war. Das Interessanteste legte sie nach oben. Ein historischer Zeitungsausschnitt aus dem Jahre 1862. Frakturschrift, gewöhnungsbedürftig beim Lesen, aber mit etwas Anlauf erschloss sich der Sinn.

»Lesen Sie schon vor«, forderte Clarissa sie auf.

Rätselhafter Vorfall in der jungen Firma Deine. Ein Mitarbeiter der vor einem halben Jahr eröffneten Fabrik für Parfümerie und Seifen wird vermisst. Die Ehefrau und der Vater des Vermissten sind in Sorge, denn niemand weiß von privaten Sorgen, die einen Hinweis auf das Verschwinden liefern könnten. Zum letzten Mal wurde der Mann in der Fabrik letzten Sonnabend gesehen. Sonntag Mittag verließ er seine Wohnung. Die Frau glaubte, er würde Freunde besuchen. Als er nicht zurückkehrte, ging sie zu den Freunden, die verreist waren. Eine Suchaktion begann, an der das halbe Dorf teilnahm. Die Polizei kann nichts tun, denn nirgendwo wurde ein Leichnam gefunden, nirgends hat ein Unfall oder Unglück stattgefunden, an dem der Mann beteiligt war. Es bleibt nichts anderes als Warten.

Die Kommissarin nannte das Datum des Zeitungsartikels: 27. Juli 1862. Ein zweiter Artikel, der über das Schicksal des Vermissten Aufschluss gegeben hätte, war nicht vorhanden.

Clarissa griff zu dem Stapel, sie wirkte widerwillig, so als wollte sie es hinter sich bringen.

»Woher haben Sie das bloß?«, fragte sie.

»Ich dachte schon, Sie fragen nie«, entgegnete Sprecher. »Sie raten nie, woher das alles stammt.«

Er schien Lust darauf zu haben, Clarissa in ein nervtötendes Ratespiel zu verwickeln, was sich auf die Atmosphäre nicht günstig ausgewirkt hätte. Die Kommissarin beendete das Gerangel. Die Seiten stammten aus dem Esel im Schaufenster des örtlichen Weinhändlers.

»Die Weihnachtsszene?«, fragte Clarissa verdutzt. »Wo ist denn da ein Zusammenhang? Hat der Künstler alte Zeitungen zum Ausstopfen benutzt?«

»Der Künstler heißt Schmied.«

»Oh. Aha. Ja. Warum gucken Sie so, als müsse mir das etwas sagen?«

»Schmied hat eine Affäre aus der Urzeit Ihrer Firma verarbeitet. Woher hatte er die wohl? Und warum hatte er sie? Wussten Sie von dem verschwundenen Mann?«

»Möglicherweise.«

»Dieses Wort liebe ich sehr. Fast so sehr wie ›nett‹ und ›interessant‹ und ›betroffen‹.«

»Mehr kann ich Ihnen nicht sagen. Es ist lange her, dass ich davon gehört habe. Wir reden vom Jahr 1860.«

»1862, um genau zu sein.«

»Das ist vor meiner Zeit.«

»Ist der Mann damals wieder aufgetaucht?«

»Ich kann mich nur wiederholen: Ich weiß es nicht. Ist das denn in irgendeiner Weise interessant?«

»Ob Ihr Vater uns weiterhelfen kann?«

»Fragen Sie ihn. Ich weiß jedenfalls nichts.«

»Sie haben nie darüber gesprochen? In der Familie?«

Clarissas Geduld war am Ende, mühsam wahrte sie die Contenance.

Sprecher hatte sämtliche Tiere und Figuren geschlachtet. Eine Menge Papiere war aufgetaucht, Ausschnitte aus Zeitungen und Büchern, Originale und Fotokopien, handschriftliche Notizen. Er hatte das letzte Weihnachtsbild, es stand in der Weinhandlung eines Hotels, auseinandergenommen und sich den Zorn des Künstlers zugezogen, der mit fliegenden Jackenschößen herbeigeeilt war, um den, wie er es nannte, »Rückfall in die schlimmsten Traditionen des DDR-Sozialismus« zu verhindern. Er wollte sich gar nicht wieder beruhigen, und der Kommissar hatte nichts getan, um ihn abzukühlen. Stattdessen hatte er so lange gestichelt, bis der erzürnte Künstler sich zu Vermutungen über Sprechers Kunstverständnis hinreißen ließ. Diese Vermutungen waren zwar noch untertrieben, aber das konnte der Künstler nicht beweisen, und Sprecher hatte nur einen Anlass gesucht, um dem Mann das Maul zu stopfen.

Auch diese Weihnachtsfiguren waren mit Füllmaterial ausgestopft, doch war kaum beschriebenes Papier darunter und nichts wies auf Schmied oder die Firma Deine hin.

»Es läuft also auf Schmied hinaus«, stellte Sprecher fest. »Schmied, der die Geschichte Ihrer Firma studiert hat. So ein Vorfall aus grauer Vorzeit ist für eine Romanhandlung doch ideal, finden Sie nicht? Und nun müssen wir Ihren Vater sprechen, so leid uns das tut.«

»Muss das denn sein? Er wird sich furchtbar aufregen.«

»Da spricht die besorgte Tochter, wie rührend. Haben Sie einen besseren Auskunftgeber in Reserve? Dann würden wir endlich weitere Deines kennenlernen.«

Sie starrte ihn an, in ihr arbeitete es.

»Kommen Sie mit«, knurrte sie und stand auf.

»Das ist aber nicht Ihr Vater«, sagte Kommissar Sprecher.

»Das ist eine Polizeiakte aus dem Jahr 1862. Lesen Sie, Sie wird Ihre Fragen beantworten.«

Clarissa Deine und die Kommissare waren eine Treppe hinuntergestiegen und befanden sich im Kellergeschoss des Wohnhauses. Clarissa berichtete, dass sich hier früher die Küche befunden hatte, Vorratsräume und Kühlräume. Zwei Hausangestellte hatten hier auch gewohnt. Seitdem die Familie kleiner geworden war, hatte das Souterrain seine frühere Bedeutung verloren. Die Küche im Erdgeschoss war nicht halb so groß und angeblich viel moderner.

»Ich denke monatelang nicht an diese Räume«, sagte Clarissa. »Dann komme ich herunter und alles ist wieder da. Ich mache die Tür auf und sehe Klara und Céline, ich höre ihre Stimmen, im Hintergrund rennen Kinder über den Flur. Und immer riecht es nach Essen. Tag und Nacht, sieben Tage die Woche. Du konntest herunterkommen, wann du wolltest, es stand immer ein Kuchen in der Backröhre und ein anderer stand zum Abkühlen auf dem Tisch. Natürlich haben wir die Frauen um den Finger gewickelt. Wir konnten alles von ihnen haben. Aber vor allem ist es der Geruch.«

Die Kommissarin las die Seiten, die ihr Sprecher reichte. Eine Akte der Müllheimer Polizei. Mit der Hand geschrieben, Tinte ohne Ende, schöne Schriften. Amtliche Formulare, aber vor allem beschriebene Blätter ohne Kopf und Kästen und Überschriften.

Zuerst die Vermisstenanzeige der Angehörigen. Sein Name war Fabrizio Speikamp, geboren am 22. Oktober 1829 in Verona. Er war bei einem Apotheker in die Lehre gegangen und hatte sich auf die Herstellung von Parfüms spezialisiert. Verdacht: Tod durch Ertrinken im Rhein beim Angeln oder im Zuge einer Bootsfahrt. Tatverdächtig: Gottlob Deine, Bruder von Donald Deine, mit dem zusammen er Anfang des Jahres die Badenweiler Seifenfabrik begründet hat. Wahrscheinliches Motiv: Streit über die Rezeptur des Elixiers. Speikamp wollte sich mit dem Destillat selbstständig machen, das er in den letzten Monaten entwickelt hatte. In den Räumen von Deine, gegen Lohn von Deine, aber mit der eigenen Phantasie. Das Elixier ist das Produkt der jungen Firma, mit dem Deine auf sich aufmerksam machen will. Alle Versuche mit Seifen erbringen durchschnittliche Ergebnisse. Nur das Elixier verspricht die Kraft, sich durchzusetzen. Fabrizio hat den Brüdern angeblich angeboten, ihnen das Elixier abzukaufen. Sie lehnen ab, weil sie ein Jahr verlieren würden. Ihr Kapital reicht nicht, um einen Neustart zu finanzieren.

Seitenweise ging es um diese Themen: die junge Firma, das Elixier, die Brüder Deine, Fabrizio und wie aus Freundschaft Rivalität entsteht.

»Was ist aus den Ermittlungen geworden?«, fragte die Kommissarin.

Clarissa reichte ihr ein Dokument: die amtliche Einstellung der Ermittlungen, wie sie der Familie mitgeteilt worden war. Danach der Anhang: Einstellung der Ermittlungen aus übergeordneten Interessen nach Gesprächen mit Bürgermeister und Polizeipräsident. Direktive: mit äußerstem Bedacht behandeln.

Der Kommissar brachte es auf den Punkt: »Protektion verhindert Ermittlungen in einem Mordfall. Was waren die modern im Jahre 1862.« Er begann zu blättern: »Nirgendwo ein Hinweis, wieso und weshalb. Habe ich übersehen, dass die sauberen Brüder Deine ein schützenswertes Gut waren? Hatte jemand seine Hand im Spiel? Natürlich hatte jemand seine Hand im Spiel. Was sind das für Abkürzungen hier? Auf der Rückseite.«

»G. W. verwendet sich für Deine. Allerhöchste Empfehlung. Schließung des Vorgangs auch vom Großherzog unterstützt. Fabrik soll wachsen wegen Anhebung der sozialen Situation.«

»Ich habe die Buchstaben schon gesehen«, murmelte die Kommissarin. »G und W sind die Grafen Wolffheim. Das Eingangstor vor dem Schloss, da steht es in geschmiedetem Eisen.«

»Aber hallo«, sagte Sprecher. »Da haben wir ja die ganz große Koalition. Einen Mord vertuschen, um den Armen zu helfen. Mir kommen die Tränen. Der alte Adel und die frischgebackenen Industriellen: Hand in Hand marschieren wir in die neue Zeit.«

»Seit wann besitzen Sie die Akte?«, fragte die Kommissarin.

»Lange genug, um neugierige Nachfragen im Umfeld des Jubiläums ins Leere laufen zu lassen.«

»Haben Sie für die Akte bezahlt?«

»Was glauben Sie denn? Aber Sie denken daran, dass Sie hier sind, um einen Mord aufzuklären, ja? Dies hier ist eine 150 Jahre alte Akte, das ist Altpapier. Das ist nicht einmal für Historiker von Interesse.«

»Kennen Sie die Notiz auf der Rückseite?«

»Die Sie eben vorgelesen haben? Möglich, dass ich sie damals überflogen habe. Aber ohne Interesse, sie hat mir nichts gesagt.«

»Wenn in den letzten Jahren ein Wolffheim im Schloss gelebt hätte, wären Sie hingegangen und hätten ihm die Hand geschüttelt?«

»Wofür das denn?«

»Weil es schon vor 150 Jahren eine fruchtbare Zusammenarbeit zwischen den alten und neuen Herrschern von Badenweiler gab.«

»Nun übertreiben Sie aber.«

»Kannte Schmied die Akte?«

»Natürlich nicht, sie ist ein Unikat. Dies ist übrigens der seltene Fall, dass ich mehr weiß als mein Vater. Ich habe ihm nie von der Akte erzählt.«

»Gab es dafür einen bestimmten Grund?«

»Sie werden lachen: Zufriedenheit, mehr nicht. Ich bin ungeheuer zufrieden, dass ich es geschafft habe, die Akte an Land zu ziehen. Das schafft ein kleines Mädchen nicht. Dafür muss man ziemlich clever sein.«

»Ich verstehe Sie«, behauptete Sprecher. »Klassische Machtkonstellation in Industriellenfamilien. Der Alte überstrahlt alles, die Jungen rackern sich ab und erhalten weder Liebe noch Anerkennung.«

Clarissa starrte ihn an und verzichtete auch diesmal darauf, ihm mitzuteilen, was sie von ihm hielt.

Die Kommissarin blickte Sprecher an, beide dachten das Gleiche: Es mochte sein, dass Schmied die Akte nicht kannte und nie gesehen hatte. Aber er hatte Kenntnis von dem spurlosen Verschwinden des Mitarbeiters Speikamp; und er wusste von Gottlob Deines Auswanderung in die Neue Welt. Dazu gab es schriftliche Belege, die Auswanderung war nie ein Geheimnis gewesen. Sprecher telefonierte mit der Polizei in Bremen und Hamburg. Er nannte die Zeiträume von Schmieds Reisen und bat um Nachfrage bei allen Hotels, ob er in dieser Zeit abgestiegen war.

»Wenn das etwas nutzt …«, murmelte die Kommissarin. »So ein Hotelzimmer kostet Geld, eine Woche kostet siebenmal so viel. Das hat er sich nicht geleistet.«

»Wenn er nur einen Tag in der Stadt gewesen ist, hat er vielleicht die Nacht durchgemacht oder ist mit dem letzten Zug zurückgefahren. Aber bei mehreren Tagen … ich kann mir vorstellen, dass er das Gefühl genossen hat: endlich in einem ordentlichen Bett schlafen, endlich anständig behandelt werden. Hier haben sie den Schmied doch am liebsten von hinten gesehen.«

»Aber nur, solange er genervt hat und kein Geld besaß.«

»Stimmt eigentlich«, sagte Sprecher, »Geld macht sympathisch. Das spürt der Badener.«

Dann fragten sie Clarissa nach der ›offiziellen‹ Chronik aus. Die frühere Bibliothekarin hatte einen offiziellen Auftrag erhalten, es gab einen Vertrag, und vor allem: Die Chronik war fertig, das Manuskript vor vier Wochen abgeliefert worden. Zur Zeit wurden die historischen Unikate abfotografiert. Der Druck war für die erste Januarwoche vorgesehen: 1000 Exemplare, die erstmals bei der offiziellen Feier Anfang Februar gezeigt werden würden. Der größte Teil würde an Schulen und Ausbildungsstätten in der Region verteilt werden.

»Warum nicht 10 000?«, fragte der Kommissar.

»Weil wir Maß halten und nicht größenwahnsinnig sind.«

»Aber Sie drucken nach, wenn's nötig ist.«

»Wenn's nötig ist. Aber nicht leichtfertig. Niemand liebt Altpapier.«

»Ihre Meinung oder die des Patriarchen?«

»Unsere Meinung. – Sind wir jetzt mit der Historie durch?«

»Warum ist die Bibliothekarin eigentlich schon in den Ruhestand getreten? Sieht doch noch ganz frisch aus, was man von außen sehen kann?«

»Ich habe gehört, dass sie geerbt hat. Keine Millionen, aber so viel, dass sie den Schritt gewagt hat.«

»Okay, so viel fürs Erste. Wenn sich weitere Fragen ergeben, sind Sie die Erste, die es erfahren wird.«

»Ich lasse mich nicht verdächtigen«, knurrte Clarissa Deine. »Prinzipiell nicht und erst recht nicht in den Tagen vor unserem Jubiläum, auf das wir alle stolz sind. Die Familie und die Mitarbeiter. Falls vor 150 Jahren tatsächlich eine Unregelmäßigkeit passiert ist …«

»… ein Mord.«

»… ein Mord, meinetwegen, dann hat sich das juristisch mit dem Tod des Mörders erledigt, wer immer das gewesen sein mag. Und egal wer es war: Tot ist er heute mit Sicherheit. Ich wünsche uns allen noch einen schönen Tag.«

33

Er traf Birgit Staas beim Einräumen der Bücher. Ihre kurzen Haare hatte sie unter einem Tuch versteckt, sie trug eine weite Haushose, die ihr nicht übel stand. Besonders wenn sie sich bückte, was sie oft tat. Und fast immer stand ihr Besucher dabei hinter ihr.

»Eine Fleißarbeit«, sagte sie.

»Aber nützlich«, entgegnete Kommissar Sprecher. »Bei der Gelegenheit können Sie gleich alle Bücher in die Bücherei zurückbringen, die über die Zeit sind. Oder bekommt man als ehemalige Mitarbeiterin Sonderkonditionen?«

»Natürlich nicht. Wir halten das Prinzip der Gleichheit in Ehren. Bei uns wird nie …«

»… das ist ja schön. Und nun zum Thema. Räumen Sie ruhig weiter. Ich kann Ihnen leider nicht helfen. Kriminalbeamte sind nicht gegen Bücherunfälle versichert.«

»So oft werden Ihre Kollegen ja nicht in die Nähe von Büchern geraten.«

»Das haben Sie geraten, aber gut geraten.«

Pflichtgemäß erkundigte er sich danach, ob ihr an einem Buch etwas aufgefallen war.

»Was erwarten Sie? Soll ich bei jedem Buch die Seiten zählen?«

Er konfrontierte sie mit ihrem Verdacht, dass Schmied bei ihr eingebrochen sei.

»Aber«, rief sie entnervt, »was hat er davon?«

»Erst einmal ein Gefühl von Macht. Vielleicht hat er Ihnen auch den Kühlschrank leergefressen. Haben Sie das überprüft?«

»Haben Sie Hunger?«

»Wir könnten heute Abend essen gehen, nur Sie und ich und unser Kohldampf. Ich zahle, Sie suchen das Lokal aus. Oder umgekehrt, ich bin da nicht dogmatisch.«

Der Kommissar kam auf Schmied zurück. Traute sie ihm

zu, dass die Beziehung für ihn nur ein Mittel zum Zweck gewesen war?

»Natürlich traue ich ihm das zu. Ich bin ja nicht völlig weltfremd.«

»Sauer?«

»Ich würde es anders nennen: Männer.«

Sie hegte den Verdacht, dass Schmied bei jedem Besuch ein Buch mitgenommen hatte, manchmal auch zwei. Ohne zu fragen. Sie hatte das für den Spleen eines Buchverrückten gehalten. Sie war nicht eingeschritten, weil man Künstler mit anderen Maßstäben messen müsse.

»Ich bin Bibliothekarin geworden, weil ich Bücher liebe. Als ich zu studieren anfing, kannte ich keinen Autor persönlich. Als ich die ersten kannte, wusste ich, dass ich eine Entscheidung treffen musste.«

»Die Quälgeister lieben oder vor ihnen fliehen.«

»Es sind nicht alle wie Schmied.«

»Die Erträglichen sind aber alle schon vergeben und haben zu Hause eine Muse mit älteren Rechten, die jede Konkurrentin wegbeißt. Da mussten Sie sich eben an der Resterampe bedienen.«

Als ihr der Bücherstapel aus den Armen glitt, sprang Sprecher zur Seite.

»Ich verstehe den Einbruch nicht«, sagte er. »Er hat jedes Buch angefasst. Das tut man nur, wenn man etwas sucht.«

»Oder etwas verstecken will.«

Er starrte sie an. An diese Möglichkeit hatte er keine Sekunde gedacht.

»Haben Sie einen Tipp?«, fragte er vorsichtig.

»Sie denken viel zu vernünftig. Wir reden von Schmied. Er kann ein Spiel gespielt haben.«

»Ich suche ein Spiel, mit dem er jemand sehr wütend gemacht hat.«

»Das war immer sein Ziel.«

»Wissen Sie von Leuten, die er sauer gemacht hat?«

»Außer mir, meinen Sie?«

»War das eben eine Selbstbezichtigung?«

»Jetzt denken Sie zu dramatisch. Der Mann liebte es einfach zu provozieren. Danach sollte alles wieder gut sein. Er wunderte sich, wenn einer am nächsten Tag noch eingeschnappt war. Er selbst hatte seine Reden am nächsten Tag vergessen.«

»Sie meinen, er könnte zufällig jemand gereizt haben? Ohne es zu wollen? Vielleicht ohne es zu wissen? Wie wäre es mit Herrn Barrakuda? Könnte der zugebissen haben?«

Sie tat so, als könnte sie sich nicht daran erinnern, von wem die Rede war.

»Ich will Ihnen helfen«, sagte Sprecher. »Hier und natürlich auch in Müllheim flüstern sich die Spatzen zu, dass Sie und ...«

»Das ist eine Unterstellung!«

»Was ist eine Unterstellung?«

»Dass ich und Barrakuda ... also das ist ja ...«

»Ja?«

»Das freut Sie, nicht wahr? Unbewiesene schmutzige Gerüchte streuen und sich daran erfreuen, wenn empfindliche Menschen empfindlich reagieren.«

»Haben oder hatten Sie eine Beziehung mit Barrakuda? Ich meine eine richtige Beziehung, mit Sex und nackten Körpern und gemeinsamen Betten. Ich sage das lieber gleich, bevor Sie so tun, als wüssten Sie nicht ...«

»Und wenn es so wäre?«

»Dann würde ich verstehen, wie Sie auf Platz neun der Paarungsliste gelangen konnten.«

»Platz acht bitte, so viel Genauigkeit darf sein.«

Natürlich hatte sie eine Beziehung mit Barrakuda, natürlich genierte sie sich, dass sie mit einem männlichen Polizisten über zwei Affären sprechen musste. Natürlich musste sie mehrfach gebeten werden, Anfang und Ende und Dauer der Affären zu benennen. Es wäre weniger peinigend gewesen, hätte Sprecher nicht mitgeschrieben. Und er darauf verzichtet hätte, die Angaben hinterher zu wiederholen. Sie hatte beide Beziehungen parallel geführt.

»Respekt«, sagte Sprecher anerkennend. »Sie machen was aus Ihrem Ruhestand. Andere sitzen zu Hause und langweilen sich zu Tode. Sie liegen zu Hause und …«

»… das sagen Sie nicht!«

Es kostete ihn Anstrengung, sich zu mäßigen. Immerhin fragte er: »Könnte es sein, dass Herr Barrakuda derjenige ist, den Schmied bis auf Blut reizte? Für ihn war Schmied ein Rivale um die Gunst einer schönen Frau, die Bücher liebte und zwei Männer gleichzeitig. Könnte es sein, dass Barrakuda das Gefühl hatte, dass Sie und Schmied zu viel Zeit miteinander verbrachten? Zumal Sie auch noch ein gemeinsames Arbeitsprojekt laufen hatten? So dass Barrakuda durchaus denken konnte, dass sich hier eine Liebes- und Arbeits- und Lebensgemeinschaft von einer Intensität abspielt, gegen die er keine Chance hat? Welcher Mann hat schon Lust, gegen eine ordinäre Marke wie Schmied den Kürzeren zu ziehen?«

Innerlich triumphierend sah er zu, wie die Saat aufging, die er gesät hatte. In der Bibliothekarin arbeitete es. Sie stellte sich Dinge vor. Sie überlegte, ob es möglich war. Abwesend beantwortete sie alle Fragen, die der Kommissar zu den gemeinsam mit Barrakuda verbrachten Stunden stellte. Abwesend redete sie über Einpackfolie, die ihr gehörte oder Barrakuda und zu der er Zugang hatte. Beispielsweise wurde Papier in solche Folie verschweißt. Papier, das man brauchte, um die neue Ausgabe des »Badenheimer Glücks« zu drucken. Und was war mit Dokumenten, die sich in Figuren der Weihnachtsszenen gefunden hatten? Dokumente, die Schmied zugerechnet wurden und die in Figuren steckten, die in Barrakudas Räumen standen? Dokumente, die man nachträglich in fertige Figuren verbringen konnte? Eventuell, um falsche Spuren zu legen?

Der Kommissar verließ die Wohnung, nicht ohne die betont sachliche Mitteilung, sich noch einmal zu melden.

Zwei Minuten später klingelte es an der Wohnungstür. Birgit Staas, das Handy am Ohr, öffnete. Kommissar Sprecher, das Handy am Ohr, stand davor. Er hielt ihr das Telefon entgegen und sagte: »Ich rufe Barrakuda an, ich habe ja seine private Nummer, und es ist besetzt besetzt besetzt. Was sagen wir dazu?«

Beschämt nahm sie das Handy vom Ohr und wand sich vor Peinlichkeit.

34

Barrakuda schnappte nach Luft.

»Das ist nicht Ihr Ernst«, sagte er mit einer Stimme, deren falsches Pathos nicht zu überhören war.

Die Kommissare blickten sich an. »Es ist unser Ernst«, sagte Kommissarin Bittermann. »Ich bitte um eine ernsthafte Antwort. Und das zügig. Wir müssen vorankommen. Es ist bald Weihnachten.«

»Sie fragen mich, ob ich mit Frau Staas, unserer allseits verehrten pensionierten Büchereileiterin …«

»So, wie Sie das sagen, klingt es eklig«, unterbrach ihn Kommissar Sprecher. »Pensioniert! Wer ist denn pensioniert? Einer, der verbraucht ist, ausgelaugt, faltig, dessen Lebensversicherung fällig wird, der Kreuzfahrten unternimmt und Günther Jauch für einen jungen Mann hält. Aber Frau Staas steht doch voll im Saft. Bis auf zwei, drei Altersflecken auf dem Handrücken macht sie einen appetitlichen Eindruck. Da glaubt man doch, da geht noch was, aber hallo …«

»… es reicht«, unterbrach ihn seine Kollegin, »wir haben Ihren Versuch vernommen, das Loblied der reifen Frau zu singen. Wir werden das nie vergessen und häufiger davon träumen, als uns recht ist. Frau Staas ist eine attraktive Frau, gebildet, rhetorisch beschlagen, kultiviert, belesen …«

»… sexuell aktiv.«

»Wie gesagt, Herr Kollege, Sie haben versucht, was Ihnen möglich ist. Und mehr war eben nicht möglich. Wenn Sie noch ein einziges Wort über Frau Staas sagen, werde ich Sie gegen eine Kollegin austauschen.«

»Wow«, sagte Barrakuda beeindruckt, »das sind ja Umgangsformen bei der Polizei. Dagegen sind wir Journalisten dezent, und wir gelten als ungebildet und unflätig. Selbst die weiblichen Kollegen. Ich könnte Ihnen da Sachen …«

»Herr Barrakuda! Was ich eben zu meinem Kollegen sagte, gilt in gleicher Weise auch für Sie. Hatten Sie eine Beziehung mit Frau Staas? Ich nehme das als Ja. Hatte Frau Staas zeitgleich eine Beziehung mit Herrn Schmied? Ich rede jetzt nicht von einem literarischen Kaffeekränzchen, sondern von … vergessen Sie die unentschuldbare und unanständige Handbewegung meines Kollegen. Er wird sich dafür entschuldigen.«

»Meine Güte, was heißt Beziehung?«, entgegnete Barrakuda gewunden. Sie waren dicht an seinen Schreibtisch in der Redaktion gerückt, damit die Handwerker, die die Beschädigungen tilgten, leichter an ihnen vorbeikamen.

»Sex mit Ihnen und mit Schmied! Habe ich mich verständlich ausgedrückt?«

Er wollte es nicht zugeben, es schnürte ihm die Luft ab. Er hasste diese Situation, aus der er nicht ungeschoren herauskommen würde. Er gab die Beziehung zu, gab die Dreifachbeziehung zu. Wochenlang hatte er gelitten, hatte die Frohnatur gegeben, weil das alle von ihm erwarteten, denn er war in Müllheim angeblich für die gute Laune zuständig. Dabei habe er einen dicken Hals gehabt. Den Schmied habe er nicht gehasst, das sei ein Arschloch vor dem Herrn, von dem sei er nicht enttäuscht gewesen. Alles, was Schmied getan habe, liege auf der Linie, die er in seiner Zeit in Badenweiler gefahren sei. Eigentlich sei es erstaunlich gewesen, dass es nicht schon viel früher zu unappetitlichen Beziehungen mit Frauen gekommen sei. Diesmal habe es eben ihn, Barrakuda, getroffen. Mit Schmied sei er kein einziges Mal aneinandergeraten. Gestritten habe er sich mit Birgit, auf die sei er sauer gewesen, von der habe er erwartet, dass sie ihm diese Peinlichkeit ersparen würde. Die habe er aufgefordert, den Schmied auf den Mond zu schießen. Aber Gewalt, körperliche Gewalt?

»Ich bin ein Mann des Worts, ich habe mich nicht mehr gehauen, seitdem ich sechzehn bin. Wenn auf den Weinfesten und auf den Jahrmärkten das Handgemenge beginnt, bin ich weg.«

»Warum sagen Sie das jetzt?«

»Weil Sie sich gerade fragen, ob ich in der Lage wäre, Schmied zu schlagen.«

»Okay, Sie würden das also nicht tun. Der Zufall will es nun, dass Schmied nicht an Schlägen gestorben ist. Äußerlich ist der Mann unversehrt.«

»Ach!«

»Ja, ja. Ändert das etwas für Sie? Wollen Sie etwas zurücknehmen oder hinzufügen?«

»Eifersucht ist ein starkes Motiv«, sagte die Kommissarin. »Außerdem haben Sie einen Ruf zu verlieren, das ist auch ein starkes Motiv. Sie können nicht mal eben den Wohnort wechseln und neu anfangen. Sie sind hier verwurzelt. Egal, wie abgeklärt Sie sich äußern: Schmied muss Ihnen ungeheuer auf die Nerven gegangen sein. Jeden Tag aufs Neue. Und keine Aussicht, dass der Spuk aufhört. Denn Schmied hat sich hier so wohl gefühlt wie die Made im Speck. Und in den letzten Monaten noch viel mehr, denn er hat seinen ersten Auftrag erhalten. Und einen Vorschuss hat er auch eingestrichen.«

Barrakuda wollte mehr hören, er wollte alles hören, jetzt war er nicht mehr gehörnter Geliebter, jetzt war er Journalist. Aber sie ließen ihn zappeln, und Barrakuda betäubte seinen Frust, indem er den Kommissaren die immer wieder gern erzählte Geschichte von dem Mann nahebrachte, der sich als belebendes Element in Müllheim und Badenweiler um die Vitalität der Kulturszene verdient gemacht hatte.

»Was haben Sie denn mit Kultur zu tun?«, schoss Sprecher quer. »Sie betreiben ein Anzeigenblatt. Seit wann ist das Kultur? Für mich ist das weniger als Journalismus.«

Barrakuda nannte alle Veranstaltungen und Festivals, die auf sein Konto gingen. Von keinem war die Kunde auch nur bis ins benachbarte Freiburg gedrungen, obwohl Barrakuda so tat, als würde die Mappe mit Berichten über seine Taten Zentner wiegen.

Letztlich landete er immer wieder bei seiner Hitliste der attraktivsten Singles. Erstmals erfuhren die Kommissare, dass auch Schmied auf der Liste gestanden hatte, drei- oder viermal, weiter als Platz acht sei er nicht vorgedrungen. Barrakuda gab zu, dass er den Dichter lanciert hatte. »Ich habe versucht, ihn zu verkuppeln. Damit er endlich Ruhe gibt. Aber den Kerl wollte ja keine Frau haben, nicht einmal diejenigen, die wir unter uns Betbrüdern liebevoll die ›Schwerstvermittelbaren‹ nennen, haben angebissen. Einen wie Schmied tut sich keine Frau an. Na ja, am Ende hat sich ja doch noch eine gefunden …«

Der Gedanke an seine Birgit erfüllte den Mann mit Groll.

»Sie hat den Künstler geliebt, nicht den Mann«, sagte Sprecher. Es war wohl als Trost gemeint, aber Barrakuda sah nun noch deprimierter aus.

Seinen Terminkalender zeigte er bereitwillig her, seine letzten persönlichen Begegnungen mit Schmied hatte er auch parat. Ein Treffen zu dritt – ob bewusst herbeigeführt oder zufällig – hatte angeblich nie stattgefunden. Schmieds Todestag hatten die Mediziner auf den 25. November plus minus drei Tage festgelegt. Barrakuda hatte an allen Tagen offizielle Termine wahrgenommen. Man ging drei Wochen durch und fand einen einzigen Zeitraum von vier Stunden, für den er keinen Zeugen hatte: mitten am Tag.

»Warum jammern Sie eigentlich?«, fragte Sprecher mitleidlos. »So oft, wie Sie ein Bett mit Birgit geteilt haben, dürften Sie ja kaum an Liebesmangel gelitten haben.«

»Birgit aber auch nicht«, entgegnete Barrakuda. »Ich werde die Beziehung beenden. Mein Herz sagt nein. Da ist es egal, was andere Teile des Körpers sagen. Sie hatte ihre Chance, jetzt ist es genug.«

35

Der Anblick war rührend: Zwei Männer, denen man die Ähnlichkeit trotz des Altersunterschieds auf den ersten Blick ansah; beide in Arbeitskleidung, beide damit beschäftigt, die Laube winterfest zu machen. Darum herum ein großer Garten, in dem jeder Quadratmeter kundige Pflege verriet.

Der Jüngere begrüßte die Kommissarin und den Grafen. Dann stellte er ihnen seinen Vater vor. Kommissarin Bittermann erkannte den Mann, der die Fabrikhalle ausgefegt hatte, kaum wieder. Bei besserem Licht wirkte Vater Lebach nicht wie ein Mann, der sich ausruhte, weil er schwach war. In dem Mann war noch Spannung. Mit dem Reden hatte es Vater Lebach nicht. Nur das Nötigste, wo er ein Wort einsparen konnte, sparte er es ein. Dabei war er nicht unfreundlich. Er wirkte nicht einmal unfreundlich, als er, während man redete, fortfuhr, die Wand der Laube von Farbe zu befreien.

Ein Anruf von Lebach hatte zu dieser Viererrunde geführt. Die Kommissarin war gespannt, der Graf wirkte gelassen und widmete seine Aufmerksamkeit dem Garten mit den schönen Obstbäumen, den mannshohen Stachelbeersträuchern, der altmodischen Pumpe.

Lebach redete und redete, im Grunde schwadronierte er. Allen war bewusst, dass er Zeit gewinnen wollte. Dann sagte der Vater: »Red, Bub«, und Lebach begann.

»Es ist mir so was von peinlich. Hätte ich die Wahl, würde ich schwindeln. Oder ins Krankenhaus gehen.«

Der Graf lächelte: »Da musst du jetzt durch. Es ist der Fonds, nicht wahr?«

»Es hätte nicht passieren dürfen und es ist passiert.«

»Du wusstest also doch davon?«

»Als wir das erste Mal darüber sprachen? Ja. Aber ich war noch nicht damit fertig, den Hintergrund aufzuklären. Deshalb wollte ich Zeit gewinnen. Jetzt ist der Hintergrund geklärt. Und wie es üblich ist: Der Tote ist der Böse.«

Er blickte die Besucher an und erkannte, dass man ihn nicht verstand.

»Es war ein Gedankenspiel«, fuhr er fort. »Das liegt schon drei oder vier Jahre zurück. Ein Gedankenspiel. Was wäre, wenn …? Alle paar Monate rastern wir die Immobilien und Grundstücke in unserer Einflugschneise ab. Ist etwas auf dem Markt? Wird etwas in absehbarer Zeit auf den Markt kommen? Was kommt nicht auf den Markt, bei dem es aber pulstreibend wäre, wenn wir es handeln dürften? Das kleine Eigenheim von 120 Quadratmetern und 600 Quadratmetern Land meine ich nicht. Das ist unser Schwarzbrot, damit gehen wir pfleglich um, aber das wächst uns ja naturwüchsig zu. Die Kinder sind aus dem Haus, die Besitzer werden alt oder einer stirbt, das Telefon klingelt, wir sitzen drauf.

Bei der 180 Quadratmeter-Hütte mit 2000 qm Land ist schon Speichelfluss erlaubt. Auch bei den Grundstücken gibt es diese Hierarchie. Wo können wir abreißen und verdichten? Wo bisher ein Häuschen stand, ist Platz für zwei Doppelhaushälften, vorne eine, hinten eine, das rechnet sich. Es ist nicht unanständig, so zu handeln. Wir müssen den Markt im Auge behalten.

Naja, und dann gibt es die Sahnestücke. Die, die so schön sind, dass du von ihnen träumst. Die, von denen klar ist, dass sie nie auf den Markt kommen werden. Was nicht heißt, dass sie nicht den Besitzer wechseln. Aber das geht an uns vorüber. Damit sind andere Adressen befasst …«

»… die Häuser, mit denen unsereins seit Generationen zusammenarbeitet«, vollendete Amadeus.

»So sieht das aus«, entgegnete Lebach tapfer.

Der Graf sagte: »Ein privates Bankhaus, 350 Jahre alt. Ohne Filialnetz. Wo der Berater zwanzig Kunden berät, ein Leben lang, und es ist der Berater, der zu den Kunden nach Hause kommt, nicht umgekehrt.«

»Ich klage nicht«, behauptete Lebach. »Wir spielen in unserer Liga, die spielen in ihrer Liga. Dafür haben die nicht so schöne Teppichböden wie wir. Die haben nur Perser in ihren Büros, immer wieder Perser, seit Jahrhunderten Perser. Irgendwann müsste es doch mal gut sein mit diesen Persern.«

»Wie ist der Prospekt zustande gekommen?«, fragte die Kommissarin.

»Es war ein Gedankenspiel«, antwortete Lebach, »bei dem ich versäumt habe, ›Stop!‹ zu rufen. Man hat mir das wohlweislich nicht vorgelegt, weil man wusste, dass ich das nicht dulden werde. In der Immobilienabteilung existieren weitere Prospekte von Objekten, die zu Träumen Anlass geben. Wir haben auch Prospekte vom Buckingham Palace und vom Petersdom, aber das ist nicht ernst gemeint, und jeder weiß das. Das ist eine Fingerübung, damit beschäftigen sich die Lehrlinge, damit sie lernen, worauf es ankommt. Aber das Wolffheim-Schloss ist ein anderes Kaliber.«

»Red, Bub«, sagte der Senior. »Sag's ihnen. Sie fressen dich nicht.«

»Ich habe nachgeforscht«, sagte Lebach. »Der Prospekt ist vor vier Jahren entstanden, danach lag er in einer windstillen Ecke. Als ich zum ersten Mal hörte, dass der Graf wieder da ist, war auch der Prospekt da. Ich bekam die Nachricht und erfuhr vom Prospekt. Es war eine Sache von zwei Stunden. Es war peinlich, ich war wie gelähmt. Und dann wurde alles noch schlimmer.«

Beschämt schilderte er, dass 16 Anteile gezeichnet worden waren. Insgesamt sieben Besserverdienende hatten Anteile des Grafen-Fonds gezeichnet, jeweils über 35 000 Euro. Es gab schriftliche Abmachungen. Alle sieben hatten unterschrieben, dass der Fonds im derzeitigen Stadium nicht aktiv sei und es unabsehbar war, wann er lebendig werden würde und ob überhaupt jemals. Alle sieben hatten ihre Einlagen stehen lassen. An Zinsen gab es einen Fliegenschiss mehr als Tagegeld-Zinsen.

»Es war eine Option auf Zukunft«, sagte Lebach. »Vielleicht bedeutete ihnen das Gefühl etwas, eine Hand aufs Schloss gelegt zu haben. Ich weiß es nicht, und jetzt ist auch

Schluss damit. Die Sache wird rückabgewickelt, in wenigen Tagen ist die Suppe gegessen.«

»Würdest du Namen nennen?«, fragte der Graf.

Lebach blickte ihn an, als habe man ihm einen Speer in die Därme gestoßen.

»Verlang das nicht von mir«, sagte er flehentlich. »Das würde Unfrieden stiften.«

»Feinde oder Freunde?«

»Das ist ja das Schlimme. Keine Feinde.«

Lebach Senior schüttelte den Kopf, verächtlich, und sagte leise: »Das bleibt haften. Das wäschst du nicht ab.« Danach kratzte er mit einer Kraft an der Farbe, die man an ihm bisher nicht gesehen hatte.

»Mein Vater leidet darunter«, sagte Lebach.

»Erzähl ihm von dem Künstler«, knurrte der Senior.

Die Kommissarin nahm es dem alten Mann nicht übel, dass er sie ausschloss. Sie konnte nachvollziehen, dass für ihn der Graf die Bezugsperson war, um die sich sein Denken drehte.

Lebach verdrehte die Augen.

»Schon wieder Schmied?«, fragte Amadeus. »Wie bedeutend war für euch eigentlich dieser Mann? Wie sehr habt ihr ihn in euer Leben hineingelassen?«

»Haben wir nicht«, entgegnete Lebach. »Er kam von allein in unser Leben. Er war so unverschämt, dass er die Menschen hilflos machte.«

Und so hatte Lebach ihn auch nicht vor die Tür gesetzt, als Schmied eines Tages in der Sparkasse erschienen war. Nicht um zum zehnten Mal eine Erhöhung seines Kreditrahmens zu fordern – zu fordern, nicht zu erbitten. Diesmal brachte er eine Neuigkeit mit.

»Er hatte Kontakt zu dir.«

Amadeus und Kommissarin blickten sich an.

»Er hat behauptet, dass er mit dir in Kontakt steht«, fuhr Lebach fort.

»Was du ihm natürlich nicht geglaubt hast.«

»Was ich ihm natürlich geglaubt habe. Denn warum sollte ich eine Eselei auslassen, wenn ich schon so gut dabei bin?«

Schmied hatte behauptet, den Grafen in der Schweiz getroffen zu haben. Auf der Riederalp im Wallis, wo der Graf mit seiner Lebensgefährtin Urlaubstage verbrachte. Man sei ins Gespräch gekommen, habe erst nach Stunden realisiert, dass man über Badenweiler miteinander verbunden war. Der Graf habe sich amüsiert gezeigt, er habe seine Frau zu einer Gletscherwanderung auf den Aletsch geschickt und mit Schmied drei Flaschen Schweizer Weißwein geleert. Man habe über Badenweiler geplaudert, über den Badener Menschenschlag und die Liebe der Einheimischen zu den Wolffheims. Man habe sich in die Hand versprochen, in Kontakt zu bleiben. In weinbeschwingter Stimmung habe man einen Wettlauf von der Riederalp hinüber zur Bettmeralp unternommen: ein Lauf auf 2000 Meter Seehöhe, bei dem Schmied vor Luftnot fast verreckt sei.

Lebach sagte: »Ich sehe dir an, wie es in dir denkt. Aber so weit reicht deine Phantasie nicht.«

»Noch eine Eselei?«

Lebach hatte es abgelehnt, mit Schmied über den Grafen Wolffheim zu sprechen. Er dachte, damit sei das Thema durch. Schmied hatte Lebachs Schreibtisch verlassen – um in den folgenden Wochen die Immobilien-Leute weichzukochen, bis die begannen, mit Wolffheim über das Schloss zu sprechen. Dolmetscher und reitender Bote: Schmied.

»So ist der Prospekt zu neuem Leben gekommen«, sagte Lebach. »Schmied hat meinen Leuten gesteckt, dass der Graf sich mit dem Gedanken trage, das Schloss zu versilbern und die letzte Brücke hinter sich abzureißen. Schmied hat meinen Leuten klargemacht, dass der Graf noch mit der Entscheidung ringen würde, aber Schmied hat auch angedeutet, dass der Fonds – dem Grafen in homöopathischen Dosen untergejubelt – die Entscheidungsfindung beschleunigen könnte.«

Nicht mit der Faust auf den Tisch, sondern einfühlsam vorbereitet: Das sei das Mittel der Wahl, so wie er den Grafen taxiere, der fromm geworden sei, der gute Werke tun und mit dem Erlös vom Schlossverkauf eine Augenklinik in Zentralafrika finanzieren wolle.

Amadeus wankte nicht, aber die Kommissarin konnte nicht einschätzen, ob er im nächsten Moment laut lachen oder davongehen würde.

Oder beides.

»Woher wusste Schmied von dem Prospekt?«, fragte sie.

»Er wusste es nicht. Meine Leute haben es ihm gesagt. Sie haben dem Löwen die Antilope vorgelegt.« Die Immobilienprofis der Sparkasse hatten mit Hilfe von Schmied Kommunikation mit Graf Wolffheim betrieben. Sie hatten durch die Blume angefragt, ob man über die Zukunft des Schlosses und des gräflichen Landes sprechen könne. Man sei in eine Art Gespräch gekommen. Das Honorar, das Schmied erhalten hatte, schien sich zu lohnen. Zwanzig Mal oder häufiger trug Schmied Anfragen und Antworten hin und her. Jedes Mal persönlich nach einer Bahnfahrt in die Schweiz, für die die Sparkasse die Fahrkarte gezahlt hatte; jedes Mal mit Treffen in der Schweiz, denn der Graf lehnte es ab zu telefonieren, und er lehnte auch den Gebrauch des Internets ab. Einen Besuch in der Heimat durfte man in seiner Gegenwart nicht einmal erwähnen.

»Wie viel?«, fragte die Kommissarin.

Angeblich hatte Schmied 5000 Euro für seine Dolmetscherdienste erhalten plus eine Umwandlung des Dispos in einen Ratenkredit, dessen Rückzahlung in zwei Jahren beginnen würde. Das Honorar hatte Schmied bar erbeten und erhalten. Die neuen Bedingungen des Ratenkredits seien nie schriftlich festgehalten worden. All das habe Lebach nicht gewusst und erst in den letzten Tagen erfahren. Und: Nein, die Immobilienleute hatten nicht daran gezweifelt, dass Schmied tatsächlich Kontakt zum Grafen besaß.

»Tja, Herr Lebach, was sagen Sie denn dazu?«

Überrascht starrte der Senior die Kommissarin an.

»Was ich davon halte? Das interessiert doch niemanden. Wenn du merkst, dass dein eigener Sohn nicht an dem interessiert ist, was du denkst und meinst, dann hörst du irgendwann auf, es selbst für wichtig zu halten. Hätten Sie Kinder, wüssten Sie, wovon ich rede.«

Es waren Momente wie dieser, die der Kommissarin ihre beiden Suspendierungen vom Dienst eingebracht hatten. Dazu musste sie jetzt nur dem renitenten Zausel vor ihr sagen, was er sie könne und zwar kreuzweise. Danach musste der Zausel sich an ihre Kollegen wenden, und die müssten tun, was sie nicht lassen konnten.

Sie sah zu, wie der junge Lebach einen Arm um die Schultern seines Vaters legte. Sie trat neben den Grafen und murmelte: »Isses nicht schön?«

Sie starrte Amadeus an, sah sein Lächeln und zählte die Sekunden, bis der gräfliche Arm sich wieder von ihr lösen würde.

36

Mit dem orangefarbenen BMW hinaus in den Wald, immer der Nase nach im Vertrauen auf die alte Witterung. Er hatte den Weg nicht gefunden, vielleicht hatte er davorgestanden, aber die Natur ist radikal in zwanzig Jahren. Er war keine zwei Kilometer gelaufen, nicht weil die Kraft nicht reichte, sondern weil die Erinnerung ihm die Luft nahm. Es war so schön, stehen zu bleiben und dem Wind in den Bäumen zuzuhören. In Italien musste man vier Bäume zusammenbinden, um eine solche Höhe zu erreichen. Der Moosteppich suppte bei jedem Schritt, das Grün war so intensiv, das es künstlich wirkte. Geschlagene Bäume waren am Rand des Wirtschaftsweges gestapelt, alles frisch, vor allem der Geruch. Er hatte seine Hand auf die geschälten Stämme gelegt und die Nase an die Hand gehalten. Wenn er in Italien die Naturfilme in Deutschlands dritten TV-Programmen verfolgt hatte, war es der Geruch gewesen, der ihn ergriffen hatte. Nicht die Füchse, Wildkatzen, Seeadler. Nicht der Blick von Anhöhen in die Ebene, nicht die Buchenwälder, nicht Nebel, Tau und Dunst und nicht der Wechsel der Jahreszeiten. Immer der Geruch. Der Geruch war ein starkes Gefühl. Und mit der Nase voll Heimat stand er auf dem Weg und ließ den Ruheständler mit seinem Hund vorbeigehen. Ein Bild von Hund, Benehmen: eins. Unangeleint und hoch diszipliniert. Man hatte sich gegrüßt, weil man das tut im Wald. Der Ältere erkannte, wie ergriffen der andere war. Und hatte geschwiegen. Auch fürs Herrchen eine Eins.

Aus den Truhen unterm Dach hatte er den Trainingsanzug ausgegraben. Unfassbar, wie die beiden Truhen so viele Jahre überstanden hatten, ohne geplündert zu werden.

Der Bäcker herrschte über die Küche, er hatte dem Grafen ein Loch in den Bauch gefragt und backte nun italienisch. Der Bäcker war ganz bei sich, er summte zu Radiomusik mit konsumierbarer Klassik, als es klingelte, ging Amadeus freiwillig zur Tür. Draußen war Dämmerung, das Licht über der Haustür war schummrig, aber alles, was er erkennen musste, um blass zu werden, erkannte er.

»Keinen Schreck kriegen«, sagte die Frau.

»Zu spät. Das hätten Sie mir zurufen müssen, als die Tür noch geschlossen war.«

Sie lachte, etwas mühsam, und hörte sofort auf.

»Wieso?«, fragte Amadeus und reichte ihr die Hand. Er zog die Frau an sich und umarmte sie.

»Besser?«, fragte sie.

»Besser, aber noch lange nicht gut.«

Im Foyer stehend, sagte sie: »Wo wollen wir anfangen, damit wir es schnell hinter uns bringen?«

»Ich schlage vor, Sie sagen mir, warum Sie nicht tot sind. Danach sehen wir weiter.«

Der Bäcker stand im Foyer, wischte sich die Hände am Handtuch ab, das in der Hose steckte. Das beruflich veranlasste dritte Auge und dritte Ohr waren aus dem Kopf gewachsen, und Amadeus sagte: »Mein Faktotum.«

»Du verlierst keine Zeit, die alten Verhältnisse herzustellen.«

»Ich bin ihm zugelaufen«, behauptete Sprecher. »Und ich bin mit Vorsicht zu genießen. Wer meinen Kuchen nicht isst und meinen Kaffee nicht trinkt, bekommt Probleme.«

»Ich bin bereit«, erwiderte sie und ließ sich von Amadeus aus dem Mantel helfen. In seiner Erinnerung war sie größer gewesen. Und nicht so mager. Sie war in Würde gealtert, das Haar zeigte kein Altersweiß, sondern einen Mix aus Silber und Schwarz. Ihre Vorliebe für Kostüme hatte die Zeiten überdauert, ihre Beine ließen noch den Sport ahnen, den sie damals getrieben hatte: Reiten, Golf, Ski, Tauchen. Sie war die sportlichste Mutter von allen Freunden gewesen. Selbst als sie schon nicht mehr gesund gewesen war, hatte sie sich nicht geschont. Da war die Beziehung zwischen Clarissa und Amadeus nicht mehr eng gewesen, vieles war Hörensagen, was er damals erfahren hatte. Schon damals war das Verhältnis von Tochter und Mutter nicht frei von Konflikten gewesen.

»Das erlebt nicht jeder, dass er sich mit siebzig besser fühlt als mit sechzig. Und sehr viel besser als mit fünfzig.«

Als sie das erzählte, saßen sie schon eine Stunde am Küchentisch. Sprecher hatte dafür plädiert, die Wand zum Wirtschaftsraum herauszureißen, wodurch die Küche vierzehn Quadratmeter gewinnen würde. Angeblich hatte er in den letzten Tagen Buch geführt und herausgefunden, dass man im Schloss in vier von fünf Fällen in der Küche saß, wenn Bewohner oder Besucher zusammen waren.

Vera Deine, die totgeglaubte Frau des Patriarchen und Mutter von Clarissa, weigerte sich, ein weiteres Mal die traurige Geschichte des Streits mit ihrer sturen Tochter breitzutreten, die dazu geführt hatte, dass Vera in der Familie zur persona non grata wurde.

»Ich brauche deine Hilfe«, sagte sie. Sie duzte den Grafen umstandslos, wie sie es immer getan hatte. »Ich habe Angst um die beiden. Sie haben sich unheilvoll verstrickt.«

Der Bäcker besaß eine hingebungsvolle Art, zuzuhören und gleichzeitig beschäftigt zu wirken. Amadeus brachte Vera auf den aktuellen Stand der Ereignisse: Rückkehr nach zwanzig Jahren, Diebstahl des Hausrats, provisorische Lebensführung, Beginn der Sanierung. Sie tat nicht so, als sei alles neu für sie. Sie verriet auch nicht, von wem sie ihre Informationen bezog. Der Badenweiler Bordfunk war gut geölt wie eh und je. Man hatte den Rückkehrer im Auge, das spürte er auf der Haut, auch wenn er niemanden sah außer den unvermeidlichen Blochs mit ihrem unvermeidlichen Fernglas. Auf der Straße grüßten ihn acht von zehn Einheimischen, oft scheu, mit Distanz, aber niemand war unfreundlich. In Müllheim erkannten ihn weniger, aber kein Zweiter kam auch nur in die Nähe seines Bekanntheitsgrads. Der Mehrteiler in der Badischen Zeitung hatte ganze Arbeit geleistet: fünf Folgen an fünf Tagen, und es verging keine Ausgabe ohne aktuelles Foto von Graf Amadeus.

»Mach was draus«, sagte Vera und lobte den Kuchen. »Du hast nur noch den einen Schuss. Es sei denn, du wirst so krank wie ich. Dann hast du eine Chance mehr, aber du wirst dir das nicht wünschen.«

»Sind Sie wieder gesund?«

»Ich lebe, ich habe die Schmerzen im Griff. Ich werde nicht mehr tauchen und Ski fahren. Aber Doppelkopf ist auch ganz schön.«

»Lieben Sie Ihre Tochter?«

»Clarissa ist der härteste Mensch, den ich kenne. Du wirst verstehen, dass ich mir meine Kinder anders gewünscht habe. Menschlicher. Jetzt habe ich meinen Frieden mit einem Kind gemacht, das die Nachricht von meinem Tod in die Welt gesetzt hat. Das ist hart. Noch härter finde ich, dass ich Clarissas Spiel so lange mitgespielt habe. Dabei hätte es in meiner Macht gestanden, das gute Kind an die Wand zu klatschen. Denn natürlich weißt du und denkst in diesem Moment daran, dass Clarissa ihre Härte ja von jemandem geerbt haben muss. Lass uns zum Thema kommen, die Zeit läuft mir davon, und das ist leider kein Klischee. Ich brauche Kaffee, Kuchen und einen Schnaps, der dazu passt. Medikamente habe ich dabei. Ich hoffe, ihr habt heute nichts mehr vor.«

An einem der schöneren Tage im Herbst stand Vera Deine so überraschend wie heute vor einer anderen Tür. Allerdings besaß sie für diese Tür einen Schlüssel, wenn sie ihn auch nicht benutzte. Die Umarmung mit dem Mann, der die Tür öffnete, war weniger herzlich als die mit Graf Amadeus. Dafür war der Mann nicht so überrascht, dass Vera am Leben war. Fünfzehn Jahre hatten sich die Eheleute nicht gesehen – beide konnten damit leben, wenn auch nicht beide gleich gut. Vor fünfzehn Jahren war Vera gegangen – nicht wegen der unnachgiebigen Tochter, auf deren Ehrgeiz und Energie sie sogar stolz war. Was sie von ihrer Familie getrennt hatte, war der Mord vor 150 Jahren. Der Mord, der nicht erwähnt wurde, offiziell nicht und selbst in privaten Momenten nicht.

Beim 125. Jubiläum hatte Vera ihren Mann fast so weit gehabt, er war mit sich ins Konklave gegangen und hatte am Ende gekniffen. Auf die Firma durfte kein Schatten fallen, für den Patriarchen war es nebensächlich, ob das Verbrechen 125 Jahre zurücklag oder fünf. Die Firma war sakrosankt, keine öffentliche Debatte. Kein Wort über Moral und Flecken auf der Weste, über Verantwortung und Schuld und den Verlust der Unschuld.

Clarissa? Sie unterschrieb jeden Satz ihres Vaters. Sie kannte die Namen der Zeitgenossen, die in Deutschland für Moral und öffentliche Empörung zuständig waren. Und sie fürchtete sich vor ihren öffentlichen Auftritten. Diese Zeitgenossen konnten sich an jedem Tag der Woche über ein anderes Unrecht erregen. Nie fehlten ihnen die Worte, stets signalisierten Mimik und Gestik professionellen Abscheu und den Widerstand aller Aufrechten und Selbstgerechten. Clarissa war in vielerlei Hinsicht die Tochter ihres Vaters, bei diesem Thema ganz besonders.

Es war Vera Deine, die sich jahrelang an dem Thema abarbeitete. »Dabei war ich nie ein besonders moralischer Mensch. In keiner Sekunde wollte ich meinem Mann wehtun oder meiner Tochter Unbehagen bereiten. Ich wollte nur meine Meinung sagen und meine Gefühle. Das ertrugen sie nicht. Wir waren fast immer zu dritt, wenn es darum ging. Ich wusste nie, ob die beiden so sehr daran interessiert waren oder ob einer auf den anderen aufpasste, damit er nicht einknickte. Ist es nicht so, dass Vater und Mutter zusammenstehen und das Kind ist in der Minderheit und arbeitet sich an den Eltern ab?«

Bei den letzten Worten hatte sie begonnen, in ihrer Tasche zu kramen, sie legte Papiere auf den Tisch, legte beide Handflächen auf den Umschlag und sagte: »Das hier ist der Untergang der Bedenkenträger.«

»Das Amadeus-Elixier.« Als Autorenname: »Schmied«, einfach Schmied, kein Vorname. Darunter das Jahr 2011.

»Sie haben unsere Aufmerksamkeit«, sagte der Graf.

»Das ist nur der Anfang«, sagte Vera Deine. »35 Seiten Romanfassung, wie er es angekündigt hat. Ich habe schon Besseres gelesen, aber selten etwas, das mich so sehr aufgewühlt hat.«

Seit einer Woche befand sich die Frau des Patriarchen im Besitz der Seiten, sie stammten aus dem Fenster der Redaktion des »Badenheimer Glücks« in Badenweiler.

Die Männer blickten sich an.

»Das passt nicht«, sagte Sprecher. »Das ist nicht Ihr Stil.«

Vera Deine lachte. »Warum eigentlich nicht? Aber ich war's nicht, ich habe das gemacht, was ich noch besser kann als einbrechen. Ich habe die Brieftasche geöffnet und die Scheine in eine Hand gezählt. Na gut, ich will ehrlich sein: Ich hatte die Summe passend, im Umschlag.«

»Sie haben Einbrecher gedungen?«

Erstaunt blickte sie Sprecher an: »Gedungen ist gut. Klingt wie 19. Jahrhundert, womit wir wieder beim Thema wären. Ja, ich habe gedungen. Ich bin zu alt für solche Räuberkunststücke.«

»Name?«

»Kein Name, ich weiß die Namen gar nicht.«

»Es waren zwei?«

»Möglich.«

»Sie wollen nicht darüber reden?«

»Sehr gut möglich.«

Kennengelernt hatten sie sich in Bremen, natürlich war Schmied der aktive Part. Wenn er Geld witterte, konnte er sehr wendig sein. Im Sommer reiste er in den Norden, um die Listen der Auswandererschiffe einzusehen. Das wäre auch per Internet möglich gewesen, aber zu diesem Zeitpunkt hatte Schmied schon beschlossen, eine ordentliche Arbeit zu verfassen. Dazu gehörte Lokalkolorit: Küste und Schiffe und Meer, Fische, Möwen und zum ersten Mal in seinem Leben ein Hafen, der nicht ins Mittelmeer führte. Dass sie sich trafen, lag an einer Frau, die in Bremerhaven dafür zuständig war, Besuchern zu helfen, die sich auf den Spuren ihrer Vorfahren befanden. Schmied hatte sich als Journalist aus Badenweiler vorgestellt. Dass wenige Tage vorher eine Dame aus demselben Ort in die Listen geschaut hatte, erinnerte die freundliche Helferin an den Badenweiler Marsch, den sie im Schwarzwald verortete und nicht in der gleichnamigen französischen Stadt, wie es historisch korrekt war. Sie wusste noch den Namen der Dame, jedenfalls den Klang: Meine oder ähnlich. Schmied hatte die Hotels abtelefoniert. Weil er bei den teuren begann, musste er kaum suchen.

Noch am Tag der Kontaktaufnahme traf man sich zum Essen. Kein einziger Wein vom Kaiserstuhl stand auf der Karte, Vera Deine führte den eingeschüchterten Mann in die globale Weinwelt ein. Man saß fünf Stunden zusammen, bevor man in die Bar wechselte, wo Schmied auf seine alkoholischen Vorlieben traf. Nun wurde er redselig, er wusste, wer Vera war, und den Familienkrieg kannte er auch, weil er vorher so getan hatte, als wäre er ihm bereits bekannt. Er wickelte Vera um den Finger und lief zu großer Form auf.

»Den Kerl hat dir der Himmel geschickt, dachte ich damals. Er wusste schon viel, ahnte einiges, und nachdem ich ihm manches erzählt hatte, wusste niemand außerhalb der Familie Deine so viel über unsere Geschichte wie dieser Lump. An dem Abend war ich hingerissen von der Vorstellung, den Schleier herunterzureißen. Endlich eine Form gefunden, um die Wahrheit zu verbreiten. Ein Roman! Geht es denn noch poetischer? Er wollte sich so eng wie möglich an die historische Wahrheit halten, wollte nichts hinzuerfinden und nichts weglassen. Er wollte nur keine dröge Chronik schreiben, denn diese Geschichte verlangte nach dramatischer Zuspitzung. Er brachte mir das nahe, und ich fand es einleuchtend, zumindest an dem Abend. Endlich hatte ich einen Gleichgesinnten getroffen, einen Geistesverwandten. Den mir der Himmel geschickt hatte. Schmied war ein Glücksfall für mich, und das war der Grund, warum er von mir alles bekam, was er sich erhofft hatte.«

»Also Geld.«

Sie blickte Sprecher an: »Was ist schon Geld?«

»Für Schmied der Sinn der Welt. Zusammen mit dem Ruhm als Künstler.«

»Soll ich einen Mann angreifen, weil er ehrgeizig ist?«

Die 35 Seiten hatte Vera vier Wochen später erhalten.

Nun ging es darum, herauszufinden, was sie wusste bzw. damals erfahren hatte. Kein Wort über den offiziellen Auftrag, die Chronik für das Jubiläum zu verfassen. Kein Wort über den Auftrag des Patriarchen, für das Jubiläum einen Roman zu schreiben. Was hatte denn Schmied als seinen Beweggrund genannt, sich für Deine zu interessieren? Dass sein Wohnort der Stammsitz von Deine war; die Liebe zu den Produkten, die seiner Mutter, einer schwer arbeitenden Wäscherin, den Alltag erleichtert hatten. »Er hat gesagt, dass er Deine etwas von dem zurückgeben will, was Deine für seine Mutter getan hat.«

Das war Schmied, wie ihn die Männer kannten! Immer einen Gang zu hoch geschaltet, immer bereit für Pathos; und ein haushälterischer Umgang mit der Wahrheit. Er hatte also nicht nur doppelt verdient bei Tochter und Vater Deine. Er hatte mit Vera Deine eine dritte Quelle aufgetan. Vera hatte Schmied mit allen Informationen versorgt, die ihn in die Lage versetzt hätten, das Gründungsgeheimnis von Deine saftig auszuschmücken. Der Bruder des Gründers war ein Mörder!

Auf den 35 Seiten ging es um den Tod des Mitarbeiters. Erst las Sprecher nebenbei, danach der Graf. An Schmied war erkennbar kein großer Künstler verloren gegangen. Aber er hatte sich im Zaum gehalten, hatte der Wucht der Handlung vertraut und nicht trivial auf die Pauke gehauen.

Es wurde Zeit für die entscheidende Frage: Was wollte Vera Deine? Weshalb war sie ins Schloss gekommen?

»Ihr habt recht«, murmelte sie, nachdem sie zwei Tabletten geschluckt hatte. Wenige Minuten später wirkte sie nicht mehr abgespannt.

»Ich brauche Hilfe«, sagte sie. »Ich sage das nicht leicht. Stur und hart, wir sprachen schon darüber, wenn auch in anderen Zusammenhängen. Ich habe mich geirrt. Der Zug fährt in die falsche Richtung, er muss gestoppt werden. Wochenlang habe ich mich zehnmal am Tag gefreut, dass jetzt Schluss ist mit der Lüge. Endlich frische Luft in die Gruft. Der Roman war mein Türöffner. Mit seiner Hilfe wollte ich unsere Firma in eine neue Ära führen. Ich war besoffen von der Vorstellung. Ich habe kaum noch an Clarissa und ihren Vater gedacht, habe unterstellt, dass die Welle sie mitreißen wird und dass sie am Ende begreifen werden, dass es gut ist, wenn alles bekannt wird. Es wäre wie die zweite Gründung von Deine.

Na ja, wie Rechthaber eben reden. Denn nun denke ich nicht mehr so. Ich habe gelesen, dass Schmied tot ist. Ich habe einige Tage gebraucht, um das zu kapieren, und ich kann beim derzeitigen Stand nicht ausschließen, dass Schmied nicht mehr lebt, weil er versucht hat, meine Mission zu seiner Mission zu machen. Ob mit Geld oder ohne Geld. Vielleicht ist er ja wirklich ein Egoist, der Menschen manipuliert. Aber mir wollte er helfen – vielleicht aus Eigennutz, vielleicht nicht. Jetzt ist er tot, und die Vorstellung, dass er ohne mich noch leben könnte, treibt mich vierundzwanzig Stunden am Tag um. Ich fühle mich sehr schlecht und kann es niemand in die Schuhe schieben.

Ich weiß seit langem, dass mein Mann bald sterben wird. Aber erst seitdem ich weiß, dass Schmied tot ist, bedeutet mir das etwas. Bisher hat mich die Krankheit meines Mannes unter Zeitdruck gesetzt, weil seine Lage mir die Zeit nahm, um meine Mission zu erledigen. Jetzt weiß ich, dass meine Mission gar nicht wichtig ist. Wichtig ist Schmied: tot. Wichtig ist mein Mann, der gute alte Stinker: bald tot. Und wenn er auf etwas einen Anspruch hat in dem bisschen Leben, das ihm geblieben ist, dann ist es wohl das Recht, seine letzte Zeit in Ruhe zu verbringen. Mit Stolz auf seine Tochter und seine Firma. In dieser Reihenfolge.

Und deshalb soll der Roman nicht erscheinen, nicht ein Teil und nicht das Ganze. Ich will nicht, dass man beim Jubiläum nur über den Roman redet, und ich weiß nicht einmal, ob dieser Roman existiert. Aber der Anfang existiert, und selbst der soll nicht öffentlich werden. Der Anfang schon gar nicht. Deshalb bin ich hier. Weil ich Hilfe brauche. Mein Mann stirbt, und ich will, dass mit ihm die Lüge stirbt, weil er nur dann ruhig gehen kann.«

In die lange Stille hinein sagte Amadeus: »Das ist großartig, das imponiert mir. Und die meisten Fragen sind damit beantwortet. Nur eine noch nicht: Warum ich?«

Sie sah ihn an, blickte Sprecher an, blickte Amadeus an und sagte: »Du weißt es nicht? Immer noch nicht?«

37

Dass eine Frau so viele Kinder haben konnte. Dabei war sie keinen Tag in ihren 78 Jahren verheiratet gewesen. Nicht einmal katholisch war sie gewesen, obwohl sie nichts dagegen gehabt hatte, für römisch zu gelten. Acht Monate wohnte Emma schon in ihrem Haus, so lange hatten die Kartons die Garage verstopft. Jeden Karton hatte sie geöffnet, jede Schachtel mit Fotos, jede Tüte mit Fotos hatte sie ins Haus getragen, im Esszimmer gestapelt und den Wohnraum vollgestellt. Sie hatte lange gebraucht, um mit dem Provisorium zu leben. Jetzt musste Ordnung in die Schöpfung, bevor sie die Tüten nicht mehr sah. Die ersten Besucher hatten schon bedeutungsvoll geguckt und bedeutungsvoll geschwiegen.

58 Jahre hatte die alte Hebamme von Badenweiler die Fotos gesammelt, nie hatte sie das Prinzip verändert: ein Foto nach der Geburt, am ersten Tag oder kaum später. Auf der Rückseite die Namen der Eltern, die nackten Namen, keine weitere Information; das zweite Bild als Erwachsener: im Alter von zwanzig oder fast zwanzig. Kein Text zu den Bildern, nur Daten und Name. Immer schwarz-weiß. Vereinzelt gab es Farbfotos, aber von diesen Kindern existierten auch jedes Mal die strengen schönen Schwarzweißen. Früh war der Plan entstanden: ein Buch von meinen Kindern. Ich gehe nicht nach Schönheit und schiele nicht auf Effekte. Nur die Vollständigkeit zählt.

58 Jahre und nie die Zeit, um das Buch zusammenzustellen. Am Ende konnte sie froh sein, dass die Fotos nicht verloren gegangen waren. Von allen Kindern waren mehr als zwei Fotos geschossen worden, Emma kannte die Gesamtzahl nicht. Auch in ihren letzten Wochen hatte die alte Hebamme keine Zeit gehabt. Arbeitend war sie gestorben, ihre letzten Worte lauteten: »Gleich, gleich. Muss nur das verdammte Sterben hinkriegen.«

Emma hatte sich nicht angeboten, die Vorgängerin hatte ihr die Fotos überlassen. Und einige Male zu oft den alten Plan erwähnt. Die Erpresserin und ihr robuster Charme.

Begonnen hatte Emma mit Jahrestüten, das war zu viel Feinsortierung für den Anfang gewesen. Jetzt arbeitete sie erst einmal die Jahrzehnte voll und würde bald damit fertig sein. Der erste Tag war die Hölle gewesen, der zweite nicht besser. Jetzt war sie in der achten Woche. Natürlich hatte sich an der schieren Menge nichts geändert, aber sie lebte mit dem Bewusstsein, dem Ziel näher zu kommen.

An den Wänden hingen die Fotos, die ihr mehr bedeuteten: Segelohren, starker Haarwuchs, der Junge, der mit zwanzig aussah wie als Säugling.

1969 war eines der ersten Jahre, aus dem sie Musik besaß. Ein älterer Bruder, ein viel älterer Geliebter, Vinyl war zurückgeblieben und auch Kassetten. Die Welt vor der CD. Sie hatte sich angewöhnt, »Jahresmusik« zu hören. Klassiker und Musik, die niemand kannte, der jünger als vierzig war. David Bowie und Blodwyn Pig.

1971: Amadeus Graf zu Wolffheim, König von Badenweiler. Der Abiturient war ein ernster Junge an der Grenze zum Mürrischen. Einer, der nicht lachte, weil ihm so vieles wichtig war. Und alles, worum er sich kümmerte, hatte mit Sinn und Verantwortung, Zukunft und Gerechtigkeit tun. Keine Zeit, um zu lachen.

Der Säugling war ein Wonneproppen gewesen, bestimmt acht Pfund, die Mutter würde nicht viel Freude an ihm gehabt haben. Die Haare lagen, als wären sie gescheitelt. Auf der Rückseite die Namen von Gräfin und Graf Wolffheim. Emma drehte das Foto nicht um, es entglitt ihrer Hand, und als sie es aufhob, sah sie andere Namen und war sicher, ein zweites Foto erwischt zu haben, das schon länger unter dem Tisch gelegen hatte. Sie drehte das Foto um, drehte es erneut um. Sie blickte auf die Namen der Eltern und blickte ins Leere.

38

Er schlief, als wäre er schon gestorben. Die Atemzüge hoben die Brust nicht an, der ein- und ausströmende Atem floss absolut lautlos. Er lag auf dem Rücken, die Hände waren auf der Brust gefaltet.

All das wurde sichtbar, als sich die Tür öffnete, und weil das Bett dicht an der Tür stand. Der Lichtschein auf dem Teppich und auf dem Bett, der Schatten auf dem Gesicht des Schlafenden. Die Hand auf seinem Mund. Die Augen weit aufgerissen, kämpfte er gegen die Hand. Die Lampe auf dem Nachttisch wurde eingeschaltet. Die Frau bedeutete ihm, still zu sein.

Im Hintergrund standen Kommissarin Bittermann und der Graf.

Sie saßen im kleinen Wohnzimmer. Ottmar Deine hatte es sich eingerichtet, über die Jahre war ein Teil zum anderen gekommen, aber die Möbel waren nicht das Problem. Das Problem des Patriarchen waren seine Hobbys. Ärzte, Tochter, Freunde – alle hatten ihm nahegelegt, sich ein Hobby zu suchen. Deines Standardentgegnung: »Die Firma ist mein Hobby« ließen sie nicht mehr gelten, als die Verkalkung so weit fortgeschritten war, dass die Ärzte keine Bypässe und Stents mehr vorschlugen.

Gehorsam fuhr Deine nach Freiburg und kehrte mit einer Angelausrüstung zurück, wie sie im Südwesten keine hundert Angler besaßen. Zwei Drittel der Ausrüstung kam nie mit Wasser in Berührung, der Rest nie mit einem Fisch. Es folgten Münzen, Erstausgaben, historische Kochbücher, Fotografien. Die Idee mit den Ritterrüstungen wusste Clarissa zu verhindern. Die Chinchilla-Zucht gab Deine freiwillig auf, nachdem sich die Tiere explosionsartig vermehrt hatten. Was auch die Champignons taten. Im Gegensatz zu dem Kapital, das er den Phantasten spendierte, die ihm versprochen hatten, mit einer Viertelmillion Euro Trüffel im Hochbeet zu züchten.

Danach gab Deine auf, er begann zu reisen, nicht weit, nie lange. »Es ist sowieso zu spät«, nannte er als Begründung für sein Zögern. Insgeheim wusste er, dass die Firma tatsächlich sein Hobby war. Und sein Leben, sein Ein und Alles. Die Firma war so mächtig, dass dagegen nichts Bestand hatte. Er wollte sich um die Firma kümmern; und da er spürte, dass er Clarissa Leine lassen musste, hielt er sich Mitarbeiter, die ihn auf Spaziergängen über die Vorgänge auf dem Laufenden hielten.

»Ich bin kein kultivierter Mann«, sagte er. Zu dritt hatten sie ihn überredet, die Fußstütze zu benutzen. »Ein Mann benutzt keine Fußstütze«, behauptete er.

»Hoffentlich verstehen Sie mich jetzt«, sagte Vera Deine und streichelte seine Hand, die eiskalt war. Wenn sie ihn nicht mehr liebte, so war doch ihre fürsorgliche Ader intakt. Es war ihr sogar gelungen, Deine in den Hausmantel zu nötigen, den er für schwul hielt.

»Die Sturheit der Deines ist einmalig«, sagte sie. »Ich wünsche mir so sehr, dass ich sichtbarere Spuren in dieser Familie hinterlassen hätte. Aber mit meinem Tod wird alles sein wie vorher. Und falls Clarissa doch noch wider Erwarten einen Mann am Davonlaufen hindern sollte, wird er seine Gene genauso verschwenden wie ich.«

»Aber du hast es versucht«, lästerte der Patriarch versöhnlich. »Und es war jedes Mal schön, wenn du es versucht hast.«

Er bekannte sich zu seinem Fehler und tat nicht so, als könnte man das Rad zurückdrehen. Das 100. Jubiläum wäre der richtige Zeitpunkt gewesen und der späteste. Er sprach über die Prozesse, die gegen frühere SS-Männer und Kriegsverbrecher in Szene gesetzt wurden, gegen Greise, die neunzig waren und so hinfällig, dass sie in den Gerichtssaal gerollt werden mussten. Das empfand er als unwürdig und lachhaft. Auch da war ein Zeitpunkt verpasst worden, und alles, was jetzt geschah, war sinnlos, niemand würde bereuen, niemand würde dazulernen.

»Deshalb habe ich diesen Schmied auf die Spur gesetzt. Nicht um Clarissa zu ärgern, die sich zweifellos ärgern wird, sondern weil ich das 151. Jubiläum nicht mehr erleben werde. Ich glaube nicht, dass der Kerl eine große Marke als Künstler ist. Aber er ist ein begnadetes Verkaufsgenie, der bedenkenlos alle Mitglieder einer Familie ausnutzt; hätten wir noch einen Hund, hätte er den auch für sich gewonnen. Ich hätte keinen Besseren mit dem Job beauftragen können.«

Er war fest davon ausgegangen, dass er von Schmieds Talent für Zuspitzungen profitieren würde. In diesem Vertrauen hatte er die eine und andere Information fließen lassen. »Ich habe dafür gesorgt, dass er gar nicht anders kann als in meinem Sinn zu handeln.«

Jetzt war er es, der seine Frau berührte. Er war es, der seiner Frau versicherte, mehrfach, dass er keiner Schonung bedürfe. Es sei richtig, wenn auch spät, die leidige Affäre von 1862 öffentlich zu machen. »Drei Tage Aufschrei, danach wird es abebben. Vierzehn Tage später sind wir damit durch und müssen uns nie mehr deswegen anpinkeln lassen. Ich halte das aus, Vera. Ich habe ja auch die Grippeschutzimpfung ausgehalten, die du mir angetan hast, trotz meiner Aversion gegen Spritzen.«

Sie war zu ihm gekommen, um ihm zu versichern, dass nichts seine Ruhe stören solle. Und fand einen Mann vor, der gefasst und energisch wirkte und darauf bestand, den Plan durchzuziehen, mit dem er seiner Frau eine späte Genugtuung bescheren würde.

»Du brauchst deine Kraft«, sagte Vera, »ich fürchte, dass du dich überschätzt. Ich will nicht, dass mein kleiner moralischer Feldzug ein Feuer anzündet, das uns alle verschlingt.«

»Ach, das ist poetisch gesagt! Darin warst du immer gut. Aber ich brauche keine Schonung. Schmied hat sie gebraucht, als er seine Angst bekam.«

Das war der Moment, in dem die Kommissarin hellwach wurde. Doch Deine konnte ihr nicht weiterhelfen, denn mehr als ein Gefühl war es nicht gewesen. Beweise hatte es keine gegeben. Nur einen Schmied, dessen nassforsche Art Risse bekommen hatte. Der sich nicht mehr mit derselben Selbstverständlichkeit im Stadtbild bewegt hatte wie bisher.

Deine berichtete von atmosphärischen Schwankungen in Schmieds letzten Tagen. Es war Anfang November gewesen. Der Haudrauf Schmied verwandelte sich in den Zauderer. Eine Schreibhemmung? Kein Wort davon. Ließ sich die Angst genauer fassen? Angst vor Armut, vor einer Krankheit, vor einem Rivalen? War jemand aus seinem früheren Leben aufgetaucht, über das man immer noch wenig wusste? Brauchte er mehr Geld? Hatte ihn die Kirche wegen der Wohnung unter Druck gesetzt?

Deine sagte: »Erst war er so, plötzlich war er anders. Fahrig irgendwie. Nackt.«

Zu diesem Zeitpunkt hatte sich der Graf in das Manuskript vertieft, das Deine auf den Tisch gelegt hatte. Angeblich hatte der Patriarch es nicht gelesen. »Wie gesagt, ich bin kein kultivierter Mensch. Ich lese keine Bücher, ich sammle sie. Aber nicht, weil ich mich dafür interessiere, was in ihnen steht. Mir reicht es, wenn der Inhalt anderen etwas wert ist. Ich bin ein Mensch, der mit seinem Geld gern etwas bewegt. Und ich habe mich gefreut, dass es mir gelungen war, Schmied ans Arbeiten zu bringen.«

»Das ist nichts Historisches«, sagte Amadeus. »Es spielt in der Gegenwart. Es hat nichts mit den Seiten zu tun, die Ihre Frau von Schmied erhalten hat.«

Deine wirkte nicht überrascht, eher amüsiert: »Ist er selbst beim Bücherschreiben doppelgleisig gefahren, der Filou? Oder hat er immer nur so viel geschrieben, dass die nächste Rate floss?«

Das Handy der Kommissarin tanzte auf dem Tisch. Sie hörte zu, zwei Fragen, Aufbruch.

39

Später vor dem Schloss telefonierte sie immer noch. Der Bischof war nicht ernsthaft verletzt. Seine Haushälterin, von einem Doppelkopf-Abend nach Hause zurückkehrend, hatte ihn vor der Garage gefunden, zusammengerollt wie ein Säugling, bei Bewusstsein, aber nicht ansprechbar. Äußerliche Verletzungen entdeckte sie nicht, nur die aufgerissenen Augen.

Sprecher war mit mehreren Streifenwagen zum Wohnsitz des Bischofs gefahren, wo sie von der Haushälterin erwartet worden waren. Jemand befand sich im Haus, die zornbebende Haushälterin sah nicht ein, warum sie nicht hineingehen durfte, um das Problem zu klären. Während der Bischof von Notärzten stabilisiert wurde, betraten die Polizisten das Gebäude. Sie sahen noch, wie die Gestalt über den Rasen floh. Sie kam zwei Grundstücke weit, bevor sie den Cops in die Arme lief, die den Ring hinter dem Haus gebildet hatten. Die Gestalt lag längst am Boden, als sie immer noch trat und austeilte. Der Widerstand bekam ihr nicht gut.

Sprecher, der sich aus dem Krankenhaus meldete, teilte der Kommissarin mit, dass Homann die Belästigung des Bischofs zugegeben habe. Angeblich wollte er ihm keine Schmerzen zufügen und ihn auch nicht berauben. Er wollte ihm nur seine Meinung sagen, die der Bischof aber nicht hatte anhören wollen. Stattdessen hatte er sich sehr aufgeregt, und je dringender ihm Homann empfohlen hatte, sich zu beruhigen, umso lauter war der Bischof geworden, er hatte angefangen, flach zu atmen, dann hatte er hyperventiliert, sich an den Hals gegriffen und auf Schränke gezeigt. Bevor Homann verstanden hatte, was er damit meinte, war der Kirchenmann aus dem Haus gelaufen und hatte sich davor auf den Boden gelegt. Darauf bestand Homann: dass der Bischof nicht zusammengebrochen sei und auch nicht gestrauchelt. Vielmehr habe er sich erst auf den Boden gesetzt, sich dann hingelegt und die Fötus-Haltung angenommen, die er nicht mehr aufgegeben habe.

Sprecher hatte den entlassenen Mitarbeiter der Kirche mit dem Tod von Schmied konfrontiert, aber Homann war dadurch nicht in die Defensive geraten, hatte vielmehr betont, dass sein Hass nicht dem Künstler gelten würde, sondern der Kirche. Am meisten hatte ihn offensichtlich das Angebot der Kirche provoziert, in der kirchlichen Wohnung zu bleiben.

Dazu sollte er eine geringfügig erhöhte Miete akzeptieren, dann sei man miteinander im Reinen. Darüber war Homann nicht hinweggekommen. »Demütigung« nannte er das Angebot. Die Blutprobe ergab einen Wert von 1,6 Promille.

Homann würde die Nacht im Krankenhaus verbringen. Der Bischof wollte auf eine Anzeige verzichten, aber offenbar hatten sich Kirchenkreise eingeschaltet, so dass sich erst morgen herausstellen würde, ob es dabei bleiben würde.

Als sie am Küchentisch saßen, war es vier Uhr. Der Graf und die Kommissarin lästerten gutmütig über Sprecher und seine haushälterische Ader, danach berichtete Amadeus über das »Amadeus-Elixier«, den Kriminalroman, den der Patriarch von Schmied erhalten hatte. Eine angesehene Familie hatte Leichen im Keller und mochte keine Künstler, was immer wieder zu Konflikten führte, weil sich jedes der fünf Kinder in einen Künstler verliebte. Die Familie entledigte sich dieser fremden Lebensart auf ultimative Weise. Schwarzer Humor, stellenweise durchaus komisch. Der Schauplatz war Baden, alles spielte in der Gegenwart. Die Ähnlichkeit mit lebenden Personen war wohl vorhanden, aber dezent gehandhabt worden.

»Und was will uns das nun sagen?«, fragte die Kommissarin. »Schmied hatte doch den ausdrücklichen Auftrag, die alte Deine-Affäre darzustellen. Streng genommen, hat er die Abmachung nicht eingehalten. Noch strenger genommen, hätte er sein Honorar zurückzahlen müssen.«

Aber der Graf hatte nur die ersten Seiten gelesen, die Geschichte war noch nicht zu Ende, und wenngleich er nicht wusste, wie Schmied in die Handlung die Vergangenheit einbauen wollte, war es doch nicht unmöglich.

Die Kommissarin blätterte, las sich dann fest, blätterte, las weiter. Zwanzig Minuten beschäftigte sich der Graf mit etwas anderem. Als er in die Küche zurückkehrte, wartete sie auf ihn. Er setzte sich, sie las eine Seite vor: das kleine Sommerhaus der Sippe, wie Schmied es beschrieben hatte.

Dorfleben in der Basilicata, der nächste Nachbar wohnte einen Kilometer entfernt, ein deutscher Aussteiger, nicht mehr jung, aber charmant, geheimnisvoll, der mit Möbeln handelte und Besuch von Frauen empfing, die manchmal kaum jünger als er waren und immer von überwältigender Attraktivität. »Ein Wolf im Wolfspelz«, so wurde der Aussteiger genannt. Im Dorf ging das Gerücht, dass er eine reiche Familie hinter sich gelassen hatte: der Vater ein Erfinder, der auf seine Maschinen für die Abfüllung von Getränken Patente erworben hatte und immer, wenn er klamm war, ein Patent verkaufte, was ihn für fünf Jahre flüssig machte.

»Ein Wolf im Wolfspelz«, sagte die Kommissarin.

»Künstler«, murmelte Amadeus gelassen.

»Sie haben zweifellos gelesen, was ich meine.«

»Sagen Sie es mir. Ich habe die Erfahrung gemacht, dass deutsche Polizisten solche Dinge gern selbst aussprechen. Das bedeutet ihnen was.«

»Der Wolf ist mit zwei F geschrieben. Beide Male.«

»Typisch Schmied. Großzügig im Detail.«

»Ich brauche zwei Tage, um die Beschreibung des Anwesens und des Dorfs von den italienischen Kollegen abgleichen zu lassen. Sie könnten mir das ersparen.«

»Könnte ich?«

»Ich denke schon.«

»Sollte ich?«

»Ihre Entscheidung.«

»Und Ihr Verdacht?«

»Lebach, der Sparkassenchef. Dass er oder seine Immobilienkollegen wochenlang mit Ihnen Kontakt hatten. Über Schmied.«

»Die Lüge trauen Sie ihm nicht zu?«

»Wir haben Schmieds Wohnung ein zweites Mal durchsucht. Wir haben seine Habseligkeiten in der Wohnung der Bibliothekarin durchsucht. Streng genommen haben wir nichts gefunden, was die Sache vorantreibt. Aber er war in Italien, das zeigen seine Anrufe. Und Fahrkarten haben sich auch gefunden. In einer Tüte, die sich in der Firma von Alvensleben fand. Sie kennen ihn: Notar, Steuerberater und intimer Kenner der örtlichen Verhältnisse. Schmied kommt alle vier, fünf Monate zu ihm und lagert Unterlagen zwischen, die er für seine Steuererklärung braucht. Das tut er, seitdem er in Badenweiler lebt. Wir haben schnell gemerkt, dass er treu und brav seine Erklärungen einreicht. Da versteht er keinen Spaß. Penibel bis zur zweiten Stelle hinterm Komma. Schmied ist ein mustergültiger Steuerbürger. Einen Rechtsstreit hat er bis vor ein europäisches Gericht getrieben.«

»Sie verlieren den Faden.«

»Was? Richtig, das geht mir jedes Mal so, wenn ich über Steuern rede. Ich lagere meine Unterlagen nirgendwo. Mein Steuerberater behauptet, ich habe im Lauf der Zeit Zehntausende durch meine Abneigung gegen ordentliche Buchführung verloren. Die Gehilfin, die Schmied seine Tüten abnimmt, hat sich erinnert, spät, aber immerhin. Also er war in Italien.«

»Was noch kein Beweis ist.«

»Ich habe gelernt, dass du gar nicht abwegig genug denken kannst. Wir kennen Schmied als zielstrebigen Typ. Warum soll er Sie nicht gesucht haben, irgendwann stößt jeder auf das Schloss. Nur dass Schmied gleich immer einen Plan entwickelt.«

»Er hat mich nicht gesucht.«

»Sondern?«

»Er hat mich gefunden. Es war reiner Zufall. Er war auf derselben Lesung wie ich. Deutsche Stipendiaten in der Villa Massimo. Er war da, um sich zu beschweren, dass er sich beworben hat und abgelehnt wurde. Er hatte einen Text vorbereitet: über Vetternwirtschaft und Literaturstipendien als Teil der organisierten Kriminalität. Sie wollten ihn raussetzen, aber dann durfte er lesen. Wussten Sie, dass der Mann erstaunlich schlecht liest?«

»Waren Sie Stipendiat?«

»Ich nicht. Ich war nur der Begleiter.«

»Von einer kapriziösen deutschen Nachwuchslyrikerin?«

»Von der Frau, die für das Catering zuständig war. Ich habe sie überredet, meine Möbelprospekte zu platzieren. Unübersehbar.«

»Und was kriegte sie zur Belohnung? Sie?«

»Eine Kommode. Sehr klein.«

Das war die zufällige Begegnung. Nicht im Wallis, nicht auf der Alp, sondern in Rom bei den Literaten. Schmied war schnell konkret geworden und hatte berichtet, dass in der Heimat die Geier über dem Schloss kreisen würden.

»Konkreter wurde er nicht?«, fragte die Kommissarin.

»Das war nicht nötig. Er hatte mich zum richtigen Zeitpunkt angefixt. Ich war neugierig, ein wenig Sehnsucht nach den Wurzeln war auch dabei.«

»Aber gleich ein kompletter Möbelwagen?«

»Das war eine Entscheidung von wenigen Stunden, dabei bleibe ich. Hätte man mir die Ladung nicht gestohlen, würde ich mit der Ladung in dieser Minute vielleicht schon auf dem Rückweg nach Italien sein.«

»Sie vergessen die Leiche.«

»Richtig. Die Leiche. Etwas kommt immer dazwischen.«

40

Bloch wollte kein Risiko eingehen, deshalb stand er um halb sechs auf der Leiter. Es war stockdunkel, hier draußen gab es noch echte Dunkelheit. Keine Stadt baute ihren Lichtdom in den Himmel, kein Nachbar kam spät nach Hause oder fuhr früh zur Arbeit. Er brauchte nur zwei Minuten und schaffte es, in diesen zwei Minuten von Kommissar Sprecher ertappt zu werden. Scheinwerfer schnitten Bloch aus der Nacht aus, eine Autotür wurde geöffnet, und die Stimme des Kommissars sagte: »Tun Sie's nicht. Das Leben hat für Sie noch so viel Schönes parat.«

Der Kommissar lachte, Bloch kletterte herunter, schwadronierte von Marder, Siebenschläfer, Eichhörnchen. Den Städtern konnte man viel erzählen.

Bloch sah zu, wie zwei weitere Personen den Wagen verließen. Martha und Ulf, die verlausten Zausel, die er mehr als einmal vom Hof gejagt hatte und die immer wiederkamen.

»Da hing sie«, sagte Ulf und deutete in die Höhe. »Genau da, wo die Leiter steht.«

Anstatt den Mund zu halten oder das Thema zu wechseln, fragte Bloch: »Wovon redest du denn?«

Als er sah, wie der Kommissar darauf ansprang, wusste er, dass es ein Fehler gewesen war, so früh aufzustehen. In einem halbherzigen Versuch, das Unvermeidliche abzuwenden, fuhr er die Obdachlosen an: »Das habt ihr nur geträumt, dass hier eine Kamera hing. Das würde ich doch nie … Da wäre ich ja …«

»Ich halte das für einen netten Zug.«

Verdutzt starrte der Nachbar den Kommissar an.

»Wenn ich der Graf wäre«, sagte der Kommissar, »würde mich das sehr beruhigen, wenn ich wüsste: Da hat jemand ein Auge auf dein Eigentum. Da kümmert sich jemand. Wo hat man das heute noch?«

Schlagartig freundete sich Bloch mit dem Unvermeidlichen an.

»Ich wollte nicht darüber reden«, behauptete er eitel. »Ich bin nicht der Typ, der sich in den Vordergrund drängt.«

»Wohin drängen Sie sich denn gern?«, fragte Sprecher lauernd.

»Mich hat niemand gefragt«, fuhr Bloch fort. »Sonst hätte ich natürlich … Ich habe ja nichts zu …«

»… verheimlichen! Verheimlichen ist der Ausdruck, der Ihnen vor Aufregung nicht einfällt. Gibt's denn die Kamera noch?«

»Natürlich gibt's die noch. Die habe ich ja nur abgebaut, damit … Sie wissen schon. So viele Leute waren auf einmal hier.«

»Verstehe. Da will man nicht stören. Die Polizei sucht einen Mörder und will keinen Spanner finden. Die Kassetten haben Sie bestimmt aufbewahrt.«

»Wie kommen Sie darauf?«

»Sie sehen aus wie jemand, der sich nicht vorschnell trennt. Jäger und Sammler.«

Kurz darauf stand man im Wohnzimmer und Bloch öffnete die oberen Schranktüren, hinter denen die Videokassetten standen, aufgereiht nach Datum. Er führte auch die Kamera vor und entschuldigte sich für das altmodische Modell. Aber es erfülle seinen Zweck, seine Frau schätze es nicht, wenn ständig neue Unterhaltungselektronik ins Haus komme. So seien Frauen eben.

Die Frau stellte sich zu ihnen, die Haare geordnet, der Morgenmantel blau. Sie öffnete die Türen, die ihr Mann verschlossen gelassen hatte. Noch mehr Kassetten. Bloch behauptete, nach zwölf Monaten alles zu überspielen.

Frau Bloch fuhr den Kommissar an: »Warum fahren Sie nachts mit diesen Drecksäcken herum? Haben Sie die verhaftet?«

»Allerdings«, antwortete Sprecher. »Haben in einem Lokal schlecht über Sie geredet. Da musste ich einschreiten.«

Dankbar lächelten die beiden ihn an. Dafür ließ Sprecher die Eheleute alles ins Schloss hinübertragen, wo sie keinen Kaffee angeboten bekamen und sofort hinauskomplimentiert wurden. Auch Martha und Ulf verabschiedeten sich Richtung Nachtlager, der Kommissar hatte sie auf der Hinfahrt aufgelesen.

Zweimal erkundigte sich der Graf nach der Kamera, sie zeigte die Auffahrt und den Bereich bis vor die Haustür des Schlosses. Die Kommissarin berichtete von dem Treffen zwischen Amadeus und Schmied in Rom. Zu dritt schaute man die Kassetten durch, beginnend mit Oktober. Auch auf älteren Kassetten konnten aufschlussreiche Vorgänge zu finden sein, aber jetzt ging es um den Mord.

Es war zermürbend, wie wenig passierte. Mehr Tiere als Menschen liefen durchs Bild und nie ein Obdachloser. Vielleicht hatten sie die Kamera entdeckt und mieden sie. Oder sie wählten nachts den Weg über die Rückseite. Die Fahnder verstanden jetzt, warum Nachbar Bloch so viel Wert darauf legte, die Lampen funktionstüchtig zu halten. Er war sein eigener Beleuchter.

Zweimal pro Woche kam der Prospektverteiler, stopfte fünfzig Exemplare »Badenheimer Glück« in den Kasten und zog beschwingt von dannen. Wenn er wiederkam, war der Kasten jedes Mal leer.

Auf dem Tisch im Wohnraum stapelten sich abgefressene Teller und Kuchenplatten. Belegte Brote wurden nicht mehr in der Küche zubereitet, sondern auf einem dazugestellten Tisch.

Man holte Bloch. Er wirkte, als würde er seiner Verurteilung entgegensehen. Die Fahnder wollten wissen, wie viele Bänder er angesehen hatte. Er tat so, als würde er pro Band nach dem Zufallsprinzip zwei Minuten studieren. Aber er besaß so eine unglaubwürdige Art, dass man ihm selbst die korrekte Uhrzeit nicht glauben wollte.

Er saß in der Runde und wollte für seine Kamera gelobt werden, besonders vom Grafen. Doch der hielt sich mit Lob zurück.

Nacht auf dem Band. Eine Person näherte sich dem Haus, blieb auf halber Strecke stehen. Bis auf einen rückten alle auf ihren Plätzen nach vorn. Die Nacht zum 21. November. Viermal lief die Szene durch, die Person erscheint, bleibt stehen, sieht sich um, geht zum Haus und verschwindet. Nach Lage der Dinge hatte sie die Haustür durchquert oder sich mit dem Rücken an der Hauswand aus dem Kamerablickwinkel gestohlen.

Die Kommissarin sagte: »Wir müssen reden.«

Und Sprecher: »Ich bin betroffen. – Und ein wenig sauer. Sie wussten doch, dass die Szene kommen wird, und lassen uns hier stundenlang sitzen.«

»Haben Sie Geduld«, murmelte der Graf. »Man buht nicht vor dem letzten Akt.«

Blochs Kopf ging von einem zum anderen. »Was ist denn?«, fragte er, ohne eine Antwort zu erhalten. »Das ist nur die Ähnlichkeit. Das ist doch nicht der Graf.«

»Bloch, Sie sind ein selten dummer Hund. Wie hält Ihre Frau das nur mit Ihnen aus?«

Eine neue Gestalt, wenige Minuten nach dem Grafen. Nicht verhuscht, nicht verängstigt. Mit dem typischen Wo-ich-bin-ist-vorne-Gang näherte sich Schmied dem Schloss, als wäre er hier zu Hause. Sogar Bloch war diesmal nicht im Zweifel.

»Und das alles unter meinen Augen!«, stammelte er.

41

Nachmittags redeten sie auf dem Präsidium in Müllheim weiter. Die Kommissarin hatte den offiziellen Ort bestimmt.

»Das ist alles viel zu privat geworden«, hatte sie Sprecher unter vier Augen vorgeworfen. »Sie haben sich einwickeln lassen. Wir wissen jetzt, wie hoch Ihr Preis ist: eine Kaffeemaschine und ein Pfund Mehl.«

Sie hatten ein Büro für sich. Entweder jagten die hier arbeitenden Kollegen einen Serienkiller in Anglerkreisen oder hier saß ein Naturfreund, der in seiner Freizeit die alten Rheinauen renaturierte.

Kommissarin Bittermann ging den Grafen hart an.

»Ich habe nicht gelogen«, stellte er klar.

»Ach nein! Wie nennt man das denn in Ihren Kreisen? Blaublütige Wahrheit oder wie?«

»Ich habe nicht alles gesagt«, fuhr Amadeus fort. Der Lump hatte sich zwei Tage nicht rasiert und wusste, wie gut ihm das stand und wie schwer es war, sein Aussehen zu ignorieren.

»Nicht alles gesagt«, murmelte Sprecher. »War ich denn nicht immer gut zu Ihnen? Habe ich nicht Tag und Nacht gekocht und gebacken? Dass wir einen Mörder suchen, ist Ihnen aber bewusst? Und dass Sie das Opfer kannten, ist Ihnen auch bewusst? Nachdem Sie uns tagelang im Glauben ließen, Sie hätten den Mann nie gesehen? Genauso wie wir denken mussten, Sie würden zum ersten Mal seit zwanzig Jahren deutschen Boden betreten.«

»Er weiß es«, sagte die Kommissarin. »Er spielt mit uns.«

»Wozu soll das gut sein?«, fragte Sprecher. »Wie kann ein Mann glauben, er könnte Sie hinters Licht führen? Wie dumm muss ein Mann sein, um ...«

»Die Botschaft ist angekommen, Kollege!«

»So sieht Kollegialität aus«, sagte Sprecher zum Grafen.

»Und ein Verdacht sieht so aus«, knurrte die Kommissarin: »Sie kennen das Mordopfer, Sie treffen sich mit dem Mordopfer wenige Tage vor seinem gewaltsamen Ende. Zu einem Zeitpunkt, an dem Schmied Anzeichen von Angst zeigt. Vielleicht nachdem Sie sich schon vorher einmal im Schloss getroffen haben?«

»Sie wollen wissen, worüber wir gesprochen haben.«

»Das wäre hinreißend freundlich von Ihnen.«

Sie ließen Kaffee kommen, er war frisch und wohlschmeckend. »Früher kriegten Verdächtige den Teer aus der Billigmaschine von Lidl«, sagte der Beamte.

»Aber dann haben Sie gemerkt, dass die Bürger auskunftsfreudiger sind, wenn sie richtigen Kaffee bekommen.«

»Woher wissen Sie das?«, fragte der Beamte verdutzt.

Zu diesem Zeitpunkt hielten es die Kommissare für möglich, den Fall noch heute abzuschließen. Am Abend, spät am Abend, zur Not in der Nacht.

Dann begann Amadeus zu sprechen. Zwischendurch stand er immer wieder auf, trat ans Fenster, setzte sich, um Minuten später das Spiel erneut zu beginnen.

Clarissa Deine hatte ihn besucht, in Italien. Er hatte sie seit seinem Weggang aus dem Schwarzwald nicht mehr gesehen und erkannte sie zuerst nicht wieder. »Sie war zerrissen, fahrig. Sie trug ein Männerhemd mit hochgekrempelten Ärmeln. Im Grunde sah sie hinreißend aus, aber es war unmöglich, ihr das zu sagen. Denn sie fühlte sich nicht hinreißend. Sie befand sich in einer schweren Krise. Vor einigen Tagen hatte sie den Job in der Fabrik hingeworfen, ein Brief für den Vater, Anweisungen für die wichtigen Mitarbeiter, Kleidung und Habseligkeiten in den Kombi und Abfahrt.«

Offensichtlich fürchtete sich Clarissa davor, das Leben zu verpassen. Von morgens bis abends Pflicht, Dienst, Rücksicht auf die Firma. Den letzten Urlaub hatte sie vor vier Jahren genommen, zehn Tage auf einer Kanalinsel, Krankheit am zweiten Tag, Abtransport im Hubschrauber aufs Festland. Sie wollte vom Grafen einen Ratschlag: Wie lebt man so, dass man die Balance zwischen den eigenen Bedürfnissen und der Pflicht hält?

»Sie hatte Angst davor, dass die Firma zugrunde gehen könnte. Die Zahlen waren damals wohl nicht gut. Außer natürlich für das Elixier, das verkaufte sich wie geschnitten Brot. Kennen Sie den Ausdruck: geschnitten Brot?«

Der Auslöser war die Krankheit des Vaters gewesen. Damals hatten ihn die Ärzte durch alle Geräte geschoben und ihm seine begrenzte Zeit eröffnet. Clarissa hatte Angst vor dem Gespräch mit dem Vater, in dem er ihr das Versprechen abnehmen würde, in seinem Geist weiterzuarbeiten – bis zu ihrer letzten Stunde, also noch fünfzehn Jahre, zwanzig, fünfundzwanzig oder dreißig. Sie fürchtete, sich zu verlieren, und war nicht in der Lage, die Reise nach Italien als Erholung und Abenteuer zu erleben. Sie fand sich feige, überfordert, schwach.

Der Graf führte die Humanität italienischen Landlebens ins Feld: Schönheit, Gelassenheit, Genuss in Essen und Trinken. Schwimmen in stillen Seen, Wanderungen.

»Ich habe mit ihr Stillsitzen trainiert. Ich hatte ja selbst erlebt, wie schwer es ist, wenn du versuchst, die Mühle hinter dir zu lassen.«

Nachbarskinder führten eine Armada von Tieren vor; schwarzgekleidete Frauen, zahnlose Männer. Das halbe Dorf fütterte Clarissa durch, brachte ihr bei, die Hände zu benutzen und den klugen Kopf zu vergessen. Sie weinte immer wieder, aber der Graf ließ sie nicht vom Haken. Und in einer Nacht am Feuer, umgeben von schnarchenden Hunden, fidelen Böckchen und einem Himmel voller Fledermäuse erzählte sie ihm von dem Toten im Jahre 1862. Jahrelang hatte sie erlebt, wie sich die Eltern über dieser Frage voneinander entfernt hatten, hatte auf der Seite des Vaters gestanden und war nun nicht mehr sicher.

Die Kommissarin stellte eine Flasche auf den Tisch: Schnaps aus Weinresten von der anderen Seite des Rheins. »Jeder nur ein Glas«, kommandierte sie.

»Höchstens zwei«, fügte Sprecher hinzu.

»Ich möchte niemanden sehen, der mehr als drei trinkt«, sagte Amadeus und war dann der Einzige, der gar nicht trank und nur die Nase über das Glas hielt.

»Sie war vor zwei Jahren bei mir und ist fast eine Woche geblieben. Darauf kann ich mir was einbilden. Nageln Sie mal einen Dynamo an den Baum! Die Frau hat gesummt vor innerer Unruhe. Bevor Sie fragen: Sie ist mir über Kunden auf die Schliche gekommen. Seitdem bezahlt der spezielle Kunde, der die Klappe nicht halten konnte, den dreifachen Preis. Ich habe nachgedacht, ob ich etwas für Clarissa tun kann. Ich hörte von diesem verkrachten Dichter, Schmied, den die Leute am liebsten im Rhein ersäuft hätten. Dann war die Idee da.«

Es war die Idee des Grafen gewesen, die belastende Urschuld der Deine-Historie endlich öffentlich zu machen. Das bevorstehende Jubiläum bot sich an, der Befreiungsakt hätte den Konflikt aus der Welt schaffen können. Amadeus besorgte sich alles, was Schmied jemals veröffentlicht hatte. Danach war er klüger: Dieser Mann würde nie einen Roman schreiben, ihm fehlten dafür alle Grundlagen. Kein langer Atem, kein strategisches Denken, das über kleine Gaunereien hinausreichte.

»Deshalb habe ich den Roman geschrieben, und Schmied hat den Strohmann gegeben. Dafür haben wir uns getroffen. Er hat seine Show abgezogen, ich habe gesagt, wenn er rumzickt, ist er raus. Er hat geschluckt und akzeptiert. In welchem Maße er Badenweiler mit seinen Schwindeleien überzieht, hat mich nicht interessiert, ich hätte ja auch aus der Ferne nichts verhindern können. An eine Rückkehr habe ich damals nicht gedacht.

Im Grunde war es ein Geschenk für Clarissa. Der Enthüllungsroman hätte sie aus dem Schatten ihres Vaters befreit. Der Roman wäre im besten Fall die zweite Gründung von Deine gewesen.«

»Was ist mit der Villa Massimo? Eine erfundene Geschichte?«

»Das hat sich so abgespielt, nur dass es nicht meine erste Begegnung mit Schmied war, sondern eine von mehreren.«

»War Liebe im Spiel?«, fragte die Kommissarin.

»Ich liebe Clarissa nicht, und sie liebt mich nicht, weil sie nie gelernt hat, einen Menschen zu lieben. Aber ich habe mir gewünscht, sie zufrieden zu sehen. Und natürlich habe ich Schmied nicht umgebracht. Wir haben uns getroffen und einige Male telefoniert. Es ging mir um Zukunft und nicht um Gewalt.«

42

Wenn Martha schlief, hätte man neben ihr eine Kanone abschießen können. Auch heute dauerte es lange, bis ihre Nase Witterung aufnahm. Der Geruch war stark und passte nicht ins Schloss. Er passte auch nicht auf eine Baustelle und nicht in die Nähe des Lagerfeuers, neben dem Martha nach der zweiten Flasche ihr Bewusstsein verloren hatte.

Martha wäre nicht der Mensch gewesen, der das Schloss gerettet hätte. Auch die Polen nicht, denn sie zogen sich zum

Schlafen in die Scheune zurück und setzten sich nicht der Kälte aus.

Ein Himmel voller Sterne und eine Gestalt im Wohnraum, die vorhergesehen hatte, dass das erste Feuerzeug versagen könnte. An der Tankstelle verkauften sie Feuerzeuge im Dreierpack. Es gab das Sofa und die Sessel: Stoff, mürbe, brüchig, trocken. Die Flamme begann zu fressen. Die Gestalt trat ans Fenster. Die Vorhänge waren geeignet, aber man würde den Feuerschein von draußen zu schnell bemerken. Im Grunde war der Keller am geeignetsten, aber dort stand zu viel Unbrennbares: Töpfe, Wannen, Einweckgläser. Es gab die Heizung, aber die Gestalt wollte keine Zeit damit verlieren, den Ölstand zu überprüfen. Handwerklich war sie nie geschickt gewesen. Das Sofa gefiel ihr, man durfte nur nicht ungeduldig werden. Manchmal knisterte es nicht, dann raschelte es. Die Musik der Flammen. Das Rascheln, das Atmen, die Fremdsprachen der Flammen. Und jetzt erst war der Gestalt klar, dass sie nicht allein im Raum war. Sie hätte sich umdrehen können, aber es gab zwei Arten von Menschen: Eine Gruppe will den Schlag kommen sehen, die andere nicht. Die Gestalt zog den Kopf zwischen die Schultern, der Schlag fand sein Ziel, und was er beim ersten Mal verfehlte, traf er beim zweiten und dritten und vierten Schlag. Da hatte sich die Gestalt längst in einen Punchingball verwandelt.

43

Clarissa Deine warf die Tasche auf die Rückbank, startete den Motor und legte den Gang ein. Der Wagen machte einen Satz und stand gleich wieder. Der Mensch vor ihr war nur ein Schattenriss, die beiden Lampen sorgten nicht für Helligkeit. Es war mehr eine Ahnung. Die Ahnung einer Frau, die eine Sichel in der Hand hielt.

Clarissa stieß die Tür auf und rief: »Was soll denn das? Was wollen Sie hier? Machen Sie Platz!«

Die Frau trat von vorne auf den Wagen zu, Clarissa konnte nicht anfahren. Aber sie stieg auch nicht aus. Dafür drückte sie das Pedal, unternehmungslustig drehte der Motor hoch. Die Frau hob beide Arme, die Sichel im einen, Kräuter im anderen.

»Ich habe die Erlaubnis«, sagte sie. »So wie meine Vorgängerin auch. Wir sammeln am besten Platz im Ort.«

»Sie sind die Hebamme! Ich habe Sie schon gesehen! Warum heute? Es ist doch kein Vollmond!«

Emma lachte: »Vollmond ist gut. Die Schwangeren haben Anspruch auf etwas Show. Aber die Kräuter sehen das nicht so eng. Sie beziehen ihre Wirkung nicht vom Mond. Und wohin wollen Sie so früh am Morgen?«

Vom Parkplatz eilte Kommissarin Bittermann herbei. Ein Blick reichte, damit sie zwischen den Frauen Aufstellung nahm, zumal Clarissa jetzt endlich aus dem Wagen stieg.

»Sie müssen nicht die Kindergärtnerin spielen«, sagte Clarissa. »Lassen Sie mich durch. Ich habe mit der Polizei nichts zu schaffen, und Sie haben mir nichts vorzuwerfen.«

»Darüber sollten wir reden.«

»Mir gefällt Ihr Tonfall nicht. Er ist so besänftigend, als müsse hier jemand beruhigt werden.«

»Ich sehe eine Reisetasche in Ihrem Wagen. Wollen Sie länger bleiben? Gerade jetzt, wo Ihre Anwesenheit dringend nötig wäre? Wegen des Jubiläums.«

»Ich habe gute Leute, die machen das schon. Es ist nicht unser erstes Jubiläum.«

»Ihr Vater wird sich Sorgen machen.«

»Das macht er schon seit vierzig Jahren.«

»Ihre Mutter macht sich auch Sorgen.«

»Das wird ihr schwerfallen. Sie ist tot, das wissen Sie.«

»Sie wissen doch, wie leicht wir Ermittler zweifeln.«

Clarissa entging der lauernde Unterton nicht.

»Was ist?«, fragte sie.

»Sagen Sie’s mir.«
»Was? Dass meine Mutter tot ist?«
»Vielleicht möchten Sie noch einmal darüber nachdenken.«
»Möchte ich nicht, nein. Ich möchte endlich los.«
»Tut mir leid, das werde ich nicht erlauben können.«
Die Hebamme entfernte sich, nachdem die Kommissarin ihr dies bedeutet hatte. Clarissa regte sich sehr auf, die Ermittlerin sagte: »Sie haben die Tendenz, abrupten Fluchtbewegungen nachzugeben. Solange wir den Mörder von Schmied nicht haben …«
»… Sie tun ja so, als wäre ich verdächtig!«
»Das sind Sie, in der Tat.«
»Das ist … das ist unerhört. Ich werde unsere Anwälte in Marsch setzen.«
»Tun Sie das. Jedenfalls verlassen Sie Badenweiler nicht.«
»Das werden wir ja sehen.«
»Fragen Sie Ihre Anwälte, Sie werden Ihnen nichts anderes sagen. Vor allem werden Sie Ihnen raten, die Atmosphäre nicht zu belasten.«
»Sie haben was gegen mich. Sie mochten mich vom ersten Moment an nicht. Bin ich Ihnen zu erfolgreich?«
»Das weniger.«
»Sondern? Sagen Sie’s. Ich will das jetzt wissen.«
»Ich kenne keine Tochter, die ihre Mutter für tot erklärt, weil sie die Mutter dafür bestrafen will, dass es Streit gegeben hat.«
»Aber sie ist … Sie haben sie gesehen? Na toll, noch ein Grund, wegzufahren. Ich warne Sie, ich werde mir meine Rechte erkämpfen. Ich kann sehr laut werden, die Presse wartet nur auf so etwas.«
»Machen Sie es nicht noch schlimmer. Sagen Sie mir lieber, was Sie so traurig macht.«
Die Frauen saßen in Clarissas Citroën, kompakt, gemütlich, Neuwagengeruch. Vor ihnen erntete die Hebamme ihre Kräuter. Es wurde hell, die Sicht war schon besser, als Cla-

rissa sagte: »Ich bin auf Schmied hereingefallen, das verzeihe ich mir nicht. So ein Halunke, so leicht durchschaubar, und ich falle auf ihn herein. Der Mann weckt in einem Impulse, die einem vorher nicht bewusst waren. Birgit hat er auch betrogen.«

»Sie kennen die Bibliothekarin?«

»Wir sind fast befreundet. Sie werden das schon bemerkt haben: Ich bin der Typ, mit dem man fast befreundet ist. Er hat uns alle ausgenutzt.«

»Sie dürfen das nicht als Niederlage betrachten. Schmied ist ein Schweinehund, aber ein gescheiterter Mann. Nehmen Sie das nicht persönlich, das ist gefährlich.«

»Sie müssen so reden, Sie glauben, Sie wissen mehr über die Menschen und ihre Motive. Aber ich habe eine Firma mit 200 Mitarbeitern, ich erlebe auch einiges, was ich vorher nicht für möglich gehalten hätte.«

Die Kommissarin fasste zusammen: Clarissa beauftragt die frühere Bibliothekarin mit einer Chronik über die Firma. Parallel dazu tut der Patriarch das gleiche mit Schmied. Schmied ist in der Nähe, wenn die Bibliothekarin arbeitet und bedient sich an den Ergebnissen ihrer Arbeit. Parallel dazu bekommt Schmied Kontakt zu Clarissas Mutter und gewinnt sie für einen Deal, der ihm Geld einbringt.

Clarissa starrte ins Freie: »Wissen Sie, was das Schlimmste ist: Ich glaube Ihnen jedes Wort. Ich müsste toben und fluchen. Aber ich glaube Ihnen. Schmied kann das. Ich hasse diesen Mann so sehr.«

»Ich weiß. Deshalb sind Sie auch meine Hauptverdächtige. Ihnen wurde klar, dass es keine Möglichkeit gibt, Schmied zu stoppen. Er hatte so viele Bälle in der Luft und dachte nicht daran, das Spiel zu beenden. Denn nur solange es lief, hatte er Aussicht darauf, frisches Geld zu kriegen. Sie sahen keine zivilisierte Methode, um den Mann zu stoppen. Selbst wenn Sie sich zurückgezogen hätten, wäre er weiter aktiv geblieben und hätte weiter Menschen ausgenutzt. Vielleicht wussten Sie inzwischen, dass auch Ihr Vater involviert war.

Er tat Ihnen leid, das Jubiläum rückte näher, es bestand die Aussicht auf den großen Knall mit unkalkulierbaren Konsequenzen. Schmied hatte sich mit der Familie Deine plus der Firma Deine angelegt, das durften Sie ihm nicht erlauben. Er hatte die Grenze überschritten, ein Trunkenbold trieb mit dem guten Namen Deine Schindluder. Sie hatten das Motiv, Sie hatten die Gelegenheit, Sie hatten die nötige Ortskenntnis, um die Leiche zu entsorgen. Und Sie hatten die Freundlichkeit, mir die Zusammensetzung Ihres Elixiers aufzuschreiben – bis auf eine Handvoll Zutaten, weil die Ihr Geheimnis bleiben sollen. Das verstehe ich, aber die Zutaten, die wir nun kennen, passen perfekt zum Mageninhalt von Schmied. Ich weiß, man kann das Elixier überall kaufen, aber es muss für Sie ein Triumph gewesen sein, ihm das Elixier einzuflößen. Das Elixier hatte die Macht, Schmied zu besiegen. Letztlich haben Sie am Ende den Satan besiegt.«

Clarissa starrte nach draußen, sie reagierte nicht, in keiner Richtung.

Die Kommissarin fuhr fort: »Sie kennen hunderte Menschen, von denen Ihnen viele verpflichtet sind. Niemand hatte es leichter als Sie, Helfer zu finden. Und nun haben Sie mir einiges über den Druck und die Schuldgefühle berichtet. Ich habe in meiner Laufbahn schon viele Täter erlebt, gegen die ich nicht halb so viel Belastungsmaterial in der Hand hatte.«

»Bin ich verhaftet?«

»Möchten Sie gern verhaftet sein? Glauben Sie, das würde Sie befreien? Oder reicht es, dass Schmied seine Strafe erhalten hat, die Sie wohl als gerecht bezeichnen würden?«

»Was treibt die Frau da vorne die ganze Zeit?«

»Sie erntet. Das muss vor dem ersten Frost geschehen, aber nur ganz knapp davor.«

»Ach ja, richtig. Sie sind ja befreundet. – Vielleicht hätte mir das gutgetan: Freunde aus einer anderen Himmelsrichtung finden. Nicht immer in derselben Soße schwimmen. Ich kenne nicht mal eine Winzerin. Ich lebe vierzig Jahre in Sichtweite der Weinberge und kenne niemanden.«

»Aber einige kennen Sie ja doch. Den Grafen zum Beispiel.«

»Ein Schulfreund. Zählt das?«

»Besucht man Schulfreunde nach vielen Jahren Funkstille?«

»Oh.«

»Er hat es nicht freiwillig erzählt.«

»Wollen Sie damit sagen, Sie haben auch ihn … nein, das denn doch nicht.«

»Ihr Feind Schmied war nicht so clever, wie Sie glauben. Der Graf ist cleverer. Er hat Schmied zu seiner Fingerpuppe umfunktioniert. Der Bösewicht hat zuletzt an Fäden gezappelt.«

44

Mit erhobener Sichel machte sich die Hebamme vom Grundstück, nachdem sie Clarissa Blätter in den Wagen gereicht hatte: zur Beruhigung von Magen und Nerven, zur inneren Reinigung, für die Demut. Clarissa sagte: »Gehen Sie weg!«

Die Kommissarin forderte Clarissa auf, in ihren Wagen umzusteigen. Sie wolle sichergehen, dass Clarissa tatsächlich im Revier landen würde und nicht in einem anderen Land.

Clarissa sagte: »Ich werde jeden Vorwurf widerlegen.«

»Ich werde Sie daran nicht hindern. Aber auf Sie wartet viel Arbeit.«

Aus dem Hintergrund näherten sich Schritte. Clarissa blickte in den Rückspiegel und erstarrte. Sie stieg aus, steif und mit einer Förmlichkeit, die ihr die Luft zum Atmen nahm. Kommissarin Bittermann wurde Zeugin, wie sich Mutter und Tochter gegenüberstanden. Der Patriarch, bei Vera eingehakt, übernahm das Sprechen. Er bemühte sich um Munterkeit, der Versuch musste scheitern, seine Worte erreichten die Frauen gar nicht.

Die Ältere sagte: »Du siehst müde aus, aber das kann auch am Licht liegen. Um diese Uhrzeit haben wir uns ewig nicht gesehen.«

Clarissa stieß einen Laut aus, kläglich und klagend. Das Unglück der Frau war mit Händen zu greifen. Vera nahm Clarissa in die Arme. Knochen- und willenlos ließ sich Clarissa gegen die Mutter sinken.

»Es ist so schwer«, sagte sie leise. »Ich habe nicht gewusst, wie schwer es ist, und niemand hat es mir gesagt.«

»So sind wir Deines«, sagte die Mutter und legte eine Hand auf den Kopf ihres Kindes. »Leicht sollen es sich die anderen machen. Diese Moden machen wir nicht mit.«

Der alte Deine trug immer noch seinen Hausmantel, über den er einen Wintermantel gezogen hatte, offenbar in großer Eile, denn der Kragen war untergeschlagen. Erst beobachtete er seine Frauen, danach trat er zur Kommissarin. Sie nickte ihm zu, er wirkte ungeduldig, als er sagte: »Das muss aufhören, das reibt alle auf. Ich war es. Haben Sie kein Tonband dabei? Nehmen Sie das auf, ich werde es nicht hundertmal sagen. Ich, Ottmar Deine, geboren am soundsovielten soundsoviel, gestehe, den Künstler Schmied, Nervensäge, Erpresser und vollkommen ohne Talent, ertränkt zu haben. Die Tatwaffe war das Elixier. Ich habe ihn in den Kessel gesteckt, in dem wir unseren Klassiker mischen. 38 Kräuter, deren Zusammensetzung niemand kannte außer mir. Und selbst ich kriege nur noch 33 oder 34 Namen zusammen. Das Letzte war nicht für das Protokoll. Schmied ist in dem Elixier ersoffen. Ironie der Geschichte: exakt in dem Sud, mit dem er sein Glück machen wollte, denn mit dem Elixier verdienen wir das Geld, das Schmied uns wegnehmen wollte. Was nicht geklappt hat, worüber ich sehr zufrieden bin. Ich bin, wie Sie zweifellos wissen, nicht mehr verhandlungsfähig, wenn ich Ostern noch erlebe, habe ich Glück gehabt. Also sparen Sie sich Ihr juristisches Kasperspiel. Da.«

Er steckte seine Arme aus, hielt sie der Kommissarin entgegen. »Fesseln Sie mich, setzen Sie mich auf Wasser und

Brot. Ich vertrage das, ich ernähre mich seit Monaten so. Die Medizinmänner nennen es krankheitsangemessene Ernährung. Ich nenne es Knastkost.«

Die Frauen starrten Deine an, dann, als hätten sie sich abgesprochen, starrten sie die Kommissarin an. »Die Kräuter wachsen alle bei uns«, sagte Clarissa hilflos, »auf unserem Grundstück. Alle glauben, dass sie nur bei den Wolffheims in dieser Konzentration gedeihen. Aber das ist eine Legende.«

»Das Kind wusste nichts«, sagte Deine. »Sie ist ein guter Mensch und eine tadellose Chefin. Etwas stur, das kommt von der Mutter. Und zum Lachen geht sie in den Keller. Daran muss sie noch arbeiten.«

»Ich glaube Ihnen nicht«, sagte die Kommissarin.

»Ach, geht es danach?«, fragte Deine kampflustig. »Müssen Sie den Täter sympathisch finden? Muss er Ihnen ins Konzept passen?«

»Die Wahrheit reicht völlig. Die Wahrheit wäre nett.«

»Was willst du denn? Du suchst einen Mörder. Ich gebe dir einen Mörder. Was willst du mehr?«

»Den richtigen Mörder.«

»Ich höre.«

»Sie sagen, Schmied sei in der Firma gestorben. Da steht der Kessel doch, ich habe danebengestanden und gebe zu, man kann einen Menschen darin wohl ertränken. Aber wie ist sein Körper danach ins Schloss gekommen? Sie wollen mir nicht erzählen, dass Sie ihn sich auf die Schulter geladen haben. Clarissa vielleicht? Beide zusammen? Eine dritte Person? Und wer hat die Leiche eingewickelt?«

Vera Deine hob den Arm wie in der Schule.

»Oh nein«, sagte die Kommissarin entnervt.

»Ich habe geholfen«, sagte Clarissas Mutter.

»Haben Sie nicht!«

»Ich trug Handschuhe. Ich trage gerne Handschuhe, ein Spleen von mir. Sie können fragen, wen Sie wollen.«

Sie wandte sich an ihren Mann. Er blickte sie an, erstaunt, eine Hand lag auf seiner Brust, die andere streckte er zu seiner Frau aus. Er brach in den Knien ein. Frau und Tochter waren bei ihm. Die Kommissarin rief laut in die Nacht. Emma eilte herbei. Sie tat alles, was möglich war. Aber beim alten Deine war nichts mehr möglich. Außer einem schnellen Tod.

45

»Wie viele Idioten leben eigentlich in Badenweiler? Ist das schon statistisch erforscht worden?«

»Keine Ahnung, ich wohne übrigens in Müllheim. Wir sind ganz zufrieden mit unserer Klugheit.«

Kommissar Sprecher fuhr mit beiden Händen durch die Haare. Wie mit Kämmen strich er, was die Natur ihm gelassen hatte, streng nach hinten und verankerte es hinter den Ohren, die dafür besser geeignet waren als viele andere Ohren.

Der junge Lebach saß auf dem Stuhl, auf dem der Graf gesessen hatte. Er dünstete Benzingeruch aus. Sprecher mochte den Geruch, aber das gab er nicht zu.

»Wir können's kurz machen«, sagte Sprecher. »Sie sind auf frischer Tat ertappt worden, man fand Sie im größten Raum des Wolffheim-Schlosses, wo Sie den Teppich aus mehreren Kopfwunden vollbluteten.«

»Sie wollte mich töten«, murmelte Lebach und betastete die Verbände.

»Sie ist im achten Monat schwanger. Wer soll diese Frau als Aggressor und Sie als Opfer betrachten? Nicht einmal Alice Schwarzer. Na gut, vielleicht doch, aber das tut nichts zur Sache. In Ihrer Begleitung befand sich ein Fünf-Liter-Kanister feinsten Superbenzins. In Ihren Taschen fanden wir drei Feuerzeuge. Abgesehen davon, dass der Wohnraum lichterloh brannte und wir den Verlust eines historischen Sofas beklagen. Bitte das Motiv!«

»Ich hasse Adlige.«

»Bitte ein besseres Motiv!«

»Ich war verzweifelt.«

»Das bin ich auch und zünde keine Sofas an. Es ist seltsam, der alte Herr Deine bezichtigte sich kurz vor seinem Tod einer Tat, die er nicht begangen haben kann. Nun kommen Sie und bezichtigen sich Motiven, die ich nicht glauben kann. Was ist das für eine kollektive geile Bereitschaft, Schuld zu übernehmen?«

Dann kam, was Sprecher erwartet hatte. Der Grafen-Fonds, dieses unverzeihliche, prekäre Projekt, das in Lebachs Haus unter seinen Augen entstanden war und das er nicht verhindert hatte. Wofür er jetzt die Verantwortung zu übernehmen habe und dies auch tun würde.

»Ja, ja, Verantwortung übernehmen, fabelhaft. Das tut heute ja jeder Politiker. Aber warum die Brandstiftung? Warum halten Sie nicht eine Pressekonferenz ab und treten zurück? Damit würden Sie sich Respekt verschaffen.«

Nun kam das Greinen mit dem Alkohol. Angeblich hatte Lebach am Abend schwer getankt, bevor er mit dem Kanister losgezogen war. Die Blutprobe hatte 0,7 Promille ergeben. Er brachte Schmied ins Spiel, die Scham über sein Verhalten gegenüber dem Künstler. Dass man sich von ihm auf der Nase herumtanzen ließ. Und zurück zum Grafen-Fonds. Wie er jemals wieder dem Grafen in die Augen schauen sollte? Langsam hatte Sprecher von dem weinerlichen Selbstbezichtiger die Nase voll. Er wünschte sich weit weg von diesem Schreibtisch, an dem es so lecker nach Benzin roch.

Im Schloss roch es auch nach Benzin. Die Feuerwehr hatte eingerollt, aufgeräumt, sogar ausgefegt. Der Experte für Brandherde hatte sich umgeschaut und war eingeschnappt abgefahren. Der Fall war für einen Profi wie ihn viel zu banal. Kommissarin Bittermann, der Graf und die Hebamme verabschiedeten die Helfer an der Tür. Zum Schluss gab es gute Tipps für den Umgang mit der Versicherung. Amadeus nickte, dankte, winkte.

»Versicherung«, murmelte er, als der rote Wagen vom Gelände rollte.

»Lassen Sie mich raten: Es gibt keine Versicherung.«

Ohne die Kommissarin anzublicken, murmelte er: »Nicht soweit ich weiß. Ich habe nie einen Pfennig bezahlt.«

Emma lachte. »Wie oft haben Sie in den letzten Tagen schon darüber nachgedacht, ob es eine gute Idee war, in die alte Heimat zurückzukehren?«

»Meinen Sie vor Ihrer Ankunft vorhin oder seitdem?«

Sie schlenderten in den Wohnraum zurück, den sie gleich wieder verließen. Dort gab es nichts, was mit Farbe und handwerklichen Kenntnissen nicht saniert werden konnte. Die Polen hatten vorbeigeschaut und Anekdoten von heimischen Brandstiftungen erzählt. Angeblich würde ihren Landsleuten das Zündeln im Blut liegen. Zwei Polen kannten Dörfer, in denen seit Jahrzehnten kein Haus auf herkömmliche Weise abgerissen worden war. Die deutsche Wehrmacht nach 1939 und warmer Abriss seit den fünfziger Jahren ...

»Lebach ist kein kluger Mann«, murmelte der Graf. »Wem will er etwas beweisen?«

Emma sagte: »Es gibt solche Männer, die die Sehnsucht nach dem Abgrund in sich tragen. Eines Tages lassen sie alles raus.«

»Er wird seinen Job verlieren. Er ist so alt wie ich. Was will er in den nächsten dreißig Jahren machen? Er wird nicht einmal für seinen Vater sorgen können. Das wird er nicht ertragen, denn je mehr er verliert, um so mehr wird sein Stolz in die Höhe schießen.«

»Aber Sie finden doch auch, dass der Grafen-Fonds ein starkes Stück ist.«

Er wandte sich der Kommissarin zu: »Jeder findet das, daran gibt es ja auch keinen Zweifel. Deshalb verstehe ich nicht, warum Lebach so ein großes Ding daraus macht. Warum schlägt er sich nicht an die Brust, verordnet sich tausend Stunden gemeinnützige Arbeit und akzeptiert die Strafe, falls man ihm eine aufbrummt? Davon stirbt man nicht.«

»Sagt einer, der aus Kreisen kommt, wo man sich seine Langeweile mit Duellen vertrieben hat.«

»In meiner Familie hat man sich nicht duelliert.«

»Sie wissen aber schon, dass alles, was Sie gerade über Lebach sagten, nun auch Ihnen selbst über die nächsten Runden helfen kann.«

Er wich Emmas Blick aus: »Ich weiß gar nicht, wovon Sie sprechen.«

Die Frauen schmunzelten. Die Kommissarin hatte danebengestanden, als Emma dem Grafen die Fotos gezeigt hatte. Sie hatte angeboten, ihn allein zu lassen. Es war Amadeus gewesen, der sie bat zu bleiben.

Zu dritt standen sie auf der Rückseite des Anwesens und sahen zu, wie die Bagger die Gräben aushoben. Die Fassaden waren nicht trocken, es wäre fahrlässig gewesen, die Feuchtigkeit zu ignorieren. Zwei Fachleute, einer vom Denkmalschutz, der andere vom Kultusministerium in Stuttgart, hatten alle Gebäude inspiziert und die Lustschreie ausgestoßen, die bei Experten ihrer Zunft das Zeichen für größte Entzückung darstellten. Beide waren sich einig, dass die Substanz von einer Qualität sei, die ein Bau aus der Gegenwart nie erreichen würde. Beide forderten aber auch, die Sache grundlegend anzupacken. Beide kannten Fördertöpfe, die für solche Zwecke geschaffen worden waren. Beide machten klar, dass die Höhe der Förderung natürlich von der finanziellen Lage des Grafen abhängig sein würde. Leiser signalisierten sie, dass Graf Wolffheim – sollte er klamm sein – nicht der Erste wäre, der mit begrenzten Möglichkeiten leben würde.

»Die Zeiten, in denen der Adel ganze Regionen finanzierte, sind vorbei«, hatte der Beamte aus Stuttgart gesagt. »Jetzt ist es die Aufgabe des Adels, zu den Anwesen zu stehen und zu kämpfen. Für den Rest gibt es Lösungen.«

»Ich werde also Subventionen beantragen«, sagte Amadeus säuerlich.

»Das kann man auch viel freundlicher formulieren«, stellte Emma klar.

Er lachte halb verzweifelt, halb belustigt. »Es war viel in den letzten Tagen. Einen Vater vor langem verloren, einen Vater neu gewonnen, nur um mit ihm zehn Sätze zu wechseln und ihn gleich wieder zu verlieren. Und der neue Vater kann gut und gerne ein Mörder sein. Plus die Leiche in meinem Keller. So viel zum Thema Provinz, in der nichts passiert.«

Zu dritt verließen sie den Wolffheim-Grund und gingen zwischen Wiesen in den Wald hinein. Es war nicht kalt, der Himmel grau, aber trocken. Es war ein Wetter, bei dem man sich die Wende zum Schlimmeren vorstellen konnte, ohne dass sie bereits eingetreten war.

Die Hebamme berichtete von den Fotos und der lebenslangen Leidenschaft ihrer Vorgängerin. Amadeus hatte davon gehört, als er noch ein Kind gewesen war. Die legendäre Hebamme war schon damals eine prominente Persönlichkeit gewesen. Schon damals war sie herb und humorlos aufgetreten, wer ihr dumm kam, wurde mit Drohungen und Flüchen bedacht. Meistens traf es Kinder. Sie schlug sie nicht. Aber niemand hielt sich in der Nähe der Frau länger als nötig auf.

Emma bezeichnete die Fotos als »Schatz« – nicht wegen der grundsätzlichen Idee. Die war nicht einmalig. Aber die Fotos waren erstklassig, die jungen Erwachsenen, ihre Ernsthaftigkeit, ihre Tiefe – in der Menge entstand eine imponierende Porträtgalerie des Menschenschlages. Das einzelne Bild bewies nichts, als Teil einer Reihe von 50 oder 100 Bildern wurde die Liebe der Fotografin zu den Menschen unübersehbar. Niemand wusste, wie sie die Menschen dazu gekriegt hatte, so gelöst aufzutreten.

Fast sechzig Jahre hatte sie die biografischen Daten »ihrer« Kinder auf die Rückseiten der Fotos geschrieben. Emma hatte die Daten auf den Grafenbildern zuerst für ein Versehen gehalten. Aber es gab eine zweite Quelle, die noch aussagekräftiger war: das Notizbuch der alten Hebamme. Es handelte sich um ein Tagebuch, aber niemand durfte es so nennen. Poesie suchte man hier vergeblich, die Hebamme kam als Privatperson nicht vor. Alles drehte sich um die tägliche

Arbeit. Zwei Wochen vor der Geburt des Grafen stand es schlimm um die werdende Mutter. Die akademischen Mediziner traten an und, sobald sie sahen, wer die Hebamme war, gleich wieder zurück. In der Region war die Hebamme eine Institution, mit der man nicht leichtfertig den Machtkampf suchte. Das war in den vergangenen Jahrhunderten so gewesen und in den fünfziger, sechziger und siebziger Jahren des letzten Jahrhunderts war es nicht damit vorbei gewesen.

Ottmar Deine, der damals seine Firma über die nationalen Grenzen hinaushob, dieser Deine schwebte in schrecklicher Angst um die Gesundheit der Gräfin. Er suchte die Hebamme auf, bot ihr Geld. Aber sie wollte nichts weiter als Schweizer Schokolade und belgische Pralinen. Mehr Laster hatte sie nie.

Im Notizbuch bekam Deine nicht mehr als sechs Zeilen. Tenor: »Seitenspringer sorgt sich sehr. Setzt Himmel und Hölle in Bewegung. Tut wie Liebe.«

Danach und davor keine Bemerkung über Schwangerschaft und Kind, Emma hatte lange geblättert.

Ihr Handy rief. Die Mutter einer Schwangeren. Bevor sie ging, sagte sie: »Es werden jedes Jahr weniger Väter. Wir waren schon einmal weiter.«

Von der Anhöhe nach einem Marsch zurückkommend, der sich in die Länge gezogen hatte, bot sich der Kommissarin und dem Grafen ein seltsamer Anblick. Zuerst die Schläge: nicht laut und mächtig, eher zart, als würde jemand mit abgespreiztem Finger arbeiten. Gehämmert wurde im Gerätehaus, davor – auf halber Strecke zwischen Hämmern und Schlossgebäude – stand der Koch. Dass er Wache hielt, sprang ins Auge. Dass seine Aufmerksamkeit aufs Schloss gerichtet war, auch.

»Die Lumpen«, murmelte Amadeus.

Sie schlichen näher aus Richtung des Waldes. Der, der Schmiere stand, war nicht mehr wichtig. Sie betraten die Tenne. Einer klopfte, ein Zweiter stand daneben und lauschte konzentriert.

Amadeus nahm sich beide zur Brust: Was das zu bedeuten habe? Das sei nicht Teil ihres Auftrags. Natürlich waren sie bereit zur Lüge, doch mit der Polizistin hatte keiner gerechnet. Der Hämmerer begann wie aufgezogen zu reden. Ein statischer Grundkurs auf polnisch und deutsch.

Und dann waren sie zu sechst. Clarissa, den Kommissar im Schlepptau, eilte mit fliegenden Mantelschößen herbei.

»Hört auf! Es ist gut! Lasst es sein!«, rief sie den Polen zu. »Es hat sich erledigt. Euer Geld kriegt ihr natürlich.«

»Es war nichts zu machen«, sagte Sprecher entschuldigend. »Ich bin Frauen, die zetern, nicht gewachsen.«

»Ein Punkt von circa fünfzig, denen Sie nicht gewachsen sind«, knurrte die Kommissarin. Dann wandte sie sich an Clarissa: »Sie sind doch nicht gekommen, weil die Arbeiter sich seltsam benehmen. Das konnten Sie doch gar nicht ...«

»Ich bin deswegen hier«, sagte Clarissa und reichte Amadeus die Mappe. Ein edles Stück, das durch mehr als eine Generation gegangen war.

»Was ist das?«, fragte Amadeus.

»Er hat es mir gegeben, der Geheimnistuer. Am Tag, nachdem du angekommen bist. Er hat gesagt, du musst es haben, nichts sei wichtiger. Zur Not sollte ich den Kessel mit dem Elixier stilllegen. Das ist in meiner Familie die Chiffre für allergrößte Wichtigkeit. Wenn etwas wichtiger ist als das Elixier. Weil nämlich nichts wichtiger ist.«

Er wollte die Mappe öffnen, Clarissa bat ihn, dies erst zu tun, wenn sie gegangen sei. Die Kommissarin öffnete die Mappe und schloss sie gleich wieder.

»Das Testament Ihres Vaters«, sagte sie zu Clarissa. Ihr wurde bewusst, dass sie in diesem Moment, der sich in die Länge zog, den Grafen nicht anblickte.

»Ich weiß es«, sagte Clarissa und schlug nun ihrerseits die Augen nieder.

»Seit wann?«

»Seit dem Tag, an dem er mir die Mappe gegeben hat.«

»Sie wussten es also eher als der Graf.«

Clarissa blickte Amadeus an. Sie waren Halbgeschwister, waren es ein Leben lang gewesen. Es war zu frisch, um schon eine Meinung zu haben.

Er trat auf sie zu und reichte ihr die Hand. Sie hielten sich an der Hand und blickten sich an. Clarissa sagte: »Ich habe gar kein Gefühl.«

»Aber du findest es nicht direkt abstoßend.«

»Jetzt können wir nicht mehr heiraten.«

»Ein Nachteil ist immer.«

Sie ließen sich los, sie waren so förmlich. Die Kommissarin mochte nicht mehr zusehen. Was hätte sie getan? Geweint, geschrieen, sie wäre davongelaufen, weil sie allein sein musste, sie hätte getrunken und sich abgelenkt.

Amadeus sagte: »Wir waren beim Notar, dafür hat die Zeit noch gereicht.«

Clarissa blickte ihn an, unsicher, und in unsicherem Tonfall sagte sie: »Versteh mich nicht falsch …«

»… ja, du warst die Besitzerin. Schlossbesitzerin Clarissa. Gib's zu, du hast es nicht gespürt.«

Die Kommissarin wollte es nicht sagen, weil es sich nicht gehörte. Aber es musste sein: »Ich denke, er hat sich immer nur als Treuhänder gesehen. Als Statthalter.«

»Er hat Witze gemacht«, sagte Amadeus. »Er hat zugegeben, dass er auch auf ein Gefühl gewartet hat. Aber er hat sich immer für einen Handwerker gehalten, für einen, der arbeiten muss und nicht erbt.«

Alvensleben war in seinem Büro herumgesprungen und hatte sich gefreut. »Mit 74 eine Premiere!«, hatte er gerufen. »Davon habe ich geträumt. In meinen Träumen sind es Außerirdische, die einen Bausparvertrag abschließen und immer, wenn die Tinte trocken ist, fangen sie an zu lachen und lachen so lange, bis sie zu Staub zerbröseln.«

Er hatte Schätze aufgefahren, und obwohl der alte Deine und sein Sohn eigentlich das Weite suchen wollten, tranken sie Cognac von 1915, Champagner von 1928, Alvensleben tanzte durch die Räume, jeder Mitarbeiter musste eine Zigarre rauchen, die der Notar vom US-Botschafter bekommen und in den Humidor gelegt hatte. Zwei Frauen behaupteten, von Zigarren zu sterben. Alvensleben drohte ihnen mit Kündigung. So pafften sie, und eine weinte.

»Jetzt bin ich Schlossbesitzer«, murmelte Amadeus, »und ich weiß überhaupt nicht, was ich davon halten soll. Weil ich ja nicht wusste, dass ich nicht mehr Schlossbesitzer war. Was ist aus meinem verschlafenen Badenweiler geworden? Da lebt man ja in New York berechenbarer.«

Clarissa machte sich zum Gehen fertig, den Kommissar als ständigen Begleiter schien sie nicht zu bemerken. Zuletzt drehte sie sich noch einmal um und sagte zu den Polen, die abwarteten, ob sie um ihren Rausschmiss herumkommen würden: »Ihr könnt aufhören zu suchen. Das Geld kommt trotzdem.«

Sie blickte die Kommissarin an: »Er hat gesagt, er hat eine Sicherheitskopie im Schloss versteckt. Ich wollte kein Risiko eingehen.«

»Wann um Gottes willen hast du die Leute beauftragt?«, fragte Amadeus. »Ich kenne sie doch erst eine Woche.«

»Du hast sie nur kennengelernt, weil ich mein Okay gegeben habe. So geht das zu bei uns in Badenweiler. Das Kapital hat die Macht, aber bei uns riecht es besser als anderswo.« Sie dachte nach, bevor sie murmelte: »Ich gebe Schmied frei. Er soll nicht mehr diese Macht über mich besitzen. Ob er gelogen hat oder nicht, jetzt ist es gleichgültig. Das war es nicht von Anfang an. Aber ich habe gelernt. Wäre ich klüger, hätte ich schneller gelernt. Es gab Monate, da hätte ich eine Hand dafür gegeben, das Manuskript lesen zu können.«

Sie reichte der Kommissarin die Hand: »Wenn mein Vater es getan hat, ändert das natürlich nichts an meinem Verhältnis zu ihm. Vielleicht mag ich ihn noch lieber. Ich wünsche mir, ich hätte ihm diese Last abgenommen.«

»Was tun Sie heute noch?«, fragte die Kommissarin. Ihre Besorgnis war nicht zu überhören.

»Ich werde keine Dummheiten machen«, antwortete Clarissa. »Ich werde ein wenig um meinen Vater weinen. Und bevor Sie fragen: Ja, vielleicht wird meine tote Mutter neben mir sitzen und meine Hand halten. Sie wird bestimmt nicht weinen. – Ach ja, und danach trinke ich. So viel wie noch nie in meinem Leben. Wer immer fleißig ist, hat ja keine Zeit zum Trinken.«

»Falls du doch bei Wein landest, nimm den besten«, sagte Amadeus. »Dein Vater hat es verdient. Mein Vater übrigens auch.«

Sie rührten sich nicht, bis Clarissa verschwunden war.

»Ein Risiko ist es doch«, murmelte Amadeus.

»Ich werde Ihnen sagen, was Risiko ist. Eine Familie zu haben, ist Risiko. Familie macht dich fertig. Sie saugt dich aus und krallt sich an dir fest. Was ist? Warum lachen Sie?«

»Plötzlich kenne ich Ihre Familiengeschichte.«

»Das wünsche ich Ihnen nicht. Das wünsche ich ja nicht einmal mir. Und warum lachen Sie jetzt nicht?«

Er starrte sie an, packte den herumliegenden Hammer und eilte Richtung Schloss.

Er eilte zu der Stelle im Keller, wo er nach seiner Rückkehr eine Flasche aus den Steinen herausgeholt hatte. Er löste den Stein erneut, griff in die Öffnung, zog an den Steinen, lockerte den zweiten, aber er bekam ihn nicht frei. Er schlug mit dem Hammer zu, krempelte seine Ärmel hoch und langte mit dem nackten langen Arm in die Öffnung.

Er hörte die Kommissarin, die an der Tür stand.

Die Hand tastete, er spürte, wie sauber es dort war. Dann stieß er auf die Flaschen, er holte sie heraus, die letzten beiden mit Hilfe des Hammers. Die Kommissarin nahm sie ihm ab. »Keine Angst vor Spinnen«, murmelte er und presste seinen Körper gegen die Wand, gewann die entscheidenden Zentimeter und zog mit spitzen Fingern die Papiere heraus. Das Manuskript war nicht leicht, erstaunlich für einen Faulpelz wie Schmied. In durchsichtiges Plastik eingeschlagen, »Amadeus-Elixier.« Schmieds Name, als Jahreszahl 1998.

Mit der Kommissarin tauschte er Flasche und Manuskript.

»Ihr Kollege Sprecher hat mir damals nach der Durchsuchung eine leere Flasche aus Schmieds Wohnung mitgebracht. Weil unser Name draufstand. Er dachte wohl, wir hätten unsere Finger auch im Wein. Aber es war eine Sonderabfüllung. Die hätte Schmied gar nicht haben dürfen, weil sie nie im Handel war. Eine Sonderabfüllung für meinen Vater … meinen … Sie wissen schon. 1971, Eiswein aus Baden. Daran habe ich die ganze Zeit gedacht. Ich wusste, dass die letzten Flaschen nur hier lagen. Woher wusste es Schmied? Er wusste es, weil er das Manuskript hier gebunkert hat. Und wenn die Jahreszahl 1998 nicht eine weitere Lüge von ihm ist, dann hat er dieses Manuskript vor dreizehn Jahren geschrieben, gleich nach dem Tod meiner Eltern, und alles, was er in Badenweiler getan hat, lief nach dem Regiebuch ab, das er sich selbst geschrieben hat. Was für ein kaputtes Genie.«

»1971«, murmelte die Kommissarin und fing seinen Blick ein. »Die Sonderabfüllung zur Geburt seines Söhnchens.«

»Achteinhalb Pfund, 53 Zentimeter.«

Der Volvo bretterte über den Weg bis zum Haus, Emma eilte zu den Polen. Amadeus stellte ein Bett im Schloss zur Verfügung, die werdende Mutter lehnte ab. Die Kommissarin machte sich nützlich. Emma musterte die Männer und sagte: »Zwei können bleiben. Wer das noch nie gemacht hat, sollte heute nicht damit anfangen.«

Das Handy der Kommissarin bellte, sie reichte das Gerät an den Grafen weiter. »Erst das Kind, dann die Wahrheit«, knurrte sie. »Sagen Sie ihm das.«

»Genau so oder darf ich variieren?«

»Genau so!«

46

Lebach hatte vier Stunden gewartet, ohne sich zu beschweren. Mit gekreuzten Armen saß er auf einem Stuhl. Vor dem Spiegel wetteten die Cops, auf welchen der vier Stühle er beim nächsten Mal wechseln würde. Einer gewann jedes Mal, einer nie. Dem rieten sie zum Berufswechsel.

Sprecher kam zusammen mit seiner Kollegin an. Sie wirkte abgekämpft, aber nicht erschöpft, eher kampflustig. Die Haare waren hochgesteckt, die Bluse war neu, aber das konnte Lebach nicht wissen. Sie berichteten vom ersten Baby im Schloss seit vierzig Jahren. Verdutzt starrten sie Lebach an, der von einer Rührung gepackt wurde, über die er lange nicht hinwegkam.

»Und nun zum Höhepunkt des Tages«, sagte der Kommissar. »Die Latte hängt hoch, strengen Sie sich an. Und nicht zu viel Moral, ja? Ich reagiere allergisch auf zu viel Moral.«

Lebach sagte: »Ich kann's kurz machen«, um sich geschlagene zwanzig Minuten in der Geschichte seiner Familie zu verlieren. Zweimal zeigte Sprecher Ungeduld, zweimal sagte Lebach: »Das gehört zum Thema.«

Die Familie des Filialleiters war den Deines seit über 100 Jahren eng verbunden. Es waren die Deines gewesen, die den Neuankömmlingen aus Ungarn ermöglichten, in der fremden Umgebung Fuß zu fassen. Die erste Wohnung in den Siedlungshäusern, die gerade fertig geworden waren; die erste Anstellung für den Vater; die Krankenversicherung; Wäsche und Ratschläge, an wen man sich halten solle, wer besser gemieden wurde, wer eine lange Leitung hatte und warum Schulbesuch wichtiger war als ein Sack voller Münzen.

»Sie waren gute Menschen«, sagte Lebach. »Sie taten das, was richtig war und ließen das sein, was anderen schadete. Sie zahlten keine Reichtümer, aber sie nahmen uns auf und betteten uns ein. Sie schickten auch eine Frau vorbei, von der wir fünf Jahre später erfuhren, dass sie gekommen war, damit es mit der Sprache schneller ging. Haben Sie schon einmal einen Ungarn gehört, der badisch redet? Sie würden sich auf dem Boden wälzen vor Lachen.«

»Gehört das auch noch zum Thema?«

»Sind Sie müde? Ich denke, Kommissare machen problemlos die Nacht durch.«

»Richtig daran ist, dass wir nicht um 16 Uhr Feierabend haben wie die Sparkassen.«

Lebach stellte klar, dass sich die Deines hilfsbereiter gezeigt hatten als die Grafen. Dabei hatten die schon damals diesen Ruf, der viel mit Gefühl und so gut wie nichts mit der Realität zu tun hatte. »Ihnen fehlte das Väterliche, das Gravitätische. Niemand wäre auf die Idee gekommen, einen Grafen ›Patriarch‹ zu nennen, auch nicht, wenn er im richtigen Alter war. Sie waren nicht unfreundlich und keineswegs feudalistisch. Aber sie waren nicht wirklich an den normalen Menschen interessiert. Bestimmt ist Ihnen schon aufgefallen, dass auch unser aktueller Graf es nicht mit Freibier und Umarmungen hat.«

Lebach erwähnte, dass die Firma seiner Familie auch bei finanziellen Problemen beigesprungen war. »Sie haben uns nichts geschenkt. Aber sie haben es uns ermöglicht, mit Würde aus der Klemme herauszukommen.«

Der Frage, warum er nicht bei Deine gelandet war, wich Lebach aus, sprach von der Lehre zum Bankkaufmann und kein Wort über das fehlende Studium. Auch sein Vater habe nicht studiert, das sei nichts Ehrenrühriges. Er begann, sich gegen den nie erhobenen Vorwurf zu verteidigen, und musste gestoppt werden.

»Der Vater!«, rief Sprecher. »Was ist mit ihm? Wo steckt er in diesem Moment? Warum ist er nicht zur Stelle, um sein Kind zu beschützen?«

»Weil er nicht mehr hier ist.«

»Nicht in Badenweiler.«

»Nicht in Badenweiler. Nicht in Müllheim, gar nicht hier. Auch in Deutschland nicht.«

Vater Lebach war auf dem Weg nach Ungarn. Wann er losgefahren war, mit welchem Verkehrsmittel – darüber schwieg der Sohn. Ob es auch eine andere Richtung sein konnte – kein Kommentar.

»Er ist geflohen«, sagte Sprecher nüchtern.

»So würden Sie es nennen, weil Sie es so nennen müssen.«

»Wie nennen es denn die alten Ungarn?«

»Mein Vater mochte Schmied von Anfang an nicht. Er hatte gleich das Gefühl, dass der Kerl eine Kuh sucht, die er melken kann. Das fand er schon widerlich. Aber dann wurde Deine die Kuh. Das hätte Schmied nicht tun sollen. Im Grunde war er schon im Sommer ein Todeskandidat, er hat es nur nicht gewusst, und ich hatte meinen Vater damals noch unter Kontrolle. Aber dann fing Schmied ja an, einen Deine nach dem anderen für seine Zwecke zu missbrauchen. Die Chefin, den Patriarchen, und er hat es geschafft, die Mutter aufzuspüren, die die meisten wirklich für tot hielten.

Im Herbst hat mein Vater ihn zum ersten Mal besucht, in seiner Wohnung. Schmied war damals betrunken und hatte Besuch. Mein Vater sagte, dass er aufhören solle und ging. Anfang November ging er zum zweiten Mal hin. Ich wusste, dass er es diesmal durchziehen wird.«

»Töten, meinen Sie.«

»Ach was, damit habe ich doch nicht gerechnet. Aber mein Vater hat eine Art, einem anderen klarzumachen, dass es genug ist. Mein Vater ist kein junger Mann mehr. Man kann sich einbilden, ihn zu besiegen. Aber er strahlt etwas aus, das lässt die Leute nicht unbeeindruckt. Schmied hat einen Fehler gemacht. Er hat versucht, meinen Vater zu demütigen. An dem Abend hat es sich gedreht.«

»Anfang November, sagen Sie? Das kommt hin, uns hat mehr als ein Zeuge berichtet, dass Schmied plötzlich den Schwanz eingezogen hat. Dass er defensiver gewirkt hat. Nicht mehr so laut, nicht mehr so dröhnend.«

»Er hat in unserer Laube gehaust.«

»Bitte was?«

»Unsere Laube. Ich habe sie ihm zur Verfügung gestellt, damit er wieder zu Atem kommt. Es kann sein, dass Schmied sich damals seine Chancen ausgerechnet hat. Und zu einem ungünstigen Ergebnis kam. Vielleicht hielt er es für möglich, dass er überzogen hat. Und dass ein kleiner Anlass genügt, damit sich alles gegen ihn wendet. Und dass dann niemand aufstehen wird, um für ihn Partei zu ergreifen.«

»In der Laube also«, murmelte Sprecher. Er hatte vor der Laube gestanden, als der alte Lebach dabei gewesen war, sie zu sanieren und dabei Spuren zu vernichten.

»Wie lief es an dem Abend ab?«, fragte die Kommissarin.

»Das habe ich ihn auch gefragt. Er hat gesagt ›Das willst du nicht wissen, Junge‹. Und Ende.«

»Sie haben nicht nachgebohrt?«

»Haben Sie keinen Vater?«

»Punkt für Sie.«

»Ich weiß, dass Schmied angerufen hat. Er hatte es geschafft, irgendwem den Schlüssel zum Allerheiligsten abzutricksen.«

»Der Raum, wo das Elixier entsteht.«

»Ich weiß, dass Schmied meinen Vater quälen wollte. Weil mein Vater ein Deine-Mann war. Schmied wollte ihm zeigen, wie es ist, einen Durchgang zu zerstören. Durchgang nennen sie es bei Deine, wenn sie den Kessel ansetzen. Daraus kann man mehrere hundert Flaschen gewinnen. Mein Vater könnte Ihnen die exakte Zahl nennen.«

»Warum ist er hingegangen? Um sich mit einem großkotzigen und betrunkenen Mann zu prügeln?«

»Mein Gefühl ist: Er wollte es beenden. Monatelang hatte es ihn gequält, jetzt war es genug.« Lebach blickte die Kommissare an: »Bis jetzt habe ich das gesagt, was ich gesehen habe und was ich von meinem Vater weiß. Jetzt beginnt das Mutmaßen, das will ich ihm nicht antun. Ich habe gesagt: Schreibe alles auf, die Kommissare interessieren sich dafür. Ich habe gesagt: Polizisten haben mehr Interesse an den Menschen als Pastoren. Er hat gesagt: Polizisten verstehen nichts, weil sie aus einer anderen Zeit stammen. Ich glaube, an dem Abend hat er begonnen zu packen. Und bevor Sie fragen: Nein, ich weiß nicht, wer ihm geholfen hat, Schmied ins Schloss zu bringen. Ich weiß auch nicht, ob ihm jemand geholfen hat.«

»Quält es Sie nicht, dass Sie Ihren Vater nie mehr sehen werden?«

Lebachs Blick war sicher und ohne Zweifel.

»Verstehe«, sagte Sprecher. »Sie werden ihn sehen. Und wenn wir Ihnen auf den Füßen stehen werden? Wenn wir Sie im Auge behalten: von morgen an bis zum jüngsten Tag?«

»Wir wissen beide, dass Sie das nicht tun werden.«

»Jedenfalls ich nicht. Ich spreche kein Wort ungarisch außer Puskas und Gulasch.«

»Sie machen dort jetzt einen feinen Wein.«

»Ist wahr? Endlich eine gute Nachricht.«

Lebach schnalzte mit der Zunge.

47

Alle Frauen, die sich für ihre mütterlichen Gefühle nicht schämten, seufzten. Diejenigen, die Töchter im heiratsfähigen Alter besaßen, rechneten. Die, die noch sehr jung waren, glaubten seit einer Stunde, dass die Affäre mit einem viel älteren Mann nicht nur Nachteile bot. Und die reifen Damen, die sich nichts mehr beweisen mussten, gönnten sich eine Prise Ärger, weil ihre Lebenszeit und die des Mannes am Rednerpult nicht besser miteinander synchronisiert waren.

»Ich habe es nicht mit dem Wetten«, sagte der Mann am Pult, »aber diese Wette würde ich mir gönnen: Wer von uns hat vor einem Jahr, also am 18. Mai 2011, damit gerechnet, dass wir heute zusammensitzen, um einen Preis ins Leben zu rufen, und dass wir dies nicht tun, um ein Event zu organisieren, dessen Nachhaltigkeit in Viertelstunden gemessen wird? Wir wollen etwas tun, was Dauer hat. Wir haben heute den Dichter Schmied geehrt. Einen Mann, der zeit seines Lebens gekämpft hat und zu viel getrunken, und manchmal war er sehr laut, und manchmal schimmerte durch sein Geschrei die Sehnsucht eines Menschen hindurch, der eine Vorstellung vom Künstlertum in sich trug. Schmied wollte schreiben und ist nicht weit damit gekommen. Und als die Umstände so waren, dass er schreiben sollte, wollten es die Umstände, dass Schmied erkennen musste: Du zahlst! Eines Tages zahlst du, und wenn es der Tag ist, wo du am wenigsten damit rechnest, so weißt du: Das wäre die Idee für einen Roman. Den wird nun ein anderer schreiben. Ein anderer wird eine Zeitlang von den Zumutungen des Alltags befreit werden. Kunst und Dichtung und Freiheit, Inspiration, Wasser, Essen und Trinken und Badenweiler, was für eine glückliche Verbindung. Der erste Preisträger des Wolffheim-Literaturpreises, den wir posthum ehren, er lebe hoch, denn er hat sich um die Literatur verdient gemacht. Niemand wäre über diese Vorstellung erstaunter als er.«

Dreihundert Hände klatschten, Blitze, Kameraverschlüsse. Jeder wollte Graf Wolffheim die Hand schütteln. Er bekam Küsse auf die Wangen und zweimal auf den Mund.

Was die Region zu bieten hatte an Kultur und Wirtschaft, Neugier und Gastronomie, schaute vorbei, und kaum einer verhehlte, wem seine größte Aufmerksamkeit galt: dem Schloss und dem Stand der Arbeiten nach sechs Monaten, in denen in jeder Woche sechs Tage gearbeitet worden war. Die Schweizer und Franzosen waren da, das grüne Freiburg und das Burda-Offenburg, und es gab in dieser Stunde kein Restaurant und Hotel in Badenweiler und Umgebung, in dem sich nicht ein Mitarbeiter abgemeldet hatte, um zu inspizieren, ob denn stimmte, was sich alle zuraunten: dass das Schloss eine zweite Geburt erleben würde. Jetzt, wo sich die Scheune in einen stimmungsvollen Veranstaltungsort verwandelt hatte, wurde vielen bewusst, wie groß der Verlust gewesen war. Aber sie dachten nicht in Jahren, ihr Zeitmaß war die Saison, ihre Choräle waren die Belegungsquote und die Auslastungsquote.

Hedwig Glott, der kommende Star aus dem Tourismusbüro, stand minutenlang neben dem Grafen, wurde abgedrängt, um dreißig Sekunden später wieder dort zu stehen und zu strahlen. Die Begleiterin des Grafen hielt sich abseits, Emma musste nicht in der ersten Reihe stehen.

Die Witwe Deine, in geschmackvolles Braun von schlichtem Schnitt gekleidet, zog Kraft aus dem Zuspruch vieler Menschen, dessen Aufrichtigkeit nicht angezweifelt werden konnte. Birgit Staas, die ehemalige Bibliothekarin, führte selbstbewusst ihren schwangereren Bauch vor. Barrakuda, der leutselige Lärmmacher, wirkte neben ihr, als sei er eingelaufen. Frohgemut und ohne einen Gedanken an Verhütungsmittel hatte er seine Liebe ausgelebt – und die Geliebte hatte ihm verschwiegen, was er nicht mehr für möglich hielt.

Separat saßen die Polen: schweigsam und verschlossen auch in ziviler Kleidung. Der Graf hatte ihnen mit zwangsweiser Vorführung gedroht, sollten sie nicht erscheinen. Keiner von ihnen war abweisend, es war nur so gar nicht ihre Welt. Der kleinste Schlossbewohner, sechs Monate jung, entzückte alle Mädchen zwischen vier und zwölf.

Clarissa Deine suchte man vergebens. Die Kreuzfahrt, die sie vor sechs Wochen angetreten hatte, zog sich unerwartet in die Länge. Der Maschinist des Luxuskreuzers, ein Mann, dem Öl und Schmiere standen wie dem Beau die Gelfrisur, hatte das Herz der spröden Badenerin entflammt. Wenngleich es Hinweise gab, dass der Filou pro Törn auf eine Affäre kam, dachte niemand daran, trennend einzuschreiten.

Um das Vorrecht, das Buffet auszurichten, hatten sich vier örtliche Hotels gezankt. Als der Graf ihnen den Mann präsentierte, den er als Zeremonienmeister ausgesucht hatte, wären sie dem grinsenden Novizen am liebsten an die Gurgel gegangen. Das unterblieb auch deshalb, weil Hauptkommissar Sprecher fallen ließ, welche Kampftechniken südwestdeutsche Polizisten lernten und alle vier Wochen auffrischten. Selten hatte er so viele Unwahrheiten in einem einzigen Satz untergebracht.

»Das werde ich dir nie vergessen«, sagte Sprecher in einer stillen Minute. »Bei deinem nächsten Mord kommst du mit Bewährung davon, versprochen.«

»Das könnte schneller passieren, als man denkt. Wenn ich hören muss, dass du unsere kleine Hedwig verführt hast, wirst du an einem Balken hängen.«

»Und wenn ich ihn verführe?«, mischte sich Hedwig ein.

»Meine Schule«, murmelte Sprecher verträumt.

Man schlemmte und trank, trank und schlemmte, und irgendwann wurde nur noch getrunken. Ein Kombi fuhr vor, Barrakuda präsentierte die druckfrische Ausgabe des »Badenheimer Glücks.« Emma auf Platz 2, für den Grafen war die 1 reserviert. Die 1 für die Witwe Deine war Ausdruck des Respekts.

Emma und ihr Graf vertraten sich die Beine. Die Burgundische Pforte schaufelte milde Bewegung in den Ort. Hinter den beiden brodelte die Menge, es war eines dieser Feste, wo für jeden, der ging, vier neue Gäste kamen. Amadeus führte die Rückseite der Scheune vor.

»Hier bin ich noch nie gewesen«, murmelte Emma.

»Dann sieh genau hin, damit du nicht hilflos herumstehst, wenn eines Tages alles dir gehört.«

»Ich warne dich. Enterbe mich, solange noch Zeit ist. Ich werde nicht hilflos herumstehen, in 48 Stunden habe ich alles unter die Leute gebracht. Das Volksschloss, so wird man es nennen.«

Mit der offenen Hand fuhr sie über die Gräser. Erst spürte sie es nur, dann sah sie hin, sah genauer hin, eilte davon, und er rief nur einmal, weil er wusste, dass auch das eine Mal zu viel war.

Mit der Sichel kehrte sie zurück und berichtete vom Badenweiler Promi, den sie beim Wildpieseln erwischt hatte und dem angesichts der Sichel der Strahl unkontrolliert in alle Himmelsrichtungen gegangen war.

Mit sicherem Schwung legte sie die Gräser flach und sah, was zwei Etagen tiefer wuchs. Sie sagte Amadeus, dass die Zeit der kleinen Pflanzen kommen werde. »Wenn die hohen sich erschöpft haben, dann sind sie da.«

Ohne Rücksicht auf ihr Kleid rutschte Emma zwischen der Gebäudewand und dem Graben am Ende des Grundstücks herum. Amadeus dachte: Meine Gräfin wird nie eine Dame werden.

»Erstaunlich«, murmelte sie. »Es sind die gleichen Kräuter wie vorne. Du weißt schon, neben der Auffahrt.«

»Von denen du damals gesagt hast, es sei der beste Ort.«

Sie war ganz bei ihrem Grün, er war ganz bei der Geschichte des Schlosses. Die Scheune … nicht zugleich mit dem Schloss, aber …

Diesmal war es Amadeus, der nicht mehr ansprechbar war. Als ihn die ersten Gäste mit der Hacke vorbeieilen sahen, hielten sie den Aufzug für ein Duell zwischen angetrunkenen Männern.

»Was treibst du da?«, rief Emma. »Du bist der Gastgeber! Du kannst doch jetzt keinen Graben ausheben. Dann werden alle denken, du bist verrückt geworden, und sie werden mich ansprechen, und das kann ich nicht … Amadeus, mein geliebter Graf!«

Wie besessen schlug er mit der Hacke zu, eilte davon, kehrte mit der Schaufel zurück. Ein Pole kam mit und schippte schweigend, glücklich, sich nach Stunden erzwungener Passivität wieder bewegen zu dürfen.

Zwei Männer, zwei Schaufeln und eine verzweifelte Frau.

Immer mehr Gäste pilgerten heran, sahen meinungsfreudig zu, erinnerten an Adel und Wahnsinn. Emma beklagte sich über ihre Kräuter, es würde Jahre dauern, bis sie nachgewachsen waren, und manche würden nie …

Amadeus stieß auf Widerstand, der Pole war bei ihm, nebeneinander kniend legten sie die Knochen frei. Das Skelett war gut erhalten, die Schachtel in den gefalteten Händen sah aus, als wäre sie kürzlich dort platziert worden.

Die Gäste rückten zusammen, Emma löste die Schachtel aus den Knochenhänden. Zwischen dem schützenden Wachs und der Außenseite grub sie das Blatt heraus. Sie faltete es auseinander und las alle 38 Kräuter vor. Im Italienischen, das dann folgte, war sie nicht firm. Amadeus übernahm:

»Ich, Fabrizio Speikamp, gelobe, dass ich das Elixier mit eigenen Händen und eigener Kraft zusammengestellt habe. Dieser Ort ist magisch, es gibt keinen zweiten wie ihn. Ich werde mich mit Gottlob einigen, wir werden teilen, wir sind Menschen und keine Ungeheuer.«

Ein Spätankömmling eilte herbei. Kommissarin Bittermann, im Kleid wie verkleidet wirkend, rief: »Hat länger gedauert. Musste ein wenig Gerechtigkeit schaffen. Es hat wohl schon angefangen?«

Der Graf reichte ihr das Papier und sagte: »Nein, Frau Kollegin, es ist gerade zu Ende gegangen.«

Ende

Ein Stuttgart-Krimi

In Ihrer Buchhandlung

Dietrich Weichold

So zerronnen

Ein Stuttgart-Krimi

Das Stuttgarter Paar Dr. Blomberg und Cornelia Baumgartner wird im Bregenzer Wald brutal überfallen. Doch die beiden Opfer sind selbst kein unbeschriebenes Blatt. Das Stuttgarter LKA fordert Hauptkommissar Kupfer zur Unterstützung an, für den Frau Baumgärtner keine Unbekannte ist. Doch dieses Mal macht er im Laufe der Ermittlungen einen schweren Fehler und gerät in die Hände eines skrupellosen Täters.

256 Seiten.
ISBN 978-3-8425-1115-6

Silberburg-Verlag

www.silberburg.de